3,- 2/16

CLAUDIA KERN

Der verwaiste Thron 3

W0357887

Claudia Kern

Der verwaiste Thron 3

Rache

Roman

Originalausgabe

blanvalet

FSC
Mix
Produktgruppe aus vorbildlich bewirtschafteten Wäldern und anderen kontrollierten Herkünften

Zert.-Nr. SGS-COC-1940
www.fsc.org
© 1996 Forest Stewardship Council

Verlagsgruppe Random House FSC-DEU-0100
Das für dieses Buch verwendete FSC-zertifizierte Papier
Super Snowbright liefert Hellefoss AS, Hokksund, Norwegen.

1. Auflage
Originalausgabe September 2009 bei Blanvalet,
einem Unternehmen der Verlagsgruppe
Random House GmbH, München
Copyright © 2009 by Claudia Kern
Die Veröffentlichung dieses Werkes erfolgt auf Vermittlung
der Autoren- und Verlagsagentur Peter Molden, Köln.
Umschlaggestaltung: HildenDesign München
Umschlagfoto: © Eric Bouffard, studioeb
Karte: Dominika Pilzek
Redaktion: Peter Thannisch
HK · Herstellung: RF
Satz: deutsch-türkischer fotosatz, Berlin
Druck und Einband: GGP Media GmbH, Pößneck
Printed in Germany
ISBN: 978-3-442-24422-5

www.blanvalet.de

Für Roswitha und Rolf

Prolog

Ich war etwas Besonderes. Das sagte meine Mutter immer. Aber ich wusste es auch so. In unserem Dorf taten alle gern das, worum ich sie bat. Der alte Schmied Duk, der niemanden leiden konnte und seinen Schmiedehammer nach Kindern warf, wenn die vor seiner Tür spielten, schenkte mir das Holzpferd seines toten Sohns, nur weil ich ihm sagte, ich hätte es gern.

Die anderen Kinder mochten mich, wenn ich sie darum bat, und gingen mir aus dem Weg, wenn ich es vergaß. Die Erwachsenen starrten mich an oder tuschelten untereinander, wenn sie mich sahen. Gelegentlich verbot ich es ihnen, aber meistens ließ ich sie gewähren. Ich war ein Kind und genoss die Aufmerksamkeit. Ich war etwas Besonderes. Jeder im Dorf zeigte es mir.

Vielleicht war das der Grund, aus dem meine Mutter mich verkaufte, als die Männer kamen. Sechs Schwestern hatte ich und vier Brüder, aber ihre Wahl fiel auf mich. Ich stand im Stall an diesem Morgen und rieb unsere einzige Kuh mit frischem Stroh ab. Ich mochte diese Arbeit, deshalb hatte ich keinen anderen gebeten, sie für mich zu erledigen. Meine Mutter führte die Männer hinein und zeigte auf mich. Es war ein warmer Morgen. Sonnenlicht fiel durch die Ritzen im Holz und spiegelte sich in den Knöpfen der Uniformen. Es waren schöne Uniformen. Ich bat einen der Männer um seine Jacke, aber nichts geschah. Der andere griff nach meinem Arm und zog mich aus dem Stall in den Hof. Ich bat ihn, damit aufzuhören, aber er zog mich nur weiter, vorbei an zwei meiner kleinen Brüder, die zu weinen begannen, und an meiner großen Schwester, die mir wortlos nachsah. Meine

Mutter folgte mir. Sie sprach von der großen Ehre, die ich über die Familie bringen würde, von den Heldentaten, die ich als Gardist vollbringen würde, aber ich sah nur die beiden Männer mit ihren toten Augen und zahnlosen Mündern. So wollte ich nicht werden, niemals. Also bat ich sie und bettelte, bis sie mir ins Gesicht schlugen. Dann sperrten sie mich mit anderen Jungen und Männern in einen Wagen. Ich sah, wie ein dritter Mann – ein Sklavenhändler aus Charbont namens Slergg Ogivers – meiner Mutter ein paar Münzen in die Hand drückte. Sie weinte nicht. Was geht in einer Mutter vor, die nicht einmal weint, wenn sie ihren ältesten Sohn verkauft? Ich kenne die Antwort nicht, und ich bin nie an den Ort zurückgekehrt, an dem ich sie hätte erfahren können.

Der Wagen brachte uns an der Küste entlang nach Charbont. Auf dem Weg dorthin kaufte Ogivers noch vier andere Jungen. Sie waren kleiner und jünger als ich. Keiner kam freiwillig mit.

Es war so eng in dem Käfig, dass man sich nicht hinlegen konnte. Ich saß meistens in einer Ecke, den Rücken an einen Balken gelegt, den Blick durch die Gitterstäbe nach draußen gerichtet. Es war ein guter Platz, besser als die meisten anderen. Ab und zu wollten andere ihn mir streitig machen, aber ich bat sie, das nicht zu tun. Ich versuchte, Ogivers um meine Freiheit zu bitten, aber er lachte nur und schüttelte den Kopf. Also betrachtete ich die Landschaft, die langsam draußen vorbeizog. Ich hatte mein Dorf noch nie verlassen, war noch nie in einer Stadt gewesen, kannte nichts außer Feldern, Hütten und dem Ufer des Großen Flusses.

Charbont erschien mir wie ein Wunder. Die Mauern der Stadt, die hohen Türme, die vielen Menschen, an denen wir vorbeifuhren, die Plätze und die gepflasterten Straßen. Für eine kurze Zeit vergaß ich sogar das Ziel unserer Reise, aber als sich die Tore von Ogivers' Anwesen hinter uns schlossen und uns die Soldaten durch lange Gänge immer tiefer in die Erde hineintrieben, kehrte die Angst zurück.

Schließlich gelangten wir in eine Höhle. Wasser quoll zwischen den Felsen hindurch, stieg auf und floss zurück wie Luft in eine Lunge. Überall hockten Jungen und Männer am Boden. Sie waren blass, die Lumpen, die sie trugen, waren verschimmelt. Alles war feucht. Nur die Gardisten beachteten uns. Sie stießen uns zu Boden und sagten, wir müssten den Dreck essen, den das Wasser in die Höhle spülte. Wir weigerten uns. Sie prügelten auf uns ein, bis zwei starben und der Rest am Boden lag. Einer der Gardisten packte mich an den Haaren und begann mit der anderen Hand Dreck in meinen Mund zu schaufeln. Irgendwann schluckte ich. Meine Kehle brannte. Sand knirschte zwischen meinen Zähnen. Steine schnitten meinen Gaumen auf. Ein seltsamer Geschmack lag auf meiner Zunge, süß wie das Wasser des Großen Flusses und bitter wie die Asche eines Feuers. Ich übergab mich. Der Gardist schlug mir gegen den Kopf. Ich sah zu den anderen, die wie ich am Boden hockten, das Gesicht verschmiert von Dreck und Blut. Ein paar begannen mit den Händen im Schmutz zu wühlen und sich den Sand in den Mund zu stopfen. Die Gardisten schlugen nur die, die das nicht taten, also begann ich ebenfalls zu essen. Nach jeder Handvoll Dreck wollte ich mich übergeben, aber ich tat es nicht. Der Gardist ließ meine Haare los. Ich hielt den Kopf gesenkt. Um mich herum stöhnten und rülpsten Menschen. Gelegentlich schrie jemand. Das Plätschern des Wassers war wie ein Rhythmus für diese Melodie, das Rauschen des Großen Flusses wie ein Chor. Hätte ich damals geahnt, dass ich erst als erwachsener Mann wieder ins Tageslicht treten würde, ich hätte mich wohl mit dem Gesicht in eine Pfütze gelegt und auf den Tod gehofft.

Am Anfang sprachen wir noch miteinander, wir, die Neuen. In einigen Seitengängen der Höhle gab es Strohlager, die nur von uns und den Gardisten benutzt wurden. Diejenigen, die schon länger hier waren, schliefen einfach dort, wo sie saßen, und aßen weiter, wenn sie erwachten. Wir wussten nicht, was mit ihnen war, aber wir schworen uns, nicht so zu werden wie sie.

Niemandem gelang es. Niemandem außer mir.

Jeden Abend brachten uns die Gardisten Näpfe mit zerkochtem Gemüse und eingeweichtem Brot. Obwohl mein Mund geschwollen und entzündet war, zwang ich mich dazu, alles aufzuessen. Ich stellte mir vor, wie der Brei den Dreck in meinem Magen umschloss und hinausspülte, so wie das Wasser der Höhle es mit unserem Blut und unseren Zähnen tat.

Am Morgen – wir nannten die Zeit, zu der die Gardisten uns weckten, Morgen, auch wenn sich das Licht in der Höhle nie veränderte – wurden wir zu unseren Plätzen geführt. Bei uns Neuen achteten die Wachen genau darauf, wie viel Dreck wir aßen. Je tiefer das Loch vor einem beim Ende der Schicht war, desto wahrscheinlicher war es, dass man ohne Prügel zum Schlafplatz gehen durfte. Ich bat die anderen, mir bei meinen Rationen zu helfen. Während sie aßen, beobachtete ich die Gardisten, merkte mir, wer zu welcher Zeit kam und wie lange sie in der Höhle blieben. Das Auf und Ab der Wellen half mir, die Zeit zu messen. Ich wusste, dass ich fliehen musste. Ich sah es an den Gesichtern der anderen, sah, wie das Licht in ihren Augen immer dunkler, hörte, wie die Sätze, die sie sagten, immer kürzer wurden. Der Sand schien sie immer mehr auszufüllen, so wie ein Stundenglas. Sie selbst verschwanden daraus, Stück für Stück, Korn für Korn.

Ich spürte, wie der Sand auch mich veränderte. Etwas befand sich darin, das einen Teil von mir sättigte, der nie zuvor hungrig gewesen war. Es war ein angenehmes Gefühl. Ich hatte Angst davor.

Mein letzter Zahn führte mich zu der Harpune. Schon einige Tage hatte er locker gesessen, und ich war froh, als ich ihn endlich zusammen mit einigen kleinen Steinen ausspuckte. Er fiel vor mir ins Wasser. Ich griff hinein, um ihn wieder herauszuholen und so wie die anderen Zähne neben meinem Schlafplatz zu vergraben. Dabei berührten meine Finger etwas Glattes und Hartes. Ich zog daran, stieß es dann aber ebenso schnell wieder zurück in den Dreck.

Es war eine Klinge. Rau, schartig und verrostet, aber so lang wie mein Unterarm. Ich sah mich um. Es waren nur wenige Gardisten in der Höhle. Keiner von ihnen beachtete mich. Vorsichtig zog ich wieder an der Klinge. Sie löste sich aus dem Dreck. Ich hatte geglaubt, es sei ein Schwert, aber es war eine Harpune. Mein Herz klopfte. Da war sie, die Gelegenheit, auf die ich gehofft und die ich gefürchtet hatte. Ich schob die Harpune unter meine Beine, spürte das Metall auf meiner Haut. Sie hatte wohl nicht sehr lange im Wasser gelegen, denn unter dem Rost war sie fest.

Ich wartete und aß den schwarzen Sand. Die Höhle wirkte auf einmal kleiner als zuvor, die Menschen darin entfernter, so wie das nun mal ist, wenn man weiß, dass man einen Ort bald verlassen wird. Ich war bereits ein Fremder.

Ich klemmte mir die Harpune unter den Arm, als der Gardist mit meinem Napf auftauchte. Die anderen gingen längst nicht mehr zu ihren Schlafplätzen, und ich hatte mir angewöhnt, bei ihnen zu bleiben, um nicht aufzufallen. Doch an diesem Abend stand ich auf. Der Gardist sah mir nach, als ich zu meinem Schlafplatz ging. Ich spürte seine Blicke. Es waren noch zwei weitere Gardisten in der Höhle, ein dritter musste sich irgendwo in den Gängen befinden.

Ich setzte mich ins Stroh. Es gab mehrere Gänge in der Höhle, aber ich war mir sicher, dass nur einer zur Küche des Anwesens und damit in die Freiheit führte, denn die Wachen, die uns das Essen brachten, benutzten immer denselben Weg.

Der Gardist beobachtete mich immer noch. Ich sah sein Gesicht über den Rand meines Napfes. Ohne Zähne isst man langsam, aber ich bin sicher, dass niemand je langsamer gegessen hat als ich an diesem Abend. Der Gang zur Küche war weniger als einen Steinwurf entfernt, unerreichbar, solange der Gardist mich beobachtete. Mein Magen brannte, die Harpune drückte gegen meinen Arm. Ich wollte aufspringen und loslaufen, doch ich zwang mich, sitzen zu bleiben und zu essen, langsam, einen winzigen Bissen nach dem anderen.

Der Napf war fast leer, als jemand so laut würgte, dass man es über das Lied der Höhle hören konnte. Der Gardist drehte sich um und trat nach einem frisch eingetroffenen Mann. Ich blieb sitzen. Der Mann schrie und schlug um sich. Die beiden anderen Wachen gingen auf ihn zu. Ich stand auf. Der Napf fiel ins Stroh. Alle drei Gardisten umringten den Mann. Ich lief los.

Niemand beachtete mich. Die Schreie des Mannes hinter mir wurden leiser, als ich in den Gang rannte und die erste Biegung hinter mich brachte. Es ging bergauf. Meine Beine waren es nicht mehr gewöhnt zu laufen. Ich stolperte den Gang hinauf, fiel über meine eigenen Füße. Mir war schwindelig und übel. Immer wieder stieß ich mit dem Kopf an die Decke. War ich schon so groß gewesen, als ich in die Höhle kam? Ich weiß es nicht. Während ich lief, zog ich die Harpune unter meinem Arm hervor. Im Halbdunkel des Fackellichts wirkte sie dunkel und fleckig.

Der Gardist stand so unvermittelt vor mir, dass ich beinahe aufgeschrien hätte. Er trug einen Eimer mit zerkochtem Gemüse in der einen Hand und mehrere ineinandergestapelte Holznäpfe in der anderen. Er ließ beides fallen. Die Holznäpfe rollten den Gang hinunter, warmer Brei spritzte über meine nackten Füße.

Ich stieß zu, rammte die Harpunenspitze in den Bauch des Gardisten. Mit einem metallisch singenden Geräusch glitt sie von der Schnalle seines Gürtels ab und drang tief in den Körper ein. Der Schwung warf den Gardisten gegen die Wand. Ich hatte nicht gewusst, dass ich so stark war.

Der Gardist schlug nach mir. Sein Mund war aufgerissen, er stöhnte tief und gurgelnd. Seine Schläge trafen mich, brachen mir Nase und Kiefer, aber ich trieb die Klinge weiter in ihn hinein. Er trommelte mit Fäusten auf mich ein. Ich warf mich mit aller Kraft, die ich noch aufbringen konnte, gegen ihn. Etwas in seinem Körper knirschte, dann fielen seine Arme schlaff nach unten. Er sackte an der Wand zusammen. Seine Augen bewegten sich in den Höhlen, sein Kopf rollte von einer Seite zur anderen, aber der Rest seines Körpers bewegte sich nicht mehr.

Ich schnitt ihm die Kehle durch, in der Hoffnung, ihn damit erst einmal aufzuhalten. Ich konnte mich nicht mehr auf den Beinen halten, also kroch ich durch den Gang. Ich glaube nicht, dass ich jemals wieder solche Schmerzen hatte. Es fühlte sich an, als habe der Gardist mir jeden Knochen im Körper gebrochen. Vielleicht war es auch so.

Irgendwann hörte ich Stimmen und das Klappern von Geschirr. Es ging nicht mehr bergauf. Der Gang endete vor einer großen, offen stehenden Holztür. Ich kroch darauf zu. Eine Frau schrie, als sie mich sah. Ich konnte nicht sprechen, aber sie verstand auch so, was ich von ihr wollte, ebenso wie die anderen, die mich ins Innere der Küche trugen und mir das Blut aus dem Gesicht wuschen.

Wie stark ich geworden war. Ohne ein Wort zu sagen, brachte ich die Köche, Knechte und Gehilfen in der Küche dazu, mich zu mögen, mehr noch, zu verehren. Sie brachten mich in eine kleine Vorratskammer, dann ging der Küchenmeister zu seinem Herrn, um ihm von meiner Flucht zu berichten. Slergg hängte ihn und einen der Knechte im Hof, die anderen peitschte er aus. Sie gaben mir nicht die Schuld daran. Ich verbat es ihnen.

Es dauerte viele Tage, bis meine Wunden heilten. In einer Wand der Vorratskammer, knapp unterhalb der Decke, gab es ein Fenster. Das Tageslicht, das auf mein Lager fiel, verbrannte mir die Haut und ließ meine Augen tränen, doch irgendwann wurde auch das besser.

Ich erinnere mich noch genau an den Tag, an dem ich meinen Auftrag erhielt und vom Herrn zum Diener wurde. Eine Stimme weckte mich früh am Morgen. Ich öffnete die Augen und sah das wunderschöne Gesicht einer Frau auf der anderen Seite des Fensters. Das Fenster lag so hoch, dass sie es eigentlich nicht hätte erreichen können. Ich war mir sicher, dass sie schwebte.

Und dann begann sie zu reden. Ihre Stimme war sanft und rein wie das Wasser des Großen Flusses. Sie erzählte mir von den Dingen, die ich tun würde, von den Menschen und den Nachtschatten, von dem Krieg, den ich für sie entfachen würde.

Ich hätte diesem Gesicht alles gegeben. In meinem Inneren wusste ich, dass sie mit mir tat, was ich mit den Sklaven in der Küche tat, aber das war mir egal. Solange ich ihr dienen konnte, war ich glücklich.

Sie befahl mir aufzubrechen. Meine Wunden waren noch nicht ganz verheilt, aber das war mir egal. Ich ging in die Küche, befahl den Sklaven, ihre Kleider auszuziehen, und schnitt ihnen nacheinander die Kehlen durch. Sie wehrten sich nicht, standen nur weinend und mit gesenktem Kopf da. Ich erklärte ihnen, dass ich nicht wusste, wie lange meine Kräfte sie an mich binden und was sie danach tun würden. Sie verstanden meine Lage.

Ich floh durch eines der Küchenfenster und über die Mauer des Anwesens. Es war früher Morgen. Über mir erstreckte sich der endlos weite Himmel. In der Höhle hatte ich ganz vergessen, wie frei man sich draußen fühlte. Ich ließ mein Gesicht in der Stadt tätowieren. Es waren so viele Gardisten unterwegs, dass ich Angst hatte, erkannt zu werden.

Ich ging nach Norden, so wie das Gesicht am Fenster befohlen hatte. Manchmal erschien es mir im Traum. Ich glaube, es konnte durch meine Augen blicken, sah, was ich sah, aber vielleicht bilde ich mir das nur ein.

In jedem Fall führte es mich zu dem Zwerg dort oben in Somerstorm an der Grenze zum ewigen Eis. Ich traf ihn in einer Taverne, so wie das Gesicht vorhergesagt hatte. Wir tranken, und als er schließlich aufstand, war er davon überzeugt, ihm wäre eine Idee gekommen. Dass es meine war, ahnte er nicht.

Die Zeit bis zu seiner Rückkehr verbrachte ich damit, Anhänger um mich zu scharen, Gaukler. Sie waren nicht besonders gut, aber für meine Zwecke ausreichend. Ich fand viel über mich heraus in diesen Tagen. Der schwarze Sand, den ich über die Jahre hinweg geschluckt hatte, war zu einem Teil von mir geworden. Ich spürte ihn in meinen Adern und in meinem Geist. Er durchsetzte mein Fleisch und meine Knochen. Durch ihn war ich so stark geworden, doch gleichzeitig zog er auch etwas aus mir heraus. Am Anfang, als ich meine Macht noch nicht einschätzen konnte, wäre ich einige Male fast gestorben, weil ich zu viel zu erreichen versuchte. Diese Schwäche störte mich, doch dann entdeckte ich etwas Neues: Ich konnte die Schwäche an andere weitergeben und gegen ihre Stärke tauschen. Das machte mich stolz. Ich hätte gern dem Gesicht von meinen Fortschritten erzählt, aber seit es mich zum Zwerg geführt hatte, war es nicht mehr aufgetaucht.

Der Zwerg kehrte zurück. Ein zweiter Mann war bei ihm. Wir redeten lange miteinander. Trotz all meiner Bemühungen schien er mir nicht zu vertrauen. Ich wusste nicht, dass sein Name Korvellan war, ebenso wenig war mir klar, dass die beiden Nachtschatten waren. Es wäre mir egal gewesen, selbst wenn ich es gewusst hätte. Ich tat, was das Gesicht von mir wollte, nicht mehr, nicht weniger.

Und so eroberten wir Somerstorm, die Nachtschatten, das Gesicht und ich. Die Gaukler ahnten nicht, was passieren würde, als sich die Türen des Festsaals schlossen und die Männer, die sie bei sich aufgenommen hatten, zu Nachtschatten wurden. Niemand ist ehrlicher als ein Lügner, der glaubt, die Wahrheit zu sagen.

Wir verließen die Festung, noch bevor die Nachtschatten sie unter ihre Kontrolle gebracht hatten. Trotz des Siegs fühlte ich mich leer. Ich betete darum, das Gesicht noch einmal sehen zu dürfen, ihm noch einmal dienen zu können.

Die Flussgötter schickten mir Ana Somerstorm.

Nach dem Tod der Fürstenfamilie war sie die neue Herrscherin der gefallenen Provinz. Ich verstehe nicht viel von Politik, doch mir war klar, wie wichtig sie werden konnte. Ich beschloss, sie und ihren Leibwächter in meiner Nähe zu behalten und den Nachtschatten von ihrem Entkommen zu berichten. Wenn das Gesicht zurückkehrte, würde es sehen, wie sehr ich mich bemühte.

Doch das Gesicht kam nicht.

Wir zogen quer durch das Land. Blindnächte kamen und gingen. Ich wartete auf eine Nachricht der Nachtschatten, auf einen Traum, aber nichts geschah. Schließlich landeten wir als Gefangene auf einem Schiff. Ich versuchte uns zu befreien, aber ich war zu schwach. Meine Gedanken allein reichten nicht aus, weil ich zu viele gleichzeitig beeinflussen musste, weil ich meine Stärke überschätzt hatte. Sie saugten den Sand aus mir heraus wie Ungeziefer das Blut. Ich wurde so schwach, dass ich meinen Herzschlag nicht mehr hörte. Ich stürzte ins Wasser und sank immer tiefer. Meine Lunge füllte sich mit Wasser. Ich atmete nicht mehr. Es ist seltsam, wie ruhig der Körper im Tod wird. All die Geräusche, die einen ein Leben lang begleitet haben – das Klopfen des Herzens, das Rauschen des Bluts, das Säuseln des Atems –, verstummen. Nur die Stille bleibt und die letzten, verwehenden Gedanken.

Diejenigen, die von meinen Dienern zu Feinden geworden waren, sprangen mir nach. Mein Ertrinken reichte ihnen wohl nicht. Einer von ihnen griff nach meiner Schulter und riss mich herum. Die Reste des schwarzen Sands in mir bewegten meine Hand, legten sie auf die Brust des Mannes und drückten meine Finger in sein Fleisch. Der Mann ließ mich los, aber es war zu spät. Nur eine leere Hülle blieb von ihm zurück.

Ich kann mich an das, was als Nächstes geschah, kaum noch erinnern. Ich sehe mich durch den Fluss schwimmen, Menschen in einer Hütte töten, in einem Wald, auf einem Pfad. Da war ein Mann auf einem kleinen Pferd, den ich in Ruhe ließ, weil er nach Wahnsinn stank. Ich war hungrig, so hungrig. Ich aß Erde am Ufer des Großen Flusses, aber sie stillte den Hunger nicht.

Irgendwann begriff ich, dass ich tot war.

Ich glaube, ich weinte oder lachte. Es fällt mir immer schwerer, diese Dinge zu unterscheiden. Vielleicht tat ich beides.

Irgendwann traf ich auf die Miliz, die Nachtschatten in den Wäldern jagte. Sie sahen mich nur, wenn ich es wollte, und ich konnte sie um etwas bitten, fast so wie früher. Als ich dir begegnete, hatte ich bereits erkannt, dass ich Leben brauchte, um selbst zu überleben. Du warst das zweite große Geschenk auf meiner Reise. Gemeinsam werden wir gegen Westfall anstürmen, bis Menschen und Nachtschatten am Boden liegen, bis das Gesicht am Fenster erkennt, dass ich sein treuester Diener bin, und mir den Hunger nimmt, der mich verzehrt.

»Dies ist meine Geschichte«, flüsterte Daneel. Mit angezogenen Knien hockte er neben dem Fell, auf dem Schwarzklaue unruhig schlief.

Es war der achte Tag der Belagerung.

Kapitel 1

Der achtzehnte Fürst von Westfall, Laderick der Tumbe erließ ein Gesetz, das seinem Volk bei Todesstrafe verbot, etwas Schlechtes über ihn zu sagen. Bis zu seinem Tod nannte man Westfall hinter vorgehaltener Hand die »Stadt der Stille«.

Jonaddyn Flerr, *Die Fürstentümer und Provinzen der vier Königreiche, Band 2*

Alles raus! Es geht wieder los!«

Jonan schlug die Decke zurück und griff nach seinem Schwert, noch bevor er die Augen öffnete. Das rötliche Licht des Sonnenuntergangs fiel durch schmale Fenster in den provisorisch eingerichteten Schlafsaal. Seit Beginn der Belagerung schliefen die Wachsoldaten in Sälen unterhalb der Türme. Das verkürzte die Wege.

Jonan hatte sich freiwillig für den gefährlichen Nachtdienst am Haupttor gemeldet. Die meisten Angriffe der Nachtschatten fanden dort statt, und die Zauber der Magier unterschieden nicht zwischen Mensch und Nachtschatten.

Noch nicht, dachte Jonan, während er sich das Schwert umschnallte und mit rund hundert anderen Wachsoldaten auf den Ausgang zulief. Ständig hörte er Gerüchte, dass die Magier an einem Zauber arbeiteten, der Nachtschatten, die sich in ihrer menschlichen Gestalt verbargen, enttarnen würde. Das war der Grund, weshalb Jonan sich für den Dienst am Tor gemeldet hatte. Nur eine Mauer trennte ihn dort von der Freiheit und der Suche nach Ana.

Er sorgte sich um sie mehr als um sich selbst. Nur kurz hatte er sie in Srzanizar gesehen, als die Nachtschatten die Stadt angezündet hatten und ihre Einwohner in Booten und auf Schiffen geflohen waren. Jonan wusste, dass Ana auf eines der Schiffe gekommen war, mehr jedoch nicht. Er hatte angenommen, dass sie versuchen würde, sich nach Westfall durchzuschlagen. Es war der einzige Ort, der ihr noch blieb. Doch sie war nie in der Festung angekommen.

Ein Teil von ihm war erleichtert, dass sie nicht von den Nachtschatten belagert wurde, doch ein anderer, weitaus größerer Teil fragte sich, was stattdessen mit ihr geschehen war.

»Weiße Armbinden nach oben, schwarze nach unten!«, brüllte Sergeant Mornys, ein älterer Mann mit langem Kinnbart, der irgendwann in seinem langen Soldatenleben verlernt haben musste, leise zu sprechen. Sein Sohn, Dogart, schlief auf dem Strohlager neben Jonan. Er würde eines Tages den Rang seines Vaters erben, so wie der ihn von seinem Vater und der von dem seinen geerbt hatte. Das hatte Tradition in Westfall.

Jonan reihte sich in die Gruppe der Soldaten mit schwarzen Armbinden ein. Männer gähnten und rieben sich den Schlaf aus den Augen. Es stank nach Schweiß. Seit Beginn der Belagerung schliefen sie in ihren Lederrüstungen.

»Ihr wisst, wofür ihr kämpft!«, brüllte Mornys. »Hoffnung!«

»Hoffnung!«, antworteten die Soldaten mit rauen Stimmen. Jonan lief mit ihnen durch die offen stehenden Türen die Treppe hinunter in den Hof der Festung.

Es herrschte Chaos. Kinder, Hühner und Hunde liefen zwischen den Soldaten umher, wichen ihren Stiefeln aus. Alte Männer hockten in hastig errichteten Unterständen, Frauen knieten vor kleinen Lagerfeuern, kochten oder trockneten feuchte Kleidung. Die meisten Bewohner der Stadt waren vor den Nachtschatten in die Felder geflüchtet, diejenigen, die es nicht rechtzeitig geschafft hatten, waren entweder zerfleischt worden oder hatten sich in die Festung gerettet. Craymorus, der neue Fürst Westfalls, hatte die Tore für sie geöffnet.

»Sie fressen uns die Vorratskammern leer«, hatte Jonan einen Offizier sagen hören. »Das hat er jetzt davon.«

Jonan lief zur linken Seite des Tors und kletterte über eine Holzleiter auf die Mauer. Hinter ihm fluchte Dogart, als er auf den glatten, nassen Steinen ausrutschte und beinahe hinfiel. Die anderen Soldaten verteilten sich. Speere und Bogen lagen in regelmäßigen Abständen neben ihnen auf dem Wehrgang. Ein Sklave verteilte Köcher voller Pfeile.

Jonan schnallte sich einen auf den Rücken und sah zwischen den Mauerzinnen auf die Stadt hinab. Dunkler Rauch stieg zwischen den Häusern auf.

»Wird Zeit, dass es mal wieder regnet«, sagte Dogart.

Jonan nickte. Seit Tagen versuchten die Nachtschatten, die Stadt anzuzünden. Wahrscheinlich hofften sie, dass das Feuer auf die Festung übergriff. Bisher hatten eigens dafür abgestellte Magier die meisten Brände löschen können, aber während sie es regnen ließen, konnten sie nicht bei der Verteidigung der Festung helfen. Ebenso wie die Menschen in der Festung hatten auch die Nachtschatten erkannt, dass die einzig ernstzunehmende Gegenwehr von den Magiern ausging.

»Wird Zeit, dass der große Zauber kommt«, sagte ein anderer Soldat, dessen Namen Jonan nicht kannte. »Dann hätte die ganze Scheiße hier ein Ende.«

Dogart hob die Schultern. »Die Magier kriegen das hin, Nyrdok. Wirst schon sehen.«

Nyrdok schien antworten zu wollen, aber ein lang gezogener klagender Laut unterbrach ihn. Die Späher, die auf den Türmen zwischen Bogenschützen standen, bliesen in ihre Hörner.

»Sie kommen«, sagte Dogart und spuckte aus. Im Gegensatz

zu Jonan und Nyrdok trug er eine weiße Armbinde. Wenn der Befehl kam, würde er auf der Mauer bleiben und nicht nach unten laufen. Es hatte Vorteile, der Sohn eines Sergeanten zu sein.

Aus den Augenwinkeln sah Jonan die Magier. In kleinen Gruppen verließen sie das Innere der Festung. Sie trugen lange verdreckte Roben und waren barfuß. Hinter den Schilden der Leibwache, die sie wie Muschelschalen einschlossen, wirkten sie klein und verletzlich.

Menschen jubelten ihnen zu und applaudierten. Die Magier beachteten sie nicht. Ihre Gesichter waren verschlossen. Jonan sah Craymorus' Vater Milus Ephardus und seinen deutlich jüngeren Bruder Adelus zwischen ihnen. Adelus lächelte als Einziger. Er war der Jüngste der fast einhundert Magier.

Unmittelbar hinter den Toren hatte man in einem großen Halbkreis die Pflastersteine entfernt. Die Magier blieben in dem knöcheltiefen Schlamm, den der Regen zurückgelassen hatte, stehen. Die Gruppen blieben unter sich. In den Tagen zuvor hatte Jonan erkannt, dass jede sich auf einen Zauber konzentrierte.

Und dann begannen sie zu tanzen.

Sie nannten es Tanz, aber das war es nicht. Die seltsam abgehackten, fremden Bewegungen waren weder rhythmisch noch anmutig. Füße stampften auf den Boden und stampften wieder, so als habe die ganze Welt einen Moment lang die Augen geschlossen und die Bewegung übersehen, die dazwischenlag, die dazwischenliegen *musste*. Die Arme der Tänzer flatterten wie Fahnen von ihren Körpern, scheinbar knochenlos und unkontrolliert. Ihre Köpfe zuckten vor und zurück und wieder zurück, als die Welt noch einmal blinzelte. Jeder Schritt, jedes Aufschlagen einer nackten Fußsohle im Schlamm knallte scharf wie ein Peitschenschlag und war doch so leise wie der Fall einer Feder. Schlamm spritzte in die ausdruckslosen, starren Gesichter der Magier. Schweiß lief über ihre Wangen, die Roben klebten an ihren Körpern, aber sie zeigten keine Regung.

»Mir wird schlecht, wenn ich sie ansehe«, sagte Nyrdok leise.

Jonan antwortete nicht. Die Tänzer faszinierten und verstörten ihn. Es war, als gehörten sie nicht in diese Welt, so als hätten sie sich den Platz darin erzwungen.

Als wären sie keine Menschen, dachte er, doch dann wehte eine Brise den Geruch der Nachtschatten zu ihm herüber, und er wandte sich ab. »Da sind sie«, sagte Dogart ein paar Lidschläge später.

Die Nachtschatten tauchten zwischen den Häusern am Fuße des Hügels auf. Ein paar nervöse Bogenschützen schossen Pfeile ab. Sie bohrten sich weit vor den Angreifern in den Boden.

»Wartet auf meinen Befehl!«, brüllte Mornys. Er ging auf der Mauer über dem Tor auf und ab. Sein dunkler Umhang, Zeichen seines Rangs, wehte im Wind. »Verschwendet eure Pfeile nicht!«

Nach und nach sammelten sich die Nachtschatten. Einige trugen primitive Schilde, die sie aus Fensterläden und Türen hergestellt hatten, andere hielten Speere oder Schwerter in den Klauen, doch die meisten verzichteten auf solche Hilfsmittel, zogen es vor, auf allen vieren in die Schlacht zu stürmen. Jonan wusste, wie schnell und stark Nachtschatten waren, welch tiefe Wunden ihre Klauen und Zähne reißen konnten.

Meine Klauen und Zähne, dachte er und ballte die Hand zur Faust, als die Erinnerung an das Blut seiner Feinde, an ihre Schreie und ihren Angstgestank ihn zu übermannen drohte.

Er sehnte sich nach der Verwandlung. Zweimal in seinem Leben hatte er dieser Sehnsucht nachgegeben, zweimal hatte er dafür bezahlt. Also lebte er weiter in seiner Lüge, stand Schulter an Schulter mit Menschen, die den Tod von all denen wollten, die so waren wie er, und bekämpfte die Einzigen, die sie davon abhalten konnten.

»Wartet!«, brüllte Mornys. Er hatte sein Schwert hoch über den Kopf gehoben. Erste Tropfen benetzten die Klinge. Es begann zu regnen.

Die Nachtschatten verließen die Deckung der Häuser. Einige gingen los, andere folgten ihnen. Niemand schien ihnen Befehle zu geben. Es gab keine Formation, keine erkennbare Strategie, nur eine gewaltige, ständig größer werdende Masse aus Körpern, die schneller und schneller der Festung entgegenhetzte.

»Scheiße, wo kommen die alle her?« Nyrdok spannte seinen Bogen. Die Pfeilspitze zitterte im Rhythmus seines Herzschlags.

Es waren tatsächlich mehr Nachtschatten als in den Tagen zuvor. Jonan schätzte, dass mehrere tausend den Hügel hinaufstürmten. Mit langen Sätzen sprangen sie über die Leichen ihrer gefallenen Kameraden hinweg und über die Krater, die von den Zaubern der Magier in den Boden gerissen worden waren. Die Schild- und Speerträger auf zwei Beinen folgten ihnen langsamer. Ein paar warfen sichtlich frustriert ihre Waffen weg und gingen auf alle viere.

»Wartet!«, brüllte Mornys erneut. Die vordersten Nachtschatten hatten die Hälfte des Hügels bereits hinter sich gebracht. Aus den Augenwinkeln sah Jonan, dass der Tanz der Magier wilder und frenetischer wurde. Vielleicht war dies ja der Tag, auf den alle in der Festung hofften. Vielleicht hatten die Magier ihren großen Zauber vollendet und würden die Nachtschatten mit einem Schlag hinwegfegen.

Jonan war wohl der Einzige, der nicht darauf hoffte.

Langsam spannte er seinen Bogen. Der Pfeil lag reglos auf seiner geballten Faust. Er zitterte nicht.

Nyrdok warf einen Blick auf seine Hand. »Du bist ein ganz schön kaltschnäuziger …«

»Jetzt!«, schrie Mornys. Er senkte den Arm.

Mit dem hellen Summen eines Wespenschwarms lösten sich Hunderte Pfeile von ihren Sehnen. Soldaten schrien ihnen Flüche und Gebete hinterher, während sie bereits nach neuen Pfeilen griffen. Nachtschatten versuchten der Salve mit wilden Haken auszuweichen. Jonan sah, wie einer von gleich drei Pfeilen in den

Kopf getroffen wurde. Doch die meisten Pfeile blieben im Boden stecken, darunter auch seiner.

Dogart streckte die Faust in die Luft. »Ich hab einen erwischt!«

»Ich auch«, sagte Nyrdok.

Jonan hörte die Lüge in seiner Stimme. Schweigend zog er einen neuen Pfeil aus dem Köcher, zielte ins Nichts und schoss. Er hatte kein Interesse daran, die Nachtschatten von der Festung fernzuhalten. Je mehr durchkamen, desto größer das Chaos, desto einfacher seine Flucht.

Er warf einen Blick auf die Türme. Die Bogenschützen, die von dort oben schossen, gehörten zur fürstlichen Leibwache. Sie hatten den Befehl, jeden zu töten, der versuchte, die Festung zu verlassen. Die Offiziere fürchteten Deserteure fast so sehr wie Nachtschatten.

Zu Recht, dachte Jonan. Auf jeden Mann, dem es gelang, aus der Festung zu fliehen, kamen zehn, die es versuchten. Noch war die Lage unter Kontrolle, nicht zuletzt wegen Fürst Craymorus, zu dem die einfachen Soldaten mit fast kindlichem Vertrauen aufsahen. Er hatte ihnen die Magier gebracht, sie waren überzeugt davon, dass er ihnen auch den Sieg bringen würde.

Salve um Salve jagten die Bogenschützen über die Mauern, Schritt für Schritt kamen die Nachtschatten näher. Sie trugen keine Belagerungswaffen bei sich. Sie wussten, dass sie keine Rammböcke und keine Katapulte brauchen würden.

Man würde das Tor für sie öffnen, so wie bei jedem Angriff.

»Seid ihr blind?«, schrie Mornys von seinem Posten über dem Tor. »Auf was schießt ihr eigentlich?« Er stand auf und streckte den Arm aus, zeigte auf die Nachtschatten, die unbeirrt vorstürmten. »Da ist der Feind! Holt …«

Er brach ab. Eine hölzerne Speerspitze ragte aus seiner Brust. Er senkte den Kopf und brach in die Knie. Seine Hände tasteten nach dem Holz, umklammerten es, ließen dann los. Langsam kippte er zur Seite.

»Vater!«, schrie Dogart.

Jonan hielt ihn mit einer Hand fest. »Bleib hier. Er ist tot.«

»Ich weiß.« Dogart riss sich los. Geschickt kletterte er über die Zinnen und sprang auf die niedrigere Mauer über dem Tor. Dann hockte er sich neben seinen Vater.

Jonan duckte sich, als ein Speer vor ihm von den Steinen abprallte. Die Nachtschatten kamen immer näher. Das Trommeln ihrer Klauen auf dem nassen Boden mischte sich in den Tanz der Magier, gab ihm einen Rhythmus, den er zuvor nicht gehabt hatte. Ihr wütendes Brüllen hallte von den Mauern wider.

»Wo ist der Sergeant?«, rief einer der Soldaten, die neben den Tanzenden standen und ihre Schilde über sie hielten.

»Tot«, rief ein anderer zurück.

»Nein.« Dogart stand auf. Er legte sich den blutigen Umhang seines Vaters um und hielt ihn mit einer Hand fest. Mit der anderen wischte er sich Regentropfen und Tränen aus dem Gesicht. »Ich bin der Sergeant.«

»Dann sag deinen Leuten Bescheid. Es geht los.« Der Soldat nickte den Magiern zu und sagte etwas, das Jonan nicht verstand. Die Magier reagierten nicht.

Dogart wirkte verloren, allein auf der Mauer. Er zog den Umhang fester um sich. Blut tropfte auf seine Stiefel.

»Deine Befehle!«, rief der Soldat.

Jonan zögerte einen Moment, dann stand er auf. »Die Magier sind bereit. Männer mit den schwarzen Armbinden: Schnappt euch Speere und Schwerter! Unterstützt die Schildträger am Tor. Weiße Armbinden bleiben oben und schießen. Passt auf die Nahkämpfer auf. Habe ich deine Befehle richtig verstanden, Sergeant?«

Dogart nickte stumm.

Soldaten sprangen von den Mauern und nahmen Aufstellung. Nyrdok legte den Bogen zur Seite und griff nach einem Speer. »Wir haben einen verdammt guten Sergeant verloren«, sagte er leise, als Jonan die Leiter hinunterklettern wollte. »Und einen verdammt schlechten bekommen. Gibt viele, denen der Umhang besser stehen würde. Dir, mir. Wenn sich die Gelegenheit ergibt …« Er machte eine Pause. »Keiner wird was sagen, wenn du weißt, was ich meine.«

Jonan sprang wortlos auf das Pflaster. Es war nicht sein Krieg, und die Soldaten waren nicht seine Freunde. Es hätte ihm egal sein sollen, wer gewann und wer verlor, wer lebte und wer starb. Aber das war es nicht. Er fluchte leise.

Dogart sprang ebenfalls von der Mauer. Der blutige Umhang hing schwer von seinen Schultern. »Danke«, sagte er, als er neben Jonan stehen blieb und sein Schwert zog.

»Bleib in meiner Nähe.« Jonan warf einen Blick auf die Magier. Sie hatten aufgehört zu tanzen. Reglos standen sie vor dem geschlossenen Tor.

»Wieso?«, fragte Dogart. Mit dem Ärmel wischte er sich über das Gesicht. Er weinte.

»Tue es einfach.«

Er ging näher an die Magier heran. Der Schlamm unter ihren Füßen war zu Staub geworden. Die Luft schmeckte seltsam süß, und als Jonan sein Schwert berührte, sprang ein Funke von der Klinge auf seinen Finger. Erschrocken zog er die Hand zurück. Adelus drehte den Kopf, sah ihn an und lächelte. Seine Augen waren schwarz.

»Öffnet das Tor!«, schrie der Junge so laut, dass die Schildträger neben ihm die Hände auf die Ohren pressten.

Vier Soldaten lösten die schweren Riegel und Balken, die das Haupttor sicherten. Das Holz erbebte unter den Schlägen der Nachtschatten. Die ersten hatten die Festung erreicht. Die Soldaten sprangen zurück, als sie sich gegen das Tor warfen und es aufdrückten.

Nachtschatten stürmten herein, eine dunkle Masse aus Fell, Zähnen und Klauen. Jonan konnte ihren Bewegungen kaum mit den Augen folgen, so schnell waren sie. Der abgetrennte Kopf eines Soldaten flog durch die Luft, ein anderer starrte auf seinen abgerissenen, im Dreck liegenden Arm.

»Angriff!«, schrie eine Stimme. Jonan wusste nicht, warum.

Nachtschatten prallten gegen Schildträger. Die Süße der Luft wurde zum Gestank, mischte sich in den beißenden Essiggeruch, der von den Nachtschatten ausging. Einige Magier, eingerahmt von Schilden, nahmen die Arme hoch. Die Nachtschatten wurden zurückgeworfen, so als wären sie gegen eine unsichtbare Mauer gelaufen. Sie wurden von denen, die sich hinter ihnen durch das Tor drängten, niedergetrampelt. Dann erreichte die Mauer auch sie. Immer weiter drückte sie die Nachtschatten zurück, bis sie jenseits des Tors waren.

Die Gruppe aus Schildträgern, Soldaten und Magiern rückte vor. Der sanfte Regen wurde zum Sturm. Windböen peitschten durch den Hof und fuhren durch das Tor. Ein Dutzend Nachtschatten wurde emporgerissen, hoch in den Himmel hinein. Jonan sah ihnen nach, bis sie verschwunden waren. Er wischte sich das Wasser aus dem Gesicht.

Wie Könige schritten die Magier in die Woge der Nachtschatten hinein. Dogart riss sein Schwert hoch und lief los. »Für meinen Vater!«, schrie er. »Für meinen Vater!« Sein Ruf ging im Heulen des Windes und im Brüllen der Nachtschatten unter. Niemand nahm ihn auf.

Jonan folgte ihm aus der Festung hinaus. Nyrdok war dicht neben ihm. Er hielt ein Schwert in der einen und einen Dolch in der anderen Hand. Sein Blick war auf Dogarts Rücken gerichtet.

Der Sturm riss eine Schneise in die Nachtschatten. Dutzende wurden emporgerissen, unter ihnen auch einige Soldaten, die sich zu weit vorgewagt hatten.

Jonan sah eine plötzliche Bewegung über sich und warf sich zur Seite. Etwas schlug keine Armeslänge von ihm entfernt auf. Es war die Leiche eines Nachtschatten. Eiszapfen hingen in seinem

Fell. Um ihn herum schrien Soldaten laute Warnungen. Leichen fielen wie Geschosse aus dem Himmel, erschlugen Nachtschatten und Menschen zugleich.

Die Schildträger zogen die Magier weg. Einer schrie, als seine Hand Feuer fing. Vor ihnen teilte sich die Menge der Nachtschatten. Sie machten einen Bogen um die Magier, versuchten, in deren Rücken zu gelangen. Die Soldaten kannten die Gefahren. Eines hatte ihnen Craymorus immer wieder gesagt: *Die Magier müssen auf dem Boden stehen und ihren Feind sehen. Dann sind sie unbesiegbar.*

Offiziere brüllten Befehle, Sergeanten gaben sie weiter. Die Soldaten zogen sich zusammen, bis sie einen Keil hinter den Magiern bildeten. Jonan wich zurück. Der Weg in die Stadt hinein war fast frei. Die Nachtschatten konzentrierten sich auf die Magier und kesselten sie und die Soldaten ein. Er warf einen Blick zu den Türmen, auf denen die Bogenschützen standen. Der Regen war so heftig, dass er nichts außer den schlaff herabhängenden Fahnen sehen konnte. Das war seine Gelegenheit.

Jemand griff nach seinem Arm. Er fuhr herum, hätte Dogart, der mit weit aufgerissenen Augen vor ihm stand, beinahe das Schwert in den Bauch gerammt.

»Hast du den Befehl nicht gehört? Komm schon!«

Eine Klaue wischte ihn zur Seite. Jonan wusste nicht, woher der Nachtschatten so plötzlich gekommen war, aber er stand da, hoch aufgerichtet wie ein Bär, mit zurückgezogenen Lefzen. Er überragte Jonan fast um eine Kopfeslänge.

Er tauchte unter dem ersten Schlag weg und stieß mit seinem Schwert zu, ins Leere. Dogart kroch zur Seite, schreiend, den Arm auf seine aufgerissene Brust gepresst. Der Nachtschatten beachtete ihn nicht.

Seinem zweiten Hieb entging Jonan nur, weil seine glatten Stiefelsohlen auf dem nassen Gras wegrutschten. Er ging zu Boden und zog seinen Dolch aus dem Stiefelschacht. Der Nachtschatten lachte. Es war ein dunkler, heiserer Laut. Jonan sah, wie sich seine Beinmuskeln unter dem Fell anspannten, und rollte sich ab.

Der Sprung ging fehl, Jonans Schwertstreich nicht. Es zog eine dunkle Spur über das Bein des Nachtschattens. Er setzte nach, stach mit Schwert und Dolch gleichzeitig auf dessen Körper ein.

Mit einer Eleganz, die Jonan ihm nicht zugetraut hatte, wich der Nachtschatten den Schlägen aus. Im nächsten Moment war er heran. Er schlug Jonans Schwertarm zur Seite, fauchte jedoch, als der Dolch ihn traf, und sprang zurück, als hätte er sich verbrannt.

Jonan blieb stehen. Blut und Wasser tropfte von seinen Klingen. »Geh«, sagte er. »Ich habe keinen Streit mit dir.«

Der Nachtschatten zögerte, dann grinste er. »O doch, den hast du.« Er sprang.

Jonan entspannte sich. Alles wurde langsam. Er sah einzelne Regentropfen vor ihm zu Boden fallen und zerplatzen. Er sah die Magier, die sich hinter dem Wall aus Schilden und Menschen umdrehten, sah, wie sich die Erde langsam öffnete, wie ein nach langem Schlaf erwachtes, gähnendes Ungeheuer. Er sah Dogarts Angst, sah, wie der Nachtschatten sich abstieß, sah jede Klaue, die sich ihm entgegenstreckte, und jeden Muskel, der sich anspannte. In seinem Inneren warf sich das Tier brüllend gegen die Gitter, die er erschaffen hatte. Jonan sog seine Wut in sich auf.

Und kämpfte.

Als sich der Nebel aus Blut und Hass lichtete, hockte er zusammengekrümmt über dem Nachtschatten. Der Dolch steckte in dessen Auge, das Schwert in der Kehle. Jonan biss die Zähne zusammen. Das Tier in ihm brüllte lauter als je zuvor. Er ballte die Hände zu Fäusten und spürte, wie sich Krallen in seine Handballen gruben.

Nein, nein, nein, dachte er. *Nicht so, nicht jetzt.*

Er sprang auf, hielt sein Gesicht in den Regen, trank kaltes, süßes Wasser und wusch sich den Essiggeruch vom Körper. Das

Tier brüllte und tobte, aber nach einer Weile wurde es ruhig. Jonan atmete tief durch.

»Bei allen Göttern und den Vergangenen. Wie hast du das denn gemacht?«

Er fuhr herum. Das Tier in ihm knurrte. Nyrdok stand kopfschüttelnd neben ihm, den Blick auf den toten Nachtschatten gerichtet.

Jonan fuhr sich mit der Hand über den rasierten Kopf. »Er war schon fast tot, als er mich angriff.« Er war ein schlechter Lügner, schlechter noch als Nyrdok.

Der Soldat hob die Schultern. »Wenn du meinst.« Mit dem Schwert zeigte er auf Dogart, der bewusstlos in einer Pfütze lag. »Ich bringe ihn in die Festung. Wir haben den Befehl zum Rückzug erhalten.«

»Lass nur, ich mach das schon«, sagte Jonan. *Wieso kümmert mich das überhaupt?*, fragte er sich, oder vielleicht war es das Tier, das ihn fragte. Er wusste es nicht.

Nyrdok grinste. »Wenn du meinst«, wiederholte er.

Jonan drehte sich um. Die Nachtschatten zogen sich in die Stadt zurück. Dutzende, vielleicht sogar Hunderte Tote lagen im Gras. Jonan sah Fell und Uniformen. Von den Magiern standen nur noch wenige. Die meisten waren erschöpft zusammengebrochen. Jonan fragte sich, wie lange sie das durchhalten konnten.

Über ihm klarte der Himmel auf. Die Sonne hing rot über dem Horizont. Die Bogenschützen auf den Türmen blickten auf den Hügel hinab. Jonan senkte den Kopf, warf sich Dogart über die Schulter und ging zurück zur Festung.

Kapitel 2

Wer einmal einen Winter in Somerstorm erlebt hat, wird nie wieder über das Wetter klagen.

Jonaddyn Flerr, *Die Fürstentümer und Provinzen der vier Königreiche, Band 2*

In dem neuen Stollen stoßen wir ständig auf Wasser«, sagte Maccus, der Bergmann. »Ich glaube, der Fluss unterspült den ganzen Berg, Minherr.«

Gerit betrachtete den Fels und die Goldader, die ihn durchzog. Wasser lief in langen Bahnen darüber und sammelte sich am Boden. »Ist das gefährlich?«

Maccus neigte den Kopf. »Hier unten ist alles gefährlich, Minherr. Je tiefer wir in den Berg vorstoßen, desto sandiger und feuchter wird der Boden. Noch können wir die Stollen abstützen, aber ich weiß nicht, wie lange das noch gut geht.«

Er sah sich um, Gerit ebenfalls. Sie waren allein in dem schmalen Gang. Trotzdem flüsterte Maccus, als er weitersprach. »Habt Ihr den Nachtschatten von der Höhle erzählt, Minherr?«

»Nein.« Die Höhle war ein Geheimnis zwischen ihm, Maccus und Burek, dem Arbeiter, der zufällig darauf gestoßen war. Gerit wollte nicht, dass Nebelläufer und die anderen Nachtschatten davon erfuhren. Es war ihm wichtig, dass es etwas in Somerstorm gab, was er wusste und sie nicht.

Maccus kratzte sich am Hals. Eine grauschwarze Schicht bedeckte seine Haut und seine dicke Winterkleidung. Es war kalt in den Stollen. »Vielleicht wäre es besser, wenn sie davon wüssten, Minherr«, sagte er.

Gerit hörte die Vorsicht in seiner Stimme. Maccus hatte unter seinem Vater als Sklave in der Mine gearbeitet. Die Peitsche hatte ihn gelehrt, nicht zu widersprechen. Seit die Nachtschatten in Somerstorm herrschten, war er ein freier Mann, doch die Angewohnheiten aus Sklavenzeiten begleiteten ihn immer noch, so wie die Narben auf seinem Rücken.

Trotzdem hat er seine Meinung gesagt, dachte Gerit. *Er befürchtet, dass ich einen Fehler mache.*

»Warum?«, fragte er.

»Weil wir mithilfe der Nachtschatten und der anderen Arbeiter versuchen könnten, den Fluss umzuleiten. So etwas Ähnliches haben wir vor vielen Jahren bei Stollen zwei gemacht. In dem sind wir auf eine Quelle gestoßen, die wir seitdem in ein altes Stollensystem umleiten. Viele hier wissen noch, wie wir das damals gemacht haben.« Maccus hob die Schultern. Sein Atem stand als weiße Wolke vor seinem Gesicht. »Burek und ich können das nicht allein, aber es muss gemacht werden, sonst bricht hier irgendwann alles zusammen.«

»Ich werde darüber nachdenken«, sagte Gerit. Seine Stimme klang wie die seines Vaters. Er schüttelte sich innerlich. »Was ich meine«, fuhr er fort, »ist, dass ich dir für deinen Rat danke. Lass mich darüber nachdenken.«

»Ja, Minherr.« Maccus wirkte zufrieden.

Gerit drehte sich um und nahm die Fackel, die er am Eingang der Mine bekommen hatte, aus der Wandhalterung. Alles in ihm sträubte sich dagegen, den Nachtschatten von der Höhle zu erzählen. Sie war sein Geheimnis, nicht das ihre.

»Wo wollt Ihr hin, Minherr?«, fragte Maccus hinter ihm.

Gerit hielt die Fackel in den Gang. Er war abgebogen, ohne dass es ihm aufgefallen war. »Zurück nach oben.«

»Dann folgt mir. Ihr geht falsch.« Der Gang, in dem Maccus

stand, war breit genug für die Karren, mit denen Gold, Steine und Dreck aus der Mine geholt wurden. Gerit sah in den winzigen Gang, in den er abgebogen war. Wie hatte er die beiden verwechseln können?

»Wohin führt der hier?«, fragte er.

»Das ist nur ein Belüftungsstollen. Er führt nirgendwohin.« Maccus zögerte, als sei ihm doch noch etwas eingefallen. »Und zur Höhle«, sagte er dann.

Gerit folgte ihm langsam durch den Gang. Lautes Hämmern hallte aus einem der schmaleren Stollen. Nur wenige Arbeiter kamen im Winter in die Mine. Der Weg war zu beschwerlich. Gerit hatte sogar schon daran gedacht, Winterquartiere für die Arbeiter und ihre Familien neben der Mine bauen zu lassen.

»Was meinst du …«, begann er, stutzte dann aber, als ihm klar wurde, dass er eigentlich einen anderen Gedanken gehabt hatte. »Warst du noch mal dort?«, fragte er.

»Einmal.« Maccus ging weiter vor ihm her, ohne sich umzudrehen. »Ich wollte wissen, wie tief der Bach in den Berg reicht. Ich blieb nicht lange. Etwas in dieser Höhle …« Er schüttelte den Kopf.

»Ich weiß.« Gerit dachte an den Fels, so glatt, dass er sich darin spiegelte, an das seltsam blaue Licht, das aus dem Fels zu dringen schien, an das schwarze Wasser des Bachs. Und an Rickard.

»Manchmal«, sagte Maccus nach einem Augenblick, »träume ich von der Höhle.«

Gerit nickte, obwohl es niemand sehen konnte. »Ich auch, und ich glaube, Rickard ebenfalls.«

»Ist er noch bei Euch, Minherr?«

»Ja. Ich verstecke ihn.« Gerit sah Rickards vom Frost zerstörtes Gesicht vor sich. Burek hatte ihn in der Höhle gefunden. Er hatte nur die Uniform Westfalls gesehen, aber nicht geahnt, dass er auf den Erben Westfalls, Fürst Baldericks einzigen Sohn, den

Verlobten von Ana Somerstorm gestoßen war. Doch Gerit hatte ihn sofort erkannt und heimlich in die Festung gebracht.

»Seid vorsichtig, Minherr. Die Nachtschatten vertrauen Euch, aber wenn sie erfahren, dass Ihr sie hintergeht ...«

Er ließ den Satz unvollendet.

Gerit antwortete nicht darauf, sagte ihm nicht, dass seine Anwesenheit in Somerstorm nichts anderes war als eine große Lüge. Er hatte behauptet, Korvellan habe ihn geschickt, um sich um die Verwaltung der Festung zu kümmern, dabei hatte er die Armee heimlich verlassen. Im Frühjahr, wenn die Pässe frei waren und die Nachtschatten zurückkehrten, würde alles auffliegen. Eine Lüge mehr oder weniger würde sein Schicksal nicht beeinflussen.

Wieso bleibe ich hier?, fragte er sich auf dem Weg nach oben, aber er kannte die Antwort. Er blieb, weil es keinen anderen Ort gab, an dem er sein wollte. Die Festung war sein Zuhause gewesen, bevor die Nachtschatten kamen, und bis zum Frühjahr konnte er so tun, als ob sie es immer noch war. Das reichte ihm.

Sie stiegen die steile, in den Fels geschlagene Wendeltreppe hinauf. Zwei Nachtschatten standen an großen Lagerfeuern und bewachten den Eingang. Sie hatten sich Felle über die Schultern gelegt und versteckten ihre Gesichter hinter breiten Schals. Gerit nahm an, dass sie zu denen gehörten, die aus dem ewigen Eis gekommen waren. Die Kälte schien sie nicht zu stören.

Er blieb neben Maccus am Ende der Wendeltreppe stehen und zog die Pelze über, die er vor dem Gang in die Mine ausgezogen hatte. Es war so kalt, dass der Atem vor seiner Nase leise klirrend gefror.

»Denkt nicht zu lange über meinen Rat nach«, sagte Maccus, als er ihm zum Abschied die Hand reichte. »Und seid vorsichtig, Minherr.«

»Danke.« Gerit schüttelte die Hand, dann zog er die Mütze über sein Gesicht. Nur ein Schlitz für die Augen blieb frei, den

Rest seines Kopfes verbarg er unter drei Schichten aus Stoff und Pelz.

Einer der Nachtschatten sah zu ihm herüber. »Jetzt siehst du endlich aus wie einer von uns, Mensch«, sagte er dumpf hinter seinem Schal.

»So lange ich nicht rieche wie einer von euch«, rief Gerit zurück.

Der Nachtschatten, der ihn angesprochen hatte, lachte, der andere warf einen Blick in den grauen Himmel. »Willst du jetzt noch zurückreiten?«, fragte er.

Gerit nickte. »So weit ist es ja nicht.«

»Sieht aber nach einem Sturm aus.«

»Nein, ich kenne das Wetter hier. Macht euch keine Sorgen.«

Gerit ging zu seinem Pferd. Ein Arbeiter hatte es abgerieben und gefüttert. Er bedankte sich bei dem Mann und saß auf.

Der Nachtschatten hatte recht. Es sah aus, als würde das Wetter bald umschlagen, aber Gerit hoffte, dass es noch bis in die Nacht halten würde.

Der Ritt zur Festung dauerte auch auf einem schnellen Pferd wie dem seinen fast einen halben Tag. Noch länger wollte er Rickard nicht allein lassen. Der Mann, der ihm bei ihrer ersten Begegnung gezeigt hatte, wie man einen Morgenstern schwang, war zu einem Schlafwandler geworden, fast ohne eigenen Willen. Er aß und trank nur, wenn Gerit es ihm befahl.

Ich weiß nicht, ob er überhaupt noch essen und trinken muss, dachte er, während er an Wachen und Lagerfeuern vorbei zur Straße ritt. Er fragte sich oft, ob Rickard lebte oder schon längst gestorben war. Vielleicht blieb er nur in dieser Welt, um sich von seiner Verlobten zu verabschieden, so wie die Geister in den Geschichten, die sich die Dienerinnen immer erzählt hatten. Ihm gefiel dieser Gedanke, obwohl er nicht glaubte, dass es so war.

Der Sturm holte ihn auf halber Strecke ein. Er begann als Brise, in der Schneeflocken tanzten, und steigerte sich zu einem beißenden, scharfen Wind, der Gerit die Tränen in die Augen trieb und sie unter der Mütze auf seinen Wangen gefrieren ließ.

Gerit beugte sich vor und legte die Arme um den Hals seines Pferdes, um sich vor dem Wind zu schützen. Seine Hände versanken in dem dicken, rauen Winterfell. Er kannte die Gegend, in der er sich befand, wusste, dass es dort nichts gab außer Hügel, Felsen und Schnee. Es gab kein Dorf in der Nähe und keinen Hof.

Erste Sturmböen trafen ihn. Sein Pferd taumelte und wieherte. Gerit trieb es voran. Tausend Hände schienen an seinen Pelzen zu zerren, versuchten sie ihm vom Leib zu reißen. Er verlor einen Handschuh, einen der drei, die er übereinander trug.

Der Sturm steigerte sich zum Tosen, so als sporne ihn dieser kleine Sieg noch weiter an. Eis klirrte in der Luft, Sturmböen wühlten den Schnee auf. Gerit schob die Hand, die nur noch von zwei Handschuhen geschützt wurde, unter die Mähne des Pferdes.

Die Kälte nutzte jeden auch noch so kleinen Riss, kämpfte sich durch die Kleidungsschichten hindurch bis auf seine Haut. Mit Nadeln stach sie auf ihn ein.

Gerit wusste, dass er den Kampf gegen sie verlieren würde.

Der Schnee tobte um ihn herum, ein Wirbel aus Grau und Schwarz, aus Tag und Nacht. Sein Pferd blieb stehen. Seine Flanken zitterten, ob vor Kälte oder Angst, wusste Gerit nicht. Er schmiegte sich an seinen Hals.

Nässe, die Vorhut des Todes, kroch in seinen Körper. Seine Zähne schlugen aufeinander. Seine Muskeln verkrampften sich. Er versuchte an etwas zu denken, irgendetwas außer der Kälte und dem Tod, aber der Sturm ließ ihn nicht los, hämmerte weiter unerbittlich auf ihn ein.

Plötzlich wurde es still.

Und dann hörte er die Stimmen.

»Da ist er.«

»Macht das Tor auf!«

Das Pferd bewegte sich. Hände griffen nach ihm, nicht die eisigen Hände des Sturms, sondern warme und lebendige. Er wurde aus dem Sattel gezogen.

»Macht Wasser heiß, und lasst ein Bad ein!«, rief eine Stimme. Gerit erkannte sie. Mamee.

Er öffnete die Augen. Der Himmel über ihm war dunkel und wolkenverhangen. Es war Nacht in der Festung Somerstorm.

Jemand trug ihn in die Küche. Er hörte das Klappern von Geschirr und rasche Schritte. Mamee beugte sich über ihn und begann seine nassen Pelze auszuziehen.

»Wir haben den Sturm im Norden gesehen«, sagte sie. »Ich hatte Angst um dich.«

Gerit fielen die Augen zu. Er war so müde, dass er ihren Worten kaum folgen konnte. »Wer hat mich hergebracht?«

Er musste die Frage zweimal wiederholen, bis Mamee sie verstand.

»Niemand«, sagte sie. »Du hast es allein geschafft.«

Nein, dachte Gerit, *das habe ich nicht*.

Er erwachte. Graues Licht fiel in das Zimmer. Die Felle, mit denen man ihn zugedeckt hatte, waren schwer und rochen nach schlecht gegerbtem Leder. Er genoss ihre Wärme.

Mamee saß neben ihm auf einem Kissen. Sie hatte die Beine angezogen und stützte das Kinn auf die Knie. »Ich bin sehr stolz auf dich«, sagte sie, als er die Augen öffnete. »Alle hier sind stolz, sogar Nebelläufer.«

Gerit schüttelte den Kopf. »Ich habe nichts getan, was Stolz verdient. Ich habe auf meinem Pferd gesessen und gefroren.«

»Du hast gekämpft. Es war ein schwerer Sturm, aber du hast ihn besiegt.« Sie streckte die Beine aus und lächelte.

»Nein, das habe ich nicht.« Er setzte sich auf. Man hatte ihn in eines der Zimmer im Gästeflügel gebracht, nicht in die Küche, wo er normalerweise schlief. Er fühlte sich dort wohler als im Haupthaus.

»Ich war viel zu weit weg«, fuhr er fort. »Ich müsste tot sein.«

»Aber das bist du nicht, also hast du gesiegt. Es gibt keine andere Möglichkeit, also wieso sträubst du dich so dagegen?«

Weil es unmöglich wahr sein kann, dachte Gerit, sprach den Gedanken aber nicht aus. »Ich weiß es nicht«, sagte er stattdessen.

Mamee strich ihm über die nackte Brust. »Dann freue dich über deinen Sieg und über dein Leben.«

»Das werde ich.« Gerit lehnte sich zurück und schloss die Augen.

Das Bett bewegte sich, als Mamee aufstand, dann hörte er, wie die Tür leise geschlossen wurde.

Er öffnete die Augen und schlug die Felle zurück. Der Himmel jenseits des Fensters war so wolkenverhangen, dass es ihm schwerfiel, die Tageszeit zu schätzen.

Vormittag, dachte er, *vielleicht schon Mittag.*

Mamee hatte frische Kleidung über einen Stuhl gehängt: lange Unterwäsche, ein dunkles Hemd aus schwerem Stoff, eine pelzbesetzte Jacke und eine Lederhose. Die Sachen passten, obwohl sie ihm nicht gehörten. Er zog seine gefütterten Stiefel an und öffnete vorsichtig die Tür. Der Gang war leer.

Gerit ging durch den ganzen Flügel, ohne einem Nachtschatten zu begegnen. Die meisten hielten sich wie er in den ehemaligen Sklavenquartieren auf. Ihnen schien die Enge zu gefallen.

Er betrat einen breiten, holzvertäfelten und mit Teppichen ausgelegten Gang. Wie aus dem Nichts tauchte eine Erinnerung in ihm auf: Ana und er, balancierend auf den schmalen goldenen Rändern der Teppiche. Sie hatten sich vorgestellt, es gäbe Abgründe auf beiden Seiten der Ränder. Ein falscher Schritt und man war tot.

Wie recht wir hatten, dachte Gerit.

Er blieb stehen und drückte gegen eine Holzvertäfelung, die sich in Nichts von den anderen unterschied. Es knirschte, dann schwang sie auf. Gerit kletterte in den schmalen Gang dahinter.

Als kleiner Junge hatte General Norhan, der engste Berater seines Vaters, ihm die Gänge gezeigt. Sie zogen sich durch die gesamte Festung und unter dem Innenhof entlang. Der erste Fürst von Somerstorm hatte die Gänge beim Bau der Festung angelegt, aus Angst vor Überfällen. Die Nachtschatten wussten von dem Gangsystem, interessierten sich jedoch nicht dafür.

Gerit kletterte über die alten Holzleitern nach unten. Es war dunkel, aber er brauchte kein Licht. Er hatte als Kind ganze Tage in den Gängen zugebracht, war nur herausgekommen, um zu essen und zu lernen. Wahrscheinlich gab es niemanden, der sie so gut kannte wie er.

Rickard hatte er in einem Ochsenkarren versteckt unter Säcken von Maka-Wurzeln bis zu den Stallungen gebracht. Dort gab es Gänge, die zu einigen kleinen Räumen unterhalb der Festungsmauer führten. Gerit vermutete, dass dort einmal Waffen gelagert worden waren.

Er lief durch einen dunklen Gang. Es roch nach Holz und Erde. Am Ende des Gangs war es hell. Gerit hatte Rickard neben Wasser und Maka eine Kiste voller Kerzen dagelassen. Anscheinend hatte er es geschafft, die Flamme nicht ausgehen zu lassen, denn mit seinen abgestorbenen Fingern hätte er sie nicht wieder anzünden können.

»Rickard, ich bin es«, sagte Gerit, als er den Raum betrat. »Ich bin zurück.«

Im ersten Moment dachte er, Rickard sei tot. Er lag mit dem Gesicht nach unten auf dem Boden. Schwarzer Sand rieselte aus seinem lippenlosen Mund.

Gerit ging neben ihm in die Knie. Vorsichtig drehte er Rickard auf den Rücken. Bei jeder Bewegung raschelte es, so als blättere er in den Seiten eines Buchs.

»Rickard?«

Die Augen in dem vom Frost zerstörten Gesicht bewegten sich. Sie sahen Gerit nicht an, das taten sie nie. In der Enge des Raums schien Rickard auf etwas weit Entferntes zu blicken. Gerit fragte sich, ob er blind war.

»Was ist passiert?« Er stellte die Frage, obwohl er wusste, dass er keine Antwort erhalten würde. Die Kälte hatte Rickard Lippen und Zunge genommen. Er konnte nicht mehr sprechen. Er versuchte es auch nicht.

Gerit setzte ihn auf. Rickard war so leicht, dass er Angst hatte, ihn zu zerdrücken.

»Alles wird gut«, sagte er. »Ich bin ja wieder da.«

In einer Ecke des Raums stand ein Wasserfass, daneben ein Korb mit Brot und Tonkrüge voll eingelegten Maka-Wurzeln. Gerit hatte all das vor seiner Abreise aufgefüllt, aber es sah nicht so aus, als fehle etwas.

Er stand auf. »Ich mach dir was zu essen.«

Rickard stöhnte, ein tiefer, klagender Laut, der nicht enden wollte. Er hob die Arme. Seine schwarzen toten Hände schienen nach etwas zu greifen.

»Was ist denn?« Gerit hockte sich wieder hin. Die Hände fanden ihn, tasteten sich über seine Beine zum Oberkörper und legten sich um ihn. Gerit wäre beinahe zurückgewichen, doch dann ließ er die Umarmung zu. Rickards Arme waren kalt und hart, wie gefrorene Holzscheite. Sie zogen Gerit heran und hielten ihn fest.

Das Stöhnen verstummte.

»Was ist denn los?«, fragte Gerit leise. »Wieso tust du das?«

Rickard hielt ihn in seiner steifen Umarmung fest und drehte den Kopf, bis er ihm in die Augen sah. Gerit war nicht aufgefallen, wie hell seine Augen waren. Sie sahen aus wie Eis.

Und dann verstand er.

»Du warst es«, sagte er. »Du hast mich aus dem Sturm geholt.«

Rickards Blick kehrte in die Weite zurück. Seine Arme fielen schlaff in seinen Schoß.

Kapitel 3

Die Gesetzbücher der Stadt Charbont umfassen sechsundvierzig Bände mit insgesamt mehr als dreißigtausend Gesetzen. Charbont ist die Stadt mit den meisten Advokaten und die mit den meisten Verbrechern.

Jonaddyn Flerr, *Die Fürstentümer und Provinzen der vier Königreiche, Band 2*

Sie dachte an nichts anderes als an die Flucht.

Zehn Tage zuvor hatten sie Charbont hinter sich gelassen, doch Ana erschien es, als lägen Jahre zwischen ihrer Flucht aus Srzanizar und der Begegnung mit Cascyr, dem König ohne Land, wie er von allen genannt wurde.

Man wird ihn nicht mehr lange so nennen, dachte Ana. *Nicht, wenn er seinen Willen durchgesetzt hat.*

Sie drehte sich im Sattel ihres Pferdes um. Die Straße, auf der sie ritten, war von Feldern umgeben und führte am Großen Fluss entlang. Staub hing in der Luft, aufgewirbelt von Tausenden Soldaten, die wortlos und mit starr nach vorn gerichtetem Blick ihrem Ziel entgegenmarschierten.

Ewige Garde, Cascyrs zahnlose, unzerstörbar scheinende Elitesoldaten. Ana hatte die Höhle gesehen, in der sie erschaffen wurden, hatte gesehen, wie sie den schwarzen Sand fraßen, den der Große Fluss anspülte. Ihr wurde übel bei dem Gedanken.

»Wie weit ist es nach Somerstorm?«, fragte Merie, die neben ihr ritt. Sie war jünger als Ana. Banditen hatten sie in Srzanizar als Geisel gehalten, aber Merie wusste nicht, warum. Ana hatte dafür gesorgt, dass sie als Zofe bei ihr blieb.

Ana wandte den Blick von den Soldaten ab. »Weit«, sagte sie. »Wir werden noch viele Tage reiten.«

»Und dann?«

»Wir werden sehen.« Ana strich sich die Haare aus dem Gesicht. »Vielleicht müssen wir den Winter erst abwarten. Wenn die Pässe zu sind, kommt niemand nach Somerstorm.« Der Gedanke wärmte sie. »Meine alte Zofe Zrenje erzählte oft von einem Winter, der zwei Jahre dauerte. Fast ihr ganzes Dorf verhungerte.«

»Warum ist Zrenje nicht mehr deine … Eure Zofe?« Merie neigte dazu, die richtigen Fragen zu stellen, auch wenn sie die Anreden immer noch verwechselte.

»Weil sie tot ist«, sagte Ana. »Sie starb beim Angriff der Nachtschatten auf die Festung meines Vaters.« Sie zog an den Zügeln ihres Pferdes, als die Kolonne aus Pferden, Kutschen und Menschen langsamer wurde.

Einer der Soldaten, die sie jeden Tag begleiteten, richtete sich im Sattel auf und sah nach vorn.

»Es geht nicht weiter«, sagte er zu dem Gardisten, der neben ihm ritt. »Ich werde nachsehen, was los ist. Du bleibst hier.«

Der zweite Soldat nickte. Ana war aufgefallen, dass die Ewige Garde aus zwei Gruppen bestand: Die kleinere Gruppe gab Befehle, redete und handelte selbständig, während die größere nur Anweisungen ausführte, so als hätte sie keinen eigenen Willen. Ana hatte versucht, ihnen Befehle zu geben, aber sie hörten nur auf andere Gardisten und auf Cascyr.

»Warum seid Ihr dann so traurig?«, fragte Merie. »Die Ewige Garde will die Nachtschatten doch aus Somerstorm vertreiben. Sie rächen Eure tote Familie.«

Weil ich eine Sklavin sein werde, wenn Cascyr Somerstorm erobert, dachte Ana. *Weil er mir mein Zuhause wegnehmen will, so wie es die Nachtschatten getan haben. Er ist nicht besser als sie.*

Doch das konnte sie nicht laut aussprechen, während der Gardist neben ihr ritt, also sagte sie nur: »So persönliche Fragen gehören sich nicht für eine Zofe.«

»Entschuldigt bitte.«

»Schon gut.«

Die Kolonne war stehen geblieben. An ihrer Spitze wehten weiße Fahnen im Wind. Sie gehörten zu Cascyrs Sänfte. Acht Gardisten trugen sie, ein weiteres Dutzend bildete seine Leibwache.

Cascyr hatte die Sänfte verlassen und redete mit Erys. Die Anführerin der Banditinnen von Srzanizar hielt ihr Pferd an den Zügeln und nickte gelegentlich. Sie trug eine speckig glänzende Lederrüstung, Cascyr weiße lange Roben. Er trug immer weiß, eine Farbe, die in manchen Provinzen Göttern und Königen vorbehalten war. Er schien davon besessen zu sein.

Der Gardist bahnte sich seinen Weg zwischen Karren und Pferden hindurch. Er blieb neben Ana stehen und sah hinauf zu ihr. »Ihr könnt absteigen. Wir schlagen hier unser Lager auf.«

»Warum?«, fragte Ana. »Es ist noch nicht mal Nachmittag.«

»Der König befiehlt es.« Seine Stimme klang verärgert, obwohl sein Gesicht ausdruckslos blieb.

Bilder blitzten kurz in Anas Geist auf. Ihr Fuß, der nach vorn schnellt. Der zurückfliegende Gardist. Ihr wieherndes Pferd, das über die Felder galoppiert, weg, einfach nur weg, ohne ein Ziel zu haben.

Du würdest keinen Speerwurf weit kommen, sagte Jonans Stimme in ihrem Inneren. Sie hatte sich angewöhnt, ihre Fluchtpläne aus seinem Blickwinkel zu betrachten. In ihren Gedanken sprach er sie vertraut an, wie eine Gleichgestellte, wie eine Freundin. Sie vermisste ihn.

Der Gardist griff in die Zügel von Anas Pferd. »Der König befiehlt es«, wiederholte er.

»Der König hat doch bestimmt einen Grund für seinen Befehl, oder?« Um Ana herum stiegen Soldaten von ihren Pferden. Einige nahmen Äxte aus den Satteltaschen und gingen auf die Felder und den Wald zu, der dahinterlag.

Ana blieb sitzen. Der Gardist sah sich um, so als suche er nach Rat. Er zog seine Unterlippe in den Mund und kaute zahnlos darauf herum.

Merie sprang von ihrem Pferd. Sie wirkte ängstlich. »Ich werde Euer Zelt vorbereiten, Herrin«, sagte sie.

Ana antwortete nicht. »Was ist der Grund für den Befehl?«, fragte sie stattdessen den Gardisten.

Der zögerte, dann sah er erneut zu ihr hinauf. »Der Fluss vor uns ist überflutet. Das Wasser hat die Brücke unterspült. Wir müssen sie reparieren.«

»Danke.« Ana ließ die Zügel los, schwang ein Bein über den Sattel und rutschte vom Rücken des Pferds. Sie hatte wieder etwas Neues über die kleinere Gruppe der Gardisten gelernt. Sie trafen ihre eigenen Entscheidungen, aber es fiel ihnen nicht leicht.

Ein unbekannter Feind ist wie ein geschlossenes Buch. Man weiß nicht, was sich darin verbirgt. Ihr Vater hatte dieses Sprichwort geschätzt. Ana begann zu verstehen, weshalb.

Sie ging an der Kolonne vorbei. Die beiden Gardisten folgten ihr zu Fuß, die Pferde an den Zügeln hinter sich herführend. Ana hatte sich bereits an sie gewöhnt und bemerkte sie kaum noch.

Die Felder, an denen sie vorbeiging, waren flach. Wintergemüse stand darauf. In einiger Entfernung ragten die Dächer eines Dorfs über die grünen Blätter. Ana nahm an, dass sie sich in Westfall befanden. Seit Beginn ihrer Flucht war das ihr Ziel gewesen. Irgendwo im Westen lag die Stadt mit der Festung, in der sie nach ihrer Heirat mit Rickard, dem Sohn des Fürsten, hätte leben sollen. Sie erinnerte sich an ihre Träume, an das Leben, das ihr wie eine gerade, mit Gold und Glück gepflasterte Straße erschienen war. Eine Heirat mit Rickard, sie als Fürstin vom Somerstorm mit Gerit als Verwalter ihres Reichtums, Söhne, die auf der Insel der Meister ausgebildet wurden, Töchter, die bei den Banketten in der Festung die Blicke aller Fürstensöhne auf sich zogen.

Wie dumm ich war, dachte Ana. Es gab keine gerade Straße, nichts war absehbar, alles konnte sich in einem einzigen Moment ändern. Das Zuschlagen einer Tür im Festsaal von Somerstorm, ein Freund, der sich in ein Ungeheuer verwandelte. Es gab keine Gewissheit.

Der Boden wurde feucht unter Anas Stiefelsohlen. Pfützen standen auf den Feldern. Sie hörte das Rauschen von Wasser. Gardisten liefen an ihr vorbei zu dem Fluss, vor dem die Kolonne angehalten hatte. Wassermassen wälzten sich durch das schmale Flussbett und schwappten in die Felder hinein. Das Wasser war braun und trug abgerissene Äste und ganze Bäume mit sich. Es hatte die breite Holzbrücke unterspült. Sie neigte sich zu einer Seite. Die Balken, die man tief in die Uferböschung getrieben hatte, ragten aus dem Wasser heraus.

»Flussaufwärts muss es ein Unwetter gegeben haben«, sagte jemand neben Ana.

Sie drehte den Kopf. Es war Erys. Sie trug ihr langes schwarzes Haar offen. Es fiel über die Schultern bis zu den Brüsten.

»Ja«, sagte Ana. Sie sah sich um. Die Gardisten waren hinter ihr stehen geblieben. Ihre Augen blickten ins Leere, ihre Gesichter waren ausdruckslos.

»Du weißt, welche Pläne Cascyr hat?«, fragte Ana leise. Das Rauschen des Flusses übertönte ihre Worte beinahe. Sie und Erys konnten zum ersten Mal allein reden.

»Natürlich. Ich bin in alles eingeweiht.«

»Wieso hilfst du ihm dann und nicht mir?«

»Du willst ihn nicht heiraten«, sagte Erys. »Ich verstehe das. Cascyr ist nicht gerade der Traummann eines jungen Mädchens. Er ist kein Rickard.« Die kleinen Falten rund um ihren Mund zuckten. Ein Lächeln? Ana war sich nicht sicher. »Aber er ist das

Beste, was dir passieren konnte. Er wird dir deine Heimat zurückgeben und deinen Titel. Du wirst ihm ein paar Kinder gebären, und wenn du alt genug bist, nimmst du dir einen Liebhaber und ziehst dich in ein kleines Schloss mit diskreten Dienern zurück. Viele haben dieses Leben schon vor dir gelebt.«

Aber ich will es nicht leben, dachte Ana. »Dir hat es aber nicht zugesagt.«

Erys lächelte. Ihr Blick richtete sich auf etwas jenseits des Flusses und jenseits der Zeit. »Ich stand auf der falschen Seite«, sagte sie so leise, dass Ana sie kaum verstehen konnte. »Ich war die Geliebte, die andere Frau.«

»Und das willst du wieder sein? Wenn Cascyr mich heiratet und sein Königreich erschafft, was ist dann mit dir?«

»Er wird mir einen Titel geben und die Herrschaft über alles östlich des Großen Flusses.« Erys' Blick kehrte zurück zu Ana. »Über all das, was einst Maracor gehörte.«

Maracor, der Rote König. Seine Geliebte war Erys gewesen, und sie liebte ihn immer noch, obwohl er ihr nie die Anerkennung gegeben hatte, nach der sie sich sehnte.

Ana schüttelte den Kopf. »Das wird er nicht. Er ...«

Erys ließ sie nicht ausreden. »Ich bin nicht naiv, Kind. Ich weiß, dass er nur mit mir schläft, weil ich einst das Lager des Roten Königs teilte. Aber er wird mir geben, was ich will, weil er mir vertrauen kann. Ich habe Maracor nie verraten, und ich werde auch ihn nicht verraten. Nur die Garde und ich sind ihm loyal, aber im Gegensatz zu ihnen folge ich ihm aus Überzeugung.«

Sie atmete tief durch. An der Brücke stiegen die ersten Gardisten ins Wasser. Sie waren mit Seilen gesichert und stemmten sich gegen die Fluten.

»Aber er kann dir die Provinzen auf der anderen Seite des Flusses nicht geben. Die Hälfte der Fürsten dort hat Abkommen mit Somerstorm.« Aus den Augenwinkeln sah Ana Cascyrs weiße Gestalt näher kommen. Sie sprach schneller. »Wenn er sie bricht, werden ihm die anderen Fürsten nie vertrauen. Sie werden das Knie vor ihm beugen, aber selbst die größte Armee der Welt kann ihn nicht immer vor ihren Attentätern schützen. Glaubst du, das würde er für dich riskieren?«

Erys schwieg.

»Da sind ja Unsere beiden Lieblingsfrauen«, sagte Cascyr. Er benutzte den Hohen Dialekt Westfalls, eine verschraubte, schwierige Sprache, die Ana zwar verstand, aber selbst nicht sprechen konnte.

Sie zuckte zusammen, als er ihr mit der Hand über den Rücken strich. Er war ein weich aussehender Mann. Sein Gesicht war blass und teigig, die Augen klein. Sein braunes Haar war von dünnen weißen Strähnen durchzogen.

Erys lächelte. Es wirkte gezwungen. »Wir wollten uns die Fluten ansehen. Sieht so aus, als säßen wir fest.«

Cascyr seufzte und winkte ab. Sonnenlicht brach sich in den schweren Ringen an seinen Fingern. »Wir müssen wohl eine neue Brücke bauen lassen. Wir haben zur Sicherheit ein paar Reiter ausgeschickt, die nach anderen Wegen suchen sollen, aber Wir befürchten, dass Wir die Wärme Westfalls noch einige Tage genießen müssen. In Somerstorm werden Wir sicher noch voller Melancholie auf die sonnige Zeit hier zurückblicken.«

»Niemand zwingt Euch zu gehen.« Der Satz war heraus, bevor Ana darüber nachdenken konnte. Sie erschrak, als sie die plötzliche Kälte in Cascyrs Augen sah. Einen Lidschlag später war sie verschwunden.

»Das Schicksal zwingt Uns zu Unseren Taten«, sagte er im Tonfall eines Priesters. »Selbst die Götter unterliegen ihm, weshalb sollten Wir Uns also gegen es sträuben.« Er drehte sich zu den Gardisten um. »Das Schicksal gab Uns eine Armee und den richtigen Zeitpunkt, um mit dieser Armee das höchste aller Ziele zu erreichen: die Vereinigung der vier Königreiche, die Vollendung des Traums, der Maracor das Leben kostete.«

Er verneigte sich vor Erys. Sie nickte ihm zu.

»Und Somerstorm«, fuhr Cascyr fort, »ist der erste Schritt auf diesem Weg.« Er sah Ana an. »Freut Ihr Euch denn nicht darauf, Eure Heimat aus den Klauen der Ungeheuer zu befreien?«

Sie wusste nicht, was sie darauf entgegnen sollte. »Natürlich freue ich mich darauf«, sagte sie nach einem Moment. »Ich wünschte nur, der Preis wäre nicht so hoch.«

Cascyr schien sie misszuverstehen. »Der Tod Eurer Eltern und Eure Flucht liegen natürlich schwer auf Eurer Seele, aber Wir sind sicher, dass Euer Bruder weit schrecklichere Geschichten aus seiner Gefangenschaft zu berichten weiß.«

»Mein …« Ana brach ab und schluckte.

Lass es dir nicht anmerken, dachte sie, während ihr Herz schneller zu schlagen begann und Tränen Cascyrs Gesicht verschwimmen ließen. *Er soll nicht merken, wie wenig ich weiß.*

»Woher wisst Ihr vom Schicksal meines Bruders?«, fragte sie mit einer Ruhe, die sie sich nie zugetraut hätte.

»Könige haben ihre Quellen«, sagte Cascyr. »Euch war seine Gefangennahme bekannt?«

»Natürlich.« Sie war sicher, dass ihr Lächeln einer Grimasse ähnelte. »Auch Fürstentöch… Fürstinnen haben ihre Quellen.«

Gerit hatte überlebt. Sie fühlte sich, als wäre ein schwarzer Schleier von ihren Erinnerungen an ihn gerissen worden.

»Geht es dir nicht gut?«, fragte Erys.

»Doch.« Ana nickte. Ihre Stimme klang belegt. »Ich musste nur an das Leid meines Bruders denken.«

»Wir verstehen Eure Sorge.« Cascyr legte seinen Arm um sie. »Ihr werdet ihn schon bald wiedersehen, das versprechen Wir Euch.«

Ana löste sich aus der Umarmung. Cascyr roch süßlich wie überreifes Obst. »Ich möchte zurück in mein Zelt.«

»Selbstverständlich. Ihr habt Unsere Erlaubnis, Euch zu entfernen.«

Sie ließ Cascyr und Erys stehen und lief zurück. Die Gardisten hielten Schritt mit ihr.

Sie sah, dass Merie das Zelt bereits zwischen anderen aufgebaut hatte. Die Stoffbahn, die den Eingang bildete, war zurückgeschlagen. Im Inneren breitete Merie gerade einige kleine Teppiche aus.

Ana schlüpfte durch den Eingang und zog den Stoff nach unten. Die Gardisten blieben vor dem Zelt stehen. Sie sah ihre Schatten an den Wänden.

Merie sah auf. »Was ist denn los?«

Ana umarmte sie. »Er lebt«, flüsterte sie. »Mein Bruder lebt.«

Kapitel 4

Die Bibliothek der Festung von Westfall ist eine der größten in den vier Königreichen. Umso merkwürdiger mag es dem Reisenden erscheinen, dass kaum ein Fürst seit Willram dem Kopflosen die Kunst des Lesens erlernt hat und dass der Zugang zur Bibliothek Fremden wie Untertanen verboten ist. Was für eine Schmach muss sich darin verbergen, wenn sie glauben, sie nur durch Unwissenheit tilgen zu können?

Jonaddyn Flerr, *Die Fürstentümer und Provinzen der vier Königreiche, Band 1*

Es war der zehnte Tag der Belagerung. Am Vorabend hatte es keinen Angriff gegeben, trotzdem lagen sechs Leichen aufgebahrt in dem kleinen Tempel der Festung. Jonan nahm an, dass sie Verletzungen erlegen waren, die sie sich früher zugezogen hatten. Vielleicht waren sie auch am Bluthusten gestorben, der sich in den Unterständen der Flüchtlinge ausbreitete.

Er konnte es nicht erkennen, denn wie in Westfall üblich, hatten die Priester die Gesichter der Toten mit Tüchern bedeckt. Jemand hatte ihm erklärt, damit solle verhindert werden, dass die Seele durch Mund und Nase entwich, bevor die Leiche verbrannt wurde und sie mit dem Rauch zu den Göttern aufsteigen konnte. Eine Seele, die sich vorher aus dem Körper löste, wurde zum Geist und brachte Unglück über alle, die sie berührte.

Jonan schüttelte den Kopf, als er daran dachte. Er verstand

nicht, warum Menschen ein solches Geheimnis aus dem Tod machten. Man lebte, man starb, und wenn man Glück hatte, lebte man lange, bevor man starb. Das war alles.

Er blieb am Eingang des Tempels stehen. Er lag in einem Seitenflügel der Festung, nicht weit von den Mannschaftsquartieren entfernt. Der Raum war rund, die Fenster hatte man bis auf eines verhängt. Das Licht daraus fiel auf einen von mehr als zwanzig Altären, die an den Wänden standen. Einige waren mit Blumen und Obst geschmückt, andere mit Kupfermünzen, bunten Stoffen, Tierkadavern und Schüsseln voller Wasser und Blut. Es roch nach Weihrauch, Frühling und Verwesung.

Vor einigen Altären knieten Soldaten, vor anderen standen oder lagen sie. Es wurde gesungen, gesprochen und geschwiegen. Priester schritten zwischen ihnen hindurch, rein und unversehrt, perfekte Abbilder ihrer perfekten Götter.

Jonan spürte, wie jemand neben ihm stehen blieb.

»Willst du nicht beten?«, fragte Leutnant Garrsy. Er gehörte zu Craymorus' Leibwache. Gemeinsam hatten sie den Fürsten aus der Stadt der Magier nach Westfall begleitet.

»Für meinen Gott gibt es hier keinen Altar«, sagte Jonan.

»Wirklich?« Garrsy wirkte überrascht. »Wer ist dein Gott?«

Jonan schwieg. Er wollte nicht lügen.

»Ich verstehe«, sagte der Leutnant nach einem Moment. Dann kratzte er sich am Kopf. »Hat der Fürst in den letzten Tagen nach dir schicken lassen?« Er sprach leiser als zuvor, wie ein Verschwörer.

»Nein«, sagte Jonan. »Ich sehe ihn nur noch selten.«

»Ich auch, und das gefällt mir nicht.« Garrsy zog eine Laus aus seinen Haaren und zerquetschte sie mit angewidertem Gesichtsausdruck. Die Blutstropfen wischte er an der Hose ab. »Wenn er sich nicht mit den Magiern umgibt, vergräbt er sich in der Bibliothek oder ...« Er zögerte. »... an dem anderen Ort, zu dem er immer geht. Du weißt, was ich meine.«

Jonan nickte. Er hatte Craymorus selbst zu dem Kerker gebracht, in dem seit vielen Blindnächten ein gefangener Nachtschattenjunge in Ketten lag. Niemand wusste, was sich in dem Raum abspielte. Craymorus sprach nie davon, und auch die Kerkermeister schwiegen.

»Das ist nicht gut. Das Volk braucht seinen Fürsten.« Garrsy sah sich um. »Ich weiß nicht, wie die Stimmung unter den Männern ist. Ich bin Offizier. Mir sagt eh keiner die Wahrheit. Aber du könntest dich für mich umhören.«

»Das werde ich«, sagte Jonan.

Garrsy schlug ihm auf die Schulter. »Danke.«

Er schien sich abwenden zu wollen, blieb dann aber stehen. »Wenn die Magier nicht bald ihr Versprechen wahr machen«, fuhr er so leise fort, dass Jonan ihn über das Stimmengewirr kaum verstehen konnte, »und die Nachtschatten mit ihrem großen Zauber hinwegfegen, werden wir schwere Zeiten erleben. Die Rationen gehen zur Neige, die Schreiner fangen bereits an, Speere und Pfeile aus Möbeln zu schnitzen, und die Schmiede schmelzen Werkzeug ein, um Pfeilspitzen daraus zu machen. Wir halten vielleicht noch zwei Blindnächte durch, danach ...« Er hob die Schultern.

Warum erzählst du mir das?, wollte Jonan fragen, doch dann erkannte er die Antwort. Garrsy machte sich Sorgen, und der Fürst war nicht bereit, sich diese Sorgen anzuhören. Deshalb hoffte er, dass Jonan seine Bedenken weitergeben würde. Craymorus vertraute ihm, zumindest war das so gewesen, bevor er sich von allen außer den Magiern zurückgezogen hatte.

»Ich werde deine Worte nicht vergessen«, sagte er.

Garrsy nickte. »Such dir einen Gott, zu dem du beten möchtest. Wir brauchen Hilfe, ob aus dieser Welt oder einer anderen.«

Jonan antwortete nicht. Garrsy wartete einen Moment, dann drehte er sich um und verließ den Tempel.

Im Inneren beendeten die Soldaten nach und nach ihre Gebete. Jonan ging zu der kleinen Gruppe, die sich vor den aufgebahrten

Leichen versammelt hatte, und half ihnen, sie nach draußen zu tragen. Im Hof brannte bereits das Feuer. Flüchtlinge senkten die Köpfe, als Jonan und die anderen Soldaten die Bahren an ihnen vorbeitrugen. Wortlos warfen sie die Leichen in die Flammen. Man hatte ihnen die Stiefel ausgezogen und die Waffen abgenommen. An der Uniform eines Toten fehlten sogar die Knöpfe.

Die Tücher auf den Gesichtern fingen Feuer. Der Wind, den das Feuer entfachte, wehte sie empor. Jonan zuckte zusammen, als er ein Gesicht, das er kannte, inmitten der Flammen sah.

Er stieß den Soldaten neben sich an. »Ist das Dogart?«

Der ältere Mann nickte. Er hatte eine vernarbte Wange und war auf einem Auge blind. »Hat ihn wohl doch noch erwischt.«

»Ich habe ihn gestern Abend noch gesehen. Da ging es ihm gut.«

»Heute Morgen nicht mehr.« Das blinde Auge zwinkerte ihm zu. »Kann passieren.«

Jonan folgte mit dem Blick dem aufsteigenden dunklen Rauch. Der Himmel über der Festung war wolkenlos. Schlaff hingen die Fahnen an den Masten.

Es ist nicht mein Krieg, dachte er. *Ich habe nichts mit alldem zu tun.*

Der Gedanke schmeckte fad. Er wandte sich von den brennenden Leichen ab, um zurück in die Festung zu gehen – und stutzte.

Gegenüber, auf der anderen Seite des Hofs, schloss sich eine schmale Tür. Der Zipfel eines Sergeantenumhangs verschwand dahinter.

Nyrdok. Jonan bog vom Weg ab und ging an Unterständen vorbei auf die Tür zu. Er wusste, dass sie zu den alten Sklavenunterkünften und einigen Vorratskammern führte. Bei seinen Wachgängen in der Festung war er einige Male dort gewesen. Die Unterkünfte wurden nicht mehr benutzt, aber in den Vorratskammern lagerte man Mehl, Trockenobst und Stockfisch. In Zeiten knapper Rationen ließ sich so etwas gut verkaufen.

Jonan wartete einen Moment, dann zog er die Tür auf. Ein

kurzer Gang befand sich dahinter, dann eine weitere Tür. Es war niemand zu sehen.

Leise schloss er die Tür hinter sich. Das Sonnenlicht, das durch kleine Fenster in den Gang fiel, wirkte blass.

An der nächsten Tür blieb er stehen und lauschte. Er glaubte, Schritte dahinter zu hören. Er zog die Tür einen Spalt auf und sah in den Gang. Nyrdok verschwand gerade hinter einer Biegung. Der Sergeantenumhang wehte ihm nach.

Jonan folgte ihm. Ein Teil von ihm fragte sich, was er tun würde, wenn er ihn einholte. Er fühlte sich, als wäre Dogarts Tod sein Versagen. Er hatte gewusst, dass Nyrdok ihn umbringen wollte, und hatte nichts dagegen unternommen.

Weil es dich nichts anging, sagte eine Stimme in ihm. Sie hatte recht, ebenso wie Nyrdok recht gehabt hatte. Dogart wäre ein schlechter Sergeant gewesen, der seine Männer früher oder später in den Tod geführt hätte. Mit seiner Ermordung hatte Nyrdok vielleicht Schlimmeres verhindert und Soldaten gerettet.

Wenn er nur einem anderen den Umhang gegeben hätte.

Hätte er das getan und damit bewiesen, dass es bei seiner Tat nicht nur um ihn selbst gegangen war, hätte Jonan ihn in Ruhe gelassen. Doch das hatte er nicht. Also folgte Jonan ihm.

Vorsichtig sah er um die Biegung, hinter der Nyrdok verschwunden war, und zog sofort wieder den Kopf zurück.

Der Gang endete in einem Raum voller Regale. Die Tür war halb geöffnet. Es brannten keine Fackeln, das einzige Licht fiel durch die Fenster im Gang herein. Nyrdok stand in der Mitte des Raums. Er schien mit jemandem zu reden.

Jonan ging in die Hocke. Vorsichtig schob er den Kopf vor, bis er wieder in den Raum hineinsehen konnte. Es war eine Vorratskammer, aber die Regale waren leer. Nyrdok gestikulierte und redete. Er wirkte nervös. Jonan lauschte, aber kein Wort drang zu ihm herüber. Der Raum war zu weit entfernt, der allgegenwärtige Lärm der Burg, der vom Hof in die Gänge drang, zu laut.

Er konzentrierte sich auf die zweite Person im Raum. Sie stand hinter der Tür. Ab und zu fiel ihr Schatten lang und verzerrt über die Regale. Jonan hätte auf die andere Seite des Gangs gehen müssen, um an der Tür vorbeisehen zu können, doch das wagte er nicht. Man hätte ihn bemerkt.

Nyrdok redete nicht mehr, er hörte zu. Zuerst schüttelte er den Kopf, dann neigte er ihn, schließlich nickte er. Zum Schluss streckte er die Hand aus, nahm einen Beutel entgegen und wog ihn kurz, so wie man es mit Münzen tat, deren Wert man schätzen wollte. Dann steckte er ihn ein.

Das Gespräch schien beendet. Jonan erhob sich lautlos, ging zurück zum Eingang und hinaus auf den Hof. Man hatte die Türen der Sklavenunterkünfte schon vor langer Zeit vernagelt. Nur noch eine Tür führte in den kleinen Seitentrakt. Eine Verbindung zum Haupthaus gab es nicht. Wer den Trakt betrat, musste ihn später durch die Tür verlassen, durch die auch Jonan gegangen war.

Er fand ein Stück Holz auf dem Boden und einen Mauervorsprung, den die Sonne erwärmte. Ruhig zog er sein Messer, setzte sich und begann zu schnitzen. Schließlich ging die Tür auf, und Nyrdok kam heraus. Er sah sich kurz um, dann zog er seinen Umhang zurecht und ging in Richtung Haupthaus.

Jonan wartete.

Die Sonne stieg höher. Gegen Mittag kam eine Frau aus einem der Unterstände und fragte Jonan, ob er mit ihrer Familie essen wolle. Er dankte ihr und lehnte ab.

Während sich das Holzstück unter seinem Messer langsam in ein Schwert verwandelte, dachte Jonan über die Person nach, mit der Nyrdok geredet hatte. Wahrscheinlich war es ein reicher Mann aus der Stadt, der seiner Familie mehr geben wollte, als er konnte, oder ein Händler, der plante, die Vorräte weiterzuverkaufen. Sein Name würde reichen, um Nyrdok davon zu überzeugen, den Sergeanten-Umhang einem anderen zu geben. Diese

Gerechtigkeit war Jonan genug. Er wollte Nyrdok nicht tot sehen. Westfall brauchte gute Soldaten, und Nyrdok war gut.

Die Tür ging auf.

Jonan schnitt sich in den Daumen.

Denn er erkannte Fürstin Syrah.

Kapitel 5

Man kann sich nicht einfach in Westfall niederlassen, so wie es Reisende aus anderen Provinzen kennen. Wer sein Glück dort versuchen will, benötigt Zeit, Geduld und einen schweren Geldbeutel, denn den Wachen einer Stadt obliegt die Entscheidung, wer in ihren Mauern leben darf. Reiche Wachen sind in Westfall keine Seltenheit.

Jonaddyn Flerr, *Die Fürstentümer und Provinzen der vier Königreiche, Band 1*

Er hatte geglaubt, es würde alles anders werden. Wenn er nur laufen könnte, hatte er gedacht, wenn nur die Schmerzen verschwänden und die Hilflosigkeit, die ihn niederdrückte, dann würde der Mann, der sich hinter ihnen verbarg, aus den Schatten treten und Craymorus ins Licht führen.

Doch das war nicht geschehen. Er war derselbe geblieben, schwach und unsicher, ein Fürst, der kein Fürst war, ein Betrüger an den Menschen, die zu ihm aufsahen, und an sich selbst.

»Wie lange noch?«, fragte er. Der hölzerne, reich verzierte Thron, auf dem er saß, war unbequem und hart. Milus, sein Vater, hatte darauf bestanden, dass alle Treffen zwischen Craymorus und den Magiern im Thronsaal stattfanden. Er hielt das für angemessen. Craymorus hatte ihm nicht widersprochen.

Milus, ein strenger Mann, in dem er sich selbst nicht erkennen konnte, hob die Augenbrauen. »Ich schätze deine Ungeduld nicht«, sagte er. »Wir arbeiten Tag und Nacht an diesem Zauber, aber wie du wissen solltest, brauchen solche Dinge Zeit.«

»Verzeih, ich wollte eure Hingabe nicht infrage stellen.« Craymorus hätte sich für diese Worte am liebsten geohrfeigt. Die anderen sechs Magier im Saal senkten den Blick, als wäre es ihnen peinlich, ihm zuzuhören. Sie saßen auf hohen Stühlen rechts und links des Throns. Nur Adelus, sein jüngerer Bruder, stand am Fenster und sah nach draußen. Die Unterhaltung schien ihn zu langweilen.

»Die Zeit wird nur knapp«, fuhr Craymorus fort. »Die Vorräte schwinden. Lange halten wir diese Belagerung nicht mehr durch.«

»Du hättest die ganzen Leute nicht in die Festung lassen sollen«, sagte Milus. »Sie nützen dir nicht.«

»Das ist mein Volk.«

»Dein Volk.« Milus' Mundwinkel zuckten. »Natürlich. Ich vergaß.«

Ist er schon immer so gewesen?, fragte sich Craymorus. *So kalt? So gemein?*

Einer der anderen Magier, ein junger Mann namens Civicus, räusperte sich. »Mein Fürst, eine Bitte von den Magiern, die sich gerade auf den nächsten Kampf vorbereiten: Vielleicht könntet Ihr dafür sorgen, dass sie bei der Nahrungsverteilung bevorzugt behandelt werden. Die Zauber kosten große Kraft.«

Ein Schwert zu halten auch, wollte Craymorus entgegnen, aber er wusste, dass er sich damit nur dem erneuten Widerspruch seines Vaters ausgesetzt hätte. Also nickte er. »Ich werde mich darum kümmern.«

»Danke, mein Fürst.«

»Wenn sonst nichts mehr anliegt …«, begann er, aber Milus hob die Hand.

»Es gibt noch etwas. Seit unserer Ankunft sind durch die Unfähigkeit deiner Wachen drei unserer Magier ums Leben gekommen. Ich würde es als angemessen erachten, wenn du ihre Familien mit ihrem Gewicht in Gold entschädigst.«

Craymorus rieb sich mit der Hand übers Gesicht. Ihre Schwielen, Erinnerungen an die Krücken, die immer noch an der Wand seines Schlafzimmers lehnten, drückten gegen seine Haut. »Weißt du, wie viel sie gewogen haben?«, fragte er müde.

Ihm wurde erst klar, dass er einen Witz gemacht hatte, als Adelus am Fenster zu lachen begann. Craymorus lächelte. »Das war eine ernst gemeinte Frage.«

Milus stand auf. »Ich werde es dich wissen lassen.«

Er nickte. Stühle wurden laut quietschend über den Steinboden geschoben, dann erhoben sich auch die anderen Magier. Civicus war der Einzige, der sich tief verbeugte. »Mit Eurer Erlaubnis, mein Fürst, werden wir uns zurückziehen.«

»Hoffnung«, sagte Craymorus, so wie man es von ihm erwartete.

»Hoffnung«, antworteten Adelus und Civicus.

Hinter ihm öffnete sich eine kleine Tür, die zu den fürstlichen Privatgemächern führte. Er wusste, dass Mellie den Thronsaal betreten hatte, noch bevor er sie sah. Die Luft veränderte sich, wurde schneidend und metallisch, wenn sie in der Nähe war. Er fragte sich, warum ihm das so lange nicht aufgefallen war.

Er hörte ihre Schritte auf den Steinen und drehte den Kopf. Die Magier blieben stehen. Adelus wandte sich vom Fenster ab.

»Entschuldigt, mein Fürst, ich habe nicht gewusst, dass jemand hier ist.« Mellie blieb neben dem Thron stehen und legte ihm die Hand auf den Arm. Seit die Ewige Garde die Festung verlassen hatte, versteckte sie sich nicht mehr in seinem Quartier. Er befürchtete, dass schon bald Gerüchte über die Geliebte des Fürsten die Runde machte.

Er zog den Arm weg. »Wir waren gerade fertig.«

Ihre Nähe beengte ihn. Beinahe hektisch stand er auf und trat einige Schritte zur Seite. »Vater«, begann er, doch dann sah er den Blick, mit dem Milus Mellie betrachtete. Ein seltsamer Ausdruck lag darin, den er nicht deuten konnte.

Weiß er, was sie ist?, dachte Craymorus plötzlich. Auch die anderen Magier starrten sie an. Niemand sagte etwas. Nur Adelus ging langsam und mit weit geöffneten Augen auf Mellie zu, so als könne er nicht glauben, wer den Saal betreten hatte.

Wissen sie es alle?

Der Gedanke entsetzte ihn. Die metallische Luft lag schwer auf seiner Zunge. Ihm wurde übel.

»Entschuldigt mich«, sagte er, dann verließ er den Saal. Mühsam zwang er sich dazu, nicht zu rennen, seine Flucht nicht vor allen deutlich zu machen.

Er übergab sich im Gang, zwischen einem ausgestopften Bären und einem Ölgemälde der Festung.

Sie wissen es. Sie wissen es.

Nach einer Weile richtete sich Craymorus auf. Der Gang, in dem er stand, war leer. Die meisten Wachen waren auf die Mauern und Türme versetzt worden. Er atmete tief durch. Seine Knie zitterten. Einmal pro Tag musste er den Tanz wiederholen, der ihm das Gehen ermöglichte. Am Morgen hatte er das bereits in einem der kleinen Kräutergärten hinter dem Haupthaus getan. Das Zittern hatte nichts mit seinen verkrüppelten Beinen zu tun. Es war ein Zeichen seiner Angst.

Craymorus drehte sich um und ging am Thronsaal vorbei tiefer in die Festung hinein. Er begegnete Sklaven, die sich tief vor ihm verbeugten, und Soldaten, die salutierten. Ein paar riefen »Hoffnung«, wenn sie ihn sahen. Sie glaubten immer noch an ihn. Er wich ihren Blicken aus.

Eine Treppe führte ihn hinab in die Kerker. Man hatte ihn oft heruntergetragen, wenn er sich zu schwach fühlte. Seit zehn Tagen musste er niemanden mehr darum bitten. Er versuchte, Freude darüber zu empfinden.

Craymorus brachte die Treppe hinter sich und ging durch lange, von Fackeln erhellte Gänge. Er nickte den Wachen zu, die vor einer schweren Eisentür standen. Sie salutierten mit ihren Schwertern und schlossen die Tür auf. Er spürte, wie ihre Blicke ihm in die Höhle, in der einfache Gefangene und Wärter lebten, folgten. Sie wussten, wo er hinging, aber sie verstanden nicht, warum. Er verstand es selbst nicht.

»Mein Fürst.« Forderak, der Kerkermeister, eilte herbei. Er schloss die Tür zum Zellentrakt auf. Der Schlüssel hing an einer Kette von seinem Handgelenk.

Craymorus bedeckte Mund und Nase mit dem Ärmel seiner Jacke. Obwohl er fast jeden Tag an diesen Ort kam, hatte er sich an den Gestank und die Geräusche, die aus den dunklen Zellen drangen, noch nicht gewöhnt. Die Gefangenen, die in diesem Trakt saßen, waren Besessene, die unter dem Einfluss von Dämonen furchtbare Taten begangen hatten. Sie galten als unberührbar.

Sie verließen den Trakt. Forderak schloss die Tür sorgfältig ab, während Craymorus den Arm vom Gesicht nahm. »Hast du je in die Zellen hineingesehen?«, fragte er.

Der Kerkermeister schüttelte den Kopf. »Ich sehe die Unberührbaren, wenn sie hereingebracht werden. Das ist alles.«

»Und wenn sie herausgebracht werden.«

»Sie werden nicht herausgebracht.« Forderak ging an ihm vorbei in den Gang hinein. Nur zwei der Zellentüren waren verschlossen. Hinter einer befand sich Korvellan, der gefangen genommene General der Nachtschatten. Der Blick auf seine Zelle brachte die Erinnerung an das einzige Gespräch zurück, das Craymorus mit ihm geführt hatte. Er schob den Gedanken beiseite.

»Mir ist klar, dass sie nicht freigelassen werden«, sagte er stattdessen in dem Glauben, der Kerkermeister habe ihn missverstanden. »Ich meine, wenn sie sterben.«

»Sie werden nicht herausgebracht, Herr.«

Craymorus fragte nicht noch einmal nach.

Forderak schloss die letzte Zelle des Trakts auf. Noch vor kurzem hatten vier Soldaten in dem Gang Wache gestanden, doch seit der Belagerung waren sie auf andere Posten versetzt worden.

Die Nachtschatten lagen in Ketten, umgeben von Mauern, vom Gang getrennt durch eine schwere, eisenbeschlagene Holztür. Sie konnten nicht fliehen, das hatte man ihm versichert.

»Danke«, sagte Craymorus. »Ich klingele, wenn ich fertig bin.«

»Ja, Herr.« Der Blick des Kerkermeisters glitt über den Tisch neben der Tür, über die Schriftrollen, die sich drauf stapelten, die Karaffe mit verdünntem Wein und den leeren Kelch. »Braucht Ihr noch etwas?«

»Nein.« Craymorus ging an ihm vorbei und zog einen Stuhl an den Tisch heran.

Der Nachtschattenjunge hatte sich in einer Ecke zusammengerollt. Seine Ketten klirrten, als er den Kopf hob.

Forderak zögerte. »Kommt Ihr voran, wenn ich fragen darf, Herr?«

»Ja, ich komme voran.«

»Das freut mich, Herr.« Der Kerkermeister wirkte, als wolle er fragen, womit genau sein Fürst weiterkam, aber dann verließ ihn offenbar der Mut. Er drehte sich um. »Ich warte dann auf Euer Klingeln.«

»Danke.« Craymorus wartete, bis er die Tür hinter sich geschlossen hatte, dann zog er seine Jacke aus und setzte sich. Es war warm in der Zelle. Kerzen brannten Tag und Nacht. Er hatte darum gebeten. Der Nachtschatten sollte nicht im Dunkeln leben müssen. Mellie war wütend geworden, als sie davon erfuhr.

Nach allem, was die Nachtschatten dir angetan haben, kümmerst du dich um sein Wohlergehen?, hatte sie gesagt. *Du solltest ihn aufhängen lassen!*

Er schüttelte den Kopf, um ihre Stimme zum Schweigen zu bringen.

Der Nachtschatten setzte sich in seiner Ecke auf. Sein Kopf war vernarbt, die Nase so oft gebrochen, dass sie breit und knollig wie ein Sack voll Murmeln in seinem Gesicht hing. Fell bedeckte einen Teil seines Körpers, eine Hand war gekrümmt wie eine Klaue. Er war gefangen in einem Zustand zwischen Mensch und Nachtschatten, unfähig, sich in das eine oder das andere zu verwandeln.

Wir sind uns ähnlich, dachte Craymorus.

»Willst du mir nicht deinen Namen nennen?«, fragte er. Jedes Mal begann er das Gespräch mit diesen Worten. Jedes Mal antwortete ihm Schweigen.

Der Nachtschatten ließ den Kopf sinken. Sein Blick war trüb wie der eines alten Mannes.

Craymorus nahm wahllos eine der Schriftrollen vom Tisch und zog sie vorsichtig auf. Das Papier war vergilbt, die Tinte blass. Er hatte sie und all die anderen Rollen und Bücher in dem Bibliothekssaal gefunden, der sich mit der frühen Geschichte Westfalls befasste. Heimlich hatte er sie in die Zelle gebracht und studierte sie seitdem. Er wagte es nicht, sie in der Bibliothek zu lesen. Zu viele hätten ihn dort beobachten können. Mellie hätte ihn dort beobachten können.

»Beten Nachtschatten zu den Vergangenen?«, fragte er, ohne den Jungen anzusehen. Er zog die Kerze näher heran und kniff die Augen zusammen. Die Schrift war kaum zu lesen. »Ich denke nicht, oder? Weißt du das überhaupt? Hast du je einen anderen Nachtschatten gesehen, deine Eltern mal ausgenommen? Woher kommt euer Wissen, und was …«

Er ließ die Frage unvollendet in der Luft hängen. In dem besseren Licht konnte er die Schrift auf dem uralten Papier leicht lesen. Sie war alt, vielleicht die älteste, die er bislang in Händen gehalten hatte. Das Papier war brüchig und an vielen Stellen eingerissen. Jemand hatte in einer anderen, weitaus neuer wirkenden Schrift Kommentare zwischen die Zeilen geschrieben.

»Die Eroberung von Westfall«, las Craymorus. Er stutzte. »Ich wusste nicht, dass Westfall erobert wurde.«

Er las weiter. Die Chronik beschrieb einen Angriff von Barbaren aus dem Süden. Sie waren über die Provinz hergefallen, hatten Städte und Dörfer niedergebrannt. Die Bewohner waren in die Berge geflohen, weit weg vom Großen Fluss, in ihr Heiligtum. Dort beteten sie zu ihren schlafenden Göttern. In der neueren Schrift stand das Wort »Vergangene!« daneben.

Doch die Barbaren fanden sie und massakrierten all die, denen eine Flucht nicht gelang. »Wahrheit, Gründung Westfalls, wie 764/1«, hatte der Kommentator unter den Absatz geschrieben.

»Sieben vierundsechzig Strich eins«, murmelte Craymorus. Die meisten Schriftrollen hatte jemand nach einem System, das er noch nicht ganz durchschaute, nummeriert. Er wühlte in den Rollen auf dem Tisch, fand die richtige und zog sie auf.

Auch diese Schrift war kommentiert worden, in der gleichen schnörkellos sauberen Handschrift.

Er fand weitere Verweise und Anmerkungen. Manche bezogen sich auf Schriften, die er mitgenommen hatte, andere auf welche, die noch in der Bibliothek liegen mussten. Er ignorierte Letztere, legte die neben sich, die der unbekannte Kommentator erwähnte und die er auf dem Tisch finden konnte.

Craymorus fühlte sich wie der Entdecker eines fremden Landes. Mit jeder Zeile, die er las, stieß er tiefer in die Geschichte Westfalls vor, kam er näher an die Vergangenen heran. Der Kommentator begleitete ihn. Seine Anmerkungen waren wie ein eingezeichneter Weg auf einer Karte. Craymorus wich nicht davon ab.

Schließlich, nachdem drei Kerzen niedergebrannt waren, rieb er sich die Augen und sah auf.

»Kennst du die Geschichte vom Anfang der Welt?«, fragte er.

Der Nachtschatten zuckte zusammen. Er hatte geschlafen.

Craymorus schüttete Wein in einen Kelch und stellte ihn auf

den Boden, sodass der Junge ihn erreichen konnte. Dann setzte er sich wieder.

»Der Gott des Flusses«, sagte er, »sprach eines Tages mit dem Gott der Erde und des Feuers. Erde sagte, seine Macht wäre größer als die des Feuers, Feuer widersprach ihm. Um ihren Streit zu schlichten, erschuf der Gott des Flusses zwei Völker, das der Erde, das er an sein westliches Ufer brachte, und das des Feuers, das im Osten leben sollte.«

Der Nachtschatten kroch aus seiner Ecke und griff nach dem Kelch. Gierig trank er daraus. Craymorus wusste nicht, ob er ihm zuhörte.

»Die beiden Völker gediehen. Das am Westufer entdeckte die Magie, erbaute kunstvolle Gebäude und erfreute die Götter mit seinen Dichtungen. Das Volk des Feuers wurde zu mächtigen Kriegern mit einer wilden Lust am Leben.« Er hob die Schultern. »Du kannst dir wahrscheinlich denken, wie es weitergeht. Feuer und Erde konnten sich nicht einigen, wer den Wettstreit gewonnen hatte, also brachten sie das Feuervolk eines Nachts heimlich an das Westufer, um beide Völker aufeinanderzuhetzen. Der Gott des Flusses war wütend, als er davon erfuhr, aber es war zu spät. Der Krieg hatte bereits begonnen.«

Der Nachtschatten kroch zurück in seine Ecke und legte sich hin. Die Augen schloss er nicht. Er hörte zu.

»Es war ein Krieg, der Generationen dauerte und die ganze Welt verwüstete. Das Volk des Feuers schien ihn zu gewinnen, doch dann hatte das Volk der Erde eine letzte Idee. Es steckte die Magie, die im Land und in ihm selbst war, die es am Leben erhielt, in einen gewaltigen Zauber. Es entfachte einen Sturm, der dem Volk des Feuers die Kraft entriss und es bis ins ewige Eis des Nordens schleuderte. Der Sturm beendete den Krieg, doch das Volk der Erde lag im Sterben. Mit ihrem letzten Atemzug hauchten sie den Körpern, die als ihre Armeen gedient hatten, Leben ein. Die Körper wurden zu Menschen, hilflosen Sterblichen, die dazu verdammt sind, sich an die Größe ihrer Erschaffer zu erinnern, ohne sie je erreichen zu können. Aus dem Volk des Feuers wurden Nachtschatten. Bis zum heutigen Tag versuchen sie, die Menschen zu vernichten, um sich für die Niederlage zu rächen. Wir nennen das Volk der Erde die Vergangenen und beten zu ihnen, preisen sie wegen des Opfers, das sie für uns auf sich genommen haben, und hoffen, eines fernen Tages ihre Größe zu erlangen. Sie sind wie Götter für uns, wie Eltern, nach deren Stolz wir uns ein Leben lang sehnen.«

Craymorus trank einen Schluck Wein aus der Karaffe. Seine Hand zitterte. »Ich habe mein ganzes Leben daran geglaubt.«

Er sah Mellie vor sich. Sie lächelte. Ihre Augen waren leer.

Es klopfte.

Craymorus zuckte zusammen. Der Blick des Nachtschattens glitt zur Tür.

»Mein Fürst.« Garrsys Stimme klang dumpf durch das Holz. »Ich …«

»Ich habe befohlen, mich hier nicht zu stören!«

»Ich weiß, mein Fürst. Bestraft mich, wenn es Euch beliebt, aber ich muss Euch etwas Wichtiges sagen.«

Craymorus stellte die Karaffe zurück auf den Tisch und stand auf. Er legte die Hand auf den Riegel, der die Tür verschloss, dann drehte er sich zu dem Nachtschatten um.

»Ich habe an eine Lüge geglaubt«, sagte er leise und öffnete die Tür.

Forderak und Garrsy standen davor. Beide wirkten nervös.

»Es ist etwas geschehen, mein Fürst«, begann Garrsy.

Kapitel 6

Die Vergangenen sind in Westfall allgegenwärtig, sei es in Ruinen, in den Gesängen der Barden, den Predigten der Priester oder den Gebeten der Menschen. Bei meinen Reisen stieß ich einmal auf eine Taverne mit dem Namen »Zum fröhlichen Vergangenen«. Den Wirt traf keine Schuld an diesem Frevel, da weder er noch seine Gäste wussten, was der Schildermaler geschrieben hatte. Tatsächlich war ich in all den Jahren der Erste, der ihn darauf hinwies.

Jonaddyn Flerr, *Die Fürstentümer und Provinzen der vier Königreiche, Band 2*

Alle raus!«

Die Stimme riss Jonan aus dem Schlaf. Um ihn herum grunzten und fluchten Männer.

Er setzte sich auf. Seine Lider waren schwer, die Gedanken langsam. Er hatte nur wenig geschlafen. Instinktiv griff er nach seinem Schwert, aber die Stimme – Garrsys Stimme – hielt ihn auf.

»Lasst eure Waffen hier!«, rief er. »Der Fürst verlangt, euch zu sehen.«

»Warum?«, rief ein Mann zurück.

»Nicht reden – aufstehen!«

Jonan sah zur Tür. Garrsy stand mit auf dem Rücken verschränkten Händen im Schlafsaal. Er war von sechs schwer bewaffneten Leibgardisten umgeben. Jonan entging nicht, wie angespannt der Leutnant wirkte.

Etwas ist passiert, dachte er.

»Los!«, brüllte Garrsy. Jonan hatte ihn noch nie zuvor schreien hören.

Er stand auf und stellte sich zu den anderen Soldaten, die eine Zweierreihe bildeten. Die Leibgardisten rahmten sie ein wie Gefangene.

»Wo ist euer Sergeant?«, fragte Garrsy.

Schulterzucken antwortete ihm. Jonans Blick glitt über die Gesichter. Nyrdok war nirgends zu sehen.

»Also gut.« Garrsy drehte sich um. »Folgt mir!«

Sie verließen den Schlafsaal. Helles Licht fiel durch schmale Fenster in die Gänge. Jonan schätzte, dass es später Vormittag war. Seine Wache hatte erst im Morgengrauen geendet. Die ganze Nacht über, wann immer er seinen Posten verlassen konnte, hatte er vergeblich versucht, Nyrdok zu finden.

Die Türen zum Thronsaal waren weit geöffnet. Soldaten, Sklaven und einige Magier drängten sich darin. Man hatte Tische und Stühle entfernt und den Fürstenthron auf ein Podest gestellt. Ein hoher Stuhl stand daneben.

Leibgardisten sorgten dafür, dass die Soldaten, die den Saal betraten, sich verteilten und einen breiten Gang in der Mitte frei ließen. Jonan blieb in der Nähe der Tür. Sein Blick glitt über die Gesichter der Soldaten und blieb an Nyrdoks hängen.

Er lehnte an der Wand neben einem Fenster. Der Sergeantenumhang hing bis auf den Boden, war ihm zu groß. Immer wieder wischte er sich den Schweiß von der Stirn. Er hatte Angst.

Garrsy schob sich an Jonan vorbei, ohne ihn zu bemerken. Hinter ihm traten zwei mit Speeren und Schilden bewaffnete Leibgardisten in den Eingang. Ihre Blicke flackerten. Sie wussten wohl ebenso wenig, weshalb sie gerufen worden waren, wie die anderen Soldaten.

Aber Nyrdok weiß es, dachte Jonan.

Garrsy blieb neben dem Podest stehen. Er nickte einem übergewichtigen, kahlköpfigen Eunuchen zu, der daraufhin mühsam auf das Podest stieg.

»Bürger Westfalls!«, rief er mit einer Stimme, so rein und weich, dass sie Jonan an Flusswasser erinnerte. »Verneigt Euch für den Fürsten und die Fürstin von Westfall.«

Alle im Raum verneigten sich tief. Ein paar knieten sogar nieder.

Zwei Sklaven öffneten die Tür hinter dem Thron. Craymorus kam mit langen Schritten heraus, Syrah folgte ihm langsamer. Sie ging geduckt, als trüge sie eine Last auf dem Rücken. Als sie sich setzte, schien sie in dem großen dunklen Stuhl fast zu verschwinden.

Craymorus winkte Garrsy heran, dann setzte er sich ebenfalls. Der Leutnant hörte ihm einen Moment zu, nickte und verließ das Podest. In der Mitte des Saals blieb er stehen. Er verschränkte die Arme vor der Brust und zwinkerte nervös. Die Situation schien ihm nicht zu behagen.

»In ... äh ...«, begann er. »Die ...« Er räusperte sich. »Jemand«, setzte er erneut an, »hat versucht, Korvellan zu befreien.«

Von einem Moment zum anderen wurde es laut im Saal. Ungläubige Rufe mischten sich in Flüche und Fragen.

»Wer?«, schrie schließlich jemand über den Lärm hinweg.

Garrsy hob die Arme. »Der Name des Mannes ist ...«

Der Lärm erstarb so schnell, wie er aufgekommen war.

»Joff. Er hat als Wächter im Kerker gearbeitet.«

Einige Männer begannen aufgeregt, auf die Umstehenden einzureden. Sie schienen ihn gekannt zu haben.

Jonan beachtete sie nicht. Er konzentrierte sich auf Craymorus, der unruhig auf seinem Thron saß, die Lippen zusammengepresst, die Augen geweitet. Er wirkte verstört, als verstünde er nicht, was um ihn herum vorging. Syrah saß reglos neben ihm, die Hände im Schoß ihres langen, dunklen Kleids gefaltet.

»Er versuchte, einen Abdruck von Forderaks Schlüssel zu machen, als der Kerkermeister schlief. Dabei wurde er überrascht. Forderak übergab ihn den Wachen und meldete den Vorfall, aber als ich den Raum betrat, in den Joff gebracht worden war, lag er dort in seinem Blut. Jemand hat ihn getötet. Ich befahl, seine Sachen durchsu…«

»Er hatte Gold«, unterbrach ihn Craymorus. »Viel Gold.« Er stand auf, begann auf dem Podest auf und ab zu gehen. »Dieser …«

»Joff«, sagte Garrsy.

»Dieser Joff war bereit, Korvellan für Gold zu befreien. Für Gold.« Craymorus sah in den Saal hinein. Beinahe hilflos hob er die Hände. »Unser Leben für ein paar Münzen.« Er ließ die Hände sinken. »Jemand hat ihm dieses Gold gegeben.« Hass schlich sich in seine Stimme. Jonan war sich nicht sicher, ob er es überhaupt bemerkte. »Und ihn zum Schweigen gebracht, als der Verrat scheiterte. Ich will wissen, wer.«

Syrah saß stumm und mit gesenktem Kopf neben ihm. Nyrdok starrte sie die ganze Zeit über an, aber sie beachtete ihn nicht.

Sie war es, dachte Jonan. *Sie hat Nyrdok Gold gegeben, damit er die Wachen besticht.*

Er kannte die Gerüchte, die über Syrah kursierten, wusste von dem Verhältnis, das sie und Korvellan angeblich während des Kriegs miteinander gehabt hatten. Dogart hatte ihm eines Nachts während des Wachgangs davon erzählt. Sein Vater hatte behauptet, sie selbst zusammen gesehen zu haben, damals, als Korvellan noch Baldericks General gewesen war und sich in der Festung von einer Verletzung erholte, während der Fürst mit seinen Armeen durch das Land zog.

Er fragte sich, wer sonst noch davon wusste.

Craymorus stand auf dem Podest. Seine letzten Worte verhallten. Es wurde still im Thronsaal, so still, dass Jonan die Atemzüge der Männer neben sich hören konnte. Zum ersten Mal fiel ihm auf, wie groß Craymorus war. Die Krücken hatten ihn gezwungen, gekrümmt zu gehen, doch ohne sie stand er hoch aufgerichtet vor seinen Untertanen und blickte auf sie herab. Seine Schultern waren zu breit, seine Arme zu muskulös für den Rest seines Körpers. Er trug eine lange Hose und Stiefel, die seine Beine verdeckten, aber bei jeder Bewegung verriet das Schlottern des Stoffs, wie dürr und verkrümmt sie waren. Er hätte grotesk, vielleicht sogar lächerlich wirken müssen, doch das tat er nicht.

»Wer?«, schrie er plötzlich. »Jemand muss doch etwas gesehen haben!«

Einige Soldaten husteten nervös, andere räusperten sich. Nyrdok sah aus, als müsse er sich übergeben.

Jonan schwieg.

»Mein Bruder«, sagte Adelus in die Stille hinein. »Mit Eurer Erlaubnis möchte ich sprechen.«

»Gewährt.«

Der Junge trat vor das Podest. Sein Kinn war vorgestreckt, die Schritte fest und arrogant. Jonan warf einen Blick auf Milus. Der Magier lächelte.

»Wir alle können uns denken, wer Gold für Korvellans Freiheit zahlen würde«, sagte Adelus. Er richtete seine Worte an Craymorus, sprach aber so laut, dass man ihn im ganzen Saal verstehen konnte.

Jonan glaubte ein Zittern zu sehen, das Syrahs ganzen Körper erfasste, doch nach einem Lidschlag war es bereits wieder verschwunden.

Adelus wandte sich an den Saal. »Nur einer würde so etwas tun«, fuhr er fort.

Alle Blicke richteten sich auf ihn. Man sah ihm an, wie sehr er die Aufmerksamkeit genoss.

»Nur einer«, wiederholte er. »Ein Nachtschatten!«

Er schrie das letzte Wort in den Saal hinein.

Schlagartig änderte sich die Stimmung. Soldaten und Sklaven

nickten erleichtert, froh, dass der Verdacht weit von ihnen geschoben worden war.

»Genau!«, riefen einige laut. »Er hat recht!«

»Stimmt!«, schrie Nyrdok.

Craymorus setzte sich auf den Thron und stützte den Kopf auf seine Hand. Er wartete die Zwischenrufe ab, dann sagte er: »Ich weiß, Adelus, aber das hilft uns leider nicht weiter.«

»Weil du die Nachtschatten nicht erkennen kannst.« Der Junge lächelte. Einen Moment lang sah er aus wie sein Vater.

Jonan wusste, was er sagen würde, noch bevor er die Worte aussprach.

»Aber ich kann es.«

Craymorus ließ die Hand sinken und beugte sich vor. »Was?«

»Vater wollte nicht, dass ich am Großen Zauber mitarbeite«, sagte Adelus, »weil ich noch zu jung bin. Also versuchte ich dir auf andere Weise zu helfen.«

»Du …« Craymorus stand auf. »Du hast einen Zauber erschaffen, mit dem man Nachtschatten finden kann?«

Adelus nickte.

»Garrsy, niemand verlässt den Saal.«

Jonan drehte den Kopf, als die Türen hinter ihm mit einem Knall zugeschlagen wurden. Breitbeinig stellten sich die Wachen davor. Sie hoben die Schilde und klemmten sich die Speere unter den Arm. Mit einer Geste befahl Garrsy zwei weitere Wachen zur Tür hinter dem Thron.

Craymorus sprang von dem Podest und sah Adelus an. »Zeig ihn mir.«

»Hebt die Hände, Bruder, Handflächen nach außen.«

Er tat, was der Junge verlangte.

Adelus schloss die Augen. Jonan wartete auf etwas, einen Blitz, einen Knall oder ein Licht, aber nichts geschah. Nach einem Moment öffnete der Junge die Augen wieder.

»Du bist kein Nachtschatten«, sagte er.

Craymorus lachte. Die Männer im Saal nahmen sein Lachen auf. Laut und falsch hallte es von den Wänden wider. Nur Syrah reagierte nicht.

»Und jetzt die Leibgarde.«

Nacheinander wurden sie zu Adelus geführt, zuerst die an den Türen, dann Garrsy, schließlich die anderen im Saal. Die Männer scherzten untereinander. Die Stimmung war gelöst.

Es geschah beim siebten Leibgardisten, einem jungen bärtigen Mann mit den Schultern eines Holzfällers. Er stellte sich vor Adelus und hob die Hände.

»Dann zeig mal, was du kannst, Kleiner«, sagte er grinsend.

Adelus schloss die Augen. Zeit verging, mehr als bei den anderen Männern.

»Der lässt dich ja ganz schön bra...«, begann der Leibgardist, der hinter ihm stand, doch dann brach er mitten im Wort ab.

»Was ist?«, fragte der jüngere Soldat zurück.

Ein plötzliches Raunen ging durch den Saal. Jonan starrte auf die Handflächen des Mannes. Dunkles Fell bedeckte sie.

»Was ist denn los?« Der Gardist klang nervös. Er drehte seine Hände und wich zurück, so als wolle er vor dem fliehen, was er sah. »Was ist das?«, schrie er. »Sagt mir, was das ist!«

Adelus öffnete die Augen und sagte nur ein Wort: »Nachtschatten.«

Der Gardist wich den Männern aus, die nach ihm greifen wollten. Immer mehr umringten ihn. Die Wachen, die an der Tür hinter dem Thron gestanden hatten, hoben die Schilde, stellten sich schützend vor Craymorus. Nur sein Kopf ragte über sie hinweg.

»Ich bin ein Mensch!« Die Stimme des Gardisten überschlug sich.

Die Tür war unbewacht. Jonan drängte sich durch die Soldaten. Nur drei oder vier Speerlängen trennten ihn vom Thron. Ein wirbelnder Umhang nahm ihm die Sicht. Ein Schwert blitzte auf. Jonan sprang zur Seite und prallte gegen den Schild eines Leibgardisten.

»Pass doch auf!«, brüllte der Mann. Seine Worte gingen in einem kurzen, gurgelnden Schrei unter.

Jonan richtete sich auf. Jemand starb.

Er versuchte nicht daran zu denken. Mit einem Sprung war er auf dem Podest – und stand direkt vor Syrah. Ihre Blicke trafen sich.

»Hat sie dich geschickt?«, fragte die Fürstin. Ihre Augen waren so kalt wie das Eis des Nordens. »Ist es so weit?«

Er hätte sie zur Seite stoßen müssen, um zur Tür zu gelangen, aber das tat er nicht. Hinter ihm war es ruhig geworden. Die Wachen kehrten bereits zurück. Er wäre nie ungesehen an ihnen vorbeigekommen.

»Nein, Mefrouw«, sagte er, ohne zu wissen, wovon sie redete. »Ich bin hier, um Euch zu beschützen.«

»Mefrouw?«

Erst als sie es aussprach, fiel Jonan auf, wie er sie genannt hatte.

»Wieso hast du das getan?«, fragte Craymorus hinter ihm. Im ersten Augenblick dachte Jonan, er würde mit ihm sprechen, doch als er sich umdrehte, sah er, dass der Fürst vor Nyrdok stand.

Der Gardist mit den fellbewachsenen Handflächen lag tot am Boden. Ein Schwert steckte in seinem Hals. Adelus stand ein Stück entfernt und betrachtete die Leiche regungslos.

»Ich dachte, er würde Euch angreifen, Herr«, sagte Nyrdok. Bei jedem Wort zog er die Schultern etwas mehr ein.

»Es stand ein Dutzend Männer zwischen ihm und mir.« Craymorus schüttelte den Kopf. Jonan bemerkte die tiefen Ringe unter seinen Augen. »Verschwinde.«

»Ja, Herr. Verzeiht, Herr.« Nyrdok entfernte sich unter zahlreichen Verbeugungen, aber seine Blicke gingen an Craymorus vorbei.

Er sieht Syrah an, dachte Jonan. *Ihr ist er ergeben, nicht dem Fürsten.*

Vor der Tür blieb Nyrdok stehen. Er schien zu erwarten, dass sie geöffnet wurde, aber die Leibgardisten senkten ihre Schilde nicht.

»Mein Fürst?«, fragte Garrsy. »Soll ich die Türen öffnen lassen?«

Craymorus sah Adelus an. »Wie steht es um deine Kraft?«

»Gut.«

»Dann werden wir die Türen geschlossen halten, bis sich jeder in diesem Saal dem Zauber unterzogen hat. Dass wir einen Nachtschatten entdeckt haben, heißt nicht, dass es nur einen gab.« Er legte Adelus die Hände auf die Schultern. »Dieser Junge wird uns die Wahrheit offenbaren.«

Jonan tastete nach seinem Schwert. Seine Hand stieß ins Leere.

Es wurde stickig im Thronsaal und heiß. Die Männer waren in zwei Gruppen aufgeteilt worden, diejenigen, die ihre Handflächen Adelus entgegengestreckt hatten, und die, die noch darauf warteten. Der Junge stand in der Mitte des Raums. Er war umringt von Soldaten, die Speere und Schilde trugen. Immer öfter bat er um eine Pause. Schweißnasses Haar hing ihm ins Gesicht. Craymorus ging auf dem Podest auf und ab. Er wirkte angespannt. Syrah saß in ihrem Stuhl. Ab und zu tupfte sie sich mit einem Tuch den Schweiß von der Stirn.

»Du.« Garrsy zeigte auf den Soldaten, der neben Jonan stand. Rund dreihundert Menschen befanden sich im Thronsaal, nur noch zwanzig warteten auf ihre Überprüfung.

Der Soldat stellte sich vor Adelus. Der Junge schwankte leicht.

»Der Nächste«, sagte er mit geschlossenen Augen. Der Mann stieß erleichtert den Atem aus und ging auf die andere Seite des Gangs.

»Jonan.« Garrsy nickte ihm zu.

Es war still im Saal, aber Jonan hörte jedes Geräusch überlaut. Räuspern und gelegentliches Husten, das Flüstern, mit dem die Soldaten sich unterhielten. Von draußen drang der Alltag der Flüchtlinge herein. Das Gackern der Hühner, Kinderschreie, das Hämmern eines Schmiedehammers. Das Tier in Jonans Innerem spannte die Muskeln, lauerte auf seine Chance.

Jonan trat vor. Die Speerspitzen der beiden Wachen, die neben Adelus standen, richteten sich auf seinen Bauch. Zwei weitere Soldaten standen hinter ihm, mit Schwertern bewaffnet.

Die Speerspitzen zitterten. Die Männer waren müde. Seit dem ersten Nachtschatten waren die Überprüfungen ereignislos verlaufen. Sie waren unaufmerksam. Die Hitze und die schlechte Luft setzten ihnen zu. Ihre Augen wirkten stumpf.

In seinen Gedanken sah Jonan den Kampf vor sich, sah sich die Wachen niederstrecken und nach dem Jungen greifen. Er würde sich eine ihrer Waffen nehmen, einen Speer, kein Schwert, und sich damit Platz verschaffen. Sie würden es nicht wagen, ihn anzugreifen, solange er den Jungen hatte.

»Heb deine Hände«, sagte Adelus. Er schien sich kaum noch auf den Beinen halten zu können.

Jonan streckte ihm die Handflächen entgegen.

Aber was dann?, fragte er sich. Selbst wenn er aus dem Thronsaal herauskam, wie sollte er die Festung verlassen? Die Bogenschützen auf den Türmen würden ihn erledigen, bevor er das Tor erreichte.

Adelus schloss die Augen.

Das Tier warf sich gegen die Wände seines Gefängnisses, drängte Jonan, die Türen zu öffnen und es hinauszulassen. Dem Tier konnte gelingen, was dem Menschen verwehrt blieb.

Die Wache neben Adelus gähnte.

Jonan ließ sich in sein Inneres sinken, näherte sich dem Tier durch das Labyrinth, das er errichtet hatte. Es lief ihm entgegen. Seine Klauen kratzten an Jonans Geist, rissen die Mauern und

Wälle nieder. Er streckte die Hand nach dem Tier aus – und zog die Hand zurück.

Nein, dachte er. *Nicht so. Ich will so nicht gehen.*

Adelus öffnete die Augen.

»Der Nächste.«

Benommen trat Jonan zur Seite. Das Tier verschwand in den Tiefen seines Gefängnisses. Sein Brüllen verfolgte ihn, lähmte seine Gedanken.

Sein Blick glitt zurück zu Adelus, zu dem Soldaten, der vor ihm stand, zu der Blutlache auf dem Boden und der Leiche, die unter einem Teppich in einer Ecke des Saals lag.

Es gibt keinen Zauber, dachte er. *Der Junge lügt.*

Kapitel 7

Der Reisende auf seinem Weg in den Süden wird etwas Kurioses bemerken: Je weiter er sich vom ewigen Eis des Nordens entfernt, desto mehr Geschichten hört er über die Kreaturen, die jenseits aller menschlichen Siedlungen ihrem unheilvollen Treiben nachgehen. Es scheint, als wachse das Wissen über die Dinge mit der Entfernung, die man zu ihnen hat.

Jonaddyn Flerr, *Die Fürstentümer und Provinzen der vier Königreiche, Band 2*

Der Regen war zurückgekehrt. In einem ständigen Strom fiel er auf die Stadt, löschte die Feuer und spülte ihre Asche in den Fluss. Strohdächer gaben unter dem Gewicht des Wassers nach, von den Flammen geschwächte Dachbalken brachen.

Schwarzklaue stand im Regen und lauschte den Geräuschen der Zerstörung. Er hielt die Augen geschlossen, damit er das Gesicht des Feiglings, der sich vor ihm wand, nicht sehen musste.

»Viele Krieger wollen gehen, Schwarzklaue«, sagte der Feigling. Sein Name war Redalyo. Er stammte aus dem Süden, so wie all die Feiglinge, die Westfall bereits verlassen hatten.

»Dann lass sie gehen«, sagte Schwarzklaue.

»Sie wollen dich nicht verlassen.«

»Dann sollen sie bleiben.«

Redalyo schwieg einen Moment. Schwarzklaue hörte den Regen, der aus seinem Fell auf die Steine tropfte.

»Ich glaube nicht, dass Korvellan noch lebt«, sagte der Feigling schließlich.

Schwarzklaue öffnete die Augen. Wut stach wie ein Messer in seinen Magen. »Es geht nicht um Korvellan«, sagte er. »Ob er lebt oder stirbt, spielt keine Rolle.«

Redalyo blinzelte. Schwarzklaue packte ihn an den Schultern und drehte ihn, bis er an den Häuserruinen vorbei zu den Türmen der Festung sehen konnte. Seine Muskeln fühlten sich weich an. Schwarzklaue hatte nichts anderes erwartet.

»Es geht um *das!*«, brüllte er. »Um Westfall! Weißt du, wie oft Korvellan mir gesagt hat, wir dürften Westfall nicht angreifen? Dass Westfall uns den Untergang bringen würde? Und jetzt sieh uns an. Wir stehen direkt davor!«

»Aber er hatte recht. Wir verlieren.« Redalyo löste sich aus seinem Griff.

»Wir werden siegen. Die halbe Stadt lebt in der Festung. Die Vorräte werden nicht lange reichen.« Schwarzklaue drehte sich suchend um. Seit dem Morgen hatte er Daneel nicht mehr gesehen. Er war einer der wenigen, die noch zu ihm hielten. Seit dem Anblick des in Ketten liegenden Korvellan und dem ersten fehlgeschlagenen Angriff liefen die Krieger in Scharen davon.

Du hättest uns nicht verlassen sollen, dachte Schwarzklaue. *Das ist alles deine Schuld.*

»Dann können wir doch warten, bis der Hunger sie aus der Festung treibt«, meinte Redalyo. Er hatte den Kopf zwischen die Schultern gezogen, als befürchte er, geschlagen zu werden. »Warum die Angriffe?«

»Wir warten nicht, wir kämpfen. Wir sind Nachtschatten.« Schwarzklaue wandte sich ab, ging mit langen Schritten auf ein Haus zu, in dem er Fackeln und Fässer voller Öl zusammengetragen hatte.

»Ist das alles, was du den Kriegern zu sagen hast?«, rief Redalyo hinter ihm her. »Soll ich ihnen diese Botschaft überbringen?«

»Du kannst dir deine Botschaft in den Arsch schieben«, sagte Schwarzklaue, ohne sich umzudrehen. Er duckte sich unter dem Türrahmen, der viel zu niedrig für ihn war, und schüttelte Wasser aus seinem Fell. Er hasste die Stadt, hasste ihre geraden Linien, ihre Häuser mit den niedrigen Decken und festen Wänden, ihre Mauern, die Steine auf ihren Straßen, den eingezwängten, stinkenden Fluss.

»Wie kann man nur so leben«, sagte er, während er den Deckel von einem Ölfass riss. Regenwasser tropfte durch das undichte Dach auf den Boden.

Ein Schatten fiel über ihn.

»Sie werden dich verlassen«, sagte Daneel. Er hockte auf einem Dachbalken, die Knie angezogen, die Arme dicht am Körper. Er sah aus wie ein Vogel.

Schwarzklaue sah zu ihm hinauf. »Wo warst du?«

»Unterwegs.«

»Wo unterwegs?«

»Denk nicht mehr darüber nach«, sagte Daneel hinter ihm. Der Balken, auf dem er gehockt hatte, war leer. Schwarzklaue drehte sich zu ihm um und blickte in das faltige, zahnlose Gesicht. Er hatte eine Frage stellen wollen, aber sie fiel ihm nicht mehr ein.

»Lass nicht zu, dass sie dich verlassen«, sagte Daneel.

»Sie sind Nachtschatten. Sie tun, was sie wollen.« Schwarzklaue klemmte sich das Fass unter den Arm und begann das Öl in kleinere Tonkrüge umzufüllen.

Daneel legte ihm die Hand auf den Arm. Schwarzklaue stellte das Fass ab. »Sie tun, was du willst, wenn du ihnen die richtigen Antworten auf ihre Fragen gibst«, sagte der Mensch. »Komm, ich zeig es dir.«

Schwarzklaue folgte ihm wortlos aus dem Haus. Sie gingen eine Gasse entlang. Die Händler des Hafenviertels hatten ihre Läden mit Brettern vernagelt. Die meisten waren aufgerissen worden. Waren – Stoffe, Kisten voller Schmuck, Fässer mit Gewürzen und eingelegtem Gemüse – lagen verstreut auf den Straßen. Hunde wühlten darin herum. Es stank nach verrottender Nahrung und nach Mensch. Trotz des Regens lag ihr süßlich schwerer Geruch wie eine dünne Schicht über der Stadt, so wie Ruß in einer Räucherstube.

»Wieso riechst du nicht wie ein Mensch?«, fragte Schwarzklaue plötzlich. Es überraschte ihn, dass er Daneel noch nie danach gefragt hatte. »Du bist ein Mensch, aber du riechst wie …« Er zögerte, suchte nach dem richtigen Wort.

»Wasser«, sagte er dann.

Daneel verzog das Gesicht. Staub rieselte aus seinen tiefen Falten. »Denk nicht daran.«

Sie ließen das Hafenviertel hinter sich. Die Nachtschatten hatten ihr Lager auf dem ehemaligen Festplatz aufgeschlagen. Ein paar schliefen in den Häusern, die rund um den Platz standen, doch die meisten bevorzugten Zelte oder lebten im Freien.

Schwarzklaue erschrak, als er die wenigen Krieger sah. Tausende waren mit ihm nach Westfall gezogen, ein paar Hundert waren ihm geblieben. Und viele von denen bauten gerade ihre Zelte ab.

»Sprich mit ihnen«, sagte Daneel.

»Wozu?«, fragte Schwarzklaue. »Sie haben ihre Entscheidung getroffen.«

»Sprich mit ihnen.«

Ein Krieger namens Graunacken sah als Erster auf, als sie näher kamen. Er stieß Redalyo an.

»Ich schulde euch keine Rechtfertigung«, sagte Daneel.

»Ich schulde euch keine Rechtfertigung«, wiederholte Schwarzklaue. Er hatte sich längst daran gewöhnt, dass niemand außer ihm den Menschen in seiner Nähe sehen konnte. Hin und wieder versuchte er, darüber nachzudenken, aber der Gedanke entglitt ihm jedes Mal, so wie sich ein Fisch aus den Klauen eines Bären wand.

»Die verlangen wir auch nicht.« Redalyo trat vor. Die anderen

Krieger standen auf, blieben aber hinter ihm. Er war ihr Sprecher. Sie überließen ihm das Wort.

»Trotzdem werde ich euch erklären, weshalb das, was wir tun, uns den Sieg bringen wird«, sprach Schwarzklaue Daneels geflüsterte Worte nach. Er blieb vor den Kriegern stehen. »Es gibt Magier in der Festung.«

»Das wissen wir«, sagte Redalyo. Er verschränkte die Arme vor der Brust. Mit der Menge im Rücken fühlte er sich stark. »Sie haben ja genug von uns umgebracht.«

Schwarzklaue hätte ihm am liebsten den Kopf abgeschlagen. »Und sie hätten uns schon längst *alle* umgebracht, würden wir sie nicht immer wieder stören.«

Er machte eine Pause, so wie Daneel befahl. Die Krieger schwiegen, aber ihre Blicke waren auf ihn gerichtet.

»Je mehr Zeit wir ihnen geben«, fuhr er dann fort, »desto stärker werden sie. Mit unseren Angriffen zwingen wir sie, die Magie, die sie aus der Erde holen, an Regenzauber oder Erdbeben zu verschwenden. Aber wenn wir ihnen Zeit lassen und wie bequeme alte Männer am Feuer sitzen und auf sie warten, dann wird es hier bald kein Wasser mehr regnen, sondern Feuer.«

Ein paar Krieger sahen mit plötzlichem Misstrauen in den grauen Himmel.

»Die Zeit hilft ihnen, nicht uns.«

»Woher willst du das alles wissen?«, fragte Redalyo. »Du bist aus dem Norden. Du hast doch noch nie einen Magier gesehen.«

»Korvellan«, flüsterte Daneel. Er ging zwischen den Kriegern umher, berührte sie, strich über ihre Gesichter und Hände. Trotzdem verstand Schwarzklaue sein Flüstern so gut, als stünde er direkt neben ihm.

»Aber Korvellan hat sie gesehen«, sagte er. »Er hat sogar Seite an Seite mit ihnen gekämpft. Von ihm habe ich alles über die Magier erfahren.«

Die Falten in Daneels Gesicht glätteten sich. Ein Krieger taumelte und stützte sich mit überraschtem Gesichtsausdruck an einer Zeltstange ab. Die anderen achteten nicht auf ihn. Sie sahen sich an und begannen leise miteinander zu reden. Einige hoben die Schultern, aber niemand baute weiter sein Zelt ab.

»Wieso hast du uns nichts davon gesagt?«, fragte Graunacken.

Daneel begann zu flüstern, aber Schwarzklaue ließ ihn nicht ausreden. »Weil ich dachte, ihr seid Krieger.« Er knurrte. »Ich habe mich wohl geirrt.«

Graunacken senkte den Blick.

Redalyo schien etwas darauf antworten zu wollen, aber ein anderer Krieger berührte seinen Arm und schüttelte den Kopf. Redalyo schwieg.

Schwarzklaue wandte sich ab. »Wir greifen die Festung heute Nacht an«, sagte er. »Und bis dahin brennen wir diese verdammte Stadt nieder. Geben wir den Magiern was zu tun.«

Er wartete nicht ab, ob jemand zu ihm aufschloss oder ihm folgte, aber nach einem Moment hörte er das Scharren von Krallen auf den Steinen.

Schwarzklaue lächelte und sah Daneel an, der neben ihm aufgetaucht war. »Sie kommen.«

»Ja, aber ich habe dich nicht gebeten, sie zu beleidigen.«

Schwarzklaue hob die Schultern. »Es war die Wahrheit.«

Daneel antwortete nicht darauf. Schweigend gingen sie nebeneinander auf das Hafenviertel zu.

Schwarzklaue blickte in eine der großen Pfützen, die überall auf den Straßen standen. Er sah sein Ebenbild verschwommen und wabernd darin, aber nicht Daneels.

Er dachte nicht darüber nach. Stattdessen glitt sein Blick den Hügel hinauf zu der Festung, die mächtig und grau hinter Wolkenschleiern lag. Auf einmal erschien es ihm wie Wahnsinn, gegen ihre Mauern anzurennen, Fleisch gegen Stein und Eisen zu werfen.

»Werden wir siegreich sein?«, fragte er.

»Westfall wird brennen«, sagte Daneel.

Kapitel 8

Dem Reisenden, der Somerstorms Hafen besucht, wird auffallen, dass es dort keine Stadt gibt und kein Dorf. Einsam ragt der steinerne Pier ins Meer. Die Stürme, die im Herbst und im Winter darüber hinwegfegen, würden jede Hütte niederreißen, die Flutwellen im Frühjahr jedes Gebäude wegspülen. Nur im kurzen Sommer erwacht der Hafen zum Leben. Dann erstrecken sich die Zelte der Händler, Gaukler und Kaufwilligen bis weit in das Land hinein, nur um mit Beginn des Herbstes wie ein Spuk wieder zu verschwinden.

Jonaddyn Flerr, *Die Fürstentümer und Provinzen der vier Königreiche, Band 2*

Es war noch dunkel, als die Geräusche der Küche einsetzten. Gerit erwachte zum Klappern der Töpfe, dem Klimpern des Geschirrs und dem Schleifen der Wetzsteine. Er drehte sich auf den Rücken, ohne die Augen zu öffnen, lauschte der Arbeit der Köche und Bäcker. Damals, in diesem anderen Leben, das immer mehr zum Traum wurde, hatten Sklaven all die Arbeiten in der Festung erledigt. Niemals hätte der Sohn des Fürsten bei ihnen schlafen können, hätte es auch gar nicht gewollt. Doch es gab längst keine Sklaven mehr und auch keinen Fürsten.

Die Gefühle, die er empfand, wenn er daran dachte, waren seltsam, so als wolle er gleichzeitig lachen und weinen.

Perres, ein älterer Nachtschatten aus Lak-Binnou und der beste

Koch der Festung, begann zu singen. Er hatte eine raue, schräge Stimme, die nicht zu den weichen Balladen seiner Heimat passte, sang aber nichts anderes, auch nicht, wenn man ihn darum bat.

Gerit öffnete die Augen und setzte sich auf. Unwillkürlich sah er neben sich, aber Mamee war bereits aufgestanden. Die Nachtschatten in der Küche wechselten sich mit ihren Aufgaben ab. An diesem Morgen musste Mamee die Maka-Wurzeln aus dem Vorratskeller holen und klein schneiden. Niemand beschwerte sich, aber Gerit wusste, dass die Wurzeln allen aus dem Hals hingen. Sie schmeckten nach nichts, und selbst Perres konnte ohne Gewürze und Kräuter daran kaum etwas ändern.

Das war einer der Gründe, weshalb er die Mine trotz des Winters weiterbetrieb, die Produktion sogar erhöht hatte. Sobald der Hafen eisfrei war und die ersten Schiffe aus Zvaran und Bochat eintrafen, würde er all die Dinge kaufen, von denen sie seit einigen Blindnächten nur träumen konnten: Honig, Pfefferschoten, Tempelkraut, Süßschluppen und Ewigtreu. Gerit hatte alles auf eine Liste geschrieben, aber niemandem etwas davon gesagt, selbst Mamee nicht. Es sollte eine Überraschung sein.

Er schlug die Decke zurück und stand auf. Perres und Seidenfell nickten ihm zu, als er durch die Küche ging und seine Stiefel an der Tür anzog. Er kochte, sie knetete Brotteig. Eis bedeckte die Scheiben von innen und von außen, dämpfte das graue Morgenlicht.

Perres unterbrach seinen Gesang. »Du kannst heißes Wasser haben, wenn du willst.«

»Gern, danke.« Gerit schob ihm eine Schüssel herüber. Perres schöpfte dampfendes Wasser aus dem Topf, der über der Feuerstelle hing, und schüttete es in die Schüssel. Dann sang er weiter.

Gerit verstand nicht alles, aber in dem Lied ging es wohl um einen Seemann, der auf den Großen Fluss hinausfuhr und nicht mehr nach Hause fand.

Er wartete, bis das Wasser etwas abgekühlt war, dann zog er sein Hemd aus und begann sich zu waschen. Die Nachtschatten aus dem Norden hatten gelacht, als sie seine haarlose weiße Brust zum ersten Mal sahen, aber er hatte entschieden mitzulachen, und seitdem ließen sie ihn in Ruhe.

Entscheidungen, dachte er, als warmes Wasser über seinen Hals rann. *Alles ist die eigene Entscheidung, selbst das, was andere dir antun.*

Daran glaubten die Nachtschatten, zumindest hatten die Krieger aus dem Norden es ihm so erklärt. Nachtschatten aus dem Süden neigten dazu, nicht ganz so strikt zu sein. Viele von ihnen hatten erst gelernt, was es hieß, ein Nachtschatten zu sein, als sie sich der Armee anschlossen. Die meisten waren aus Verbindungen zwischen Nachtschatten und Menschen hervorgegangen, hatten unerkannt unter Menschen gelebt und deren Verhalten angenommen. Sie beteten noch immer zu ihren alten Göttern und sagten *wir* und *uns*, wenn sie über Ereignisse in den Provinzen redeten, aus denen sie stammten. Bei manchen hatte Gerit den Eindruck, dass sie nicht ganz sicher wussten, was sie eigentlich waren. Er verstand das.

Die Tür wurde geöffnet. Eis fiel klirrend zu Boden, Kerzen flackerten. Ein eisiger Wind traf Gerit. Rasch zog er sein Hemd über.

»Die untersten Wurzeln sind schon verfault«, sagte Mamee, als sie die Tür hinter sich schloss. Sie trug einen Korb mit Maka-Wurzeln auf dem Rücken. »Ich denke, wir sollten Zwischenböden bauen, damit das Gewicht sich besser verteilt.«

»Oder die Wurzeln regelmäßig umschichten.« Gerit schob die Schüssel beiseite. »Wir müssen mit unserem Holz sparsam sein.«

»Es ist deine Entscheidung, Verwalter.« Mamee lächelte und setzte den Korb ab.

Sie und Gerit schliefen fast jede Nacht miteinander. Die Nachtschatten schien es nicht zu stören, wenn andere dabei im Zimmer waren, denn niemand hatte je etwas gesagt. Gerit hatte sich daran gewöhnt. Nur ab und zu gingen er und Mamee in eines der Gästezimmer im Herrschaftstrakt.

»Ich kümmere mich darum.« Er stand auf und zog einen der schweren Pelze über, die neben der Tür an Haken hingen. »Wenn mich jemand sucht, ich mache meinen Kontrollgang.«

Perres brach sein Lied ab. Es war immer noch das gleiche. Er schien besonderen Gefallen daran zu finden. »Frühstück gibt es nach Sonnenaufgang. Warte nicht zu lange, wenn du etwas davon haben willst.«

Gerit nickte. Er band die Pelze vor seiner Brust zusammen, trotzdem traf ihn die Kälte hart, als er die Küche verließ. Der erste Atemzug ließ ihn husten.

Er erwartete, seinen Atem klirren zu hören, aber er gefror nicht vor ihm wie noch zwei Tage zuvor. Es wurde wärmer.

Ein Tritt gegen das Regenfass, das neben der Tür zur Küche stand, genügte, um diesen Eindruck zu bestätigen. Wasser gluckste leise darin. Noch wenige Tage zuvor war es vollständig gefroren gewesen, doch nun waren mindestens zwei Handbreit flüssig.

Der Eisenring, der den Wasserstand markierte, bei dem ein eisfreier Hafen wahrscheinlich war, lag eine weitere Handbreit darüber. Seit Jahrhunderten wurde er regelmäßig erneuert. Gerit fragte sich, wer vor so langer Zeit zum ersten Mal erkannt hatte, dass es einen Zusammenhang zwischen der Eisfreiheit des Regenfasses und der des Hafens gab.

Er sah zum Tor. Es war geschlossen. Nachtschatten standen auf den Mauern. Kohlepfannen glühten neben ihnen. Nur die Krieger aus dem Norden wachten auf den Mauern und Türmen. Sie trotzten der Kälte wie kein anderer. Gerit wusste, dass sie stolz darauf waren, deshalb erwähnte er es, so oft es ging.

Er schritt die Mauern ab, so wie er es gesagt hatte, achtete darauf, dass genügend Kohle für die Pfannen da war und dass Perres den Tee für die Wachen nicht vergessen hatte. Er achtete darauf, dass man ihn sah, als er den Keller betrat, in dem Mamee die verfaulten Wurzeln gefunden hatte.

Er ging an den mannshohen Haufen Maka vorbei und bog in

einen Gang ein, von dem aus man ins Haupthaus der Festung gelangte. Neben einer Fackelhalterung blieb er stehen. Seine Finger suchten einen Moment zwischen den Fugen der Steine, dann fanden sie den Hebel und drückten ihn nach unten. Ein großer Stein rutschte zur Seite. Gerit nahm die Fackel aus der Halterung und kroch in das Gangsystem, das dahinter lag. Er schloss den Durchgang, dann entzündete er die Fackel.

Er brauchte nicht lange, um zu Rickards Versteck zu gelangen. Am Vorabend war Gerit noch dort gewesen, hatte versucht, Rickard mit einem Brei aus Milch und Brot zu füttern, doch ihm war alles aus dem Mund gelaufen. Kein einziges Mal hatte er geschluckt.

Rickard hätte längst tot sein müssen. Er aß nicht, trank nicht, und seine erfrorenen Gliedmaßen vergifteten seinen Körper. Trotzdem lebte er.

Gerit öffnete die Tür und steckte die Fackel in eine Halterung. »Rickard?«, fragte er. Anfangs hatte er geflüstert, obwohl er wusste, dass man ihn jenseits der Gänge nicht hören konnte. Mittlerweile redete er ganz normal. »Rickard?«

Der Napf mit dem Milchbrei stand noch auf dem Tisch. Gerit hatte ihn stehen lassen in der Hoffnung, Rickard würde noch etwas davon essen, aber er hatte ihn nicht angerührt. Der Eimer, den er ihm für seine Notdurft hingestellt hatte, war leer, so wie seit dem Tag seiner Ankunft.

Wieso ist er nicht tot?, fragte sich Gerit. Oder war er es vielleicht längst?

Er hörte ein Geräusch. Steine knirschten unter Sohlen, etwas klatschte, so als würde jemand mit der flachen Hand gegen eine Wand schlagen. Gerit fluchte leise.

»Lass das doch«, sagte er, als er den Nebenraum betrat. Öllampen, die er an den Wänden aufgehängt hatte, erhellten ihn. »Bitte hör auf damit.«

Rickard wandte ihm den Rücken zu. Sein Kopf berührte die Wand. Seine Füße bewegten sich, gingen, ohne von der Stelle zu kommen. Der Boden unter seinen Sohlen war voll mit hellem Steinstaub, seine Stiefelspitzen abgewetzt und aufgerissen.

Gerit sah, wie Rickard den Kopf zurücknahm.

»Nein!«, rief er.

Rickard schmetterte die Stirn gegen den Stein. Es klatschte. Gerit wurde übel.

Er ging zu Rickard, ergriff dessen Arm und zog ihn zurück. Er spürte keinen Widerstand. Mühelos konnte er ihn zum Tisch führen und auf einen Stuhl setzen.

»Hör auf«, sagte Gerit eindringlich. »Warum machst du das?«

Es hatte nach seiner Rettung angefangen. Am nächsten Tag hatte er Rickard so vorgefunden, gegen die Wand laufend. Die Haut seiner Stirn hing in Fetzen über dem dunklen Fleisch, aber er blutete nicht. Sie sah aus, als habe man Papier zerrissen.

»Ich will dich nicht fesseln«, sagte er nach einem Moment, »aber ich werde es tun, wenn du nicht damit aufhörst. Verstehst du? Hör auf, gegen die Wand zu laufen.«

Gerit runzelte die Stirn, als er die letzten Worte sagte. Zum ersten Mal wurde ihm klar, dass es immer dieselbe Wand war, vor der er Rickard fand

Er stand auf, drehte sich so, dass auch er vor der Wand stand. Er musste sich eine Weile orientieren, im Geiste das Gangsystem vor sich aufbauen und drehen, bis er die Festung vor sich hatte. Hinter der Wand, vor der er stand, befanden sich alte Mannschaftsquartiere, die seit dem letzten Krieg nicht mehr benutzt wurden. Dahinter gab es Gänge, eine Waffenkammer, Offiziersquartiere und den Hof.

Gerit zögerte. Er konnte sich nicht vorstellen, was Rickard in einem dieser Räume wollte. Er bezweifelte, dass er sie bei seinem Besuch auf Somerstorm überhaupt gesehen hatte.

Er ging zurück, stützte vor Rickard die Hände auf den Tisch. »Wenn ich zurückkomme und du das wieder machst, werde ich dich fesseln.«

Sein Vater hatte so mit ihm geredet, wenn ihm etwas ernst war. Er hoffte, dass Rickards Vater das auch getan hatte.

Er nahm die Fackel und schloss die Tür hinter sich. Durch das Gangsystem kletterte er nach oben, verließ es erst in einem der unbewohnten Gästezimmer.

Es war hell geworden. Durch die Fenster sah er graue Wolken, die sich bis hoch in den Himmel türmten. Es würde bald schneien.

Gerit lauschte an der Tür, dann trat er auf den Gang. Er löschte die Fackel in einem Eimer voller Sand und steckte sie darüber in eine Halterung.

General Norhans Quartier befand sich auf der anderen Seite des Trakts. Er begegnete nur einem Nachtschatten auf dem Weg dorthin, einer jungen Frau namens Endda, die eines der Zimmer zu ihrem Zuhause gemacht hatte.

Er nickte ihr zu, sie nickte zurück. Es gab keinen Grund für Misstrauen.

Gerit betrat Norhans Quartier. Er blieb vor einem Regal voller Schriftrollen stehen. Es waren Karten. Der General hatte sie sein ganzes Leben lang gesammelt. Gerit wusste, dass Korvellan viel Zeit in diesem Zimmer verbracht hatte.

Die Karten waren nach Provinzen und Landstrichen sortiert. Er fand Somerstorm und zog mehrere Karten heraus. Die erste zeigte nur die Küste, die zweite die Grenze nach Braekor, die dritte umfasste ganz Somerstorm.

Er breitete sie auf dem Tisch aus, beschwerte die Enden mit Krügen und einer kleinen Götterstatue. Ein Stock mit Einkerbungen, wahrscheinlich Entfernungsangaben, lehnte an der Wand. Gerit setzte ihn in der Festung an. Er schloss die Augen, als er versuchte, sich die Richtung vorzustellen, in die Rickard hatte gehen wollen. Hätte er durch Wände gehen können, wäre er über den Hof zu einer Ecke der Außenmauer gelangt, genau dort, wo der Nordostturm stand.

Die Festung war auf der Karte so genau eingezeichnet, dass er den Turm fand. Er bezweifelte, dass der Maßstab richtig war, doch die Entfernung war ihm egal. Es ging ihm nur um die Richtung.

Gerit drehte den Stock, bis er vom Hof genau durch den Nordostturm führte. Mit dem Blick folgte er der Linie, verlängerte sie entlang des Stocks, bis er die Mine erreichte.

Ich habe es geahnt, dachte er. *Und ich bin sicher, wenn ich eine Karte der Mine hätte, würde sein Weg bis in die Höhle führen und vielleicht noch weiter, noch tiefer in den Berg hinein.*

Der Gedanke war unheimlich. Gerit schluckte. Er rollte die Karte zusammen und legte sie mit den anderen zurück ins Regal.

Draußen begann es zu schneien.

Kapitel 9

Die Malerei ist die einzige Kunstform, die in Westfall vom einfachen Volk ebenso sehr geschätzt wird wie von seinen Herren. Ein Maler beginnt seinen Tag nicht selten mit einem neuen Schild für eine Schlachterei und beendet ihn mit dem Portrait einer anmutigen Schönheit aus höheren Kreisen. Bei Ersterem ist Handwerkskunst gefragt, bei Letzterem Fantasie und diplomatisches Geschick.

Jonaddyn Flerr, *Die Fürstentümer und Provinzen der vier Königreiche, Band 1*

Im Hof wurden Leichen verbrannt.

Syrah stand am Fenster ihres Gemachs und betrachtete die Feuer. Jeden Tag wurden es mehr. Die zunehmenden Angriffe der Nachtschatten rissen tiefe Löcher in die Verteidigungslinien. Sogar vier Magier waren bereits gefallen.

Doch die Leichen, die in den Feuern lagen, waren keine Menschen. Nachtschatten verbrannten dort unten, Saboteure und Verräter, die dank Adelus' Überprüfungen entdeckt worden waren.

Syrah dachte an die Worte, die Korvellan geschrieben hatte, als sie ihm davon berichtete. *Aber was, wenn Adelus keinen Zauber gefunden hat, der uns offenbart, sondern nur einen, der Fell in den Handflächen sprießen lässt?*

Sie strich die Papierfetzen glatt, die ihr heimlich aus dem Kerker zugespielt wurden. Ihre Hände wirkten alt, so viel älter als damals, als sie Korvellan berührt hatten. Wie viel war seitdem geschehen, wie sehr hatten sie sich verändert.

Sie dachte an den Soldaten im Thronsaal, den sie für ihren Mörder gehalten hatte. *Mefrouw*. So hatte er sie genannt. Selbst Tage danach klang das Wort noch in ihrem Geist nach. Es brachte Erinnerungen an Rickard mit, an den einen Besuch in Somerstorm bei dem ehemaligen Sklavenhändler, den sie so verabscheut hatte, und bei seiner kalten Frau.

Fürsten hatten sie sich genannt, dabei waren sie nur Pack, das zu Reichtum gekommen war. Balderick hatte das nicht gestört. Er hatte das Gold gesehen und einer Verlobung zwischen ihrem einzigen Sohn Rickard und Ana Somerstorm zugestimmt.

Vielleicht hätte sie ihm das ausreden können, denn Balderick war ein dummer Mann gewesen, der dazu neigte, die Ideen anderer für seine eigenen zu halten, wenn man nur lange genug auf ihn einredete. Aber Rickard hatte sich in Ana verliebt. Nur einmal danach hatte sie ihn so voller Glück gesehen, an dem Tag, als er in den Krieg gegen die Nachtschatten aufbrach, um ein Held zu werden.

Syrah schloss die Augen. Schmerz stieg bitter und heiß in ihr auf. Ihre Hände zitterten. Nur zwei Menschen hatte sie in ihrem Leben wirklich geliebt, und nun war der eine wegen der Pläne des anderen tot. Und doch konnte sie nicht aufhören, den anderen zu lieben.

Was bin ich nur für eine Mutter?, dachte sie, verstört über sich selbst. Sie öffnete die Augen. Satzfetzen, geschrieben in Korvellans präziser, gerader Handschrift, ragten unter ihren Fingern hervor.

unsere Tochter finden. Wenn Craymo
Fehler, die ich gemacht habe und die ich ber
dringend mit Craymorus sprechen. Ich verstehe nicht, wesh
war zu riskant, mich befreien zu wollen. Mach dir keine Sorgen, wir Vergangene werden uns

Syrah zuckte zusammen, als jemand an der inneren Tür ihrer Gemächer klopfte. Hastig faltete sie die Zettel zusammen und schob sie in den Ärmel ihres Kleides.

»Ja«, sagte sie dann. Ihre Stimme klang, als hätte sie geweint. Syrah strich sich mit den Fingerspitzen über die Wange. Sie war feucht.

Ein Soldat, den sie nicht kannte, öffnete die Tür. Craymorus hatte den Offizieren befohlen, nur Überprüfte als Wachen einzuteilen. Dass bisher niemand von ihrer Leibgarde dem Test unterzogen worden war, überraschte Syrah nicht.

»Sergeant Nyrdok wünscht, Euch zu sprechen, Fürstin«, sagte der Soldat.

»Lass ihn rein, und schließe die Tür.«

»Ja, Fürstin.«

Der Soldat verschwand. Seine Schritte hallten durch die vorderen Gemächer. Es gehörte sich nicht, einen fremden Mann in den eigenen Schlafgemächern zu empfangen, aber es war der einzige Raum, in dem sie sich sicher fühlte.

Syrah setzte sich an den kleinen Tisch unterhalb des Fensters. Das Licht der Morgensonne fiel als weißes Rechteck darauf. Sie wusste, dass es auch ihre Haare berührte und ihnen einen besonderen Schein verlieh.

Sie schlug die Beine übereinander und legte die Hände auf die Knie. Als junges Mädchen hatte ihre Mutter ihr beigebracht, wie eine Fürstin sitzen, stehen und sogar liegen musste. Syrah hatte sich stets daran gehalten.

»Sergeant«, sagte sie freundlich, als Nyrdok eintrat. »Ich hoffe, deine Familie ist wohlauf.«

Nyrdok kniete nieder. »Danke, Fürstin, allen geht es gut.«

Der Soldat schloss die Tür. Syrah wartete auf das Geräusch seiner Schritte, aber es blieb aus.

Nyrdok sah auf. Sie legte den Zeigefinger auf ihre Lippen und winkte ihn heran. Er sah schlecht aus. Seine Augen waren blutunterlaufen, seine Haut teigig. Als er näher kam, roch Syrah den Wein in seinem Atem.

»Wir müssen leise sein«, flüsterte sie. »Man belauscht uns.«

Nyrdok warf einen Blick zur Tür und nickte. »Ich war gerade bei Craymorus, Fürstin«, sagte er ebenso leise. Er nannte ihren Gatten nie bei seinem Titel. Keiner der Männer, die loyal zu ihr standen, tat das. Sie hatte sie noch nicht einmal darum bitten müssen.

Nyrdok fuhr sich mit der Hand durch das Gesicht. »Er sagte, Adelus hätte seinen Zauber verbessert. Er will meine Männer noch einmal überprüfen lassen, und ich denke, auch Eure.«

»Das war zu erwarten. Craymorus' Puppenspieler wissen, dass ihre Macht über ihn schwindet, wenn es keine Nachtschatten mehr zu entdecken gibt.«

Nyrdok blinzelte. »Das ist nicht alles, Herrin. Seine Hure ... verzeiht bitte, seine ...«

Syrah winkte ab. *Ich wünschte, sie wäre nur eine Hure,* dachte sie. »Fahre fort.«

»Ja, Fürstin. Nun, sie betrat das Zimmer, als Craymorus mir das erklärte. Sie sagte, alle müssten überprüft werden, damit das Volk sich sicher fühle, vor allem die, die ganz oben sind, so wie er und ...«

»Ich«, sagte Syrah. Sie schüttelte den Kopf. »Das würden sie nicht wagen.«

»Fürstin.« Nyrdok sah sich um, als befürchte er, Adelus stünde bereits hinter ihm. »Wenn Craymorus wüsste, dass Ihr versucht habt, Korvellan zu befreien, wäret Ihr bereits tot.«

Nyrdok und Forderak waren dagegen gewesen, aber Syrah hatte auf dem Versuch bestanden. Nur die Geistesgegenwart des Kerkermeisters, der den Wachmann, der ihn entdeckt hatte, niederschlug, und Nyrdok, der den Mann tötete, bevor er etwas sagen konnte, hatten sie gerettet.

»Wir stehen loyal zu Euch, Fürstin«, fuhr Nyrdok fort, »so wie wir es immer getan haben, unser ganzes Leben lang. Ich würde keinen Eurer Befehle je hinterfragen, weil ich weiß, dass Ihr mehr von der Welt versteht als ich. Aber dieses eine Mal, Herrin, verstehe ich vielleicht doch mehr als Ihr. Bitte hört auf mich. Verlasst Westfall.«

Syrah hätte ihm beinahe ins Gesicht gelacht. »Niemals. Mein Sohn und mein Gatte sind für dieses Land gestorben. Ich habe …«,

… die Liebe meines Lebens dafür aufgegeben, wollte sie sagen, »… viel dafür geopfert. Ich werde es nicht einem Krüppel und seiner Hure überlassen.«

Sie stand auf. Nyrdok trat rasch einen Schritt zurück. »Fürstin …«

Syrah ließ ihn nicht ausreden. »Ich danke dir.« Sie bemerkte, dass sie zu laut sprach und senkte die Stimme. »Geh jetzt zurück auf deinen Posten. Ich werde dich rufen lassen, wenn ich neue Befehle für dich habe.«

»Ja, Fürstin.« Er senkte den Kopf. Seine Schultern sackten herab wie die eines geschlagenen Mannes, der das Henkersbeil bereits im Nacken spürte.

Er war dem Druck, der auf ihm lastete, nicht mehr gewachsen, das wurde Syrah in diesem Augenblick klar.

»Sieh mich an, Nyrdok.« Sie wartete, bis er ihr in die Augen blickte, dann sagte sie: »Du bist mein wertvollster Soldat. Du bist mein General. Wenn wir gesiegt haben – und wir werden siegen –, dann wirst du den Rang bekommen, der dir nach all den Jahren zusteht.«

Sie sah, wie sich sein ganzer Körper straffte. »Ihr meint …«

»Ja. Wenn ich Herrin von Westfall bin, wird man dich General Nyrdok nennen.« Er schien zu einem zweifellos langen und emotionalen Dank ansetzen zu wollen, aber Syrah zeigte zur Tür. »Geh.« Sie zwang sich zu einem Lächeln.

Es verschwand, als Nyrdok die Tür hinter sich schloss.

Er ist ein Narr, dachte Syrah, *aber mit einem hat er recht: Ich muss endlich handeln.*

Sie zog die Zettel aus ihrem Ärmel und ging zum Kamin. Das Feuer, das ihre Gemächer bei Nacht erwärmte, war fast niedergebrannt. Zwei Holzscheite glühten noch in der Asche. Kleine Flammen krochen darüber.

Syrah war in die Vergangenheit geflohen, hatte zugelassen, dass die Gegenwart sie vergaß und die Zukunft keinen Platz mehr für sie hatte.

»Es ist noch nicht zu spät«, flüsterte sie, »weder für mich noch für Westfall noch für …«

Sie ließ die Zettel los. Das Papier fing Feuer, noch bevor es die Holzscheite berührte. Die Flammen loderten für einen Augenblick auf, verschlangen Worte und Gedanken.

»… uns«, sagte Syrah.

»Aus dem Weg.«

Die beiden Leibgardisten sahen sich an.

Syrah blieb vor ihnen stehen, die Arme vor der Brust verschränkt. »Ich sagte: Aus dem Weg!«

Beide zögerten, dann rang sich der rechte und jüngere der beiden zu einer Antwort durch. »Der Fürst verlangt, dass wir jeden Besucher ankündigen.«

Syrah drängte sich an ihm vorbei. »Ich bin seine Gemahlin, kein Besucher, Soldat«, sagte sie, während sie die Tür bereits aufstieß. »Ich brauche weder eine Ankündigung noch eine Erlaubnis.«

Sie warf die Tür hinter sich zu. »Ja, Herrin«, hörte sie den Soldaten dumpf durch das Holz sagen.

Craymorus war in Baldericks Gemächer gezogen, so wie es sich für ihn gehörte, aber er hatte nichts verändert. An den Wänden hingen immer noch Jagdwaffen und ausgestopfte Tierköpfe, die alten, dunklen Holzmöbel, die Balderick so geschätzt hatte, standen immer noch so, wie er sie aufgestellt hatte. Es roch sogar noch nach Balderick. Nur ein paar Schriftrollen auf einem der Tische verrieten, dass nun ein anderer diese Räume bewohnte.

Er lebt hier wie ein Gast, dachte Syrah, *so als wisse er, dass er nicht lange bleiben wird.*

Der Raum war leer, aber die Tür zum Schlafgemach stand offen. »Craymorus?«, rief Syrah. »Ich muss mit dir reden.«

Sie wartete. Niemand antwortete, aber sie glaubte ein trockenes Rascheln zu hören.

Langsam ging sie durch den Raum. Die tiefen Teppiche dämpften ihre Schritte.

»Craymorus?«, sagte sie.

Das Rascheln verstummte. Syrah blieb im Türrahmen des Schlafgemachs stehen. Die Vorhänge waren zugezogen, das Feuer ausgegangen. Der Raum lag im Halbdunkel.

Etwas bewegte sich auf dem breiten Bett. Es wölbte die Decken und Felle, glitt unter ihnen hindurch wie eine Schlange. Es raschelte wie Papier. Ein seltsam metallischer Geruch hing in der Luft.

Syrah wich zurück, nahm den Blick jedoch nicht von dem Ding unter der Decke. Es blähte sich auf und fiel in sich zusammen, so als würde es atmen. Etwas an seiner Form, den fließenden, weichen Bewegungen ekelte Syrah. Sie hustete.

Das Ding verschwand. Von einem Lidschlag zum nächsten lagen die Decken still. Unwillkürlich sah Syrah zu Boden, erwartete beinahe, etwas auf sich zukriechen zu sehen, aber da war nichts.

Sie drehte sich um. Mellie stand vor ihr.

Syrah hätte beinahe geschrien, doch sie biss sich auf die Lippen. »Wo ist der Fürst?«, fragte sie, um den Schreck zu überspielen.

Mellie neigte den Kopf. »Verzeiht, Herrin, das weiß ich nicht. Ich wollte hier nur etwas saubermachen.«

Wo kommt sie her?, fragte sich Syrah. Die Tür hätte sie gehört, und durch eines der geschlossenen Fenster hätte sie auch nicht klettern können. Wozu auch?

Ihr Blick fiel auf das Bett. Sie schüttelte sich innerlich. *Nein, das kann nicht sein.*

»Wenn du ihn siehst, dann sag ihm, dass ich ihn zu sprechen

wünsche«, sagte Syrah. Sie ging so dicht an Mellie vorbei, dass die ausweichen musste.

»Ja, Herrin.«

Ihre Unterwürfigkeit war ekelerregend. Syrah schluckte ihre Wut hinunter. Sie legte die Hand auf die Türklinke, doch dann zögerte sie.

Ich bin es so satt, dachte sie, *so satt.*

Sie drehte sich um. »Wo ist meine Tochter?«

Mellie hielt den Kopf immer noch gesenkt. Das lange Haar verdeckte ihr Gesicht. »Ich verstehe Eure Frage nicht, Herrin. Von welcher Tochter sprecht …?«

»Lass das. Du und der Krüppel, ihr habt sie entführen lassen. Ich will wissen, wo sie ist.«

»Krüppel? Cray würde es sicher nicht gefallen, wenn er wüsste, wie du von ihm redest.«

»Die Peitsche wird dir deine Unverschämtheit austreiben, du kleine …«

Mellie hob den Kopf. Syrah unterbrach sich. Sie wich zurück, prallte mit dem Rücken gegen die Tür.

Die Unterwürfigkeit war aus Mellies Blick verschwunden. *Alles* war daraus verschwunden. Syrah glaubte in einen Abgrund zu starren, in einen dunklen Schacht, so tief, dass sie auf ewig fallen würde. Kein Leben lag in diesen Augen und kein Tod. Sie waren leer und kalt wie eine wolkenlose Nacht ohne Sterne.

Die Stimme eines Soldaten vor der Tür riss sie aus ihrer Erstarrung. »Alles in Ordnung?«

»Ja«, sagte Craymorus' Stimme aus Mellies Mund. »Ich war nur etwas ungeschickt.« Sie lächelte. Es war eine Grimasse.

»Siehst du«, fuhr sie mit ihrer eigenen Stimme fort. »Ich lerne mit jedem Tag etwas Neues dazu. Wer weiß, wo das enden wird.«

Syrah wollte fliehen, wollte die Tür aufreißen, den Gang hinunterlaufen, über den Hof, durch das Tor, den Hügel hinunter, über den Großen Fluss bis zum Rand der Welt und darüber hinaus.

Sie blieb stehen. Ihre Beine zitterten, ihre Hände waren kalt, ihr Kopf heiß, aber sie blieb stehen.

Ich habe nie an die Vergangenen geglaubt. Ich dachte, sie wären nur ein Märchen. Der Gedanke reizte sie zum Lachen. Sie drängte es in ihre Kehle zurück.

»Wir waren bei meiner Tochter stehen geblieben«, sagte sie. Ihre Stimme klang gepresst. »Wo ist sie?«

»Willst du nicht wissen, wer ich bin?«, fragte Mellie. Nur ihr Mund bewegte sich. Der Rest ihres Gesichts, ihr ganzer Körper blieb reglos. Der Anblick war verstörend.

»Ich weiß, *was* du bist«, sagte Syrah.

»Wirklich? Wer hat es dir gesagt? Korvellan?« Mellie nickte ruckartig. »Ja, Korvellan. Du bist nicht selbst darauf gekommen, und Cray hast du auch nicht gefragt. Er weiß es, aber er tut nichts. Er hält mich für einen Gott.« Ihr Lächeln kam und ging in einem Lidschlag. »Ich glaube, das kostet ihn den Verstand.«

»Ich will nicht über ihn reden.«

»Ich aber.« Mellies Worte knallten wie ein Peitschenhieb.

Syrah spürte, wie etwas warm über ihre Lippen lief. Sie wischte mit der Hand darüber. Es war Blut. Ihre Nase blutete.

»Er interessiert mich«, sagte Mellie in ihrem starren, leeren Körper. »Ich kann ihn dazu bringen, manche Dinge zu tun, andere nicht. Ich habe ihm gesagt, er solle Korvellan hinrichten lassen, aber er macht es nicht. Das ist seltsam. Ich werde wohl einen anderen bitten, ihn zu töten.«

Syrah spürte einen Stich. Nur die Tür in ihrem Rücken hielt sie noch aufrecht.

»Vielleicht dich.« Mellie hob den Arm und winkte sie heran. »Komm her!«

Syrah ging auf sie zu. Sie ekelte sich vor den leeren Augen und dem reglosen Körper, trotzdem ging sie darauf zu. »Was ist mit meiner Tochter?«

»Sei ruhig.«

Syrah schwieg.

»Geh zum Fenster.«

Syrah war froh, dass sie Mellie den Rücken kehren konnte. Sie ging zum Fenster.

»Öffne es.«

Sie öffnete es. Klare Morgenluft trocknete den Schweiß auf ihrem Gesicht. Dankbar atmete sie ein. Der Wind wehte aus Richtung des Großen Flusses. Sie roch seine Süße.

»Steig auf den Sims.«

Syrah stieg auf den Sims.

Sie hielt sich am Fensterrahmen fest und sah nach unten. Die Menschen auf dem Hof waren so groß wie ihre Hand. Sie sah Kinder, die zwischen den Unterständen und den Feuern spielten. Der Platz vor dem Tor war verschlammt. Einige Magier gingen darauf zu. Über der Stadt stiegen schmale Rauchsäulen auf. Es würde bald regnen.

»Ich kann mit dir machen, was ich will.« Mellies Stimme drang aus dem Zimmer zu ihr auf den Sims. »Wenn du wieder in deinen Gemächern bist, wirst du das erkennen. Ich werde dich nun um einige Dinge bitten. Zuerst Kor…«

Syrah ließ los.

Langsam kippte ihr Körper nach vorn. Sie spürte, wie sich ihre Füße vom Sims lösten, hörte Mellies kaltes »Das habe ich dir nicht befohlen« und sah den Hof tief unter sich. Einen Moment lang war es, als würde sie fliegen, als würde die Luft sie weg von der Festung und hinaus über den Rand der Welt tragen.

Dann fiel sie.

Mit geöffneten Augen stürzte sie den Steinen entgegen.

Der Aufprall riss sie aus der Welt.

Kapitel 10

Was unterscheidet einen Fürsten von einem Bettler, wenn beide in ihrem Grab liegen? Ist es die Farbe der Haare, die Stärke der Knochen oder der Geruch des Fleisches? Wer die Antwort auf diese Fragen kennt, versteht, weshalb in Westfall die Toten verbrannt werden.

Jonaddyn Flerr, *Die Fürstentümer und Provinzen der vier Königreiche, Band 1*

Sie ist tot. Syrah ist tot.«

Die Nachricht sprang von Mensch zu Mensch, Mund zu Mund. Jonan hörte sie, als er die Nachtschicht auf der Rückseite der Festung beendete und an den Gemüsegärten vorbei auf den Hof zuging. Ein alter, buckliger Mann flüsterte sie ihm zu.

Im ersten Moment glaubte Jonan, er habe sich verhört, doch dann bog er um eine Ecke und sah die Menschen, die in kleinen Gruppen auf dem Hof zusammenstanden. Einige weinten. Niemand arbeitete. Sogar die Kinder hatten aufgehört zu spielen.

Jonan ging langsam zwischen ihnen hindurch. Unterhaltungsfetzen drangen an sein Ohr. Sie war gefallen, gesprungen, gestoßen worden. Sie war die Fürstin, ein Nachtschatten, die Hure eines Nachtschattens. Der Fürst hatte sie geliebt, gehasst, getötet.

Er wusste nicht, was davon stimmte, dachte auch nicht darüber nach. Syrah war eine Fremde für ihn gewesen, ein Name, aber die Menschen Westfalls hatten sie seit Jahrzehnten begleitet. Syrah war das Einzige, was ihnen nach Baldericks und Rickards

Tod aus der Vergangenheit geblieben war. Sie hatten nicht nur einen Menschen verloren, sondern eine ganze Ära.

Und hier kommt die neue, dachte Jonan, als weiße Roben, umgeben von Schilden und Speeren, an ihm vorbeirauschten. Craymorus war vielleicht der Fürst von Westfall, aber die wahre Macht lag bei den Magiern. Er brauchte sie, aber sie hatten für ihn keine Verwendung. Jonan fragte sich, wie lange es dauern würde, bis Adelus auch den Fürsten zum Nachtschatten erklärte.

Die Festung war zu einem Gefängnis geworden, zu einem Ort der Willkür und des Wahnsinns. Ihre Mauern schienen mit jedem Tag höher zu werden und enger zusammenzurücken. Er musste sie überwinden, irgendwie, bevor ihm dieser Ort den Mut und den Verstand raubte. Bevor er Ana vergaß.

Soldaten bildeten einen Halbkreis vor einer der Festungsmauern. Jonan ahnte, was sie mit ihren Körpern vor Blicken zu schützen versuchten. Trotzdem ging er näher heran. Sie ließen ihn durch, als sie seine Uniform sahen.

Jemand hatte die Leiche mit einem Umhang zugedeckt. Blut hatte den Stoff an einigen Stellen dunkel gefärbt. Syrahs Beine ragten unter dem Umhang hervor. Sie hatte den linken Schuh verloren. Eine Blutlache bedeckte die Steine neben ihr. An einigen Stellen war es bereits geronnen, an anderen versickerte es langsam im Erdboden. Ein Sklave hockte auf Knien davor und schrubbte mit einer Bürste die Steine ab. Er weinte. Die Soldaten sahen ihm wortlos zu.

Unwillkürlich hob Jonan den Kopf. Das Fenster, aus dem Syrah gestürzt war, stand immer noch offen. Ein weißer Vorhang wehte wie ein Banner im Wind. Jonan zuckte zusammen, als ein Windstoß den Vorhang zur Seite riss und Craymorus plötzlich im Fenster auftauchte. Er sah nach unten. Ihre Blicke trafen sich.

Jonan fühlte sich wie ein Eindringling, so als habe er nicht das Recht, an Syrahs Tod teilzuhaben. Er wollte sich abwenden, aber Craymorus nickte ihm zu. Dann winkte er ihn zu sich.

Jonan senkte den Kopf.

»Was will er von dir?«, fragte ein Soldat, der den Austausch mitbekommen haben musste, leise.

»Ich weiß es nicht.«

Der Soldat machte ihm Platz. Jonan ging zum Haupthaus und stieg die breite Treppe hinauf. Nur wenige Menschen kamen ihm entgegen. Diejenigen, die er sah, suchten den Blickkontakt zu ihm, so als wollten sie sicherstellen, dass auch er trauerte. Jonan wusste nicht, ob sein Gesichtsausdruck ihre Erwartungen erfüllte.

Drei Treppen stieg er hinauf, dann betrat er den Gang, an dessen Ende die Gemächer des Fürsten lagen. Die beiden Wachen, die rechts und links des Eingangs standen, öffneten ihm die Tür.

»Der Fürst erwartet dich«, sagte einer leise. Seine Augen waren gerötet.

Jonan nickte und trat ein. Hinter ihm schlossen die Soldaten die Tür.

Das Fenster war immer noch geöffnet. Der Wind wirbelte den Vorhang hinaus und hinein, verwandelte ihn in eine Fahne, ein Segel, wieder eine Fahne. Ausgestopfte Tierköpfe, Eber und Hirsche, starrten aus blinden Augen in den Raum.

Craymorus saß auf dem Boden, den Rücken an die Wand gelehnt, die Arme auf die Knie gestützt. Er drehte eine Schriftrolle zwischen den Fingern.

»Es tut mir leid«, sagte er.

Jonan wusste nicht, worauf sich der Fürst bezog, also schwieg er.

»Ich hätte dich nicht hierherbringen sollen.« Craymorus starrte auf die Schriftrolle. Warmes Sonnenlicht fiel einen Moment lang auf sein Gesicht. Der Schatten des Vorhangs wischte es weg. »Du gehörst hier nicht hin.«

»Ich bin hier, weil ich es so wollte.«

»Ja.« Craymorus schien ihm nicht zuzuhören. »Die Wachen

sagen, ich wäre im Zimmer gewesen, als Syrah …« Er zögerte. »Als sie stürzte. Aber das war ich nicht.« Craymorus rieb sich die Augen. Er sah aus, als habe er seit Tagen nicht geschlafen. »Lügen, überall nur Lügen. Ganz Westfall ist eine Lüge. Der Fürst ist kein Fürst, die Götter sind keine Götter, die Geschichte ist ein Märchen.«

Jonan blieb reglos stehen. Der Fürst schwankte zwischen Verwirrung, Trauer und Wut. Das war eine gefährliche Stimmung für jemanden, der sich mit ihm in einem Raum aufhielt.

»Syrah. Wie sehr hat sie mich gehasst. Sie wollte mich umbringen. Aber wir haben dafür gesorgt, dass sie das nicht konnte. Und jetzt liegt sie da unten, und ich …« Craymorus brach ab und lachte knapp. »Lügen und Feinde. Hast du gewusst, dass Garrsy ein Nachtschatten ist? Garrsy. Ich habe ihm mein Leben anvertraut.«

Jonan ging in die Hocke. »Ist es wirklich möglich, dass all diese Leute Nachtschatten sind?«

Craymorus schwieg. Jonan drängte ihn nicht. Er hatte schon mehr gesagt, als gut für ihn war.

Nach einer Weile senkte der Fürst die Hand. Er sah Jonan aus fiebrig schimmernden Augen an. »Ich weiß es nicht. Beim Großen Fluss, ich weiß es wirklich nicht.«

Für einen kurzen Augenblick wollte Jonan ihm alles sagen, wollte ihm erklären, wie die Magier ihn isolierten und manipulierten, wie viele Unschuldige sie bereits umgebracht hatten und wieso er davon wusste. Doch dann schluckte er hinunter, was er sagen wollte. Craymorus war besessen von seiner Suche nach den Nachtschatten. Vielleicht hätte er Jonan geglaubt, doch wahrscheinlich wäre seine Leiche nur auf einem der Feuer im Hof gelandet.

Der Fürst setzte sich auf. »Aber eines weiß ich.« Seine Stimme klang fester als zuvor. »Dies ist nicht dein Kampf. Verlass diesen Alptraum. Geh.«

»Mein Fürst, ich …«

Craymorus ließ ihn nicht ausreden. »Nimm das.« Er reichte

Jonan die Schriftrolle, die er gehalten hatte. »Sie weist dich als meinen Boten aus. Die Wachen werden dich passieren lassen.« Er stand auf. »Schlag dich zum Großen Fluss durch. Flieh nach Süden, so weit du kannst und so schnell du kannst. Warte nicht die Nachrichten aus Westfall ab. Nichts Gutes wird hier passieren.«

»Ja, Herr.« Jonan steckte die Schriftrolle in seine Uniformjacke, dann erhob er sich ebenfalls. Da war sie, die Gelegenheit, die er tagelang herbeigesehnt hatte. Wieso freute er sich nicht darüber?

Er wollte zur Tür gehen, doch dann blieb er einem Impuls folgend stehen. »Wieso begleitet Ihr mich nicht?«

Craymorus schien das Angebot zu überraschen. »Danke, Jonan, aber ich muss bleiben.« Er lächelte. »Das Volk braucht seinen Fürsten, und ich bin zu feige, ihm zu sagen, dass ich kein Fürst bin.«

Er wandte sich ab. Jonan wartete, aber er drehte sich nicht noch einmal um.

Die Schriftrolle drückte gegen seine Brust. Jonan legte die Hand darauf und zog die Tür hinter sich zu.

Er verließ das Haupthaus. Er packte weder seine Sachen, noch verabschiedete er sich von irgendwem. Den Soldaten am Tor kannte er nicht. Er war jung und sah aus, als trüge er die Uniform noch nicht lange. Sein Helm war zu groß und rutschte ihm ins Gesicht.

»Du sollst raus?«, fragte er überrascht, als Jonan ihm das Siegel zeigte. Jeder Soldat kannte es. Beim Morgenappell leistete man einen Schwur darauf.

Jonan nickte. »Befehl des Fürsten.«

»Mit dir möchte ich nicht tauschen.« Der Soldat zog ein rotes Tuch aus der Tasche und winkte den Bogenschützen auf den Türmen zu. Nach einem Moment winkten sie zurück. »Kannst gehen«, sagte der Soldat. »Mögen die Vergangenen mit dir sein.«

Seine Kameraden halfen Jonan, das Tor zu öffnen. Er schlüpfte hindurch, als der Spalt groß genug war. Die Wachen schlossen das Tor wieder. Er hörte, wie schwere Riegel vorgeschoben wurden. Geduckt lief er an der Mauer entlang, dann bog er auf offenes Gelände ab.

Die Morgensonne wärmte sein Gesicht. Der Wind wehte den Gestank der Festung aus seiner Kleidung, reinigte seine Gedanken. Tief atmete Jonan durch. Er war dem Irrsinn entkommen. Er war frei.

Rasch brachte er den breiten Weg und die Krater, die von den Zaubern der Magier gerissen worden waren, hinter sich. Er war sich sicher, dass die Nachtschatten Späher postiert hatten, aber er bemerkte niemanden.

Zwischen einigen Bäumen blieb er stehen und drehte sich um. Die Festung lag dunkel und grau hinter ihm. Regenwolken sammelten sich darüber. Die Magier würden sie bald zur Stadt schicken. Er suchte nach dem offen stehenden Fenster und dem wehenden Vorhang, aber er war bereits zu weit weg.

Jonan wandte sich ab.

Die Stadt lag im Osten, zwischen ihm und dem Großen Fluss, aber dort lauerten die Nachtschatten. Also wandte er sich nach Süden. Er schlug einen Bogen um die Stadt, sorgfältig darauf achtend, zwischen Bäumen und hinter Büschen zu bleiben. Die Höfe, die er auf dem Weg sah, umging er. Sie lagen zu nah an der Stadt. Die Vorräte und Pferde, die dort zurückgeblieben waren, hatten die Nachtschatten längst an sich gebracht.

Es wurde Nachmittag, dann Abend. Kurz vor Sonnenuntergang stieß Jonan auf einen Fluss. Der ständige Regen über der Stadt hatte ihn anschwellen lassen. Die Bäume am Ufer standen im Wasser. Der Boden war aufgeweicht.

Alle Flüsse münden im Großen Fluss, hieß es, also blieb Jonan in der Nähe des Ufers. Er war müde, aber er wagte es nicht zu schlafen. Der Nachtschatten in ihm war so stark wie nie zuvor. Wenn er in der Nacht einschlief, würde das Tier erwachen.

Also ging er weiter. Es war eine helle Nacht, die Zwillingsmonde standen hoch am Himmel. Die Landschaft, durch die er ging, war geprägt von Feldern, Büschen und kleinen Wäldern. Es gab nur wenig Unterholz. Er musste kaum auf den Weg achten.

Um sich von der Müdigkeit abzulenken, dachte er an Ana. Er wusste nicht, wo sie war, vermutete allerdings, dass sie sich nicht in Westfall aufhielt und auch nicht auf der anderen Seite des Flusses.

Das grenzt es ja ein, dachte Jonan müde.

Als die Sonne aufging, fand er eine leere, alte Viehtränke am Rand einer Weide. Er legte sich hinein, zog die Jacke vor seiner Brust zusammen und schlief ein.

Ein Schlag in den Magen weckte ihn.

Kapitel 11

Der Reisende wird bei seinen Unternehmungen schnell herausfinden, dass vieles von dem, was ihm beigebracht wurde, nicht mit der Wirklichkeit übereinstimmt. So ist es falsch, dass alle Flüsse in den Großen Fluss münden und dass das Horn der Braekor-Ziege gegen Haarausfall hilft.

Jonaddyn Flerr, *Die Fürstentümer und Provinzen der vier Königreiche, Band 2*

Die Fürstin ist tot«, sagte Nyrdok.

»Ich weiß.« Forderak zog die Nase hoch. Tränen hatten helle Spuren in seinem schmutzigen Gesicht hinterlassen.

»Ich habe eben noch mit ihr gesprochen.« Nyrdok sah sich in der Höhle um. Gefangene und Wärter standen zusammen. Die Nachricht hatte sich bereits bis in die Kerker verbreitet. »Sie wollte nicht glauben, dass ihr Leben in Gefahr war, und jetzt ist sie tot.«

»Sie war eine stolze Frau.« Forderak hustete und verzog das Gesicht. »Ich werde ihr wohl bald ins Grab folgen. Diese Nacht habe ich Blut gespuckt.«

Nyrdok nickte. Es gab nichts, was er darauf entgegnen konnte.

Eine Weile standen sie schweigend nebeneinander. Forderak scharrte mit einem nackten Fuß im Dreck, Nyrdok kaute auf seiner Unterlippe. Das, was er sagen wollte, war so ungeheuerlich, dass er nicht wusste, wie er anfangen sollte.

Forderak nahm ihm die Entscheidung ab. »Ich habe Leute gesehen, die am Bluthusten verreckt sind«, sagte er. »Ich will so nicht sterben.«

»Dann stirb nicht so.« Es klang härter, als Nyrdok gewollt hatte. Er zog Forderak in eine Ecke der Höhle, zwischen alte Fässer und Stapel von Feuerholz.

»Du musst so nicht sterben«, flüsterte er. »Verlass diese Welt wie ein Krieger. Mach deine Familie stolz.«

»Wie?«

Nyrdok sah sich um. Niemand beachtete sie. »Wir erfüllen der Fürstin ihren letzten Wunsch.«

Forderak blinzelte, kratzte sich und blinzelte erneut. Dann wurden seine Augen groß. »Du willst Korvellan befreien?«

»Es war ihr Wunsch.«

»Aber …« Der Kerkermeister öffnete und schloss den Mund. Er sah aus wie ein Fisch. »Sieh dich doch mal um«, stieß er dann hervor. »Die Wachen wurden verdoppelt. Beim letzten Mal hätte man uns beinahe geschnappt.«

»Weil wir dumm waren.«

»Sind wir jetzt schlauer?«

Nyrdok grinste. »Ja.« Er fuhr sich mit der Zunge über die Lippen. »Wir werden nicht nur Korvellan befreien, sondern auch die Unberührbaren.«

»Was?« Forderak riss sich aus seinem Griff los. »Bist du wahnsinnig?«

Nyrdok zog ihn zurück. »Mit ihnen lenken wir die Wachen ab. Wie willst du denn sonst an denen vorbeikommen?«

»Das ist völliger Irrsinn. Ich habe die Fürstin verehrt, aber das geht zu weit. Ich werde nicht …«

»Du verreckst, Forderak«, unterbrach ihn Nyrdok. »Und alles, was du deiner Familie hinterlässt, sind ein paar verlauste Hütten in einer Höhle. Korvellan besitzt Somerstorm. Was meinst du, wie großzügig er sein wird, wenn wir ihn befreien? Er hat sogar den Sklaven in Somerstorm Gold gegeben, und die haben ihm nicht das Leben gerettet.«

Forderak wehrte sich nicht mehr. Er wandte den Kopf und betrachtete die Hütten, als sähe er sie zum ersten Mal.

Nyrdok ließ den Kerkermeister los und wischte sich die Hände an der Hose ab. Seine Finger berührten das Messer in seinem Gürtel. Er hoffte, es nicht ziehen zu müssen.

Doch dann schüttelte Forderak den Kopf. »Nein. Ich wünschte, ich könnte den letzten Wunsch der Fürstin erfüllen und meiner Familie zu einem besseren Leben verhelfen, aber wenn wir scheitern, wird Craymorus uns für Nachtschatten halten und meine Söhne und Töchter umbringen las…«

Nyrdok rammte ihm das Messer ins Herz.

Forderak stieß die Luft aus. Seine Lippen zitterten, sein Blick richtete sich auf Nyrdok. Seine Hand kroch auf das Messer zwischen seinen Rippen zu, kam dort aber nicht mehr an. Tot sackte er zusammen.

Nyrdok zog das Messer aus seiner Brust. Mit einer Hand schloss er Forderaks Augen, mit der anderen riss er dessen Hemdsärmel auf. Der Schlüssel zum hinteren Trakt, Zeichen seiner Stellung, hing an einer Kette von seinem Handgelenk.

Er begann zu schneiden. Zwischendurch sah er immer wieder auf. Die Gruppen lösten sich allmählich auf, die ersten kehrten zu ihrer Arbeit zurück, aber die Tür zum Trakt war immer noch frei.

Ein letzter Ruck, dann lag Forderaks abgetrennte Hand im Staub. Nyrdok zog die Kette vom Handgelenk und wischte das Blut an der Hose seines alten Freundes ab.

»Es hätte nicht so kommen müssen«, sagte er leise. »Das war deine eigene Schuld.«

Nyrdok erhob sich. Keine zehn Schritte trennten ihn von der Tür. Er hatte Forderak in den letzten Tagen oft beim Öffnen beobachtet, hatte geahnt, dass er es schon bald selbst tun würde.

Nervös wischte er den Schlüssel ab. Schwer und warm lag er in seiner Hand. Dann ging er los. Er rannte nicht, sondern gab sich gelassen. Sein Herz hämmerte in seiner Kehle. Ein paar Wachen sahen kurz zu ihm herüber, aber er kam häufig in den Kerker. Sie waren an ihn gewöhnt.

Die letzten zwei Schritte überwand er mit einem Sprung. Seine zitternden Finger stießen den Schlüssel zweimal am Schloss vorbei, dann trafen sie es.

»Hey!«, schrie eine dunkle Stimme hinter ihm.

Nyrdok riss die Tür auf. Der Gestank raubte ihm den Atem, die Dunkelheit schien ihn ersticken zu wollen. Er schlug die Tür hinter sich zu und schob einen Riegel vor, nur einen, um es den Unberührbaren nicht zu schwer zu machen.

Dann stolperte er den Gang entlang, dem Licht, das unter der Tür an seinem Ende hindurchsickerte, entgegen. Er würgte, als er den Zellentrakt hinter sich ließ. Es gab kein Zurück mehr. Am Ende dieses Tages würde er entweder tot oder reich sein.

Öllampen erhellten den kurzen Gang. Es gab nur vier Zellen, von denen zwei besetzt waren. Er ging zu der rechten und sah durch das vergitterte Fenster in der Tür.

Nyrdok hatte Korvellan noch nie gesehen, trotzdem wusste er sofort, dass er die richtige Zelle gefunden hatte. Der Nachtschattengeneral saß in der Mitte des kleinen Raums, mit dem Rücken zur Tür. Als Nyrdok hineinsah, drehte er den Kopf.

Seine Kleidung war verdreckt. Eine verschorfte Wunde zog sich von der Stirn bis zur Schläfe.

Nyrdok schloss die Zellentür auf. »Ich habe gehört, Ihr wärt ein ehrenwerter Mann, General.« Er hatte die Worte während seiner langen Wachgänge geübt. »Ist das wahr?«

»Die meisten Soldaten in Westfall würden mich wohl nicht als Mann bezeichnen, sondern als Bestie.« Korvellan stand auf und drehte sich in derselben Bewegung um. Nyrdok wich zurück. »Wenn Ihr mich aber fragtet, ob ich eine ehrenwerte Bestie sei, würde ich Euch mit Ja antworten, Sergeant.«

Korvellan warf einen Blick auf den Schlüssel in Nyrdoks Hand, sprach ihn jedoch nicht darauf an.

»Ist mir egal, was Ihr seid, General, solange Ihr zu Eurem Wort steht«, sagte Nyrdok. »Wir haben nicht viel Zeit. Versprecht mir, dass ich Eure Befreiung nicht bereuen werde.«

»Das werdet Ihr nicht.« Korvellan streckte ihm seine gefesselten Arme entgegen.

Kein Zurück mehr, dachte Nyrdok. Trotzdem zögerte er, bevor er den letzten Schritt tat und die Ketten aufschloss. Klirrend fielen sie zu Boden. Das Geräusch ließ ihn zusammenzucken.

»Die Wachen sind verstärkt worden«, sagte er, während er auch die Fußfesseln aufschloss. »Wir werden die Besessenen freilassen, um sie abzulenken.«

Korvellan trat in den Gang hinaus und streckte sich. Seine Gelenke knackten. »Die Besessenen? So viele können das nicht sein, oder haben die Kerkermeister angefangen, sie zu füttern?«

»Natürlich nicht, General. Sie sollen ja sterben.«

»Ich weiß.« Korvellan nahm eine der Öllampen von der Wand. »Ich nehme an, dass die Fürstin Euch mit dieser Sache betraut hat. Gibt es eine Verbindung zwischen Euch und ihr? Muss ich befürchten, dass meine Flucht, egal, ob erfolgreich oder nicht, sie in Schwierigkeiten bringt?«

Nyrdok biss sich auf die Lippen. Korvellan war die ganze Zeit in seiner Zelle gewesen. Er konnte nicht wissen, was geschehen war.

»Herr«, begann er langsam und wurde dann immer schneller. »Die Fürstin ist tot. Eure Befreiung war ihr letzter Wunsch.«

Korvellan ließ die Öllampe sinken. Ihr flackerndes Licht erhellte sein Gesicht. Die Gefühle darauf waren unlesbar.

»Ich verstehe«, sagte der Nachtschatten nach einem Moment. »Wir werden später darüber reden. Bringt mich hier raus, Sergeant.«

»Ja, General.« Nyrdok nannte ihn *Herr* und *General*. Er dachte nicht darüber nach. Er tat es einfach. Aus irgendeinem Grund erschien es ihm angemessen.

Er zog die Tür zum Trakt auf. Der Gestank schlug ihnen entgegen. Korvellan wandte den Kopf ab und hustete. Dumpfes Hämmern hallte durch den Gang. Die Wachen schlugen die Tür ein.

Korvellans Öllampe riss Gitterstäbe aus der Dunkelheit. Irgendwo klirrten Ketten. Nyrdok tastete nach dem Schloss der Zelle und steckte den Schlüssel hinein, drehte ihn knirschend um. Rost rieselte auf seine Hand.

»Bleibt zurück, General«, sagte er, dann zog er die Tür auf. Die Angeln quietschten laut, Metall kratzte über den Steinboden.

Korvellan kam näher heran. Er hielt die Öllampe in die Zelle. Ihr Licht enthüllte eine Höhle, die sich in der Dunkelheit verlor.

»Wo sind sie?«, flüsterte der Nachtschatten.

Das Hämmern wurde lauter. Holz splitterte. Männer riefen sich Befehle zu.

»Tot?«, fragte Nyrdok ebenso leise zurück. Die Angst und der Gestank ließen ihn würgen. Ohne die Besessenen würde sein Plan nicht funktionieren. Er sah sich bereits gehäutet und mit ausgestochenen Augen vom Fahnenmast hängen. So ging man in Westfall mit Verrätern um.

Forderak wird mich auslachen, wenn wir uns im Jenseits treffen, dachte Nyrdok, als er den Schlüssel in seinen Gürtel steckte.

Korvellan ging an ihm vorbei, tiefer in die Höhle hinein. Er richtete die Öllampe auf eine der Wände. Wasser glitzerte im Licht. Ein schmales Rinnsal lief aus der Decke und sammelte sich am Boden.

»Verdurstet sind sie nicht«, sagte er. Der Satz endete in einem Würgen. »Hier ist überall Wasser.« Nyrdok folgte ihm. »Vielleicht haben sie einen Weg nach draußen gefunden.«

»Daran dachte ich …« Ein Kettenrasseln unterbrach ihn. Etwas stöhnte.

Korvellan legte den Kopf schräg und blieb stehen. »Hört Ihr das?«

Im ersten Moment dachte Nyrdok, er meinte das Stöhnen, doch dann vernahm er es auch: ein Schaben und Rascheln, so als würden tausend Kakerlaken über den Boden huschen.

Der Lichtkegel, in dem Korvellan stand, wich mit ihm zurück. »Sergeant«, sagte der Nachtschatten ruhig, »verlasst die Zelle. Schließt das Gitter, sobald ich bei Euch bin.«

»Warum?« Nyrdok fuhr sich nervös durch die Haare. »Was ist los?«

Korvellan antwortete nicht. Stattdessen holte er weit aus und schleuderte die Öllampe in die Höhle hinein.

Nyrdok sah die Decke der Höhle, Steine, dann Haufen aufgeschichteter Knochen. Ein Gesicht tauchte im Lichtkegel auf. Nur einen Lidschlag lang war es zu sehen, aber Nyrdok wusste, dass er es nie vergessen würde.

Die Lampe zerplatzte am Boden. Brennendes Öl spritzte über geisterhaft weiße Gestalten. Schreie gellten auf, wild, wütend, wahnsinnig. Lumpen fingen Feuer, Haare brannten. Die Gestalten schlugen mit Händen, deren Nägel zu Klauen geworden waren, auf sich selbst ein, rannten kreischend tiefer in die Höhle hinein.

Nyrdok sah überall weißes, schmutziges Fleisch und dunkle Augen. Es waren so viele.

»Kommt schon!« Korvellan griff nach seinem Arm. »Das Gitter!«

Nyrdok stolperte hinter ihm her. Er würgte. Tränen schossen ihm in die Augen. Der Geruch nach brennendem Fleisch mischte sich in den Gestank. Nyrdok brach in die Knie und übergab sich.

Das Schaben und Kratzen langer Fußnägel kam näher. Einige Gestalten heulten wie Hunde, grunzten wie Schweine. Die Schreie verstummten, das Licht der brennenden Körper erlosch.

Nyrdok kam auf die Füße. Weiße Punkte tanzten in der Dunkelheit vor seinen Augen. »Wo seid Ihr?«, schrie er.

»Hier. Am Gitter. Folgt meiner Stimme.«

Nyrdok streckte die Arme aus, tastete sich durch die Höhle. Er glaubte Schemen vor, neben, hinter sich zu sehen, spürte Berührungen, wo keine waren.

»Ich finde Euch nicht!«

»Ganz ruhig, Sergeant. Ihr habt es gleich geschafft.«

Etwas zog an seinem Umhang.

Nyrdok schrie.

»Was ist los?«

»Sie haben mich!« Er warf sich nach vorn, wurde jedoch mit einem Ruck zurückgerissen. Hart prallte er auf den Boden und schürfte sich die Hände auf, als er sich damit abstützen wollte.

Hände griffen nach seiner Hose, zogen an seinen Stiefeln. Er trat nach ihnen, aber sie ließen nicht los. Jemand flüsterte ihm etwas ins Ohr. Nyrdok schlug nach ihm und traf weiches, kaltes Fleisch.

»Ich komm hier nicht raus!«, schrie er.

»Werft mir den Schlüssel zu!«, rief Korvellan zurück. Ein schmaler Lichtstreifen fiel plötzlich über sein Gesicht. Die Wachen warfen sich gegen die nachgebende Tür.

»Nein. Kommt und holt mich!« Die Hände tasteten über sein Gesicht. Nyrdok schüttelte sich voller Ekel. Er schlug und trat um sich, traf Fleisch und Luft gleichermaßen. Die Besessenen heulten, schrien und bellten.

»Ich brauche den Schlüssel!«, rief Korvellan.

Nyrdok antwortete ihm nicht. Das Gewicht der Besessenen drückte ihn auf den Boden, immer fester. Er schrie, als seine Rippen brachen. Blut füllte seinen Mund. Zähne schlossen sich um seine Kehle.

Nicht so, ihr Götter! Bitte nicht so …!

Die Zähne bissen zu.

Kapitel 12

In Westfall stieß ich einst auf einen Mann, der mit großer Sicherheit behauptete, es gäbe nur einen Gott in der Welt, der über die Menschen wache, ihre Geschicke leite, das Wetter bestimme und die Tiere und Pflanzen erschaffen habe. Ich fragte ihn, was all die anderen Götter dann täten, doch darauf wusste er keine Antwort.

Jonaddyn Flerr, *Die Fürstentümer und Provinzen der vier Königreiche, Band 1*

Craymorus brachte es nicht über sich, das Fenster zu schließen.

Ein halbes Dutzend Mal hatte er bereits davor gestanden, hatte den Griff in die Hand genommen, nur um ihn dann wieder loszulassen und sich zu setzen.

Mellie, dachte er, nicht zum ersten Mal. *Sie weiß, was hier geschehen ist.*

Doch er suchte nicht nach ihr. Der Gedanke, vor sie zu treten und in ihre leeren Augen zu blicken, hielt ihn davon ab.

Er hob den Kopf, als er das rhythmische Knallen von Stiefelsohlen im Gang vor seinen Gemächern hörte. Ein Mann sagte etwas, dann klopfte es an seiner Tür.

»Herr«, hörte er jemanden rufen, »kommt schnell!«

Angst stieg heiß und bitter in seine Kehle. Craymorus griff nach seinen Krücken, bevor ihm einfiel, dass er sie nicht mehr brauchte. Er sprang auf und öffnete die Tür.

»Was ist passiert?«

Der Soldat, der vor ihm stand, war atemlos. »Korvellan. Er versucht zu fliehen.«

»Wo ist er?«

»Im Kerker. Im Trakt der Besessenen.« Der Soldat drehte sich bereits wieder um.

Craymorus folgte ihm. Die Wachen schlossen sich ihnen an.

»Wir schlagen gerade die Tür ein. Man kann ihn durch einen Spalt sehen.«

»Wie ist er aus seiner Zelle gekommen?« Craymorus hielt leicht mit den anderen Männern Schritt. Er empfand keinen Stolz darüber.

»Sergeant Nyrdok hat ihn mit dem Schlüssel des Kerkermeisters befreit, mein Fürst.« Der Soldat lief vor Craymorus die Treppe hinunter. »Hat Forderak umgebracht.« Er schüttelte den Kopf. »Ich hätte nie gedacht, dass Nyrdok ein Nachtschatten ist.«

»Wer sagt, dass er einer ist?« Craymorus richtete die Frage an sich selbst, aber der Soldat schien das nicht zu bemerken.

»Ein Mensch würde doch keinen Nachtschatten befreien, oder, Herr?«

Craymorus antwortete nicht. »Wissen die Bogenschützen auf den Türmen Bescheid?«

»Ja, mein Fürst. Alle Wachen sind alarmiert worden.« Der Soldat zog die Tür zum Kerker auf und ließ ihm den Vortritt.

Auf der Treppe hörte Craymorus bereits die Rufe und Hammerschläge der Soldaten. Als er die Höhle betrat, brachen sie gerade ein armlanges Stück aus der Tür zum Zellentrakt.

Er winkte einen Leutnant heran. Nach kurzem Nachdenken fiel ihm ein, dass der Mann Barganim hieß. »Ist er noch da drin, Leutnant?«

»Ja, mein Fürst. Es gibt keinen anderen Ausgang.«

Die Soldaten an der Tür drehten sich um. Vier von ihnen trugen einen kleinen Rammbock. Ein fünfter salutierte. »In den

Zellen passiert irgendwas, Herr. Ich glaube, der Nachtschatten befr…«

Holz barst. Die Soldaten duckten sich, hielten die Hände über die Köpfe, als der Türrahmen mit einem Knall zerbrach und eine graue Gestalt an ihnen vorbeischoss.

Korvellan, dachte Craymorus.

Seine beiden Leibgardisten zogen ihre Schwerter und stellten sich schützend vor ihn. »Wir bringen Euch nach oben, Herr.«

Er schüttelte den Kopf. Seine Blicke folgten Korvellan, der mit langen Sätzen durch die Höhle jagte. In seiner Nachtschattengestalt wirkte er größer und jünger. Beinahe spielerisch wich er einem Speer aus, der nach ihm geworfen wurde. Dann richtete er sich auf.

»Raus aus der Höhle!«

Was soll das?, dachte Craymorus, doch im gleichen Moment schrien die Soldaten an der Tür auf. Er fuhr herum.

Aufgedunsene weiße Leiber quollen aus dem Trakt. Sie rissen die Reste der Tür aus ihren Angeln, begruben sie unter sich. Einen Soldaten hatten sie an den Haaren gepackt, schlugen ihn mit dem Kopf gegen die Wand.

Die anderen wichen zurück. Sie ließen den Rammbock fallen und griffen nach ihren Schwertern.

»Besessene!«, stieß einer der Leibgardisten hervor. »Er hat die Besessenen befreit!« Er ließ sein Schwert sinken. »Wir können sie nicht töten. Was sollen wir machen?«

Craymorus spürte seinen Blick, ohne ihn zu erwidern. Voller Entsetzen starrte er auf die Körper, die sich wie weiße, blinde Würmer durch den engen Durchgang quetschten. Die meisten hielten die Augen geschlossen, knurrten und heulten. Mit den Händen schlugen sie nach den Fackeln an der Wand. Selbst das Halbdunkel der Höhle bereitete ihnen Schmerzen.

»Raus aus der Höhle!«, rief Korvellan erneut. Einige Soldaten versuchten ihn einzukreisen, aber die meisten starrten mit der gleichen Fassungslosigkeit, die auch Craymorus verspürte, auf die Besessenen.

»Mein Fürst?«, fragte Barganim. »Sollen wir seinem Befehl folgen?«

»Nein.« Der Gedanke stand so plötzlich in seinem Kopf, dass er sich fragte, ob es wirklich sein eigener war. »Er will nur Chaos auslösen, damit er fliehen kann. Holt die Magier.«

»Ja, mein Fürst.« Der Leutnant wirkte erleichtert. Er winkte einen Soldaten heran, redete kurz mit ihm. Der Mann nickte und lief los.

Craymorus sah über die Schultern seiner Leibgardisten zu Korvellan. »Du kommst hier nicht raus!«

Korvellan ließ die Soldaten nicht aus den Augen. Er hatte sich den Speer genommen, der nach ihm geworfen worden war. Mit dem stumpfen Ende hielt er sie auf Abstand. »Ihr auch nicht, Fürst.«

An der Tür begannen Gefangene wie Soldaten Barrikaden aus Karren, Brennholz und Kisten zu errichten. Die Besessenen taumelten dagegen, brüllten und schlugen um sich. Craymorus sah Frauen unter ihnen und Kinder, groteske, krumme Gestalten, deren Adern blau unter der fast durchsichtigen Haut schimmerten.

Dort drinnen sind Menschen geboren worden, dachte er. Entsetzen schnürte ihm die Kehle zu.

Immer mehr schoben sich aus der Tür. Einige trugen längst verrostete Ketten, die laut klirrend über den Boden schleiften. Einer fiel in eine heruntergerissene Fackel und begann zu brennen. Schreiend fiel er in die Barrikaden.

Craymorus wandte den Blick ab und zuckte zusammen, als er ein bekanntes Gesicht sah. Dunkle Augen richteten sich auf ihn.

Es war der Nachtschattenjunge. Mit den kurzen Schritten, die ihm seine Ketten erlaubten, bahnte er sich einen Weg durch die Besessenen. Sie griffen ihn nicht an. Vielleicht war er ebenso wahnsinnig wie sie.

»Herr!«

Craymorus drehte sich um. Barganim stand vor ihm, der Mann, den er geschickt hatte, hockte erschöpft am Boden.

»Sie kommen nicht, Herr.« Das Gesicht des Offiziers war blass. Ein Karren zerbrach mit lautem Krachen. Eine Kiste fing Feuer.

Craymorus spürte, wie sein Mund trocken wurde. »Haben sie erklärt, weshalb?«

Der Mann am Boden schüttelte den Kopf.

»Ihr habt die Magier gerufen, aber sie weigern sich, Euch zu helfen«, rief Korvellan herüber. Die Soldaten drängten ihn langsam in eine Ecke. »Ihr wisst, wieso.«

»Was meint er damit?«, fragte der Leutnant.

»Nichts«, sagte Craymorus.

Ein Besessener kroch unter den Trümmern des Karrens hindurch. Ein zweiter hing an seinem Fuß und ließ sich über den Boden ziehen. Der Nachtschattenjunge war nicht mehr zu sehen.

»Vielleicht ...«, begann der Leutnant, unterbrach sich dann aber und senkte den Kopf.

»Was willst du sagen?«, fragte Craymorus.

»Ich meinte nur, Herr, dass man Korvellans Befehl vielleicht befolgen sollte. Er war Baldericks General und ...«

»Nein.«

Barganim zuckte unter dem Wort zusammen. »Wie Ihr wünscht, mein Fürst, aber was sonst sollen wir tun?«

»Gib mir dein Schwert.« Craymorus streckte die Hand aus. Er spürte Korvellans spöttischen, siegessicheren Blick. Er würde nicht zulassen, dass er gewann.

Der Leutnant reichte ihm die armlange Klinge. Sie war schwerer, als Craymorus erwartet hatte. Er nahm sie in beide Hände und ging den Barrikaden entgegen.

Seine Leibgardisten folgten ihm. Mit einer Geste befahl er ihnen zurückzubleiben. Die Soldaten und Gefangenen, die sich gegen die Barrikaden stemmten, drehten den Kopf, als er auf sie zuging.

Der Besessene, der unter dem Karren hindurchgekrochen war, tastete blind den Boden ab. Craymorus blieb so dicht vor ihm stehen, dass seine Stiefelspitzen fast dessen Finger berührt hätten. Ihm war übel. Sein Herz hämmerte hinter seinen Schläfen.

»Tausend Goldstücke!«, rief er. »Tausend Goldstücke für jeden Soldaten und die Freiheit für jeden Sklaven und Gefangenen, der mir hilft!«

»Wobei hilft?«, rief jemand, so wie er erwartet hatte.

Craymorus hob das Schwert hoch über den Kopf. Schweiß lief ihm in die Augen.

»Dabei!«, sagte er und rammte dem Besessenen das Schwert in den Rücken.

Soldaten und Gefangene wichen erschrocken zurück. Eine Frau schrie. Craymorus zog das Schwert aus der Leiche und wandte sich der wogenden Masse der Leiber zu, die gegen die Barrikaden drückten.

»Wer hilft mir?«, rief er über ihr Heulen und Winseln hinweg.

Niemand bewegte sich.

»Ihr bringt Unglück über Euch und über Euer Land«, hörte er den Leutnant sagen. Aus den Augenwinkeln sah er einige Soldaten nicken. Korvellan, der bis in eine Ecke zurückgedrängt worden war, starrte ihn sichtlich überrascht an.

»Niemand?« Craymorus begann wahllos mit dem Schwert nach den Besessenen zu stechen. Sie schienen ihn nicht einmal zu bemerken. Immer noch quollen sie durch den zerborstenen Türrahmen in die Höhle. Es waren Hunderte, vielleicht sogar Tausende.

Soldaten und Gefangene stemmten sich weiter gegen die Barrikaden, aber Craymorus bemerkte, dass es weniger wurden. Die Ersten flohen aus der Höhle. Niemand hielt sie auf.

»Ich werde Euch helfen«, sagte Korvellan plötzlich. Die Soldaten, die ihn umgaben, machten ihm unwillkürlich Platz, so als habe er einen Befehl gegeben.

»Lasst ihn nicht durch!«, rief Craymorus. »Er will nicht uns helfen, sondern nur sich selbst!«

Die Soldaten rückten wieder vor. Einer löste sich aus der Gruppe und lief zum Gang, der aus der Höhle führte.

»Stehen bleiben!«, brüllte Barganim, aber der Soldat ignorierte ihn. Andere sahen ihm nach. Craymorus ahnte, was in ihren Köpfen vorging.

»Wenn wir die Höhle verlassen«, rief er, »wird die Festung fallen.« Er schlug mit dem Schwert nach einer teigigen weißen Gestalt. Sie stolperte und fiel. Eine andere trat sofort an ihre Stelle. »Die Besessenen werden sich in ihren Mauern ausbreiten. Solange sie an einem Ort sind, können wir sie schlagen.« Er drehte sich zu dem Leutnant um. »Ja, *ihr* werdet Unglück über *euch* bringen, aber eure Familien werden überleben.«

Er drang zu ihm durch, das sah er an dessen verzweifeltem Gesichtsausdruck. Einen Moment lang zögerte der Leutnant, dann hob er einen Speer vom Boden auf.

»Der Fürst hat recht!«, brüllte er. »Hoffnung!«

Er schleuderte den Speer. Er traf einen Besessenen in den Kopf. Die Lücke, die sein Sturz riss, schloss sich.

Wir bewirken nichts, dachte Craymorus. *Es sind zu viele!*

Einige Soldaten zogen ihre Schwerter. Langsam gingen sie auf die Besessenen zu.

»Tut doch was!«, rief eine der Frauen, die an den Barrikaden versuchte, den Ansturm aufzuhalten. »Ich würde sie umbringen, wenn ich könnte!«

»Dann mach es!« Einer der Soldaten drückte ihr sein Schwert in die Hand. Sie starrte darauf, als wisse sie nicht, was sie damit anfangen sollte. Dann ließ sie es los.

»Dachte ich mir doch«, sagte der Soldat, als er es aufhob.

Craymorus rieb sich den Schweiß aus den Augen. Seine Schultern schmerzten, die Klinge lag schwer in seinen Händen. Das Toben der Besessenen, ihre Schreie und der Gestank zerrten an ihm, doch seine Wut richtete sich nicht auf sie und nicht auf die Menschen, die seine Befehle verweigerten, sondern auf Korvellan.

Ruhig stand der Nachtschatten inmitten der Soldaten. Seine Blicke glitten durch die Höhle, schienen alles aufzunehmen, was sich darin abspielte.

Er weiß, was zu tun ist, dachte Craymorus.

Er wünschte sich, Leutnant Garrsy stünde an seiner Seite. Oder Rickard. Sogar Syrah. Sie alle hätten gewusst, was als Nächstes geschehen musste, aber Rickards Leiche lag irgendwo im Schnee, Syrahs aufgebahrt im Tempel der Festung und Garrsys brennend in einem der Feuer.

Es beschämte Craymorus zutiefst, dass Korvellan Zeuge seiner letzten Niederlage wurde. Alles hatte er falsch gemacht: Mellie, Syrah, die Entführung der Tochter, die Magier, die Jagd auf die Nachtschatten, die abgebrochene Suche nach Ana Somerstorm. Jeder Tag hatte ihn vor eine neue Herausforderung gestellt, bei jeder einzelnen hatte er versagt.

Blut tropfte von seiner Klinge. Der Griff des Schwertes war glitschig geworden. *Wie ist es nur so weit gekommen?,* fragte sich Craymorus. *Wieso habe ich das nicht verhindert?*

»Vorsicht!« Der Ruf des Leutnants hallte durch die Höhle.

Zwei Besessene griffen nach der Frau, die das Schwert hatte fallen lassen, zogen sie über die Barrikaden. Schreiend verschwand sie in einem Meer aus weißen Leibern.

An anderer Stelle kletterten Besessene über einen Karren. Ihre Augen waren geöffnet. Sie hatten sich an das Halbdunkel in der Höhle gewöhnt, warfen sich nicht mehr blind gegen die Barrikaden, sondern schoben sie gezielt beiseite. Überall brachen sie durch, wie eine Flutwelle durch einen bröckelnden Damm.

»Raus hier!«, schrie Korvellan.

Craymorus wich zurück.

Es war vorbei.

Kapitel 13

Mugar der Blinde, Laderick der Tumbe, Geroy der Unbedarfte – das sind nur einige der Fürstennamen, die dem Reisenden auf seinem Weg zu Ohren kommen werden. Fragt er Gelehrte, wie sie zu ihren Namen kamen, so wird er schnell eine Antwort erhalten, dabei wäre interessanter zu fragen, wer es als Erstes wagte, sie so zu nennen.

Jonaddyn Flerr, *Die Fürstentümer und Provinzen der vier Königreiche, Band 1*

Der König ohne Land war wütend.

Ana hörte sein Zetern, als sie die Augen aufschlug. Er war zu weit weg, als dass sie seine Worte hätte verstehen können, aber sie wusste auch so, worum es ging. Die Brücke, an der die Ewige Garde seit Tagen baute, war immer noch nicht fertig. Der Fluss hatte sich längst wieder in sein Bett zurückgezogen, doch die Armee musste in ihrem Lager bleiben. Darüber war Cascyr so verärgert, dass selbst Erys' nächtliche Besuche seine Stimmung nicht mehr hoben.

Er wollte weiterziehen, Somerstorm entgegen, um endlich zu dem zu werden, worauf er sein ganzes Leben lang gewartet hatte: ein König mit Land.

Ana setzte sich auf. Die Sonne stand hoch über ihrem Zelt. Merie, die schon am frühen Morgen aufgestanden war, hatte ein Brett mit Brot und Käse neben ihr Lager gestellt. Auf dem kleinen Holztisch in der Mitte des Zelts stand eine Karaffe mit verdünntem Wein. Merie nahm ihre Rolle als Zofe ernst.

Auf dem Boden, halb versteckt unter einem der Teppiche, lag ein Stück Rinde. Mit Holzkohle hatte Ana darauf das Ergebnis ihrer nächtlichen Arbeit verzeichnet. Merie hatte im Morgengrauen übernommen.

Ana zog die Rinde unter dem Teppich hervor. Jeder Punkt darauf zeigte, wie oft sie hatten bis tausend zählen können, bevor die Wachen am Zelteingang wechselten, jede Zahl dazwischen, zu welchen Zeiten die Patrouillen, die nachts durch das Lager marschierten, an ihrem Zelt vorbeikamen. Ana musste keinen Blick auf die Rindenstücke der letzten Nächte werfen. Sie sah auch so, dass die Muster übereinstimmten. Die Patrouillen zogen stets die gleichen Runden, die Wachen vor dem Eingang wurden immer zur gleichen Zeit gewechselt.

Stoff wurde zurückgeschlagen. Ana schob die Rinde rasch unter ihre Decke, aber es war nur Merie, die sich unter den Zeltstangen duckte und ins Innere trat. Sie hielt einen dampfenden Holznapf in beiden Händen. Im Zelt begann es nach Hühnchen zu riechen.

Ana hob den Kopf und sah in den Napf. »Das sieht lecker aus.«

»Ja, ist es auch.« Merie zögerte. »Oh«, sagte sie dann, »ich hätte zuerst Euch etwas holen sollen.« Sie streckte die Hände aus. »Hier, nehmt.«

»Nein, iss ruhig. Ich bin gerade erst aufgewacht.« Ana zog die Rinde wieder unter der Decke hervor. »Sie verhalten sich wirklich immer gleich.«

Merie schlürfte etwas Suppe. Jeden Tag gab es Suppe oder einen zerstampften Brei aus Gemüse, Brot und Milch. Ana war aufgefallen, dass die Gardisten trotz der harten Arbeit an der Brücke nur wenig davon aßen. Sie dachte an die Höhle und schüttelte sich innerlich. Vielleicht war der Sand, den sie dort in sich hineingestopft hatten, all die Nahrung, die sie brauchten.

»Glaubst du, dass sie Menschen sind?«, fragte sie spontan.

Merie sah auf. Die warme Suppe rötete ihre Wangen. »Wer?«

»Die Soldaten. Sie essen fast nichts, reden fast nie … Und ich habe dir doch von dem Sand erzählt. Kann ein Mensch so etwas überleben?«

»Du … Ihr denkt, dass sie Untote sind?« Merie stellte den Napf auf den Tisch. Ihre Augen wurden groß. »Dann müssten wir ihnen ja nur Salz auf die Füße streuen, damit sie sterben.«

»Ich kann mir nicht vorstellen, dass sich Cascyr mit einer Armee umgeben würde, die man mit ein wenig Salz auf dem Boden aufhalten könnte. Wenn sie Untote sind, dann nicht die aus den Geschichten.« Ana stand auf. »Ich gehe mich waschen. Und wenn ich zurückkomme, reden wir über das.« Sie zeigte auf die Rinde.

Merie schien in sich zusammenzusinken. Sie fürchtete sich davor, aus dem Lager zu fliehen, aber seit Ana wusste, dass Gerit noch lebte, dachte sie an nichts anderes mehr. Sie musste zu ihm, bevor Cascyr Somerstorm angriff. Sollte es ihm gelingen, die Festung zu nehmen, würde er Gerit als Geisel nehmen, um Ana seinen Willen aufzuzwingen, da war sie sich sicher.

Ich muss vor ihm dort sein.

Sie verließ das Zelt und nahm ein Stück Stoff, das ihr als Handtuch diente, von einer der Leinen. Den Gardisten, der sofort aufstand und ihr folgte, bemerkte sie kaum. Sie hatte sich daran gewöhnt, nie allein zu sein.

Außer dem Plätschern des Flusses und dem Sägen und Hämmern der Arbeiter war kaum ein Geräusch zu hören. Die Gardisten unterhielten sich nicht untereinander, und auch Cascyrs Stimme war verstummt. Gelegentlich schnaubte eines der Pferde, die mit zusammengebundenen Läufen auf einer Wiese am Fluss grasten. Ana dachte unwillkürlich an den Stall, den ihr Vater ein paar Jahre zuvor hatte bauen lassen. Die Geräusche der Arbeit waren im Fluchen, Rufen und Lachen der Sklaven beinahe untergegangen.

Die Erinnerung versetzte ihr einen Stich. Einen Moment lang fühlte sie sich so verloren, dass ihr die Tränen in die Augen stiegen. Selbst wenn es ihr gelingen sollte, Somerstorm zu erreichen, nach Hause würde sie nie wieder kommen.

Sie fuhr sich mit der Hand über die Augen und schluckte die Tränen hinunter. Selbstmitleid war einer Fürstin nicht angemessen.

Ana ging an Zelten und mannshoch gestapelten Brettern vorbei, dann sah sie den Fluss – und erschrak. Die Brücke war fast fertig. Die Gardisten, die auf beiden Flussufern arbeiteten, hatten die Mitte bereits erreicht und verstärkten die Konstruktion nur noch, damit sie auch für die schweren Vorrats- und Waffenkarren passierbar war. Ein bis zwei Tage, schätzte Ana, dann würde die Armee weiterziehen.

Sie ging zum Flussufer, schob die Ärmel ihres Hemds hoch und tauchte die Hände ins Wasser. Der Gardist blieb hinter ihr stehen.

Jeden Tag kam sie an den Fluss, um sich zu waschen. Cascyr hatte es ihr gestattet, weil er glaubte, sie wolle sich nicht mitten im Lager waschen, aber in Wirklichkeit ging es Ana nur um die Brücke. Solange sie nicht fertig war, hatte sie die Flucht aufschieben können, von einem Tag auf den anderen. Merie war nicht die Einzige, die Angst davor hatte, auch wenn Ana so tat, als wäre es so.

Das Wasser war kalt und klar. Sie wischte ihre Arme damit ab, dann das Gesicht. Der Wind trug den Geruch von frischem Holz zu ihr herüber. Ana tastete nach dem Stoff, den sie neben sich ins Gras gelegt hatte, und berührte eine Hand. Erschrocken riss sie die Augen auf.

Der Gardist hockte neben ihr. Er hielt ihr den Stoff entgegen. Sein Gesicht war ausdruckslos. Ana zögerte, dann nahm sie das Handtuch.

»Danke«, sagte sie.

Er nickte. Wegen der Uniformen und der eingefallenen zahnlosen Gesichter waren die Gardisten kaum voneinander zu unterscheiden, doch nun sah sie, dass ihr Bewacher jung war, kaum älter als sie selbst. Sie hatte plötzlich Mitleid mit ihm.

»Hat es wehgetan?«, fragte sie. »Das, was sie mit dir gemacht haben?«

Der Gardist erhob sich, ohne zu antworten. Ana war sich nicht sicher, ob er ihre Frage verstanden hatte. Sie trocknete sich Gesicht und Arme ab und stand ebenfalls auf.

Sie sah Cascyr, umringt von Gardisten, als sie wieder im Lager ankamen. Er schien es eilig zu haben. Die weiße Robe wehte um seinen Körper. Mit langen Schritten ging er auf die Fahnen zu, die am Eingang des Lagers an frisch geschlagenen hellen Masten hingen.

Einige Gardisten saßen dort auf ihren Pferden. Ihre Rüstungen waren staubig. Anscheinend waren sie von einer Patrouille zurückgekehrt. Sie richteten Speere auf jemanden oder etwas am Boden. Mehr konnte Ana nicht erkennen. Zelte nahmen ihr die Sicht.

Neugierig ging sie auf die Patrouille zu. Ihr Bewacher schien nichts dagegen zu haben, denn er hielt sie nicht auf, sondern folgte ihr nur weiterhin stumm.

»Wer bist du?«, hörte sie Cascyr fragen. »Wieso trägst du diese Uniform?«

»Fürst Craymorus schickt mich.«

Ana erstarrte. So abrupt blieb sie stehen, dass der Gardist beinahe gegen sie geprallt wäre.

Das kann nicht sein, dachte sie.

»Westfalls Festung wird von Nachtschatten belagert«, sagte die Stimme, die sie seit vielen Blindnächten nicht mehr gehört hatte und doch so gut kannte. »Er bittet um Hilfe, Herr.«

Sie ging näher heran. Soldaten standen vor ihr, aber sie konnte zwischen ihnen hindurchsehen. Die Gardisten auf den Pferden warfen ihr einen kurzen Blick zu. Cascyr schien sie nicht zu bemerken.

Jonan kniete auf dem Boden. Man hatte ihm die Hände hinter dem Rücken gefesselt. Sein Gesicht war blutverschmiert, ein Auge geschwollen. Er trug die Uniform Westfalls.

»Tut er das?« Cascyr verschränkte die Arme vor der Brust. »Und woher weiß er, dass Wir hier sind?«

»Das weiß er nicht, Herr. Ich sollte in Charbont um Hilfe ersuchen. Eure Männer haben mich gefunden, nicht ich sie.«

Einer der Gardisten nickte. »Das stimmt, Herr«, sagte er. »Wir haben ihn schlafend in einer Viehtränke gefunden.«

Ana versuchte sich an den Soldaten vorbeizudrängen, aber sie traten nicht zur Seite. Nur einer drehte sich zu ihr um und sah dann ihren Bewacher an, so als wolle er ihn auffordern, sie wegzubringen.

Nein, dachte Ana. *Nicht, bevor er weiß, dass ich hier bin.*

Jonan deutete mit dem Kinn auf seine Brust. »In meiner Jacke steckt das Siegel des Fürsten, Herr. Ich lüge nicht.«

»Ich will es sehen«, sagte Cascyr.

Der Soldat, der vor Ana stand, löste sich aus der Reihe und ging auf Jonan zu. Er zog eine Schriftrolle aus dessen Jacke und reichte sie Cascyr. Jonan beobachtete ihn.

Dreh den Kopf, dachte Ana. *Sieh nur einmal her.*

Sie spürte die Hand ihres Bewachers auf der Schulter. »Kommt«, sagte er.

Sie schüttelte seinen Griff ab. »Lass mich in Ruhe«, sagte sie laut.

Jonan zuckte zusammen. Ihre Blicke trafen sich. Seine Mundwinkel zuckten, dann wurde sein Gesicht starr, so als habe er jedes Gefühl daraus verbannt.

Cascyr ließ die Schriftrolle sinken. »Weshalb starrst du Unsere Braut an?«

Jonan senkte rasch den Blick. »Verzeiht, Herr, ich war nur überrascht, eine Frau zwischen Soldaten zu sehen.«

Anas Bewacher fasste sie am Arm. Sein Griff war hart. Sie versuchte sich dagegen zu wehren, aber er zog sie einfach mit sich.

Nach einem Moment ließ sie es geschehen. Sie wollte Jonan nicht noch mehr in Gefahr bringen.

»Du scheinst nicht zu lügen«, hörte sie Cascyr hinter sich sagen. »Dann höre Unsere Antwort, und merke sie dir, damit du sie deinem Herrn auch richtig wiedergibst. Wir verweigern ihm jegliche Hilfe. Wir hoffen, dass die Nachtschatten ihn, der es nicht verdient, Fürst genannt zu werden, und seine hochnäsige Gemahlin in Stücke reißen. Sollten sie das nicht tun, kann er versichert sein, dass Wir das Werk der Ungeheuer vollenden. – Löst seine Fesseln, und werft ihn aus dem Lager. Wir werden die Schriftrolle behalten, damit er keinen Unfug damit anstellt.«

Ihr Bewacher ließ Ana los, als sie sich nicht mehr wehrte. Wortlos ging sie zurück zum Zelt. Ihre Knie zitterten, und ihr Mund war trocken, als sie sich unter den Zeltstangen duckte und die Stoffbahn über den Eingang zog.

Merie hatte sich auf ihrem Lager ausgestreckt. Am Tag zuvor hatte sie zum ersten Mal begonnen zu bluten, war zur Frau geworden. In Somerstorm wäre das ein Anlass zur Freude gewesen, in anderen Provinzen hätte man sie an diesem Tag geprügelt. Ana hatte Merie vorsichtshalber gebeten, niemandem etwas davon zu sagen.

Merie öffnete die Augen.

»Heute Nacht fliehen wir«, flüsterte Ana.

»Wer ist Jonan?«, fragte Merie. Ana hatte ihr befohlen, bis zum Einbruch der Dunkelheit zu schlafen. Sie selbst hatte es ebenfalls versucht, war jedoch immer wieder mit klopfendem Herzen und verwehenden Traumbildern aufgewacht.

»Er ist ... war mein Leibwächter«, sagte Ana. Sie zündete eine Kerze an. Es war dunkel geworden, und die Geräusche des Lagers verstummten nach und nach. »Er wachte nachts vor meiner Tür und rettete mich, als die Nachtschatten kamen. Wir wurden auf der Flucht getrennt.«

Ich habe ihn weggeschickt, dachte sie. Damals hatte sie nicht begriffen, weshalb er sie belogen, ihr nicht gesagt hatte, dass auch er ein Nachtschatten war. Heute verstand sie es. Die Ana von früher erschien ihr wie eine Fremde, wenn sie an sie dachte.

Merie wickelte ein Stück Käse in Stoff ein und steckte es in einen Rucksack. »Wird er uns helfen?«

»Natürlich wird er das, aber wir müssen auch ihm helfen. Das Lager ist groß. Er wird uns nur finden, wenn wir entgegenkommen. Deshalb müssen wir fliehen.«

»Und dann?«, fragte Merie.

»Dann wird er uns beschützen. Er gehört zum Orden der Trauernden Klingen. Weißt du, was das ist?«

Zu Anas Überraschung nickte ihre Zofe. »Dort werden Verbrecher aufgenommen, die ihre Taten bereuen, und zu Leibwächtern gemacht. Als ich klein war, hatte ich einen Leibwächter vom Orden. Er sagte mir, er habe zehn Leute umgebracht.«

»Du hattest einen Leibwächter?«

»Früher ja, aber dann nicht mehr.« Merie verschnürte den Rucksack und stellte ihn neben sich. Angeblich war ihre Familie nicht wohlhabend, aber sie konnte lesen und schreiben, und nun behauptete sie auch noch, einen Leibwächter gehabt zu haben. Das passte nicht zusammen.

»Dann weißt du ja, wie gut sie sind«, sagte Ana nachdenklich. Sie sah auf, als Schatten über die Zeltwand glitten. »Wachwechsel«, flüsterte sie. »Fang an zu zählen.«

»Eins, zwei, drei …« Merie gab den Rhythmus der Zahlen mit dem Fuß vor.

Ana zog sich eine Jacke aus Ziegenleder über, die Erys ihr geschenkt hatte, dann band sie ihre Decke mit Kordeln zusammen. Sie warf einen kurzen Blick auf ihr Gepäck. Decken, ein Rucksack voll mit Brot und Käse, ein Schlauch mit verdünntem Wein. Waffen hatten sie keine. Die Gardisten bewachten die Karren, in denen Schwerter und Speere transportiert wurden, sorgfältig.

»Dreihundertneunundneunzig, vierhundert.« Merie zählte lautlos weiter.

Ana lauschte in die Nacht hinein, zählte in Gedanken mit. Bei vierhundertzehn hörte sie endlich die Schritte der Patrouille, die an ihrem Zelt vorbeiging.

Sie atmete auf. Wenn die Wachen den Rhythmus der letzten Nächte beibehielten, würde die nächste erst bei achthundert auftauchen.

»Zähl weiter bis fünfhundert«, flüsterte sie, »dann geht es los.«

Merie schien der Atem zu stocken. Mit zitternder Stimme zählte sie weiter. »Vierhundertzehn, vierhundertelf ...«

Ana schob ihr Lager beiseite und hockte sich an die hintere Zeltwand. In den Nächten zuvor hatte sie den Hering, der dort im Boden steckte, so weit gelockert, dass sie ihn mühelos herausziehen konnte. Die Spannung des Stoffs ließ nach. Sie legte sich auf den Boden und hob ihn an.

Kühle Nachtluft strich über ihr Gesicht. Nur wenige Zelte waren erleuchtet, die anderen lagen grau unter dem sternenklaren Himmel. Dahinter gab es nichts als Schwärze.

»Vierhundertneunundneunzig, fünfhundert.« Merie hörte auf zu zählen.

Ana drehte den Kopf in ihre Richtung. »Niemand zu sehen«, flüsterte sie. »Komm.«

Merie blieb auf dem Teppich sitzen. »Kann ich nicht hierbleiben?«, fragte sie. Ihre Stimme war so dünn, dass sie nicht flüstern musste. »Ich bin unwichtig. Mir tut doch niemand was.«

»Wenn ich fliehe, wird Cascyr dich umbringen«, antwortete Ana mit all dem Nachdruck, den sie aufbringen konnte. Sie hatte geahnt, dass das passieren würde. »Du hast nicht verraten, was ich vorhabe. Für ihn bist du eine Verräterin. Du hast keine andere Wahl, als mitzukommen.«

Merie zog die Knie an. Sie wirkte trotzig. »Sagt Ihr das nur, weil Ihr nicht das ganze Gepäck tragen wollt, Herrin?«

Ana lächelte, dann wurde sie wieder ernst. »Ich sage das, weil ich nicht will, dass du stirbst.« *Es sind schon zu viele für mich gestorben,* dachte sie.

Merie zögerte, dann schlang sie sich den Rucksack über die eine Schulter und den Wasserschlauch über die andere.

Ana hielt den Zeltstoff hoch, damit sie darunter hindurchkriechen konnte. Sie schätzte, dass sie fast bei siebenhundert waren. Die nächste Patrouille war nicht mehr weit entfernt.

Ana nahm die Decken und kroch aus dem Zelt. »Kriech weiter«, flüsterte sie Merie zu. »Nicht aufstehen.«

Es schien eine Ewigkeit zu dauern, bis sie endlich den Weg verließen. Ana war erleichtert, als sie Gras unter den Handflächen spürte. In einiger Entfernung hörte sie das Plätschern des Flusses. Er befand sich rechts von ihr, die Weiden der Pferde lagen hinter ihr, der Rest des Lagers erstreckte sich auf ihrer linken Seite.

Geradeaus, jenseits der letzten beiden Zeltreihen begannen Felder, die in einem Wald endeten. Diesen Wald mussten sie erreichen, bevor ihre Flucht entdeckt wurde. Auf offenem Gelände waren sie den Gardisten ausgeliefert, aber zwischen Unterholz und Sträuchern konnten sie sich verstecken, bis Cascyr die Geduld verlor und aufbrach. Sie hoffte, dass Jonan auf den gleichen Gedanken gekommen war und sich irgendwo nördlich des Lagers aufhielt.

Ana kroch an der letzten Zeltreihe vorbei und sah sich um. Wachen standen wie Statuen in der Dunkelheit. Ihre Augen waren auf die Felder gerichtet, ihre rechte Hand lag auf dem Griff ihres Schwertes. Der Abstand zwischen ihnen betrug weniger als einen Speerwurf.

Ana biss sich auf die Lippe. Am Tag war der Abstand doppelt so groß. Sie hatte nicht gewusst, dass nachts die Wachen verstärkt wurden.

»An denen kommen wir nicht vorbei«, flüsterte Merie. Sie zitterte am ganzen Körper. »Wir müssen umkehren.«

Niemals, dachte Ana. Sie nahm die Decken von ihrer Schulter und verschmierte Dreck auf Hände und Gesicht. So nahe am Großen Fluss roch die Erde süß und schwer.

»Wir lassen alles hier«, flüsterte sie. »Reib dein Gesicht und deine Hände ein.«

Merie tat, was sie verlangte. Ihre Kleidung war dunkler als Anas. Sie schien fast mit der Erde zu verschmelzen.

»Folge mir, Merie.«

Ana wartete ihre Antwort nicht ab, sondern kroch weiter. Es ging leichter ohne die Decken.

Am Rand des Lagers gab es keine Fackeln, damit die Wachen nicht geblendet wurden. Die Hufe der Pferde und die Stiefel der Soldaten hatten die Wiese zertrampelt und abgesehen von einigen grünen Flecken nur Dreck hinterlassen.

Langsam kroch Ana auf eine Lücke zwischen zwei Gardisten zu. Ihr Körper war so angespannt, dass es schmerzte. Jeder Muskel schrie nach Schnelligkeit, ihr Gefühl verlangte von ihr, aufzuspringen und loszurennen.

Doch sie wurde nicht schneller. An den Boden gepresst schob sie sich zwischen den Wachen hindurch. Sie wagte es nicht, sich nach Merie umzudrehen, wusste nicht, ob sie überhaupt noch hinter ihr war. Es spielte keine Rolle. Sie konnte nicht mehr zurück.

Rutschen. Pause. Rutschen. In jeder Pause zählte sie bis fünf, dann kroch sie wieder ein Stück vor. Das Feld kam immer näher. Wintergemüse wuchs darauf. Die eng stehenden Pflanzen wirkten wie eine schwarze Wand, hinter der einen nichts und niemand finden konnte.

Und dann berührten Anas Fingerkuppen den ersten Stängel. Sie schob sich zwischen die Pflanzen, ging auf Hände und Knie und kroch tiefer in das Feld hinein. Erst dann drehte sie sich um.

Merie war hinter ihr, weniger als eine Armeslänge entfernt.

Ana stieß die Luft aus. Sie musste sich auf die Lippe gebissen haben, denn sie schmeckte Blut.

»Wir haben es geschafft«, flüsterte sie.

Merie antwortete nicht, sondern umarmte Ana, drückte sie so fest an sich, dass es beinahe wehtat. Sie zitterte immer noch.

»Es wird alles gut«, flüsterte Ana. »Du musst keine Angst haben.« Sie lächelte. »Und du musst mich auch nie wieder Herrin nennen. Das verspreche ich dir.«

Ihre Jacke dämpfte Meries Lachen. Sie löste die Umarmung und wischte sich mit dem Jackenärmel über das Gesicht. »Zum Wald?«

Ana nickte. »Zum Wald.«

Eine Weile krochen sie, dann stand Ana auf. Die Stängel reichten ihr und Merie nur bis zur Hüfte, aber sie hatten sich so weit vom Lager entfernt, dass die Wachen sie nicht mehr sehen konnten. Sie warf einen Blick hoch zum Himmel.

»Es wird bald hell«, sagte sie. »Wir müssen uns beeilen.«

»Das wird nicht nötig sein.«

Ana hätte beinahe geschrien, als sie die Stimme hörte. Merie begann zu weinen.

Es raschelte, dann erhob sich Erys zwischen den Pflanzen. In der Dunkelheit sah es aus, als würde sie aus ihnen herauswachsen.

»Jede Nacht habe ich auf dich gewartet«, sagte sie, »wenn Cascyr mich nicht gerade brauchte. Ich habe gewusst, dass du fliehen würdest. Ist ja nicht das erste Mal.«

Sie ignorierte Merie. Ana sah den Dolch, der in ihrem Gürtel steckte.

»Was willst du?«, fragte sie.

Erys machte einen Schritt auf sie zu. Pflanzen knackten unter ihren Stiefelsohlen. »Ich habe lange über das nachgedacht, was du gesagt hast. Dass du nicht glaubst, dass Cascyr seine Macht teilen wird.« Sie schüttelte den Kopf. »Als ob es mir um Macht ginge. Ihm schon, aber nicht mir. Weißt du, was ich will?«

Ana schwieg. Aus den Augenwinkeln sah sie, wie Merie langsam zur Seite kroch.

»Ich will«, sagte Erys nach einem Moment, »dass man sich verbeugt, wenn ich über die Straße gehe. Das ist alles. Der Rote König versprach mir, dass es eines Tages so sein würde, aber er war mit einer Fürstentochter verheiratet, einem dummen kleinen Ding so wie du. Selbst als sie ihn verließ, der Krieg verloren war und alles zusammenbrach, holte er mich nicht aus den Schatten. Ich blieb dort bis zu seinem Tod.« Bei den letzten Worten begann ihre Stimme zu zittern. Sie räusperte sich. »Und jetzt sieh mich an. Ich tappe in die gleiche Falle. Die zweite Frau. Das Geheimnis, das nur im Schlafzimmer gelüftet wird, während sich die Welt vor einer anderen verneigt.«

»Dann lass mich gehen«, sagte Ana rasch. Sie nahm den Blick nicht von dem Dolch in Erys' Gürtel. »Du weißt, dass ich Cascyr nicht heiraten will.«

»Und wenn er dich findet?« Erys' Hand zuckte. »Das Risiko kann ich nicht ...«

»Lauf!«, schrie Ana und fuhr herum. Sie kam keine zwei Schritte weit, dann war Erys bei ihr. Eine Hand wühlte sich in Anas Haare, riss sie zurück. Ein Arm legte sich um ihre Kehle und drückte zu.

Mit einem Mal konnte sie nicht mehr atmen. Hustend schlug sie um sich, trat nach Erys' Beinen, hörte ein Stöhnen, einen Fluch, dann wurde der Griff härter. Blut rauschte durch ihre Adern, in ihrem Kopf dröhnte es.

Erys ließ ihre Haare los. Metall glitt über Metall, als sie den Dolch zog.

Die Nacht verschwamm vor Anas Augen. Sterne wurden zu gelb verwaschenen Flecken. Sie pulsierten im Rhythmus ihres Herzschlags. Sie sah den Dolch, ein flimmernder silberner Strahl über ihrem Kopf.

»Sag deiner Mutter, es tut mir leid«, flüsterte Erys.

Etwas prallte gegen sie. Ana wurde nach vorn geworfen. Pflanzen brachen. Sie schlug zwischen ihnen auf.

Erys' Gewicht drückte sie in die Erde. Sie hörte ein Stöhnen, heftiges Atmen. Der Griff um ihre Kehle lockerte sich.

Hustend sog Ana die Luft ein. Dreck und kleine Steine drangen ihr in den Mund. Sie spuckte und hustete erneut, versuchte sich auf den Rücken zu drehen, aber das Gewicht, das auf ihr lastete, war zu groß.

Erys stützte sich ab. Ihre Hand grub sich neben Ana in den Boden. Der Dolch, den sie immer noch hielt, richtete sich auf ihr Gesicht.

Ana griff nach einem Stein, schlug damit auf die Hand ein. Knochen knirschten. Erys schrie auf, die Hand mit dem Dolch verschwand. Das Gewicht auf Ana nahm ab, als Erys sich drehte. Sie wehrte sich gegen jemanden über ihr.

Jonan, dachte Ana. Sie drückte den Rücken durch, warf das Gewicht von sich und kroch hustend zur Seite. Sie bekam kaum Luft. Ihre Kehle war rau und schmerzte.

Ana drehte sich um. Tränen liefen ihr aus den Augen, spülten Staub und Dreck heraus. Verschwommen sah sie, dass Erys auf dem Rücken lag. Sie hatte den Dolch verloren, versuchte mit bloßen Händen die Schläge abzuwehren, die unerbittlich gegen ihren Körper hämmerten.

Merie hockte auf Erys' Brust wie ein wütender, wahnsinniger Dämon. Ihr Gesicht war verzerrt. Blut vermischte sich mit Dreck und Speichel. Sie schrie und knurrte und zischte. Ihre Hände waren geöffnet, so als wolle sie Erys ohrfeigen, doch jeder Schlag zog eine blutige Spur, riss Stoff, Haut und Fleisch auf.

Erys' Bewegungen erlahmten. Sie versuchte, Meries Gesicht zu treffen, doch die wischte ihre Arme einfach zur Seite.

Sie ist so stark, dachte Ana. Ihr Blick klärte sich langsam. Sie sah Meries gekrümmten Rücken, die Klauen, die sich aus ihren Jackenärmeln schoben, das Fell an ihrem Hals und die Zähne in ihrem aufgerissenen Mund.

»Nachtschatten ...«, flüsterte sie.

Merie schlug immer weiter zu, so als gäbe es nichts anderes, was sie tun konnte. Schweiß lief ihr übers Gesicht, ihr Atem ging schwer, aber sie hörte nicht auf.

Erys lag reglos unter ihr, eine blutige, verstümmelte Kreatur. Ana hoffte, dass sie tot war.

Sie ließ Merie nicht aus den Augen, während sie sich auf allen vieren zwischen die Pflanzen zurückzog. Sie glaubte nicht, dass die Bestie, die aus dem Mädchen hervorgebrochen war, zwischen Erys und ihr unterscheiden würde.

Ein Schatten glitt plötzlich an ihr vorbei. Ana drehte sich erschrocken um, sah Bewegungen, so schnell, dass sie zu verschwimmen schienen. Ein Arm, der Merie packte und von der Leiche zog. Eine Faust, die ihre Schläfe traf.

Merie sackte reglos zu Boden.

Ana setzte sich auf. Ihre Mundwinkel zitterten. »Jonan?«

Er warf sich Merie über die Schulter, dann trat er vor Ana.

»Komm«, sagte er.

Sie ergriff seine warme, harte Hand.

Kapitel 14

Der unerfahrene Reisende sollte in Westfall Vorsicht walten lassen, denn nur allzu leicht ist es, Menschen, denen er dort begegnet, zu beleidigen. So gilt es als unhöflich, die Vergangenen ohne ausreichenden Anlass zu erwähnen, sich ihrer in Form eines Fluchs zu bedienen, an ihren Ruinen vorbeizuziehen, ohne sie zu besuchen, oder gar an ihrer Existenz zu zweifeln. Gerade Letzteres hat schon manche Reise vorzeitig an einem Galgen enden lassen.

Jonaddyn Flerr, *Die Fürstentümer und Provinzen der vier Königreiche, Band 1*

Wie war es nur so weit gekommen?

Die Frage ließ Craymorus nicht los. Sie kreiste durch seine Gedanken, während er, zwei Stufen auf einmal nehmend, die Treppe aus dem Kerker hinauflief. Schreie hallten von den Steinen wider, Rauch zog träge an ihm vorbei. Weit hinter ihm splitterte krachend Holz. Die Besessenen schlugen die nächste Tür ein.

Soldaten, Wärter und Gefangene flohen mit Craymorus aus dem Kerker. Er trat in etwas Weiches, wäre beinahe gestolpert und sah nach unten. Die blutige Leiche eines Soldaten blickte zurück. Er war zu Tode getrampelt worden. Schaudernd dachte er daran, was wohl mit ihm selbst geschehen wäre, wäre er noch auf seine Krücken angewiesen.

Er war außer Atem, als er das Ende der Treppe erreichte. Die

Soldaten, die dort oben standen, schienen Bescheid zu wissen, denn sie trugen bereits Schränke und Tische zusammen, alles, was sich als Barrikaden verwenden ließ. Andere hielten Fackeln in der Hand, mit denen sie die Besessenen wohl zurücktreiben wollten.

»Wo sind die Magier?«, fragte Craymorus den ersten Offizier, den er sah.

»Ich weiß es nicht, Herr.« Angst flackerte in den Augen des Mannes wie Fieber. »Ist es wahr, dass die Besessenen ausgebrochen sind?«

»Ja. Sag deinen Männern, ich zahle jedem, der einen tötet, fünftausend Goldstücke.«

Der Offizier sah ihn entsetzt an. Craymorus glaubte nicht, dass er das Angebot weitergeben würde. Er spürte das Blut, das seine Finger verklebte, und fühlte sich schmutzig. Wer einen Besessenen tötete, hieß es, ließ den Dämon, der in dessen Innerem wütete, frei und brachte Unglück über sich und sein Dorf. So viele Geschichten hatte er darüber gelesen, so viele Legenden gehört, und doch hatte er es getan.

Er schüttelte den Gedanken ab. Es war geschehen, nichts ließ sich mehr daran ändern.

Hinter ihm wurde die Tür zugeschlagen. Soldaten begannen, Barrikaden zu errichten. Craymorus sah Korvellan zwischen ihnen. Er hatte wieder seine menschliche Gestalt angenommen und reichte den Männern Stühle und Tische an. Die meisten waren zu jung, um zu wissen, wer er war.

»Leutnant Barganim!«, rief Craymorus.

»Ja, Herr.« Barganim bahnte sich einen Weg durch die Menge.

»Ich will, dass vier Mann zu Korvellans Bewachung abgestellt werden. Sorge dafür.«

»Ja, mein Fürst.«

Craymorus wollte sich abwenden, aber der Leutnant griff nach seinem Arm. »Was wird jetzt aus uns?«, fragte er.

»Denk nicht darüber nach.«

Die Antwort schien Barganim zu enttäuschen, denn er senkte den Kopf. »Wenn ich sterben sollte, Herr«, sagte er so leise, dass Craymorus ihn über den Lärm kaum verstand, »werdet Ihr dann meiner Familie das Gold zukommen lassen?«

»Natürlich.« Craymorus sah ihn an. Barganim hatte den Blick eines Mannes, der seinen Tod bereits vor Augen hatte. Er würde sterben, das erkannte Craymorus in diesem Moment, und er selbst erwartete nichts anderes.

»Ich werde die Magier suchen«, sagte er. »Haltet die Tür, so lange es geht.«

»Ja, Herr.«

Soldaten liefen Craymorus entgegen, als er sich umdrehte und den Gang hinunterging, der zu den Quartieren der Magier führte. Jeden, den er traf, fragte er nach den Magiern, doch niemand hatte sie gesehen.

Ihre Quartiere lagen im Gästeflügel. Einen ganzen Gang mit mehr als zwanzig Zimmern hatte Craymorus ihnen zur Verfügung gestellt. Er blieb davor stehen, als er sah, dass die meisten Türen offen standen. Langsam ging er weiter, warf immer wieder einen Blick in die Zimmer. Er sah tiefe Teppiche, Weinkaraffen, Teller voller Obst – und tote Sklaven.

In fast jedem Zimmer lagen sie, zusammengekrümmt und mit aufgerissenen, gebrochenen Augen. Es war nicht zu erkennen, was sie getötet hatte, aber sie waren voller Angst und Schmerz gestorben. Bei ihrem Anblick wurde ihm kalt.

Am Ende des Gangs drehte er sich um und ging zurück, die Augen starr geradeaus gerichtet. Trotzdem glaubte er die Blicke der Toten in seinem Rücken zu fühlen. Die Stille, die über den Zimmern lag, schmeckte bitter.

Craymorus ging schneller, begann zu rennen. Seine Schritte hallten durch die leeren Gänge, dann wurde es laut. Er hörte Schreie, Rufe, Knurren und Stöhnen. Die Kerkertür war nur noch zwei Biegungen entfernt. Er hätte nach links gehen müssen, um zu ihr zu gelangen, doch er lief nach rechts, weg von dem Lärm und den Blicken, die ihn dort erwarteten. Die Soldaten hatten einen Fürsten verdient, nicht ihn.

Er keuchte, als er schließlich eine Tür aufstieß. Beim Anblick des Raums wurde ihm erst klar, dass er zu seinem alten Quartier gelaufen war. Rickard hatte es ihm damals gezeigt. Es roch immer noch nach Holz und kalter Asche.

Craymorus ging zu der Waschschüssel, die unter einem Spiegel stand, schüttete Wasser hinein und wusch sich Gesicht und Hände. Das Wasser kühlte seine Haut. Er sah auf und erblickte im Spiegel das Gesicht eines Fremden, hohlwangig, bärtig, mit tiefen Ringen unter den Augen. Wann hatte er sich das letzte Mal rasiert? Er wusste es nicht mehr.

Seine Hände erinnerten sich noch an die Bewegungen. Sie griffen in den Schrank unter der Waschschüssel, rührten den Rasierschaum an. Er rieb ihn sich ins Gesicht, dann griff er nach dem Rasiermesser. Ruhig zog er über seine Wangen, lauschte dem vertrauten Kratzen und dem Plätschern des Wassers, wenn er das Messer hineintauchte. Die Klinge berührte seinen Hals. Er hielt inne.

Schreie drangen aus dem Hof zu ihm hinauf. Sein Adamsapfel bewegte sich unter dem Messer. Er drückte dagegen, spürte den scharfen Stich, als er die Haut durchdrang. Die Adern in seinem Hals klopften.

Nur eine Bewegung, dachte er, *ein schneller Ruck von links nach rechts.*

Die Augen in seinem Spiegelbild starrten ihn an, müde und flehend. Blut lief in seinen Kragen. *Eine Bewegung.*

Craymorus ließ das Messer fallen. Es polterte vor seinen Füßen auf den Boden. »Nein«, sagte er laut. Der Klang seiner eigenen Stimme ließ ihn zusammenzucken. Er tauchte das Gesicht ins Wasser, fühlte, wie die Seife in seine Augen stach und kam wieder hoch. Mit dem Ärmel trocknete er sich ab.

»Nein«, sagte er seinen flehenden Augen. Er würde sein Leben nicht mit einem letzten Fehler beenden.

Ruckartig wandte er sich ab und ging zum Fenster.

Die Besessenen waren durchgebrochen. Ihre weißen Leiber taumelten im Sonnenlicht blind über den Hof. Flüchtlinge liefen in Panik vor ihnen davon, Soldaten versuchten sie mit Fackeln zusammenzutreiben, sprangen aber selbst zurück, wenn sie ihnen zu nahe kamen. Die Bogenschützen auf den Dächern schossen Salven in den Hof. Einen Moment lang glaubte Craymorus, sie würden auf die Besessenen schießen, doch dann sah er, dass sie einige Flüchtlinge angriffen, die versuchten, das Tor zu öffnen.

Er ging zur Tür. Sein Fuß stieß gegen die Rasierklinge und trat sie unter den Schrank. Er bemerkte es kaum.

Rauch schlug ihm entgegen, als er die letzte Treppe hinter sich ließ und auf den Haupteingang zulief. Ein Wandteppich stand in Flammen. Das Feuer hatte bereits auf einen Balken übergegriffen.

Beinahe wäre Craymorus über die Leiche gestolpert. Sie lag im Schatten, halb verborgen unter einem umgestürzten Schrank. Die Uniform war blutig, das Gesicht zur Hälfte weggerissen. Trotzdem erkannte er den Mann.

»Es tut mir leid, Leutnant Barganim«, sagte er, als er dem Toten das Schwert aus der schlaffen Hand nahm. »Du hast auf einen Narren gehört.«

In den Gängen hinter ihm polterte es. Einige Besessene schienen sich dort verlaufen zu haben, doch die meisten hatten den Weg auf den Hof gefunden. Sie schlugen um sich, trafen Männer, Frauen und Kinder. Waffen benutzten sie keine, noch nicht einmal abgebrochenes Holz. Die meisten wirkten jung, waren wohl in den Kellern geboren. Der Wahnsinn war ihre Mutter und ihr Vater gewesen, dort unten in der sprachlosen Dunkelheit. Sie wussten nicht, was eine Waffe war, ebenso wenig wie Sonnenlicht.

Craymorus lief die Treppe nach unten. »Öffnet das Tor!«, schrie er.

Niemand hörte ihn. Die meisten Soldaten hatten einen Kreis am anderen Ende des Hofs gebildet. Die Speere hatten sie mit dem stumpfen Ende nach vorn ausgestreckt, stießen damit Besessene zurück, die in immer größerer Zahl auf sie einstürmten. Die Speere sahen aus wie die Speichen eines übergroßen Wagenrads.

Andere Soldaten waren auf die Mauern geklettert und schlugen mit Schwertern auf die Sprossen der Leitern ein.

Craymorus ließ sein Schwert fallen und hob einen Speer vom Boden auf. »Öffnet das Tor!«, schrie er erneut.

Ein Soldat, der zwei brennende Fackeln in Händen hielt, lief an ihm vorbei. Craymorus griff nach seiner Schulter und duckte sich, als der Mann – nein, es war ein Junge, vielleicht gerade einmal vierzehn Jahre alt – mit einer Fackel nach ihm schlug.

Craymorus hielt ihn fest. »Hilf mir, zum Tor zu kommen!«

Der Junge starrte ihn aus weit aufgerissenen Augen an, schien ihn nicht zu erkennen. Craymorus ließ ihn los, sah ihm nach, als er in die Festung lief und im Rauch verschwand.

Er hörte ein Knurren hinter sich und fuhr herum.

Es war der Nachtschatten.

Er stand vor Craymorus, immer noch gefangen in seinem halb verwandelten Körper. Speichel lief ihm über das Kinn, die schweren zerrissenen Ketten hingen bis auf den Boden. Er trug keine Kleidung mehr. Haut und Fell waren blutverschmiert.

Craymorus wich zurück. Der Nachtschattenjunge machte einen Schritt auf ihn zu. Er kicherte und wischte sich den Speichel vom Kinn. Das Feuer in seinen Augen schien seinen Verstand verbrannt zu haben. Nichts als Hass war geblieben.

Craymorus hob den Speer. Erst da bemerkte er, dass die Spitze abgebrochen war. Beinahe hätte er gelacht. Sein Blick zuckte über den Hof. Kein Soldat war in seiner Nähe. Niemand sah, was geschah.

Er öffnete den Mund. So viele Stunden hatte er mit dem Nachtschatten in seiner Zelle verbracht, hatte ihm Dinge erzählt, die er sonst nicht einmal sich selbst eingestanden hätte, doch nun fiel ihm nichts ein, was er sagen konnte.

Vielleicht, dachte er, *weil es nichts mehr zu sagen gibt.*

Der Nachtschatten schlug mit seiner Klaue nach ihm. Craymorus wehrte den Schlag mit dem Speer ab. Ein zweiter Schlag. Auch den wehrte er ab. Langsam ging der Nachtschatten um ihn herum. Craymorus drehte sich mit ihm. Der Nachtschatten knurrte und grinste, als er unwillkürlich zurückwich.

Der nächste Schlag, doch dieses Mal zog der Junge seine Klaue nicht zurück, als der Speer auf sie zuschoss. Stattdessen packte er den Schaft und stieß zu, rammte seinem Gegner das stumpfe Ende in den Magen.

Der Schmerz raubte ihm den Atem. Würgend und keuchend brach Craymorus in die Knie. Tränen traten ihm in die Augen. Verschwommen sah er, wie der Nachtschatten den Speer wegwarf und wieder begann um ihn herumzugehen.

Es war ein Spiel, kalkuliert und grausam.

Nicht grausamer als das, was ich mit ihm gemacht habe, dachte Craymorus. Er kam wieder auf die Beine, blieb gekrümmt stehen. Der Schmerz ließ langsam nach.

Der Tritt des Nachtschattens kam so plötzlich, dass er ihn nicht einmal erahnte. Er traf seine Brust und warf ihn zurück gegen einen Unterstand. Holz knirschte, Stroh rieselte zu Boden. Ein alter Mann, der sich in einer Ecke versteckt hatte, schrie auf.

Der Nachtschatten setzte nach. Seine Faust zielte auf Craymorus' Kopf, seine Klaue auf dessen Bauch. Er war schnell, so wie alle seiner Art, aber die Zeit im Kerker hatte ihn geschwächt. Craymorus schlug seine Klaue zur Seite, tauchte unter der Faust hindurch und rammte ihm die Schulter in den Magen.

Der Nachtschatten knurrte, zu Craymorus' Enttäuschung eher wütend als vor Schmerz. Craymorus kam in seinem Rücken hoch, ballte die Fäuste und schlug sie ihm in den Nacken. Doch der Junge wich aus. Der Schlag streifte ihn nur.

Seine Faust traf Craymorus' Kopf. Die Beine gaben unter ihm nach. Er spürte, wie der Nachtschatten ihn auffing, dann seine Klaue an seinem Hals und faulig riechenden Atem auf seinem Gesicht.

»Lass ihn los!«

Die Stimme klang dumpf hinter dem Pochen in Craymorus' Kopf. Einen Moment lang war er sich nicht sicher, ob sie wirklich existierte. Er blinzelte, versuchte den Nebel vor seinen Augen zu durchdringen.

Der Nachtschatten über ihm fauchte. Der Halt, den ihm seine Arme gegeben hatten, verschwand unvermittelt. Craymorus sackte zusammen. Benommen blieb er liegen. Er hörte Fauchen, Knurren, dann ein nasses, klatschendes Geräusch.

Sein Blick klärte sich. Korvellan hockte vor ihm. »Wir müssen hier raus«, sagte er. »Eure Soldaten versuchen das Tor zu öffnen, aber die Bogenschützen bringen sie um. Sie haben die Eingänge zu den Türmen verbarrikadiert. Zeigt ihnen Euer Gesicht. Sie brauchen Euren Befehl.«

»Ich weiß.« Craymorus setzte sich auf, ignorierte Korvellans ausgestreckte Hand und zog sich an einem Balken des Unterstands hoch. Sein Blick fiel auf den Nachtschattenjungen, der reglos im Stroh lag.

»Ist er tot?«

»Nein, aber vielleicht wäre es besser.« Korvellan wirkte angewidert. »Kommt jetzt!«

Craymorus hob den Speer auf, den der Nachtschatten weggeworfen hatte. Korvellan zog ein Schwert aus dem Gürtel.

»Hast du keine Angst, einen zu töten?«, fragte Craymorus. Das Pochen in seinem Kopf ließ nach. Die Benommenheit wich.

»Ich habe schon ein paar getötet. Ich glaube nicht, dass man mehr als einmal verdammt werden kann.« Er trat einen vorbeitaumelnden Besessenen zur Seite. Ein anderer fiel unter seinem Schwert.

Craymorus folgte ihm durch die Menge. Blutlachen bedeckten den Boden. Einige Besessene hockten um eine Leiche herum und aßen. Craymorus würgte trocken.

Die Soldaten, die ihn sahen, kamen näher. »Was sollen wir tun, Herr?«, rief einer, der aus einer Stirnwunde blutete.

»Wir müssen zum Tor.«

Immer mehr Menschen schlossen sich ihnen an, angezogen von den Uniformen und vielleicht, dachte Craymorus, auch vom Anblick des Fürsten zwischen den Soldaten. Sie wichen den Besessenen aus, wann immer es ging, doch einige weiße Leiber fielen unter Korvellans Schwert.

»Nachtschatten«, hörte Craymorus einen Flüchtling sagen. »Sie haben keine Seele.«

Er sah zu den Türmen, als sie sich dem Tor näherten. Die Bogenschützen bemerkten die große Gruppe und richteten ihre Bögen auf sie. Ihre Pfeilspitzen blitzten in der Sonne.

»Auseinander.« Craymorus streckte die Arme aus. »Bogenschützen!«, schrie er, so laut er konnte. In seiner Kehle kratzte es. »Euer Fürst lässt jetzt das Tor öffnen. Erkennt ihr mich?«

Er sah Bewegung zwischen ihnen. Dann rief eine Stimme zurück: »Ja, Herr.«

Craymorus atmete auf. Er nickte den Soldaten zu. »Öffnet das Tor. Beeilt euch.«

Er sah wieder hinauf zum Turm. »Bringt euch in Sicherheit! Die Festung ist verloren.«

»Nein, ist sie nicht«, sagte jemand hinter ihm. »Seht doch!«

Er hatte sich noch nicht umgedreht, als die Rufe begannen.

»Magier!«

»Magier!«

»Magier!«

Sie tauchten aus dem Rauch auf wie Geister. Ihre Gesichter waren rußgeschwärzt, ihre Roben dreckig. Die Haare eines Magiers brannten; er schien es nicht zu bemerken. Mit der gleichen

Ruhe, die auch alle anderen zeigten, schritt er die breite Treppe hinunter. Adelus und Milus bildeten die Spitze der Gruppe.

»Was zum …«, hörte er Korvellan neben sich sagen. Der Rest seiner Worte ging im Chor der Rufenden unter.

Dann sah er Mellie. Die Magier bildeten einen Kreis um sie. Ihr Gesicht war ein weißer Fleck zwischen Ruß und Rauch. Sie trug ein bodenlanges rotes Kleid. Es hatte Syrah gehört und war ihr zu groß.

Die Magier begannen zu tanzen. Ihre Schritte rissen Steine aus dem Boden und schleuderten Dreck empor. Die Luft knisterte. Funken stoben auf, Strohballen brannten.

»Magier!«

»Magier!«

»Magier!«

Die Rufe hallten von den Festungsmauern wider. Der brennende Magier schien die Menschen nicht so zu verstören wie Craymorus.

Sie wissen nicht, was ein Magier vermag und was nicht, dachte er. *Sie denken, das ist Teil ihres Plans.*

Erwachsene umarmten sich, Kinder, zu jung, um zu verstehen, was geschah, aber angesteckt von der Aufregung ihrer Eltern, klatschten in die Hände. Soldaten streckten die Speere in die Luft.

Und dann starben sie.

Sie griffen sich an die Kehle, ihre Gesichter färbten sich rot, so als hätte die Luft um sie herum plötzlich zu kochen begonnen. Mellie schlenderte an ihnen vorbei, zeigte mal auf den einen, dann auf den anderen, tötete mit einem Fingerzeig, einem Blinzeln, einem Lächeln.

Rufe verwandelten sich in Schreie. Menschen rannten mit angstverzerrten Gesichtern über den Hof. Besessene rissen sie auseinander, nur um sich im nächsten Moment selbst an die Kehlen zu greifen.

Der brennende Magier brach zusammen. Sein Kopf war verkohlt, seine Robe hatte Feuer gefangen.

Ein Schaudern schien Mellie zu durchlaufen. Sie legte den Kopf in den Nacken, als wolle sie die Luft trinken. Craymorus hatte sie noch nie so lebendig gesehen.

Korvellan zog ihn zur Seite. »Was macht sie da?«

Craymorus hob die Schultern. Er konnte nicht aufhören, Mellie anzusehen. Sie war so schön wie an dem Tag, an dem sie zum ersten Mal in seinem Zimmer gestanden hatte. Er erinnerte sich auf einmal wieder daran, wie sehr er sie einmal geliebt hatte.

Doch das war vorbei. Es war eine Lüge gewesen, nicht mehr.

»Bogenschützen!«, schrie er den Turm hinauf. »Tötet die Frau im roten Kleid!«

Er nahm den Blick nicht von Mellie. Ein paar Lidschläge vergingen, dann schossen Pfeile surrend über ihn hinweg.

Adelus hob die Hand. Die Pfeile verschwanden, so als habe es sie nie gegeben. Craymorus sah zu den Türmen hinauf. Die Bogenschützen wichen zurück. Er machte ihnen keinen Vorwurf.

Korvellan drehte sein Schwert zwischen den Händen. Er sah sich um, als suche er etwas, dann schüttelte er den Kopf. »Wir müssen raus aus der Festung. Sie sind zu stark.«

Mellie blieb stehen. Die Magier tanzten um sie herum wie Betende um eine Götterstatue. Sie sah Craymorus an. Ihr Blick durchdrang ihn, ihr Zeigefinger richtete sich auf ihn. Es wurde still. Die Schreie der Menschen, das Brüllen der Besessenen, der Lärm der Kämpfe verging. Die ganze Welt schien anzuhalten.

»Armer kleiner Fürst«, sagte Mellie. Ihre Stimme füllte diese neue, leere Welt aus. »So schwach, so dumm.«

Craymorus öffnete den Mund, aber sie erlaubte ihm nicht zu sprechen. Er blinzelte, und sie stand vor ihm. Ihr Zeigefinger glitt über seine Wange. Die Berührung war weder fest noch sanft, nicht warm und nicht kalt. Es war, als würde das Nichts ihn berühren.

»Nicht wie dein Bruder«, sagte Mellie. Sie wandte sich ab. »Leb wohl.«

Die Geräusche der Welt stürzten auf Craymorus ein. Mit einem lauten Knall flog das Tor auseinander.

Mellie schritt hindurch, umgeben von tanzenden, schwitzenden Magiern, vorbei an Soldaten, denen Holzsplitter die Körper zerfetzt hatten. Besessene taumelten hinterher, angezogen von dem Lärm.

Craymorus spürte Korvellans Hand auf seinem Arm und schüttelte sie ab. »Hast du das gesehen?«, fragte er.

Der Nachtschatten wirkte ungeduldig. »Was gesehen?«

»Mellie. Sie hat mit mir geredet und ...«

»Später. Kommt jetzt. Wir brauchen Pferde.«

Korvellan lief vor zu den Stallungen. Craymorus folgte ihm und nahm die Zügel eines der beiden Pferde, die er in den Hof führte. Sie waren ungesattelt. Auf ihrem Rücken lagen Decken.

»Ich kann nicht reiten«, sagte Craymorus.

Korvellan sah ihn an. »Was?«

»Hast du vergessen, dass ich ein Krüppel bin?« Es klang verbitterter, als er beabsichtigt hatte.

»Nein.« Der Nachtschatten zögerte. »Ja«, sagte er dann. Er schwang sich auf sein Pferd und nahm Craymorus die Zügel aus der Hand. Rauch hüllte ihn einen Moment lang ein. Er hustete. »Du wirst es lernen.«

»Nachtschatten!«, gellte ein Ruf von den Mauern. »Nachtschatten!«

»Schnell lernen«, sagte Korvellan.

Kapitel 15

Der Gedanke an einen großen Krieg erfüllt die, die ihn am Horizont wie ein Gewitter aufziehen sehen, mit Schrecken. Doch wenn Frieden über dem Land liegt und Schwerter die Wände von Bankettsälen und nicht die Gürtel von Kriegern zieren, dann fühlt sich der Reisende hingezogen zu den Orten großer Schlachten. Philosophen mögen sich mit der Frage beschäftigen, weshalb es vor allem die vernichtenden Niederlagen sind, die seinen Geist beflügeln.

Jonaddyn Flerr, *Die Fürstentümer und Provinzen der vier Königreiche, Band 1*

Wach auf«, flüsterte Daneel. »Die Festung brennt.«

Schwarzklaue öffnete die Augen. Rauchschwaden zogen über einen blauen Himmel. Er setzte sich auf. Die anderen Nachtschatten schliefen noch, bis auf die Wachen, die am Rand der Wiese standen, die Schwarzklaue sich als Schlafplatz ausgesucht hatte. In der Stadt war es zu gefährlich geworden. Die Feuer breiteten sich immer weiter aus, ständig stürzten Gebäude ein. Er mochte die Geräusche der Balken, wenn sie zerbrachen, und die Funken, die in den Himmel stiegen und aussahen, als würden sie zu Sternen werden.

Trotzdem hatte er sich aus der Stadt zurückgezogen. Die anderen waren ihm gefolgt. Sie vertrauten ihm, so wie Daneel es vorhergesagt hatte.

Schwarzklaue stand auf, streckte sich und ging zu einem Baum. Während er gegen den Stamm urinierte, sah er sich um. Redalyo, der gerade so weit entfernt von ihm schlief, dass es nicht aussah, als habe er Angst, wachte ebenfalls auf; Schwarzklaue hörte es an seinem Atem.

Daneel war nirgends zu sehen. Seit er ihm geholfen hatte, seine Krieger zum Bleiben zu bewegen, war er nur noch selten gekommen. Schwarzklaue fragte sich, wo er hinging, wenn er nicht bei ihm war.

Er drehte sich um und verharrte mitten im Schritt. Der Rauch, den er am Himmel gesehen hatte, stammte nicht von der Stadt. Der Wind wehte ihn über die Hügel, und es gab nur einen Ort, der dort lag.

Es war kein Traum, dachte Schwarzklaue. *Die Festung brennt wirklich.*

Er trat einem schlafenden Nachtschatten in den Hintern. »Aufstehen!«, brüllte er über die Wiese. Sein Rücken straffte sich. Er fühlte sich so wach wie selten zuvor in seinem Leben. Um ihn herum kamen Nachtschatten gähnend auf die Beine.

Schwarzklaue wartete, bis sich ihre Blicke auf ihn richteten, dann zeigte er auf den Rauch hinter dem Hügel. »Heute ist unser Tag«, sagte er. Mehr nicht. Es reichte.

Sie stürmten den Hügel hinauf, mit Klauen, Schwertern, Speeren, auf Pferden und Tatzen. Zum letzten Mal warfen sie sich der Festung entgegen, das spürte Schwarzklaue. Der Geruch nach Blut und Rauch hing in der Luft, forderte ihn heraus.

Er dachte an Korvellan. *Ich werde es auch ohne dich schaffen.*

Aus den Augenwinkeln sah er, dass Redalyo neben ihm den Hügel hinaufritt. Der Feigling trug einen Helm und eine Brustplatte aus Metall. Zwei Langschwerter hingen an seinen Hüften. Er sah beinahe aus wie ein Mensch. Schwarzklaue schüttelte den Kopf.

Langsam kam die Festung näher. Zuerst schoben sich die Türme hinter der Hügelkuppe empor, dann das Dach des Hauptthauses. Rauch quoll aus einigen Fenstern. Auf den Mauern standen Soldaten, doch sie sahen ins Innere der Festung, nicht hinaus. Der Wind trug ihre Schreie über den Hügel.

»Was ist da los?«, fragte Redalyo.

Im nächsten Moment explodierte das Tor. Eine Wolke aus Holzsplittern und Metallstaub hüllte die Mauern ein und fiel dann in sich zusammen. Das Tor war verschwunden, der Weg in die Festung frei.

Schwarzklaue sah Magier, die ungeschützt von Soldaten und Schilden vor die Mauern traten. Eine rote Robe – oder war es ein Kleid? – blitzte zwischen ihnen auf, die einzig leuchtende Farbe in dieser rußgrauen Prozession.

Schwarzklaue knurrte, als er sah, dass Nachtschatten, die näher an den Magiern waren, zum Angriff ansetzten. Er war noch mehr als drei Speerwürfe von ihnen entfernt. Nichts mehr würde von ihnen übrig sein, wenn er dort ankam.

Die Nachtschatten brachen zusammen. Schwarzklaue roch ihren Tod und brüllte den Magiern seine Wut entgegen. Ein seltsam metallischer Geschmack lag auf seiner Zunge, süßer als Blut, bitterer als Galle. Die Luft knisterte. Er spürte, wie sich das Fell in seinem Nacken aufstellte.

Die Magier gingen den Hügel hinab, als wäre nichts geschehen. Das rote Kleid zwischen ihnen wehte im Wind. Schwarzklaue erhaschte einen kurzen Blick auf das Gesicht einer jungen Frau. Er fühlte sich unwohl, wie jemand auf einem Schiff, der wusste, dass er bald seekrank werden würde. Schwarzklaue schüttelte sich und sah weg. Das Gefühl verging.

»Was jetzt?«, fragte Redalyo. Sein Pferd tänzelte nervös.

»Lass sie ziehen.« Fünfzig Krieger hatten sie in einem einzigen Lidschlag getötet. Er und der Feigling würden nichts gegen sie ausrichten können. Die anderen Krieger schienen ebenso zu denken, denn sie folgten den Magiern nicht, sondern wandten sich wieder der Festung zu.

Schwarzklaue sah der Prozession nach. Sie bewegte sich in Richtung Stadt. Es wirkte nicht so, als würden die Magier noch einmal zurückkehren.

Umso besser, dachte er und lief los. Redalyo blieb in seiner Nähe.

Schwarzklaue wich vereinzelten Pfeilen aus. Die Bogenschützen, die so viele Krieger getötet hatten, waren größtenteils von den Türmen verschwunden. Die gesamte Verteidigung der Festung war zusammengebrochen, aber Schwarzklaue verstand nicht, weshalb.

Doch dann sah er die weißen Leiber, die sich ihm entgegenschoben, und hörte die bestürzten Rufe einiger Krieger.

»Besessene!«

Der Sturm auf die Festung stockte. Redalyo zügelte sein Pferd. Schwarzklaue sah ihn an. »Was soll das heißen?«, brüllte er. Die aufgequollenen weißen Leiber widerten ihn an. Sie stanken nach Wahnsinn.

Redalyo schien im Sattel zusammenzusinken. »Es sind Menschen, die Dämonen in sich tragen. Wer sie eigenhändig tötet, lässt den Dämon frei und wird dafür von den Göttern verdammt.«

Schwarzklaue knurrte. »Wer glaubt denn so eine Scheiße?«

»Jeder im Süden glaubt daran. Wir lassen Besessene verhungern oder jagen sie in die Sümpfe, um sie loszuwerden. Niemand würde einen umbringen.«

Der Feigling hatte recht. Die Krieger, die aus dem Süden stammten, versuchten den Besessenen auszuweichen, während die aus dem Norden sie zerfleischten. Im Norden gab es keinen Platz für dummen Aberglauben. Es gab Feinde und Freunde. Den Feind tötete man, dem Freund half man. Um die Toten kümmerten sich die Götter. So war es immer gewesen, so würde es immer sein. Manchmal vermisste Schwarzklaue den Norden so sehr, dass er den Schnee auf der Zunge schmeckte.

»Sammle die Krieger aus dem Süden«, sagte er schließlich.

»Wenn sie zu feige für die Verdammnis sind, dann sollen sie wenigstens die Soldaten von den Mauern holen.«

Redalyo presste die Lippen aufeinander. »Ich werde sie darum bitten.«

Schwarzklaue wandte sich ab, bevor Redalyo den Satz zu Ende gesprochen hatte. Mit langen Sätzen stürmte er auf die Festung zu. Der Gestank der Besessenen hüllte ihn ein, als er zwischen sie sprang und ihre Bäuche mit seinen Klauen aufriss.

Ihr Blut spritzte über sein Fell. Blind schlugen sie um sich. Er wich ihren Händen aus, wühlte sich tiefer in die Menge hinein.

Die Krieger aus dem Norden folgten ihm. Die Besessenen waren schwach. Ihr Fleisch hing von den Knochen herab, ihre aufgeblähten Bäuche wölbten sich über Beine, die so dick waren wie Schwarzklaues Arme. Doch es waren viele, viel mehr, als er anfangs gedacht hatte. Sie drohten ihn zu erdrücken.

Schwarzklaue schlitterte über die blutigen Steine. Sein Atem ging schwer, Müdigkeit zog seine Arme nach unten. Die Schläge, die ihn zufällig trafen, begannen zu schmerzen, als die Lust am Kampf nachließ. Rauchschwaden reizten seine Kehle.

Mit der Schulter prallte er gegen einen Mauervorsprung. Er trat die Hände einiger Besessener zur Seite und zog sich an dem Vorsprung hoch. Andere Krieger folgten ihm. Sie waren zu fünft und blutverschmiert. Einige hatten Waffen gefunden, mit denen sie auf die Besessenen einstachen.

Schwarzklaue sah über die Köpfe der Wahnsinnigen hinweg. Es waren Dutzende. Hunderte andere lagen tot oder verletzt am Boden. Doch auch Kriegerleichen sah er darunter, mehr, als er befürchtet hatte.

Schwarzklaue drehte den Kopf, als er ein Pferd laut wiehern hörte. Hufschlag hallte von den Wänden und Mauern wider, machte es fast unmöglich, die Richtung, aus der die Pferde kamen, abzuschätzen. Es waren zwei, das hörte Schwarzklaue deutlich, aber er sah sie erst, als sie schon fast das Haupthaus erreicht hatten.

Schwarzklaue stieß den Atem aus. »Korvellan?«

Die Krieger, die neben ihm standen, rissen die Köpfe hoch. Die plötzliche Freude in ihren Gesichtern versetzte ihm einen Stich. »Korvellan!«, rief einer.

Der General schien ihn über den Lärm der Besessenen nicht zu hören. Er saß auf dem ersten der beiden Pferde und zog das zweite an den Zügeln hinter sich her. Der Reiter darauf hielt sich ungeschickt fest.

Schwarzklaue nahm zwei Schritte Anlauf und sprang über die Menge hinweg. Er prallte gegen einen Besessenen, den er zur Seite stieß, gegen einen zweiten, dem er die Kehle aufriss, dann war er an ihnen vorbei, schlitterte über die Steine auf die beiden Reiter zu. Vor dem Torbogen richtete er sich auf. Die Pferde galoppierten auf ihn zu.

»Korvellan!« Schwarzklaue sah ihm in die Augen. Es lag eine Trauer darin, die ihn verwirrte. »Sprich mit mir!«, schrie er. »Korvellan!«

Korvellan wich seinem Blick aus. Die Hufe seines Pferdes verließen den Stein, sanken in den blutigen Schlamm vor dem Torbogen. Er würde es nicht zügeln, das erkannte Schwarzklaue im gleichen Moment.

Er warf sich zur Seite, kam im Schlamm auf und rutschte weg, dann kämpfte er sich fluchend wieder hoch. Die Pferde donnerten an ihm vorbei, hinaus aus der Festung.

Einer der Nachtschatten aus dem Süden, der Soldaten abfing, die aus der Festung zu fliehen versuchten, riss seinen Bogen hoch, zielte damit auf den Menschen, der auf dem zweiten Pferd saß.

Korvellan ließ die Zügel seines Pferdes los und zog ein Schwert aus dem Gürtel. Noch während der andere Nachtschatten anlegte, holte er damit aus und schleuderte es ihm entgegen. Es spaltete den Kopf des Kriegers. Der Pfeil löste sich von der Sehne und schoss hoch in den Himmel.

Schwarzklaue brüllte.

Die Festung brannte.

Schwarzklaue hockte auf einem der Wehrgänge neben dem Torbogen und sah zu, wie sich die Flammen Raum für Raum, Fenster für Fenster ausbreiteten. Es würde Tage dauern, bis das Feuer die von den Jahrhunderten gehärteten Balken zerfressen hatte, Jahre, bis die steinernen Wände verfielen und unter Moos und Efeu verschwanden, bis die Festung und die Stadt zu ihren Füßen nur noch dunkle Erinnerungen waren.

Aber es wird geschehen, dachte Schwarzklaue. Der Gedanke tröstete ihn.

Er streckte sich. Seine Muskeln schmerzten, sein Fell war blutverklebt und schmutzig. Der Geruch nach Wahnsinn lag auf seiner Zunge, die Erkenntnis des Verrats vergiftete seinen Geist. Er wünschte, es würde regnen, aber der Himmel war klar.

Im Hof suchten die Krieger aus dem Norden nach letzten Überlebenden. Gelegentlich hörte Schwarzklaue den Schrei eines sterbenden Besessenen. Draußen vor der Festung redeten die Krieger aus dem Süden miteinander. Er vernahm ihre Stimmen – um genau zu sein, hörte er fast nur Redalyos Stimme. Auch ohne die Worte zu verstehen, wusste er, um was es bei diesem Treffen ging und wie es ausgehen würde.

»Schwarzklaue.« Die Stimme eines Kriegers riss ihn aus seinen Gedanken. Sein Name war Narbenrücken, eine Erinnerung an das Feuer, in das er als Säugling gefallen war.

»Sieh mal, was ich gefunden habe«, sagte er und zeigte mit einer Klaue auf den Jungen, den er am Arm gefasst hatte. »Lag hinten zwischen den Unterständen.«

Schwarzklaue sah die seltsame Mischung aus Mensch und Nachtschatten an. »Verwandle dich gefälligst vernünftig!«, brüllte er.

Der Junge zuckte zusammen und wand sich in Narbenrückens Griff, doch der hielt ihn fest. Schwarzklaue bemerkte, dass er Ketten trug.

»Was willst du mit ihm machen?«, fragte der Krieger.

Schwarzklaue hob die Schultern. »Nichts. Wenn er so leben will, dann ist das seine Sache.«

»Wie du meinst.« Narbenrücken stieß den Jungen auf den Torbogen zu. »Verschwinde!«

Die halb verwandelte Kreatur stolperte und wäre beinahe in den Schlamm gefallen. Dann fing sie sich und lief aus der Festung hinaus, vorbei an Redalyo, der ihr kopfschüttelnd nachsah.

»Was war das?«, fragte er.

»Das spielt keine Rolle.« Schwarzklaue sprang von der Mauer. Zufrieden bemerkte er, wie der Feigling zusammenzuckte, als er dicht vor ihm landete. »Was willst du?«

»Wir ...« Redalyo zögerte. »Die Krieger aus dem Süden haben etwas beschlossen.« Er trat einen Schritt zurück. »Sie wollen den Feldzug beenden.«

»Wollen sie das?« Aus den Augenwinkeln sah Schwarzklaue, dass Narbenrücken die anderen Krieger aus dem Norden heranwinkte.

Redalyo schien das ebenfalls zu bemerken, denn er wartete mit seiner Antwort, bis sie herangekommen waren.

»Sie denken«, sagte er dann, »dass wir uns ans andere Ufer des Großen Flusses zurückziehen sollten. Viele sind bereits dorthin gegangen. In den Wäldern gibt es genügend Wild für alle. Wir werden dort in Freiheit leben können.«

»Wir können hier in Freiheit leben.« Schwarzklaue streckte die Arme aus. »Wir haben Westfall genommen!«

»Westfall ist gefallen, aber wir haben es nicht genommen.« Redalyo verzog das Gesicht. »Ich weiß nicht, was hier geschehen ist, aber seit Korvellan uns verlassen hat, rennen wir auf einen Abgrund zu.«

Graunacken, einer der Krieger aus dem Norden, verschränkte die Arme vor der Brust. »Korvellan wollte nicht, dass wir Westfall angreifen«, sagte er. »Wir haben ihn enttäuscht. Deshalb ist er heute davongeritten.«

Schwarzklaue hätte ihm am liebsten die Zunge herausgerissen. »Seit Korvellan weg ist«, sagte er mühsam ruhig – wenn doch nur Daneel da gewesen wäre –, »haben wir Srzanizar niedergebrannt und Westfall. So könnte es weitergehen. Eine Stadt nach der anderen, bis die ganze Welt brennt.« Er sah die Krieger an. »Wollt ihr denn nicht die Welt brennen sehen?«

Sie senkten die Blicke.

»Niemand außer dir will das«, sagte Redalyo nach einem Moment. »Wir wollen in Freiheit leben, das ist alles.«

Er drehte sich um und ging durch den Torbogen. Graunacken und Narbenrücken folgten ihm, dann die anderen Krieger. Sie sahen einander nicht an, sprachen kein Wort, gingen nur schweigend durch das Tor und langsam den Hügel hinab.

Die Krieger aus dem Süden schlossen sich ihnen an. Schwarzklaue roch ihre Scham. Er sah ihnen nach, bis auch der Letzte hinter der Hügelkuppe verschwunden war.

Deine Schuld, Korvellan, deine große Schuld.

Ein Knacken ließ ihn herumfahren.

Der Junge stand im Gras, gekrümmt, sein Gesicht halb von Haut und halb von Fell bedeckt. Sein Adamsapfel hüpfte im Hals auf und ab, sein Mund öffnete sich.

»Ich …« Er sprach mit der krächzenden Stimme eines alten Mannes. »Ich … will die Welt brennen sehen.«

Kapitel 16

Eines sollte der Reisende nie vergessen: Er ist auf einer Reise, und all die Orte, die er passiert, sind nur Stationen auf seinem Weg. Ein leichtsinnig gesprochenes Wort, geflüstert unter warmen Decken, ist vergessen, wenn er am nächsten Morgen auf seinem Pferderücken sitzt. So möge er vorsichtig mit Versprechen sein, denn ihr Gewicht wird leichter mit jedem Tritt seines Pferdes.

Jonaddyn Flerr, *Die Fürstentümer und Provinzen der vier Königreiche, Band 1*

Wohin gehst du?«, fragte Mamee leise, als Gerit die Decke zurückschlug und aufstand. Es war dunkel in der Küche. Die Glut in der Feuerstelle knackte.

»Zur Mine. Sag Nebelläufer, dass ich spätestens morgen zurück sein werde.«

Mamee stützte sich auf die Ellenbogen. Ihr Umriss war schwärzer als die Schatten. »Zur Mine? Was willst du dort?«

»Es gibt Probleme mit einem Stollen. Ich will mir das mal ansehen.« Es war nur eine halbe Lüge. Der Wassereinbruch bereitete ihm wirklich Sorgen, auch wenn das nicht der Grund für seinen Aufbruch war.

»Warum hast du gestern Abend nichts gesagt?«

Weil ich es da noch nicht wusste, dachte Gerit. Fast die ganze Nacht hatte er wach gelegen und darüber nachgedacht.

»Habe ich wohl vergessen«, flüsterte er.

Mamee schwieg. Ein Nachtschatten seufzte im Schlaf, ein anderer drehte sich raschelnd um.

»Mach dir keine Sorgen.« Gerit faltete die Decke zusammen und schob sie unter einen Stuhl.

»Komm zurück«, sagte Mamee leise, so als wisse sie, dass er etwas vor ihr verheimlichte.

»Natürlich.«

Der Horizont begann sich grau zu färben, als er die Küchentür leise hinter sich schloss und zu den Stallungen ging. Die Nachtschatten auf den Mauern beachteten ihn nicht. Sie behandelten ihn längst wie einen der ihren. Er fragte sich, ob sie vergessen hatten, dass er ein Mensch war.

So wie ich es manchmal vergesse.

Er legte seinem Pferd Zaumzeug und Sattel an, dann führte er es über den Hof. Die beiden Nachtschatten am Tor sahen ihn und schoben die Riegel zurück.

»Wohin willst du?«, fragte einer von ihnen. Sein Name war Samtzunge. Wenn die Krieger abends an den Feuern saßen, sang er Lieder für sie. Manche brachten Gerit zum Weinen, aber er hörte ihm trotzdem immer wieder zu.

»Zur Mine«, sagte er.

»Weiß Nebelläufer Bescheid?«

»Mamee wird es ihm sagen, wenn er wach ist.«

Die Nachtschatten zogen das schwere Tor auf. Es quietschte und knirschte so laut, dass Gerit das Gesicht verzog.

»Fettet bitte die Scharniere ein, bevor eure Ablösung kommt«, sagte er, als er auf den Rücken seines Pferdes stieg.

Samtzunge nickte. »Natürlich, mein Fürst.« Ironie schwang in seinen Worten mit, aber keine Böswilligkeit.

Gerit grinste. »Oder sagt es eurer Ablösung, damit die es ihrer und die es wieder euch sagt. Am Ende müsst ihr es sowieso machen.«

Der andere Nachtschatten, eine Frau namens Warquni, die aus dem Süden stammte, lachte. »Nein, wir warten, bis du zurückkommst und es selbst einfettest.«

Gerit lachte mit. Er wusste, dass sie es tun würden. Ihr Widerstand war nur Teil des Spiels zwischen denen, die als freie Krieger machten, was sie wollten, und denen, die versuchten, ihnen Anweisungen zu geben. In der Armee seines Vaters hätte man sie gehängt, in der Armee der Nachtschatten lachte man mit ihnen.

Gehängte können keine Scharniere einfetten, dachte er, als sich das Tor ebenso laut hinter ihm schloss. Er spornte sein Pferd an. Es war ein weiter Weg bis zur Mine.

Gegen Mittag erreichte er sie. Ein Arbeiter nahm ihm sein Pferd ab, die Wachen grüßten und reichten ihm heißen Wein und Fleisch. Gerit schüttelte Schnee aus seinem Umhang. Dann setzte er sich ans Feuer, aß, trank und hörte sich Geschichten von der Jagd an. Erst als er fertig gegessen und den Kriegern damit seinen Respekt erwiesen hatte, stand er auf. »Ich danke euch. Ist Maccus unten?«

Einer der Krieger nickte. »Im neuen Stollen. Findest du den Weg?«

»Ich denke schon.«

Gerit ging zum Mineneingang. Arbeiter beluden Karren mit Säcken voller Gold und Kupfer. Sie verneigten sich vor ihm, er nickte ihnen zu, grüßte die mit Namen, die er kannte. Die steinerne Wendeltreppe brachte ihn in die Mine hinein. Zweimal musste er nach dem Weg fragen, dann hatte er den neuen Stollen gefunden.

Er erschrak, als er das Plätschern des Wassers hörte, das an den Wänden herablief. Der Boden unter seinen Stiefeln war schlammig. Balken stützten den Stollen. Sie waren nie mehr als zwei Schritte voneinander entfernt.

Gerit ging an Arbeitern vorbei, die mit Spitzhacken und Hämmern die Wände bearbeiteten. Eine Goldader glitzerte.

»Wo ist Maccus?«, fragte er.

Einer der Männer zeigte tiefer in den Stollen hinein. »Ganz nach vorn, Herr.«

Die Fackeln an den Wänden wiesen ihm den Weg. Es war stickig und feucht, trotzdem stand Gerit der Atem vor dem Gesicht. Er bog um eine Ecke.

Maccus sah auf, als sein Schatten über ihn fiel. Er und ein anderer Arbeiter trieben Pflöcke in den Boden.

»Herr«, sagte Maccus. Er klang erleichtert. »Hirros, geh nach oben, und lass dir neue Pflöcke geben.«

Der Arbeiter nickte.

Gerit ließ ihn vorbei, wartete, bis seine Schritte unter dem Hämmern der Goldsucher nicht mehr zu hören waren, dann sagte er: »Es sieht nicht gut aus, oder?«

»Nein, Herr.« Maccus stand auf. Mit einer Hand wischte er über eine feuchte Wand. »Wir stoßen ständig auf neue Wasseradern. Ich weiß nicht, wo sie herkommen, ich weiß nicht, wohin sie fließen. Nur eines weiß ich: Der Frühling kommt, und wenn das Eis über uns zu schmelzen beginnt ...« Er sprach den Satz nicht zu Ende. Tief atmete er durch. »Ein paar Arbeiter sind schon seit langer Zeit hier. Sie wissen, dass etwas nicht stimmt, und wollen nicht weitergraben.«

»Dann lass sie nicht weitergraben«, sagte Gerit. »Schüttet den neuen Stollen zu. Grabt woanders weiter.«

Maccus fuhr sich mit der Hand durch die Haare. Staub rieselte auf seine Schultern. Für einen Moment erinnerte er Gerit an Rickard. Der Gedanke ließ ihn schaudern.

»So einfach ist das nicht, Herr. Der Schaden ist angerichtet. Ein zugeschütteter Stollen ist nicht so stabil wie Stein. Mit Eurer Erlaubnis würde ich ihn nur absperren, damit ich weiterhin sehen kann, was darin passiert.«

Gerit nickte. »Mach, was du für richtig hältst.« Er zögerte, bevor er leise weitersprach. »Warst du noch einmal in der Höhle?«

Maccus sah ihn an, als habe er den Verstand verloren. Seine Augäpfel leuchteten weiß in seinem dreckverkrusteten Gesicht. »Nein, Herr. Es gibt Orte, die nicht für Menschen gedacht sind. Das ist einer von ihnen, ich bin mir sicher, Herr.«

»Ich will hinein. Bring mich zum Eingang.« Gerit brachte den Satz so schnell heraus, wie er konnte, um es sich nicht doch noch anders zu überlegen.

»Ich kann das nicht tun, Herr.«

»Das ist keine Bitte.« Gerit glaubte, seinen Vater reden zu hören.

Maccus zögerte, dann nickte er. »Wenn es Euer Befehl ist, dann folgt mir.«

Innerlich atmete Gerit auf. Er hätte nicht gewusst, was er hätte machen sollen, hätte Maccus abgelehnt. Allein konnte er den Eingang nicht finden.

Er folgte dem Arbeiter zurück und in einen kleinen Seitenstollen hinein. Zweimal bogen sie ab, dann blieben sie vor dem schmalen Spalt stehen, an den Gerit sich erinnerte.

»Wir sind da«, sagte Maccus leise. So weit von den Hauptstollen entfernt, war das Hämmern nur noch als dumpfes Donnern zu hören.

»Warte bitte hier.« Gerit trat seitwärts in den Spalt.

»Wie lange, Herr?«

»Bis ich zurückkomme.«

»Und wenn Ihr …« Maccus senkte den Blick.

»Bis ich zurückkomme«, wiederholte Gerit und betrat die Höhle.

Bläuliches Licht umgab ihn wie Sonnenstrahlen am Grund eines Sees. Seine Schritte hallten von den Wänden wider. Sie waren so glatt, dass er sich darin spiegelte. Er strich mit der Hand über den warmen Fels. Es gab keine Unebenheit, keinen Riss, keine Lücke.

Die Felsen spiegelten einander, bildeten seltsame Formen, deren Linien seinen Blick verwirrten. Ihm wurde übel, wenn er sie zu lange betrachtete, also richtete er den Blick auf den Boden.

Ein Bach floss durch die Mitte der Höhle. Sein Wasser war schwarz.

Gerit trat heran, ging in die Hocke und zog das Schwert aus dem Gürtel. Der Bach war kaum breiter als er selbst, doch durch die Schwärze konnte er den Grund nicht sehen.

Vorsichtig hielt er die Klinge hinein. Sie traf auf keinen Widerstand. Er drückte sie tiefer ins Wasser, noch tiefer, bis nur noch der Griff aus dem Bach ragte, ohne auf den Grund zu stoßen. Dann zog er sie wieder heraus. Das Wasser perlte von ihr ab.

Was, wenn er keinen Grund hat?, fragte sich Gerit. *Wenn er immer tiefer geht, bis unter die Welt?*

Einen irrsinnigen Moment lang spürte er den Drang hineinzuspringen. Er wich zurück und lachte nervös. Seine Stimme hallte durch die Höhle.

Gerit schob das Schwert in den Gürtel. Entgegen der Fließrichtung ging er an dem Bach entlang, tiefer in die Höhle hinein. Er hatte den Eindruck, bergab zu gehen, doch das konnte nicht sein. Er wusste, dass Wasser nicht bergauffließen konnte.

Die Höhle wurde schmaler, seine Schritte leiser. Irgendwann verstummten sie ganz. Gerit blieb stehen.

»Hallo?«, rief er in das blaue Licht hinein. Die Höhle verschluckte seine Stimme. Seine Ohren knackten. Er schüttelte sich und ging weiter.

Irgendwann senkte er den Kopf und blickte zu Boden. Schwarzer Sand bedeckte seine Stiefel. Er ging in die Hocke, um danach zu greifen. Über ihm war eine Wand, eine Decke, der Boden. Wie eine Spinne hing er daran. Seine Hände füllten den Beutel, den er mitgebracht hatte. Er versuchte sich darauf zu konzentrieren und alles andere zu vergessen.

Es gibt Orte, die nicht für Menschen gedacht sind, hörte er Maccus sagen. *Du hattest recht,* dachte er.

Er spürte einen Ruck und sah sich um. Er stand am Bach. Wasser plätscherte. In einer Hand hielt er einen Beutel voll mit schwarzem Sand.

Gerit kniff die Augen zusammen. Er hatte Kopfschmerzen. Sein Mund war trocken. Mit unsicheren Schritten ging er zurück zum Spalt, quetschte sich hindurch.

Maccus war verschwunden. Gerit runzelte die Stirn. Er verlief sich einige Male, doch schließlich fand er den Hauptstollen.

Arbeiter kamen ihm entgegen. Sie lächelten, ein paar klatschten in die Hände.

Maccus bahnte sich einen Weg durch die Menge. »Da seid Ihr ja, Herr.« Seine Umarmung war Gerit unangenehm. Er wollte Maccus zurückschieben, doch dann hörte er dessen Flüstern. »Sie glauben, Ihr hättet Euch in der Mine verlaufen, als Ihr die Stollen überprüfen wolltet. Etwas anderes fiel mir nicht ein. Was, bei allen Göttern, habt Ihr nur drei Tage lang in dieser Höhle gemacht?«

Gerit wurde kalt.

Drei Tage?

»Willst du, dass deine Leiche in die Festung getragen wird?« Mamee ging in dem kleinen Vorratskeller auf und ab. Sie war wütend. »Oder warum machst du solche Sachen?«

Gerit stand mit gesenktem Kopf vor ihr. Er war müde und hungrig. Der Rucksack mit dem schwarzen Sand drückte gegen seinen Rücken. Er hatte gerade erst sein Pferd abgesattelt, als Mamee aus der Küche gestürmt war und ihn in den Keller gezogen hatte. Arbeiter, die einen Karren voller Gold ablieferten, hatten den Nachtschatten in der Festung von seinem Verschwinden erzählt.

»Ich war dumm«, sagte er. »Ich habe mir den Weg nicht gemerkt und bin in den alten Stollen gelandet.«

»Du hättest sterben können.« Mamee blieb stehen. Ihre Lippen zitterten. »Ist dir das eigentlich klar?«

»So gefährlich war das nicht. Die Arbeiter haben die ganze Zeit nach mir gesucht. Sie hätten mich früher oder später gefunden.«

»Erfroren in irgendeinem Stollen.« Mamee klang bitter.

Gerit machte einen Schritt auf sie zu und ergriff ihre Hand. Er war froh, als sie es geschehen ließ. »Ich werde vorsichtiger sein. Das verspreche ich.«

»Dann stimmt es also nicht, was Nebelläufer und ein paar andere sagen?«

Er runzelte die Stirn. »Was sagen sie denn?«

Tränen schimmerten in Mamees Augen. »Dass du sterben willst, weil wir dir alles genommen haben und du nichts gegen diese Schande tun kannst.«

»Ich fühle keine Schande, und ich will auch nicht sterben.« Gerit umarmte Mamee, drückte sie fest an sich. »Ich will hier mit dir leben, in Somerstorm. Mir ist es egal, ob der Herr dieses Landes Schwarzklaue oder Korvellan heißt, solange er gerecht zu uns ist.«

Sie erwiderte seine Umarmung. Er spürte ihre Tränen auf seinem Hals, dann ihre Küsse und ihr Lächeln.

»Du stinkst«, sagte Mamee.

Gerit lachte. »Ich weiß. Ich werde mir oben frische Kleidung holen. Jemand in der Küche soll Wasser für ein Bad warm machen.« Er löste die Umarmung. Mamee wischte sich mit dem Handrücken über die Augen. »Ich sage Bescheid«, sagte sie und zog die Tür zum Hof auf.

Gerit wartete, bis er sie nicht mehr sah, dann ging er tiefer in die Keller hinein. Hinter einem alten Schrank gab es eine Tür, die zum Gangsystem führte. Gerit kletterte hindurch.

Er fühlte sich wie ein Lügner, dabei war jedes Wort, das er Mamee gesagt hatte, wahr. Er wäre zufrieden gewesen, wenn das Leben einfach so weitergegangen wäre, ohne die Angst vor dem Frühling und dem Tag, an dem Korvellan zurückkehren würde. Und ohne Rickard.

Gerit roch ihn, als er die Tür zu den beiden kleinen Räumen öffnete. Es stank schwer und süß nach Verwesung. Gerit würgte.

»Rickard?«, fragte er.

Er fand ihn im hinteren Raum. So wie die Male zuvor stand er an der Wand. Er drehte sich nicht um, als Gerit eintrat. In seiner Nähe war der Gestank beinahe unerträglich. Das tote Fleisch an seinen Händen und in seinem Gesicht verrottete.

Gerit nahm den Rucksack vom Rücken und öffnete ihn. Sand rieselte heraus. »Rickard, ich habe etwas für dich.«

Er reagierte nicht.

»Rickard?« Gerit hielt sich den Ärmel seiner Jacke vor Mund und Nase. Trotzdem würgte er bei fast jedem Atemzug.

Er schob den Rucksack weiter von sich weg, stieß ihn an, sodass er umfiel und sich der schwarze Sand über den Fußboden ergoss.

Rickard zuckte zusammen.

»Der ist für dich«, sagte Gerit. Er wich zur Tür zurück, unsicher darüber, was als Nächstes geschehen würde. »Nimm ihn dir.«

Langsam drehte sich Rickard um. Gerit erschrak, als er sah, wie sehr sein Gesicht verfallen war. Maden krochen über seine Haut, seine Augen waren blind und weiß. Steif wie ein alter Mann ging er auf den Rucksack zu.

Einen Moment blieb er davor stehen, dann fiel er auf die Knie. Gerit hörte seine Knochen knirschen. Er schien keinen Schmerz zu spüren. Seine Hände tasteten nach dem Sand, gruben sich hinein. Er ließ ihn durch seine abgestorbenen Finger fließen.

Als würde er ihn streicheln, dachte Gerit.

Rickard legte seine Hände zusammen, als wolle er Wasser aus einem Brunnen schöpfen – und begann den Sand in seinen Mund zu schaufeln.

»Nein!« Gerit sprang auf, wollte ihn wegstoßen, zögerte dann jedoch. Als sie Rickard in der Höhle fanden, war Sand aus seinem Mund gerieselt. Vielleicht hatte er ihn schon dort gegessen.

»Ich weiß nicht, was du brauchst«, sagte Gerit leise. »Du isst nicht mehr, du trinkst nicht mehr. Wenn dir der Sand hilft, dann sollst du ihn bekommen.«

Rickard beachtete ihn nicht. Drei Handvoll Sand stopfte er sich in den Mund, bevor er sich hinlegte und die Augen schloss. Gerit wartete, aber Rickard stand nicht wieder auf, versuchte nicht, durch die Wand zu gehen. Der Sand war zu ihm gekommen, er hatte bekommen, was er wollte.

Gerit stand auf, verließ die Räume und verriegelte sorgfältig die Tür. Tief atmete er die abgestandene Kellerluft ein. Sie schmeckte so rein wie ein Ritt in den Bergen.

Er braucht den Sand, erkannte er. *Er hält ihn am Leben.*

Er stutzte, als er an den Anblick dachte, den er zurückgelassen hatte. Rickard, schlafend, den Kopf auf den Sand gebettet. Die Körner hatten sich nicht bewegt, kein Luftzug hatte ihre Ruhe gestört.

Rickard atmete nicht.

Kapitel 17

Gelegentlich werde ich gefragt, welche Provinz mich auf meinen Reisen am meisten beeindruckt und welche mir am besten gefallen hat. Ich lehne es stets ab, diese Frage zu beantworten, aus dem einfachen Grund, dass kaum jemand verstehen würde, weshalb der Name Westfall weder in der einen noch in der anderen Liste auftaucht.

Jonaddyn Flerr, *Die Fürstentümer und Provinzen der vier Königreiche, Band 1*

Im Morgengrauen sah Ana das Pferd. Es war ein Ackergaul mit breitem Rücken und gelber Mähne. Er graste auf einem Feld in der Nähe eines kleinen Dorfs, und bei jedem Schritt zog er einen umgekippten Pflug hinter sich her. Der Griff riss eine Furche ins Gras.

»Jonan?« Es war das erste Wort, das sie seit Stunden sagte. Der Weg durch den unwegsamen nächtlichen Wald hatte ihr längst die Kräfte geraubt.

Jonan drehte sich um, folgte mit seinem Blick ihrem ausgestreckten Arm bis hin zum Feld. Er trug Merie immer noch über der Schulter. Sie war wach, redete aber nicht. Einmal hatte Jonan sie an einem Bach abgesetzt, damit sie sich das Blut aus dem Gesicht waschen konnte, aber sie war sofort in den Wald gerannt, hatte versucht zu fliehen. Danach hatte er sie an den Füßen gefesselt.

Ana warf Merie nur ab und zu verstohlene Blicke zu. Kurz

nach dem Angriff hatte sie sich wieder zurückverwandelt, aber Ana meinte immer noch, in das Gesicht einer Fremden zu sehen.

Sie folgte Jonan durch das Unterholz. Äste knackten, Dornen kratzten über ihre Stiefel. Alles erschien ihr furchtbar laut, so als höre man jeden brechenden Zweig in ganz Westfall. Seit Beginn ihrer Flucht hatten sie keinen einzigen Gardisten gesehen, noch nicht einmal aus der Ferne, aber Ana glaubte trotzdem, dass man ihnen folgte.

Das Pferd hob den Kopf, als sie und Jonan das Feld betraten. Es stellte die Ohren auf, bewegte sich aber nicht. Ana fragte sich, wie lange es wohl den schweren Pflug schon hinter sich herzog und was aus seinem Besitzer geworden war.

Ana blieb vor dem Pferd stehen und sprach beruhigend auf das Tier ein. Aus der Nähe sah sie, dass es ein junger Hengst war. Er schien keine Angst vor Fremden zu haben. Jonan nahm ihm das Geschirr ab, dann führte Ana ihn aus dem Pflug heraus. Das Pferd schüttelte den Kopf und schnaubte.

»Ihr beide reitet«, sagte Jonan, während er Merie die Fußfesseln durchtrennte und ihr auf den Pferderücken half.

Ana ließ die Zügel los. »Reite du ruhig. Ich laufe gern.«

Sie glaubte Jonan lächeln zu sehen, aber die Sonne war noch nicht aufgegangen, und über seinem Gesicht lag der Schatten der Nacht. »Sie wird sich nicht verwandeln«, sagte er.

Ana fühlte sich, als habe man sie bei einer Lüge ertappt. »Ich habe keine Angst vor ihr.« Sie nahm die Zügel und schwang sich hinter Merie auf den Rücken des Pferdes. *Siehst du?*, wollte sie sagen, aber das erschien ihr albern. Stattdessen richtete sie ihren Blick nach Norden.

Im ersten Licht des Tages erstreckten sich die Felder grau bis zum blauroten Horizont. Ein schmaler Weg führte an ihnen vorbei. In einiger Entfernung sah Ana das Dach einer Scheune.

»Glaubst du, dass Cascyr uns verfolgen lässt?«, fragte sie.

»Vielleicht weiß er noch gar nicht, was passiert ist. Das würde uns einen großen Vorsprung verschaffen«, sagte Jonan. Mit seinem rasierten Kopf und der Uniform sah er bedrohlicher aus, als Ana ihn in Erinnerung hatte. »Wenn er Somerstorm erobern will, so wie du sagst, wird er auf der breiten Straße am Fluss bleiben, solange es geht«, fuhr er fort. »Dort kommt seine Armee schneller voran. Und wenn wir Gerit vorher befreien wollen ...«, sein Tonfall verriet, was er davon hielt, »... dann müssen wir den schnellsten und kürzesten Weg nehmen, durch Pujanbur und Braekor.«

»Nicht Braekor.« Ana dachte an die Soldaten, die sie dort beinahe getötet hätten. »Man kennt mich dort.«

Früher einmal hätte es sie mit Stolz erfüllt, dass jemand wusste, wer sie war. Sie hatte die Aufmerksamkeit, die sie beim Ritt durch die Dörfer Somerstorms bekam, genossen, hatte geglaubt, die Menschen würden zu ihr und ihrer Familie aufblicken. Mittlerweile duckte sie sich unter jedem Blick, der ihr neugierig erschien. Sie hatte gelernt, wie gefährlich Aufmerksamkeit war und wie eng Unterwürfigkeit und Hass zusammenlagen.

Vor ihr senkte Merie den Kopf. Ein leichter Essiggeruch umgab sie. »Kann ich nach Hause, bitte?«, fragte sie so leise, dass der Wind die Worte fast verwehte.

»Nein«, sagte Ana. Sie wendete das Pferd und ritt langsam den Pfad entlang. Jonan schloss zu ihr auf.

»Warum nicht?« Merie klang weinerlich.

»Weißt du denn nicht mehr, was geschehen ist?«

»Ich weiß gar nichts.« Die Antwort kam zu schnell, um wahr zu sein.

Ana warf Jonan einen kurzen Blick zu. Er schüttelte den Kopf. *Lass sie in Ruhe*, schien er damit sagen zu wollen.

»Wir reden später darüber«, sagte Ana.

Schweigend zogen sie weiter. Merie bat nicht mehr darum, nach Hause gehen zu dürfen. Nur ab und zu zitterten ihre Schultern, so als weine sie.

Einige Male streckte Ana die Hand aus, um sie zu trösten, schreckte aber davor zurück. Sie wusste, dass Merie ihr das Leben gerettet hatte, aber wenn sie die Augen schloss, sah sie Erys' verwüstetes Gesicht vor sich.

Sie fragte sich, ob es Merie auch so ging und ob sie deshalb weinte.

Der Weg führte sie an der Scheune vorbei, die Ana auf dem Feld gesehen hatte. Sie war zweistöckig. Die Türen standen weit offen. Die Deichsel eines Karrens ragte daraus hervor. Neben der Scheune stand ein voller Wassertrog. Strohhalme trieben im Wasser.

»Ich sehe mich mal nach etwas Nützlichem um«, kündigte Jonan an. »Wir brauchen noch ein Pferd und Vorräte. Bleibt hier.«

Ana zügelte das Pferd und sah Jonan nach, als er zur Scheune ging und darin verschwand. Ihr entging nicht, dass seine Hand auf dem Griff seines Schwertes lag.

Merie drehte den Kopf. Ihr Gesicht war immer noch voller Blut. »Ich würde mich gern waschen, bitte«, sagte sie.

»Du willst doch nur weglaufen.« Ana folgte mit dem Blick einer Krähe, die in die Scheune flog.

»Nein, will ich nicht«, sagte Merie. »Ehrlich. Sieh mich doch an. Würdest du dich nicht waschen wollen?«

Sie hat recht, dachte Ana. Trotzdem zögerte sie einen Moment, bevor sie ihr Pferd zum Wassertrog führte. Es neigte den Kopf und begann zu trinken.

»Also gut, wasch dich. Aber wenn du versuchst wegzulaufen, wirst du bis Somerstorm zu Fuß gehen, das verspreche ich dir.«

Sie hatte den Satz noch nicht zu Ende gesprochen, da glitt Merie bereits vom Pferderücken. »Danke, Ana.«

Sie hockte sich vor den Trog und spritzte sich Wasser ins Gesicht. Aus den Augenwinkeln sah Ana eine zweite Krähe in die Scheune fliegen. Es musste viele Mäuse dort geben.

Sie sprang vom Pferd und streckte sich. Es war noch früh, aber sie fühlte sich, als wäre es bereits später Abend. Ihr Magen knurrte, ihr Mund war trocken, ihre Kopf schwer. *Ein wenig Schlaf würde uns allen guttun,* dachte sie nicht zum ersten Mal, aber die Furcht vor Cascyr und der Ewigen Garde hielt sie davon ab, Jonan um eine Rast zu bitten.

Eine weitere Krähe flog in die Scheune. Ana folgte ihr langsam, sah sich dabei immer wieder nach Merie um, die sich mit Stroh Gesicht und Hände abrieb. Es waren nur wenige Schritte bis zum Scheunentor. Sie glaubte nicht, dass es Merie in der kurzen Zeit gelingen würde, mit gefesselten Händen auf das Pferd zu steigen und davonzugaloppieren. Trotzdem behielt sie den Trog im Auge.

»Und«, sagte sie, »hast …«

… du was gefunden?, hatte sie fragen wollen, aber der Anblick, vor dem sie stand, wischte die Worte von ihrer Zunge.

Die Scheune lag im Halbdunkel. Licht drang durch die Ritzen in Wänden und Dach. Staub und kleine Strohhalme tanzten darin. Ana hörte, wie Stroh leise vom Dachboden nach unten rieselte. Es klang, als würde es schneien.

Die drei Männer hingen vom Dachbalken. Krähen saßen auf ihren Schultern, pickten nach den blau angeschwollenen Zungen, die aus den Mündern der Männer quollen. Sie hingen vollkommen reglos an den dünnen Stricken, mit denen man sie erhängt hatte. Sie waren barfuß. Es stank nach Urin.

Jonan stand hinter dem größten der drei Männer. Er hatte ihm das Hemd zur Hälfte ausgezogen. Ana sah, dass der Bauch des Mannes über dessen Gürtel hing. Verwaschene Kreise waren darauf tätowiert. Sie wusste nicht, was sie zu bedeuten hatten, aber der Mann sah aus wie ein Bauer. Vielleicht war es ein Erntezauber. Sie stellte sich vor, wie er nur einen Morgen zuvor sein Pferd vor den Pflug gespannt hatte, nicht ahnend, dass es das letzte Mal sein würde.

Jonan knöpfte die Ärmel am Hemd des Bauern auf.

»Was machst du da?« Sie versuchte, den Ekel, den sie fühlte, aus ihrer Stimme fernzuhalten. Es gelang ihr nicht.

Jonan hielt inne, dann wandte er den Blick von Ana ab und zog das Hemd über die Handgelenke des Toten. Ohne sie anzusehen, sagte er: »Warum kannst du nie das tun, worum ich dich bitte?«

Er klang müde und ein wenig enttäuscht.

Ana fragte sich, welche Antwort er darauf erwartete. Ihr fiel keine ein.

»Hast du gewusst, dass sie hier sein würden?«, fragte sie stattdessen.

Jonan schlug das Hemd einige Male aus, dann begann er sein eigenes aufzuknöpfen. »Ich habe sie draußen gerochen. Sie sind noch nicht lange tot, wahrscheinlich erst seit gestern Abend.«

Er zog das Hemd aus. Ana sah die Narben auf seinen Rippen, die die Nachtschatten ihm im Kampf zugefügt hatten. Jonan schien ihr Blick unangenehm zu sein, denn er drehte sich ein wenig zur Seite.

»In der Satteltasche da vorn sind ein paar Laib Brot, Trockenobst und Ziegenkäse«, sagte er. »Das wird bis morgen reichen.«

Er warf sein altes Uniformhemd ins Stroh. Das des Bauern war viel zu weit, aber gerade lang genug. Er zog es über und stopfte es sich in die Hose. Getrockneter Schweiß hatte Flecken im Stoff hinterlassen.

Wie kannst du das nur anziehen?, wollte Ana fragen, aber sie tat es nicht, weil sie wusste, dass er diese Frage befürchtete.

»Wieso hat man sie umgebracht?«

»Dieser Mann …«, er zeigte auf den halb nackten toten Bauern, »… hat einmal in der Armee Westfalls gedient. Die Kreise weisen ihn als Bogenschützen aus. Seine Mörder waren auf der Suche nach Deserteuren.«

Ana begriff, weshalb er das Hemd gewechselt hatte. Sie war froh, dass sie ihn nicht danach fragen musste.

»Und die anderen?«

Jonan hob die Schultern. »Wer weiß.«

Die Antwort auf diese Frage schien ihn nicht zu interessieren.

Er nahm die Satteltasche und legte sie sich über die Schulter. »Wir sollten uns eine Erklärung ausdenken, falls uns Patrouillen anhalten. In solchen Zeiten reist man nur, wenn …«

»Merie!« Anas Augen weiteten sich. Sie drehte sich um und lief aus der Scheune. Sie war sich sicher, was sie vorfinden würde: einen leeren Trog, ohne Merie und ohne Pferd.

Sie kniff die Augen zusammen, wollte sich dem Anblick und ihrem eigenen Versagen nicht stellen.

Doch als sie aus der Scheune lief, sah sie, dass Merie noch da war, ebenso wie der Hengst. Und da waren außerdem vier Männer, die auf Pferden saßen und ihre Schwerter auf Merie gerichtet hatten. Das Mädchen zitterte.

»Habt ihr unser Werk bewundert?«, fragte einer der Männer. Er war groß und stämmig, hatte gerötete Wangen wie ein Trinker und trug einen langen Fellumhang über der Uniform.

Hinter Ana verließ Jonan die Scheune. Er nickte dem älteren Mann zu. »Sei gegrüßt, Tohm.«

»Jonan?« Der Mann lachte. »Bei den Vergangenen, was machst du denn hier?«

»Ich bringe diese beiden Mädchen nach Bochat. Ihre Eltern haben mich als Leibwächter angeheuert.« Jonan winkte Merie heran. Sie ging so langsam und vorsichtig, als bestünde der Boden aus dünnem Eis. »Sie, Merie, wird dort heiraten, und Ana hier …« Er zögerte, schien nicht weiter zu wissen. Er war ein schlechter Lügner.

»Ich habe mein Leben den Göttern verschrieben und werde ihnen in ihren Tempeln dienen«, sagte sie rasch. »Mein Bruder ist mit meiner Wahl nicht einverstanden, deshalb haben meine Eltern diesen Mann angeheuert, der mich vor ihm schützen soll.«

»Kann deinen Bruder verstehen, würdest einen guten Preis bringen.« Der Mann, der neben Tohm auf seinem Pferd saß, spuckte aus. Er war größer und etwas älter als Jonan. Seine Wangen waren vernarbt, seine Blicke glitten unstet über die Menschen vor und neben sich, als erwarte er von jedem nur das Schlimmste. Er hatte verfilzte braune Haare, die ihm bis über die Schultern fielen.

»Drebbard«, wies Tohm ihn zurecht. »Wo ist dein Anstand?«

Ana hätte beinahe gelacht, so unpassend erschien ihr das Wort. Keiner von diesen Männern hatte Anstand, weder Tohm noch Drebbard noch einer der beiden anderen. Sie waren Mörder, mehr nicht. Aber sie sagte nichts, sondern senkte nur den Kopf, so als wäre sie zu schüchtern, um auf sein Kompliment – denn das war es anscheinend – zu reagieren.

»Wo sind Josyff und Olaff?«, fragte Jonan.

Tohm winkte ab. »Olaff hat der Bluthusten erwischt, und Josyff ist auf seinen Hof zurückgekehrt.« Er kratzte sich am Kopf. »Ich hab es auch probiert, aber mir liegt das nicht mehr.«

»Du konntest das Schwert nicht gegen den Pflug tauschen«, sagte Jonan. Ana glaubte, Mitleid in seiner Stimme zu hören.

»So was in der Art.« Tohm wirkte einen Moment nachdenklich, doch dann grinste er und schlug Drebbard auf die Schulter. »Aber ich habe neue Kameraden gefunden und neue Aufgaben erhalten. Kommt. Wir besprechen alles Weitere im Dorf. Wir wollten hier nur nach dem Pferd des Bauern suchen, aber das hast du ja schon gefunden.« Jonan öffnete den Mund, aber Tohm ließ ihn nicht zu Wort kommen. »Mach dir keine Sorgen deswegen. Behalt es ruhig. Betrachte es als Geschenk eines alten Kameraden.«

Seine neuen Kameraden blinzelten und pressten die Lippen zusammen. Ihnen schien seine Großzügigkeit nicht zu gefallen.

Aber sie schwiegen.

Auf dem Weg ins Dorf redete Tohm ununterbrochen. Er erzählte Ana von seiner ersten Begegnung mit Jonan, von der Miliz, der sie beide angehört, und von den Abenteuern, die sie auf der Jagd nach Nachtschatten erlebt hatten. Jonan widersprach ihm kein einziges Mal, aber Ana wusste auch so, dass Tohms Geschichten zu einem Großteil aus Lügen bestanden. Der Jonan, den er schilderte, existierte nur in seinem Kopf.

Das Dorf war nicht weit von der Scheune entfernt. Es war klein, Ana zählte nur ein Dutzend Hütten, aber es gab zumindest ein Gasthaus. Der Wirt hackte Holz, doch als er die Menschen sah, die auf ihn zuritten, richtete er sich auf und trat ihnen entgegen, die Axt in der Hand.

Tohm unterbrach eine endlos lange Geschichte und winkte dem Mann zu. »Hast du schon den Topf übers Feuer gehängt? Wir haben Hunger.«

Der Blick des Wirts blieb an Merie, dann an Ana und Jonan hängen. »Wer sind das?«

»Das sind Freunde, auf dem Weg nach Bochat«, sagte Tohm. Er hatte die unangenehme Angewohnheit, alle Gespräche an sich zu reißen. »Wie steht es mit dem Essen?«

Der Wirt drehte die Axt zwischen den Händen. Er war ein junger Mann mit bärtigem Gesicht und kräftigen Armen. »Wenn ihr eure Zeche von gestern begleicht, sollt ihr mir willkommen sein.«

Das Lächeln verschwand aus Tohms Gesicht. Drebbard blieb auf seinem Pferd sitzen, aber die beiden anderen Männer saßen ab.

Der ältere von ihnen, ein kahlköpfiger ehemaliger Schmied namens Morys, stemmte die Hände in die Hüften, während der andere, den alle nur Stummer nannten, langsam um den Wirt herumging. Angeblich hatten ihm die Nachtschatten die Zunge herausgeschnitten, aber obwohl er sein Haar weit ins Gesicht kämmte, konnte Ana die Spitze eines Brandmals auf der Stirn sehen. Er war für ein Verbrechen bestraft worden, für welches, wusste wohl nur er.

Tohm stützte sich auf seinen Sattelknauf. »Willst du damit sagen, wir wollten dich betrügen, Aroon?«

Der Wirt drehte den Kopf, versuchte, Morys und Stummer gleichzeitig zu beobachten. »Nein«, sagte er, »natürlich nicht. Ich dachte nur …«

Aroon ließ den Satz unvollendet, bereute wohl schon seinen Mut.

Jonan trat vor, stellte sich wie zufällig zwischen ihn und Morys. Er zog ein paar Münzen aus seiner Hosentasche. »Hier«, sagte er. »Reicht das für unser aller Essen?«

»Ja, Herr.« Aroon sah die Münzen noch nicht einmal an. Schweißtropfen standen ihm auf der Stirn. Er legte die Axt auf einen Holzklotz und drehte sich um. »Ich mache euch etwas Suppe.«

»Vergiss das Fleisch nicht!«, rief Tohm ihm nach. »Und schlag ein Fass Bier an! Ich habe Durst.«

Sie aßen und tranken bis in den Nachmittag. Es gab nur einen Tisch in der Taverne und eine kleine Feuerstelle, über der ein Topf von einer rußgeschwärzten Kette hing. Der Wirt hatte ein Fass Bier neben den Tisch gerollt und hölzerne Näpfe und Löffel verteilt, danach war er verschwunden. Krüge gab es keine. Tohm und seine Männer füllten das Bier in ihre Wasserschläuche und tranken daraus.

Ihre Unterhaltungen wurden immer dümmer, Tohms Geschichten immer unwahrscheinlicher. Bier lief ihm über das Kinn in den Kragen, er lachte so laut, dass es beinahe verzweifelt klang.

Jonan tat so, als würde er mit ihm trinken, aber Ana sah, dass sich sein Wasserschlauch nicht leerte. Sein Rücken war durchgedrückt, er wirkte angespannt. Als Tohm zu lallen begann, stand Jonan auf.

»Ich muss kurz nach draußen«, sagte er.

Tohm wischte sich den Schweiß aus dem Gesicht. »Piss doch unter den Tisch, hab gehört, das macht man hier so.«

Morys lachte.

Jonan wandte sich ab. Er ging an Ana vorbei und nickte ihr

zu. Sie warf einen kurzen Blick auf Merie, die schlafend auf der Bank lag, dann stand sie ebenfalls auf und folgte Jonan aus dem Gasthaus.

Drebbard sah ihr nach. Er wirkte nicht so betrunken wie die anderen.

»Etwas stimmt nicht«, sagte Jonan, als sie vor der Gaststätte standen. »Tohm ist nervös, und Drebbard sieht die ganze Zeit zur Tür, als würde er auf jemanden warten.«

Drinnen rülpste Tohm laut. Ana verzog das Gesicht. »Sie sind schrecklich, Jonan. Es war ein Fehler, mit ihnen hierherzukommen.«

»Tohm hätte uns nicht gehen lassen. Ich kenne ihn.« Er strich sich über den rasierten Kopf, öffnete den Mund, schloss ihn dann aber sofort wieder und sah zur Tür.

Auch Ana hörte die schlurfenden Schritte im Inneren.

Tohm tauchte im Türrahmen auf. Er hielt sich mit der Hand daran fest und blinzelte in die Nachmittagssonne. Den Wasserschlauch hielt er in der freien Hand. Seine Augen waren blutunterlaufen.

»Bist du wirklich ein Leibwächter, Jonan?«, lallte er. »Hast du nie erwähnt.«

»Du hast ja auch nie gefragt.«

»Stimmt, hab ich nicht.« Tohm rülpste. Eine Wolke aus Alkohol und Fäulnis hüllte Ana ein. Sie hielt die Luft an.

»Ich kann nicht zurück«, sagte Tohm unvermittelt. »Sie haben uns im Dorf wie Könige behandelt, als wir heimkehrten, weißt du. Ging eine ganze Weile so, aber irgendwann war alles wieder wie vorher.« Er trank einen großen Schluck Bier. »›Ja, Herr‹, ›Natürlich, Herr‹, ›Verzeiht, Herr‹ … Verdammt noch mal, ich hab Nachtschatten aufgeschlitzt, aber ich soll vor einem Steuereintreiber kuschen?«

Ana verstand nicht ganz, wovon er redete. Er schien von einem Thema zum nächsten zu springen.

»Also hast du ihn umgebracht«, sagte Jonan, so als wisse er genau, worum es ging.

Tohm nickte so heftig, dass er beinahe umgefallen wäre. Im letzten Moment hielt er sich an der Wand fest. »Genau. Hab ihm mit der Axt den Kopf gespalten, mittendurch.« Mit der Hand, die den Schlauch hielt, zog er eine Linie durch sein Gesicht, von der Stirn bis zum Kinn. »Zu dem muss nie wieder einer ›Ja, Herr‹ sagen.« Er starrte auf einen Punkt am Boden. Sein Oberkörper schwankte vor und zurück. »Und jetzt bin ich hier.«

»Du hast einen Fehler gemacht«, sagte Jonan.

»Ja.« Tohm räusperte sich und spuckte aus. Dann hob er die Schultern. Sein Lallen war kaum noch zu verstehen. »Aber wenigstens jagt mich nicht die Ewige Garde.«

»Du dämlicher Narr!«, brüllte Drebbard aus dem Gasthaus.

Ana erstarrte.

Kapitel 18

Der Reisende, der mit offenen Augen durch die Welt zieht, wird viel lernen. Die Armen werden ihm beibringen, wie man trinkt, wie man isst, wie man lacht und wie man teilt. Von den Reichen kann er lernen, wie man es vermeidet, arm zu werden.

Jonaddyn Flerr, *Die Fürstentümer und Provinzen der vier Königreiche, Band 2*

Die Welt hüpfte auf und ab. Craymorus hielt sich abwechselnd an den Zügeln und der Mähne des Pferdes fest und umklammerte den Leib des Tiers mit den Beinen. Er sah nicht zurück. Die sterbende Festung lag weit hinter ihm in den Hügeln, die tote Stadt darunter.

Das Ausmaß seines Versagens überwältigte ihn. Er konnte den Gedanken daran kaum fassen. Also versuchte er, nicht daran zu denken, richtete stattdessen den Blick auf den Rücken des Ungeheuers, das vor ihm ritt und dem sein eigenes Pferd scheinbar ohne sein Zutun folgte.

Korvellan schien zu wissen, dass er nicht fliehen würde, denn seit sie die Hügel hinter sich gelassen hatten, sah er nach vorn und kümmerte sich nicht um das, was sein Begleiter tat.

Wieso sollte er auch?, dachte Craymorus. *Ich habe keine Waffe, mit der ich ihn angreifen könnte, und keine Ahnung, wie man ein Pferd lenkt. Ich muss ihm folgen, eine andere Wahl gibt es nicht.*

Es überraschte Craymorus, wie beruhigend diese Erkenntnis auf ihn wirkte. Wie ein Pilger, der sein Schicksal in die Hand der Götter legte und sich auf ihr Geheiß durch die Welt treiben ließ, war er von der Last eigener Entscheidungen befreit. Er folgte dem Weg, auf den das Ungeheuer ihn führte. Und wenn ihn am Ende dieses Weges der Tod erwartete, würde er sich auch diesem Schicksal beugen.

An einem schmalen Fluss zügelte Korvellan schließlich sein Pferd. Das, auf dem Craymorus saß, trabte zum Wasser und begann zu trinken. Es ignorierte seinen Reiter.

Korvellan stieg ab, hockte sich ans Ufer und spritzte sich Wasser ins Gesicht. Der Fluss wand sich zwischen Weiden und Feldern, auf denen Krähenschwärme das Wintergetreide fraßen. Craymorus sah eine Windmühle hinter einem kleinen Waldstück. Ihre Flügel bewegten sich nicht. Die Menschen, die an diesem Ort gelebt hatten, waren entweder gestorben oder geflohen.

Korvellan stand auf und wischte sich die Hände an der Hose ab. »Wo ist meine Tochter?«

Mit dieser Frage hatte Craymorus nicht gerechnet. *Woher weiß er davon?*, dachte er.

Das Pferd unter ihm hob den Kopf und schüttelte sich. Er ließ sich von seinem Rücken gleiten. Sein rechtes Bein knickte unter ihm weg. Er stolperte und fing sich wieder.

»Ich weiß es nicht«, sagte er dann. »Mellie …«

Er zögerte. Es wäre so einfach gewesen, alles auf sie zu schieben, so einfach und so falsch. »Mellie und ich«, fuhr er fort, »wollten Syrah mit ihrer Entführung dazu zwingen, mich zu heiraten. Es erschien mir damals als die einzige Möglichkeit, Mellies Leben zu retten.« Er fuhr sich mit einer schwieligen Hand durch das Gesicht. »Mellie sagte, sie habe das Mädchen an einen sicheren Ort gebracht.«

»Wohin?« Korvellans Stimme war ruhig, aber Craymorus hörte die Anstrengung darin.

Er hob die Schultern. »Ich weiß es wirklich nicht. Mellie hat nie darüber gesprochen, und ich habe auch nicht gefragt.«

Einer von vielen Fehlern, fügte er in Gedanken hinzu.

»Und Syrah? Was ist mit ihr, Fürst?«

Craymorus hob abwehrend die Hände. »Nenn mich nicht so. Ich bin kein Fürst.«

»Doch, das seid Ihr. Ein schlechter Fürst, aber ein Fürst. Ihr könnt den Titel nicht einfach ablegen, wenn er Euch nicht mehr gefällt.« Korvellan klang nun deutlich verärgert. »Und nun zu Syrah.«

»Ich war nicht dabei, als sie starb. Ich weiß nur, dass sie aus dem Fenster stürzte.«

»Sie war keine Frau, die einfach so aus einem Fenster stürzt.« Korvellan trat einen Ast, der am Boden lag, in den Fluss. »Wieso wisst Ihr nichts? Wie kann man Blindnächte lang ein Fürstentum regieren und nichts von dem verstehen, was darin passiert? Gebt mir einen Grund ...« Er unterbrach sich.

... *Euch am Leben zu lassen,* vollendete Craymorus lautlos. »Ich wollte nicht wissen, was um mich herum geschah«, sagte er, als Korvellan nicht weitersprach. »Ich wünschte, Mellie hätte mir ihren Willen aufgezwungen, aber so war es nicht. Sie musste es nicht. Erst du brachtest mich dazu, die alten Schriften zu lesen. Was ich darin fand, vor allem die Notizen, die jemand hinzugefügt hatte ...« Er schüttelte den Kopf. »Ich hätte sie viel früher lesen müssen.«

»Sie waren nicht für dich bestimmt, sondern für Rickard.«

Craymorus runzelte die Stirn. »Woher willst du das wissen?«

»Ich habe sie geschrieben«, sagte Korvellan. Er setzte sich in den Ufersand und begann, kleine Steine in den Fluss zu werfen. »So fing das alles an. Ich hatte sehr viel Zeit, als ich verletzt in der Festung lag.« Er lächelte knapp. »Ich verbrachte sie nicht nur mit Syrah, sondern auch mit Schriften über die Vergangenen. Schon auf der Insel der Meister faszinierten sie mich und ...«

»Die Meister ließen dich die Vergangenen studieren?«, unterbrach ihn Craymorus. Die Sonne schien warm in seinen Nacken.

»Ja. Ich wollte etwas über mein Volk lernen, aber die Meister weigerten sich, mich etwas darüber zu lehren.«

»Ich wollte ebenfalls die Nachtschatten studieren, doch stattdessen musste ich mich mit den Vergangenen beschäftigen.« Er sah Korvellan an. »Und als Somerstorm fiel, schickten sie Rickard und mich nach Westfall.«

»Wo ich Jahre zuvor Notizen auf die Schriften geschrieben hatte, weil ich dachte, Balderick sei zu dumm, um lange zu überleben. Ich sah Rickard bereits auf dem Fürstenthron.« Korvellan stand in einer geschmeidigen, nicht menschlich wirkenden Bewegung auf. »Die Meister wussten, was geschehen würde.«

Craymorus nickte. Seine Knie knackten, als er sich umdrehte und nach den Zügeln seines Pferdes griff. Heißer Schmerz zuckte von seinen Knöcheln bis zu den Hüften. Er stöhnte.

»Was ist los?«, fragte Korvellan.

»Der Zauber, der mich gehen lässt, schwindet. Ich muss ihn wieder herbeitanzen.« Craymorus ließ die Zügel los. »Du willst zur Insel der Meister.« Es war eine Feststellung, keine Frage. »Dazu brauchst du mich nicht. Ich werde hierbleiben.«

»Nein, Ihr werdet mitkommen. Die Meister haben uns beide die Vergangenen studieren lassen. Dafür muss es einen Grund geben.« Er setzte sich wieder in den Sand. »Ich werde warten, bis Ihr fertig seid.«

»Und wann wirst du mich töten?« Es überraschte Craymorus, wie leicht ihm die Frage fiel.

Korvellan sah ihn an. Der Schatten, der über sein Gesicht fiel, ließ seine Augen schwarz wirken. »Sollte ich herausfinden, dass meine Tochter tot ist, werdet Ihr sterben.«

»Dann liegt mein Leben also in der Hand eines Mädchens, das ich noch nie gesehen habe.« Die Vorstellung war beinahe komisch, aber Craymorus wagte es nicht zu lächeln.

»Ja«, sagte Korvellan. »Euer Leben liegt in Meries Hand.«

Er stampfte die Magie aus dem Boden. Der Zauber gab ihm den Rhythmus vor, bestimmte über seine Schritte. Er spürte, wie die Magie seine knorrigen, nutzlosen Beine hinaufkroch. Sie war kalt und trocken, wie eine Schlange unter seiner Haut.

Korvellan saß im Sand und sah ihm zu. Craymorus fühlte sich unwohl dabei. Obwohl er nicht hätte sagen können, wieso das so war, empfand er den Zauber als etwas Beschämendes, das er mit niemandem teilen wollte.

Der Tanz dauerte lange, viel länger als in der Festung. Craymorus war außer Atem und verschwitzt, als er schließlich stehen blieb.

»Ich bin fertig«, sagte er.

Korvellan stand auf. »Gut.«

Er wartete, bis Craymorus auf sein Pferd gestiegen war, dann saß er ebenfalls auf. »Wir reiten durch Busharan nach Bochat. Dort nehmen wir die Fähre zu den Inseln.« Korvellan sprach mit dem Tonfall eines Mannes, der es gewohnt war, Befehle zu erteilen. »Wollt Ihr die Zügel selbst in die Hand nehmen?«

Im ersten Moment glaubte Craymorus, er würde auf etwas anspielen, das er nicht verstand, dann fiel ihm auf, dass der Nachtschatten von seinem Pferd sprach.

»Ich werde es selbst versuchen«, sagte er steif.

»Wie Ihr meint.« Korvellan trieb sein Pferd an. Zu Craymorus' Erleichterung folgte das, auf dem er saß, ohne dass er etwas tun musste.

Schweigend ritten sie am Fluss entlang, vorbei an den Feldern voller Krähen. Craymorus blinzelte immer wieder Tränen aus seinen Augen. Die Sonne hing über dem Horizont und blendete ihn. Korvellans Rücken war ein schwarzer, verwaschener Fleck.

Sie hätten nebeneinander reiten können, der Weg war breit genug, aber Craymorus kam es nicht in den Sinn, zu dem Nachtschatten aufzuschließen. Freunde ritten nebeneinander oder Kameraden, aber sie waren weder das eine noch das andere, nur ein Feigling und ein Ungeheuer, die dasselbe Ziel hatten.

Kurz vor Sonnenuntergang erreichten sie die Mühle, die Craymorus aus der Ferne gesehen hatte. Einige Hütten gehörten dazu. Sie drängten sich um einen kleinen, mit Winterblumen geschmückten Tempel wie Gläubige um einen Priester. Die Mühle schien dem Dorf zu bescheidenem Wohlstand verholfen zu haben, denn die Säulen, aus denen der Tempel bestand, waren kunstfertig verziert und weiß, so wie man sie sonst nur in Hala'nar fand.

Der Tempel war den Vergangenen gewidmet. In dem Brunnen neben seinem Eingang trieb eine Frauenleiche mit dem Gesicht nach unten, eine zweite Leiche lag vor dem Altar; Craymorus sah nur ihre nackten Beine hinter der halb geöffneten Tür.

Sie durchsuchten das Dorf. Die Menschen, die es verlassen hatten, schienen rechtzeitig gewarnt worden zu sein, denn die meisten Hütten waren leer bis auf ein paar Möbelstücke und Hausrat. Sie nahmen eine Pfanne und einige Näpfe und Löffel mit.

Craymorus fragte sich, woher die beiden Leichen kamen. Hatten sie nicht auf die Warnungen gehört? Hatten sie zu weit draußen in den Feldern gearbeitet und waren nicht gewarnt worden? Hatte man sie einfach vergessen? Er würde es nie erfahren. Der Gedanke bedrückte ihn.

In der Mühle wurden sie fündig. Korvellan entdeckte einen halben Sack Mehl, Craymorus einige Decken und Stricke. Sie banden die Decken und den Sack zusammen, hingen sie wie Satteltaschen über Korvellans Pferd.

»Keine Waffen?«, fragte der Nachtschatten. Es war das Erste, was er seit der Rast am Fluss sagte.

Craymorus schüttelte den Kopf. Das Jagdmesser, das er in einer Hütte gefunden hatte, drückte gegen sein Rückgrat.

Sie stiegen wieder auf ihre Pferde. Craymorus war erleichtert, dass Korvellan anscheinend ebenso wenig in dem Dorf übernachten wollte wie er.

Die Sonne verschwand hinter den Bäumen, die einsetzende Nacht färbte die Landschaft grau. Der Weg folgte dem Fluss noch eine Weile, dann knickte er nach Norden ab.

Korvellan verließ den Weg und ritt am Fluss entlang weiter nach Westen. In einer kleinen Talsenke zügelte er schließlich sein Pferd.

»Hier werden wir übernachten.« Er stieg ab. »Könnt Ihr kochen, Fürst?«

Craymorus wünschte, er würde aufhören, ihn so zu nennen. »Ja.«

»Dann sammelt Feuerholz, während ich weg bin.«

»Wo gehst du hin?«

Korvellan verließ wortlos die Senke und verschwand in der Dämmerung.

Nur wenig später, als Craymorus gerade Holz zwischen den Steinen, die er zusammengetragen hatte, aufschichtete, stieg ein Schwarm Krähen mit lautem, wütendem Krächzen über dem Feld auf und flog davon. Die schwarzen Vögel hoben sich kaum vom Nachthimmel ab.

Es knackte. Craymorus sah auf. Korvellan stand keine drei Speerlängen von ihm entfernt in der Senke. In jeder Hand hielt er zwei tote Krähen. Craymorus hörte, wie ihr Blut ins Gras tropfte.

»Hier«, sagte Korvellan und warf die Krähen neben das Holz. »Hast du ein Messer?«

»Ich dachte, Ihr hättet eins.« Korvellan breitete eine der Decken aus.

Craymorus biss sich auf die Lippe. *Hatte Korvellan etwa gesehen, was er genommen hatte?* »Nein«, sagte er. »Du irrst dich.«

Der Nachtschatten griff in seinen Stiefelschaft, zog ein kleines Messer hervor und reichte es ihm. Die Spitze war abgebrochen.

Craymorus nahm an, dass er es in einer der Hütten gefunden hatte.

Sorgfältig schnitt er die Brust der Krähe auf und trennte das dunkle Fleisch von den Knochen, während Korvellan das Feuer entzündete. Die kleinen Flammen sprangen von Blättern auf Zweige, dann auf größere Äste über. Es wurde warm.

Auf den Steinen im Feuer briet Craymorus das Krähenfleisch, in der Pfanne rührte er Mehl, Wasser und Krähenblut an.

Schweigend aßen sie. Das Krähenfleisch schmeckte nach Wild und war zäh, die Pfannkuchen waren salzig, aber Korvellan beschwerte sich nicht.

»Dieser Zauber«, sagte er zwischen zwei Bissen. »Wie genau funktioniert er?«

Craymorus schluckte ein Stück Fleisch herunter. »Er stärkt meine Beine, macht sie …« Er suchte einen Moment nach dem richtigen Wort.

»Normal?«, fragte Korvellan.

»Vollständig«, sagte Craymorus.

»Wie?«

»Das ist schwer zu erklären. Um einen neuen Zauber zu erschaffen, muss man zuerst wissen, was man will.« Craymorus hob einen Ast auf, als ihm ein Beispiel einfiel. »Wie jemand, der ein Stück Holz bearbeitet, wissen muss, ob er eine Puppe oder einen Löffel daraus schnitzen will.« Er legte den Ast ins Feuer. »Die Magie, die man beim Tanz auf sich selbst überträgt, wird durch die Bewegungen und geistige Disziplin in die richtigen Bahnen gelenkt.«

»Ich verstehe.« Korvellan stellte den Napf, aus dem er gegessen hatte, beiseite. »Also könntet Ihr die Magie auch für einen anderen Zauber verwenden. Ihr müsst ihr nur die richtigen Befehle erteilen.«

Craymorus erkannte, worauf er hinaus wollte. »Ich kann dir nicht beim Kampf helfen. Die meisten Magier entwickeln nur zwei oder drei eigene Zauber in ihrem ganzen Leben, den Rest lernen sie von anderen Magiern. Adelus …«

»Euer Bruder?«, fragte Korvellan.

»Ja. Er hat mir den Zauber beigebracht, der mich laufen lässt. Wahrscheinlich hat er ihn irgendwo aufgeschnappt. Als ich …« Es ärgerte ihn, dass er bei dem Gedanken an den Sturz immer noch ins Stocken geriet. »Als es geschah, hatte mein Vater meine Ausbildung gerade erst angefangen. Ich weiß nur sehr wenig über Magie.«

»Aber Euer Vater hat doch sicher genug gewusst, um Euch durch einen Zauber wieder laufen zu lassen.« Korvellan streckte sich auf seiner Decke aus.

»Ich glaube nicht, dass er das konnte.« Craymorus dachte an die dumpfen Stimmen seiner Eltern. Sie hatten immer die Türen geschlossen, wenn sie über ihn sprachen, doch er hatte sie auf seinem Bett liegend, halb benommen von dem Pflanzensud, den er gegen die Schmerzen trinken musste, trotzdem gehört. *»Insel der Meister«,* hatte sein Vater gesagt, *»das ist das Beste für ihn und uns.«* Seine Mutter hatte leiser gesprochen. Er wusste nicht, was sie für das Beste gehalten hatte.

»Eine Blindnacht, nachdem mein Vater mich auf die Insel der Meister geschickt hatte, kam es zum Hügel der Schande.«

»Oh.« Korvellan legte den Kopf in den Nacken und stieß die Luft aus. »Ich verstehe. Zwölftausend Soldaten fielen an einem Tag, weil hundert Magier auf einem Hügel standen und nichts taten.«

»Du warst da?«

Korvellan strich sich mit der Hand über die Brust, eine Geste, die er selbst nicht zu bemerken schien. »Ja. Ich hatte Glück. Ein Pfeil traf meine Brust und sorgte dafür, dass ich bereits auf dem Weg in Baldericks Festung war, als der Rote König seine Schlächter auf das Feld schickte. Kein Magier hat sie aufgehalten.«

»Weil sie es nicht konnten«, entgegnete Craymorus. »Es gab

keine Magie mehr. Deshalb schickte mein Vater mich weg. Er wollte nicht, dass andere sahen, dass er seinem eigenen Sohn nicht helfen konnte. Es ging um seine Schande, nicht um meine.«

»Er hätte etwas sagen müssen.« Korvellan stützte sich auf die Ellenbogen auf und sah Craymorus an. »Zwölftausend Soldaten.«

»Ich bin sicher, dass er etwas sagen wollte. Sie alle. Wahrscheinlich glaubten sie noch, als sie auf dem Hügel standen und zu tanzen begannen, dass die Götter sie retten würden.«

Er stellte sich ihre Angst vor, ihr Entsetzen, als der Staub um ihre Füße aufwallte und nichts geschah, kein Kribbeln, keine Kälte, die durch ihren Körper kroch, nichts.

»Ja. Wahrscheinlich.« Korvellan klang abwesend, so als hielten seine Erinnerungen ihn fest.

Craymorus rollte seine Decke aus und legte sich darunter. Die Nacht war sternenklar und kalt. »Sollen wir Wache halten?«, fragte er.

»Ich wecke Euch morgen früh.« Es raschelte, als Korvellan aufstand.

Craymorus hob den Kopf. »Du brauchst auch Schlaf.«

»Ich bin kein Mensch. Ihr wisst nicht, was ich brauche und was ich nicht brauche.« Die Entgegnung klang schneidend.

Craymorus schob den Ellenbogen unter den Kopf und schwieg.

Als er am nächsten Morgen erwachte, war er allein.

Kapitel 19

Der Name der Provinz Pujambur setzt sich aus den Namen der Stämme zusammen, die sie gemeinsam bewohnen, den Pu, den Jam und den Bur. Lange Kriege wurden um diesen Namen gefochten, da keines der drei Völker als letztes genannt werden wollte. Auch heute noch sollte es der Reisende vermeiden, die Provinz Pujambur zu nennen, wenn er sich in den Zelten der Bur Gastfreundschaft erhofft.

Jonaddyn Flerr, *Die Fürstentümer und Provinzen der vier Königreiche, Band 2*

Alles geschah gleichzeitig.

Im Inneren der Gaststätte fielen polternd Stühle um, als Männer aufsprangen und zur Tür liefen. Merie schrie. Jonan zog sein Schwert und drückte die Spitze gegen Tohms Hals. Ana griff nach dem Schwert, das in Tohms Gürtel steckte.

Dem Betrunkenen entglitt der Wasserschlauch. Er klatschte zu Boden. Bier spritzte.

»Woher weißt du davon?« Jonan sah vom Eingang der Taverne zu Tohm, dann zu der Straße, die hinaus aus dem Dorf führte.

»Ich weiß nichts«, stieß Tohm hervor. Die Angst klärte seinen Blick. »Gar nichts.«

»Du lügst«, sagte Jonan. Er drückte fester mit dem Schwert zu.

Tohm bewegte sich nicht, stand steif und mit aufgerissenen Augen vor ihm. Er blinzelte nur einmal kurz, als die Spitze der

Klinge seine Haut durchstieß und Blutstropfen seinen Hals hinabrollten.

»Natürlich lügt er.« Ana wich zurück.

Drebbard tauchte hinter Tohm auf. Merie stand neben ihm. Er hatte ihr eine Hand auf die Schulter gelegt und hielt ein Messer in der anderen. Die Klinge glänzte fettig. Sie war auf Meries Brust gerichtet.

»Ein paar Männer von der Ewigen Garde waren gestern Nacht hier«, sagte er. »Suchten zwei Mädchen, die genauso aussehen wie diese beiden Täubchen hier. Euch haben wir heute Morgen aus der Ferne gesehen. War uns klar, dass sie hinter euch her sind. Haben dann Olaff zur Garde geschickt. Müsste bald zurück sein.«

Er hatte eine seltsam abgehackte Sprache, so als fehle ihm die Zeit, in ganzen Sätzen zu sprechen.

Jonan wandte den Kopf und warf einen Blick die Straße hinunter. Ana erschrak, als sie sah, wie nervös er war.

»Wie viele Gardisten?«, fragte er. Seine Schwertspitze strich über Tohms Kehle.

»Vier.«

Jonan nickte Ana zu. Sie verstand, was er von ihr wollte, nahm das Schwert in beide Hände und richtete es gegen Tohms Bauch.

Jonan senkte seine Klinge. Er wandte sich Drebbard zu. »Wir werden jetzt gehen«, sagte er ruhig. »Lass das Mädchen los.«

Morys und Stummer traten aus den Schatten. Morys hielt einen Streitkolben in den Händen, Stummer ein Schwert und einen kleinen Schild. Sie hatten die Waffen wohl im Gasthaus versteckt.

Drebbard lächelte. »Tohm sagte, du wärst gut. Hat sich nicht getraut, dich anzugreifen. Aber ich habe dich beobachtet. So gut bist du nicht. Geh. Wir wollen nur die M …«

Blut spritzte aus seinem Armstumpf, und seine Hand, die mit weißen Knöcheln das Messer umkrampfte, fiel zu Boden.

Jonan zog sein Schwert zurück. Blut tropfte von der Klinge.

Drebbard brach in die Knie. Er schrie nicht, schluchzte nur, während er den Stumpf gegen seine Brust presste.

Merie lief aus der Tür. Sie weinte. Ana umarmte sie und spürte, wie sie am ganzen Körper zitterte. *So wie gestern Nacht*, dachte sie.

»Ganz ruhig, Merie«, flüsterte sie, ohne Tohm aus den Augen zu lassen. Er war blass geworden. Nur der Türrahmen schien ihn noch aufrecht zu halten.

In der Taverne wichen Morys und Stummer so weit zurück, dass sie in den Schatten zu verschwinden schienen.

»Wir gehen jetzt«, sagte Jonan.

Stummer nickte.

Ana entfernte sich rückwärts von Tohm. »Bind die Pferde los«, sagte sie leise zu Merie. »Alle.«

»Ja.« Merie zog die Nase hoch und löste sich aus ihrer Umarmung.

Jonan drehte sich um und verließ das Gasthaus. Ana schluckte, als er den Männern den Rücken zuwandte, aber es geschah nichts. Drebbard hockte nur schluchzend am Boden, während die anderen beiden ihn anstarrten.

Tohm duckte sich, aber Jonan ging an ihm vorbei, ohne ihn anzusehen. Er stieg auf eines der Pferde, die Merie heranführte. Ana stieg ebenfalls auf. Sie wollte Merie zu sich in den Sattel ziehen, doch die nahm sich ein eigenes Pferd. Die anderen beiden, den Ackergaul und eine schwarze Stute, band sie am Sattelknauf fest.

Jonan steckte sein Schwert in den Gürtel. »Kommt«, sagte er und ritt los.

Ana wartete, bis Merie ihm folgte, dann spornte auch sie ihr Pferd an, blieb jedoch hinter ihr.

Meries Rücken war gerade wie eine Säule. Sie wirkte so angespannt, dass Ana bei jeder Bewegung erwartete, sie würde sich in einen Nachtschatten verwandeln.

Sie sah über die Schulter zum Gasthaus. Tohm hockte auf der Erde und übergab sich. Morys stand hinter ihm im Türrahmen. Er holte mit dem Streitkolben aus.

Ana sah rasch zurück auf den Weg.

Sie ließen das Dorf hinter sich. Auf den Feldern arbeiteten nur wenige Menschen, hauptsächlich Frauen. Das Getreide stand hoch, hätte längst abgeerntet sein müssen. Krähenschwärme flogen darüber und landeten zwischen den Ähren.

Westfall wird hungern, dachte Ana und rieb sich die Augen. Sie war müde, wagte es aber nicht, im Sattel zu schlafen. Merie machte ihr Sorgen. Als der Weg zur Straße wurde, schloss sie zu ihr auf.

Merie beachtete sie nicht. Sie hatte die Lippen zusammengepresst und hielt die Zügel so fest in den Händen, als hinge ihr Leben davon ab.

»Du musst keine Angst haben«, sagte Ana. »Die Männer werden uns nicht folgen.«

»Ich habe keine Angst vor den Männern.« Merie atmete tief durch. »Ich habe Angst vor mir.« Ihre Hände zitterten. »Ich fühle es in mir. Es will raus, und ich weiß nicht, was ich dagegen machen soll.« Sie sah Ana an. Ihr Gesicht war blass und verschwitzt. »Es wird immer stärker.«

»Jonan!«, rief Ana. »Wir müssen anhalten!«

Er drehte sich im Sattel um. »Wir sind noch zu nahe am Dorf. Wir können jetzt nicht rasten.«

»Es geht um Merie.«

Jonan zügelte sein Pferd, wartete, bis Merie und Ana herangekommen waren. »Lass mich mit ihr reden«, sagte er dann.

Ana nickte und ließ sich zurückfallen.

»Weißt du, was du bist?«, hörte sie Jonan fragen. Sie war erstaunt, wie sanft seine Stimme klang.

Merie schüttelte den Kopf.

Ana sorgte dafür, dass sich der Abstand zwischen ihr und den beiden vergrößerte, sodass sie nur noch die Stimmen hören, aber die Worte nicht mehr verstehen konnte. Worüber die beiden redeten, ging sie nichts an.

Sie sprachen lange miteinander. Die Sonne ging unter, beide Monde stiegen auf, aber Ana ritt immer noch hinter ihnen her. Sie sah, wie sich Merie entspannte, wie ihr Rücken runder wurde und ihre Hände sich locker auf den Sattelknauf legten.

Ich habe noch nie so lange mit ihm geredet, dachte Ana. Ein Teil von ihr war neidisch – neidisch, mahnte sie sich selbst, nicht eifersüchtig. Die beiden teilten etwas, das ihr verwehrt blieb, auch wenn es etwas Schreckliches war.

Es war eine helle Nacht. Ana betrachtete die Landschaft, die sich silbergrau unter dem Licht der Monde erstreckte. Aus Feldern wurden Weiden, dann Wiesen mit wild wachsenden Sträuchern und Bäumen. Das Dorf lag weit hinter ihnen. Die Straße führte durch das flache Land nach Norden, aber Ana nahm an, dass sie irgendwann nach Westen abknicken und in der Hafenstadt Bochat enden würde.

Ihr Vater war einige Male nach Bochat gereist, um Sklaven aus dem Südland zu kaufen und für den doppelten Preis in Charbont oder Westfall zu verkaufen. Rückblickend fragte sie sich, warum er das getan hatte, da doch die Mine mehr Gold abgeworfen hatte, als er je hätte ausgeben können.

Weil es das Wort genug für ihn nicht gab, dachte sie und schloss die Augen.

Als Ana sie wieder öffnete, ritt Jonan neben ihr.

»Ich wollte dich nicht wecken«, sagte er.

Ana streckte sich. Ihre Schultern knackten. Die Hand, die sie auf den Sattelknauf gelegt hatte, war eingeschlafen und kribbelte, als sie die Finger bewegte.

Sie rieb sich den Schlaf aus den Augen. Merie ritt vor ihr. Die beiden Pferde, die sie an ihres gebunden hatte, trabten mit hängenden Köpfen hinter ihr her.

»Wie geht es ihr?«, fragte Ana leise.

»Sie tut, was sie kann.« Jonan räusperte sich. »Sie hat sich vor letzter Nacht noch nie verwandelt. Ich wollte sie nicht fragen, ob sie schon …« Er zögerte. »Ob sie eine …«

»Eine Frau ist?«, riet Ana.

Jonan nickte.

»Ja, seit vorgestern. Hat das etwas mit ihrer Verwandlung zu tun?«

»Vielleicht.« Er unterdrückte ein Gähnen. »Ich weiß nicht viel darüber.«

»Aber du bist doch selbst ein …« Dieses Mal war es Ana, die zögerte.

Jonan vollendete den Satz für sie. »Nachtschatten.«

Dann schwieg er. Sie drängte ihn nicht weiter. Ruhig ritten sie nebeneinander her. Die Geräusche der Nacht hüllten sie ein. Irgendwo schrie ein Vogel, ein anderer antwortete. Zweige knackten, kleine Tiere huschten über die Straße. Die Pferde trabten voran.

»Mein Vater«, sagte Jonan so unvermittelt, dass Ana erschrak, »war ein Nachtschatten. Er starb vor meiner Geburt. Meine Mutter wusste, was er gewesen war, aber sie sagte mir nichts. Sie dachte wohl, sie habe noch Zeit.« Jonan drehte den Kopf, als hätte er etwas gehört, dann sah er Ana an. »Ich habe mich zweimal in meinem Leben verwandelt. Beim zweiten Mal warst du dabei.«

»Und beim ersten?«, fragte Ana, unsicher, ob sie die Antwort wirklich hören wollte.

»Brachte ich meine Mutter um.« Seine Worte klangen ruhig, beinahe nebensächlich, aber sie trafen Ana wie ein Schlag.

Sie wollte etwas sagen, etwas tun, ihn umarmen oder trösten, aber egal, welche Idee ihr auch kam, sie erschien ihr dumm und unangemessen.

Jonan schien keine Reaktion zu erwarten. »Als ich wieder ich selbst wurde«, sagte er, »suchte ich den Orden auf. Ich dachte daran, mich umzubringen, aber ich hatte Angst, der Versuch würde das Monster hervorbringen. Im Orden lehrte man mich, es zu unterdrücken.«

»Wie alt warst du?«, fragte Ana.

»In Hala'nar zählen wir die Jahre nicht. Ich denke, etwas jünger als dein Bruder.«

Sie ergriff seine Hand. Er zog sie nicht weg.

Der erste Mond versank hinter dem Horizont. Die Nacht wurde dunkler.

»Weiß Merie davon?«, fragte Ana nach einer Weile.

»Nein. Ich wollte ihr nicht noch mehr Angst machen. Sie weiß, dass sie nachts nicht schlafen sollte, weil das Tier in der Dunkelheit stärker ist. Und sie weiß, was sie tun muss, wenn es in ihr tobt.« Er drehte sich im Sattel um.

Ana folgte seinem Blick, sah aber nichts außer der Straße und der wabernden Dunkelheit. »Ist da etwas?«

»Ich bin mir nicht sicher.« Jonan zügelte sein Pferd. »Halt an.«

Ana zog an den Zügeln. Vor ihr drehte sich Merie um und hielt ebenfalls an. Abrupt wurde es still. Ana lauschte in die Nacht, hörte ihren Herzschlag und Jonans Atem.

Er ließ ihre Hand los und stellte sich im Sattel auf.

»Da ist etwas«, sagte er leise.

Und dann hörte Ana es auch, ein rhythmisches, schnelles Klatschen, beinahe wie der Hufschlag galoppierender Pferde, nur leiser.

»Das sind Menschen«, flüsterte sie, als sie die Geräusche erkannte. »Sie rennen.«

Jonan kniff die Augen zusammen und starrte in die Dunkelheit.

Anas Mund wurde trocken. »Warum rennt jemand mitten in der Nacht durch Westfall?«

Köpfe tauchten aus der Schwärze hinter ihr auf. Eine Klinge blitzte im Mondlicht.

Jonan ließ sich in den Sattel fallen.

»Weg hier!«, schrie er.

Sein Pferd stieg auf, Anas wieherte erschrocken. Sie rammte ihm die Fersen in die Flanken. Vor ihr löste Merie die Zügel der beiden Pferde, dann galoppierte auch sie los. Die Geräusche der rennenden Menschen gingen im Donnern der Hufe unter.

Ana beugte sich im Sattel vor. »Wer ist das?«

»Ewige Garde.« Jonan schlug seinem Pferd mit der flachen Hand auf den Rücken, spornte es weiter an. »Sie haben uns gefunden.«

Sie galoppierten die Straße entlang. Jonan drehte sich immer wieder um, schüttelte den Kopf und rief: »Weiter!«

Ein erster grauer Schleier erhellte den Horizont im Osten. Ana wusste nicht, wie lange die Pferde die hohe Geschwindigkeit noch durchhalten konnten. Schweiß bedeckte den Hals ihrer Stute. Ihr Herz hämmerte.

»Siehst du sie noch?«, fragte sie, als sich Jonan erneut umdrehte.

»Nein«, antwortete er, »aber sie sind noch da. Sie werden nicht langsamer.«

Sie sind keine Menschen mehr, dachte Ana. Sie sah das Gesicht des jungen Gardisten vor sich, der ihr am Fluss das Handtuch gereicht hatte. Er war ein Mensch gewesen, doch der schwarze Sand hatte ihm das genommen.

»Könntest du sie …«, begann Ana, aber Jonan antwortete, bevor sie die Frage stellen konnte.

»Einen vielleicht«, sagte er, »mit viel Glück. Aber vier? Niemals.«

Meries Pferd wurde langsamer und fiel zurück. Sie trieb es an, aber Ana erkannte, dass es fast am Ende seiner Kräfte war.

Vor ihr knickte die Straße nach Westen ab. Ein schmalerer Weg führte weiter nach Norden.

Jonan warf einen weiteren Blick zurück.

»Runter von den Pferden«, sagte er dann.

»Was?« Ana schüttelte den Kopf. »Wir können doch nicht schneller laufen als sie.«

Merie bewegte sich ebenfalls nicht aus dem Sattel.

»Ich habe Tohm gesagt, wir wären auf dem Weg nach Bochat.« Jonan sprang bereits ab. Er sprach schnell. »Das wird er den Gardisten gesagt haben. Wenn die Hufspuren in Richtung Bochat weisen, werden sie ihnen folgen.«

Er hat recht, dachte Ana. Sie glitt aus dem Sattel. Merie zögerte einen Moment, dann stieg auch sie ab.

Jonan zog sein Schwert, schlug den Tieren mit der flachen Klinge auf die Flanken. Ana klatschte in die Hände, spornte sie mit einem Pfiff an.

Die erschrockenen Tiere galoppierten die Straße entlang in Richtung Westen.

Ana drehte sich um und ergriff Meries Hand. »Komm!«

Sie rannten los, folgten Jonan auf den schmaleren Weg. Er lief nur bis zu einer Hecke, die zwei Weiden voneinander trennte, dann blieb er stehen.

»Wir verstecken uns hier«, sagte er schwer atmend.

Im ersten Moment wollte Ana ihm widersprechen. Alles in ihr drängte danach, so schnell und weit wie möglich zu fliehen. Aber sie konnten nicht schneller laufen als die Garde. Niemand konnte das, vielleicht nicht einmal die Nachtschatten.

Ana zog Merie zwischen die Dornen der Hecke. Sie ließ sich mitziehen, war so erschöpft, dass sie sich kaum noch auf den Beinen halten konnte.

»Sie kommen«, flüsterte Jonan.

Ana sah zwischen Blättern, Dornen und Ästen hindurch zur Straße. Vier Gardisten tauchten hinter einer Biegung auf. Ihre Uniformen und Gesichter waren staubbedeckt. Sie rannten. Die Hände zu Fäusten geballt, die Köpfe vorgestreckt, rannten sie. Ihre zahnlosen Münder standen offen, Staub lag auf ihren Lippen. Ihre nackten, blutenden Füße schienen den Boden kaum zu berühren.

Die Gardisten zögerten nicht, als sie die Abzweigung erreichten. Keiner von ihnen gab einen Befehl oder sah einen anderen an. Sie bogen einfach ab und verschwanden hinter einigen Bäumen.

Jonan stand auf. Einen Moment lang glaubte Ana, Angst in seinen Augen zu sehen, dann wirkte er wieder ruhig. »Wir müssen weiter.«

»Aber wir können nicht auf der Straße bleiben«, sagte sie. »Wenn sie die Pferde finden, werden sie umdrehen.«

»Oder glauben, dass wir sie zurückgelassen haben und abseits der Straße weiter nach Westen gehen«, sagte Merie. Sie saß im Gras und rieb sich die Augen. Es überraschte Ana, dass sie trotz ihrer Erschöpfung so klar dachte.

Sie ist kein Mensch, sagte sie sich. *Vergiss das nicht.*

Jonan beendete die Unterhaltung, indem er sich umdrehte und über die Weide einem kleinen Waldstück entgegenging. Merie folgte ihm nach einem Moment, dann Ana.

Sie richtete den Blick auf seinen Rücken und dachte an das, was er getan hatte.

Kapitel 20

Busharan erinnert an einen Gang in einer prächtigen Festung. Man benutzt ihn, um eine berühmte Bibliothek aufzusuchen oder die Gemächer einer Geliebten oder um aus seinen Fenstern die Landschaft jenseits der Mauern zu betrachten. Doch wer würde jemals stehen bleiben, um den Gang zu betrachten? Und was würde er finden, wenn er es täte?

Jonaddyn Flerr, *Die Fürstentümer und Provinzen der vier Königreiche, Band 2*

»Korvellan?«

Craymorus setzte sich auf. Das Plätschern des Flusses und die Rufe der Krähen antworteten ihm. Sonnenschein wärmte sein Gesicht. Das Feuer war niedergebrannt. Er legte einige Zweige in die Glut, um es wieder zu entfachen.

Korvellans Decke lag noch am Boden, sein Pferd graste festgepflockt am Wasser, aber er selbst war nirgends zu sehen. Craymorus war froh darüber. Es gab ihm die Gelegenheit zu tanzen, ohne dabei beobachtet zu werden.

Als er fertig war, zog er sein verschwitztes Hemd aus und wusch sich im Fluss. Das Wasser war kalt und klar. Er füllte einen der Näpfe damit und trug ihn zurück zum Lagerfeuer. Sein Magen knurrte. Die Mahlzeit aus Krähenfleisch und Pfannkuchen, die sie am Vorabend zu sich genommen hatten, war nicht gerade üppig gewesen.

Ich könnte jagen gehen, dachte Craymorus. Er hatte noch nie gejagt, war zu jung gewesen, als der Sturz ihm die Beine genommen hatte. Er wusste nicht, wie man jagte, fischte, ritt, erinnerte sich nur noch verschwommen daran, wie es war zu schwimmen, zu klettern, zu springen. Wie es wohl war, eine Straße zu überqueren, ohne angestarrt zu werden, eine Taverne zu betreten, in der Menschen nicht sofort aufstanden, um ihren Platz frei zu machen, durch eine Stadt zu laufen, ohne Angst vor der nächsten Treppe oder regennassen Steinen zu haben, ohne sich ständig ausruhen zu müssen? Einfach zu gehen …

»Ich weiß so wenig von der Welt«, sagte Craymorus leise. Er spürte, wie die Last, die ihn in der Festung niedergedrückt hatte, leichter wurde. Nichts anderes als ein Gefangener war er dort gewesen, festgehalten von seinem Titel und von Mellie, so wie der Junge im Kerker von seinen Ketten. Sie hatten sich beide davon befreit.

Scham überkam ihn, als er an den Jungen dachte. Er war das Einzige gewesen, über das er als Fürst wirklich Macht gehabt hatte. Niemand hatte ihn zurückgehalten, niemand hatte sich gefragt, was er mit einem Nachtschatten anstellte. Weshalb auch? Sie waren der Feind, und was immer der Fürst seinen Feinden antat, war richtig.

Ich hätte ihn gehen lassen sollen, bevor er zu dieser Kreatur wurde, dachte Craymorus, während er Mehl und Wasser zu einem Teig anrührte. Diese Mischung aus Mensch und Nachtschatten war das Erbe, das er als Fürst hinterlassen hatte. Sie und die Ruinen Westfalls.

Er begann zu lachen. Es war ein bitteres, beschämtes Lachen, aber es tat trotzdem gut.

»Was ist denn so lustig, Fürst?«

»Nichts«, sagte Craymorus rasch und drehte sich um.

Korvellan ging am Fluss entlang auf ihn zu. Er führte ein großes schwarzes Pferd an den Zügeln. Es war gesattelt.

»Seht, was ich gefunden habe«, sagte er. »Es graste auf einem der Felder, nicht weit entfernt vom Dorf.«

»Da ist ein Dorf?«

Korvellan band das Pferd an einem Baum fest und wusch sich die Hände im Fluss. »Nicht weit von hier. Ich schlage vor, dass wir Euer Pferd dort gegen ein paar Vorräte eintauschen.«

»Wieso mein Pferd?« Craymorus bückte sich und pflückte einige Kräuter. Der schwarze Hengst sah zu ihm herüber, schien ihn zu mustern wie einen Feind.

»Weil ein Sattel Euch guttun wird und der Hengst kräftiger und schneller als Eure alte Stute ist.«

Craymorus warf die Kräuter in den Teig und schüttete einen Teil des Teigs in die Pfanne. Er hätte Korvellan gern widersprochen, auch wenn er wusste, dass er recht hatte. Je schneller sie Bochat erreichten, desto eher würden sie Antworten auf ihre Fragen erhalten.

»Wie du meinst«, sagte er und stellte die Pfanne auf den heißen Stein in der Mitte des Feuers.

Sie frühstückten, löschten des Feuer mit Ufersand und rollten ihre Decken zusammen.

Craymorus band den Hengst los, nahm die Zügel in die Hand und trat in die Steigbügel. Das Pferd schnaubte und tänzelte zur Seite. Hastig duckte sich Craymorus unter einem Ast. Laub raubte ihm für einen Moment die Sicht.

Dann saß er im Sattel. Der Hengst stand still, so als erkenne er seine Niederlage an.

Erstmal, dachte Craymorus.

Korvellan schwang sich auf den Rücken seines Pferdes und zog die ungesattelte Stute hinter sich her. »Hier entlang.«

Sie blieben am Fluss. Der Morgen war warm und sonnig. Dass es Winter war, merkte man nur in den Nächten.

Es war nicht weit bis zum Dorf. Craymorus sah die Dächer der Hütten zwischen den Feldern, bevor er sich an den Sattel gewöhnt hatte. Zwei Frauen, die Körbe voller Wurzeln auf dem Rücken trugen, sahen auf, als er und Korvellan an ihnen vorbei ins Dorf ritten.

Craymorus zuckte zusammen, als er den Toten sah. Er lag auf dem Bauch vor der offen stehenden Tür einer Hütte. Jemand hatte ihm den Schädel eingeschlagen.

Korvellan legte die Hand auf den Gürtel, dort, wo sein Schwert gesteckt hatte. Craymorus sah, wie er das Gesicht verzog.

Ein Mann tauchte neben der Hütte auf. Er trug eine Decke über den Schultern. Sein Haar war zerzaust, so als wäre er gerade erst aufgewacht.

»Ihr verschwindet besser«, sagte er. »Die Götter haben uns verflucht!«

Korvellan zügelte sein Pferd vor der Leiche und blickte auf sie herab. »Wer ist das?«

»Tohm«, sagte Craymorus überrascht. Das Gesicht des Toten war blutüberströmt, aber er erkannte ihn trotzdem. »Er und seine Männer haben mir auf dem Weg zur Stadt der Magier das Leben gerettet. Sie gehörten der Miliz an.«

»Der Miliz, die Nachtschatten jagte?«, fragte Korvellan.

Craymorus nickte.

»Mir haben sie gesagt, sie wären auf der Suche nach Deserteuren.« Der Mann mit der Decke zeigte ins Innere der Hütte. »Die anderen sind drinnen.«

Korvellan stieg ab. Craymorus folgte ihm in die Hütte.

Es war ein Gasthaus. Ein langer Tisch stand in der Mitte des Raums, ein paar Bänke und Stühle rahmten ihn ein. Die Feuerstelle war kalt. Es roch nach Bier und Blut.

Vier Tote lagen im Raum. Craymorus stieg über eine abgeschlagene Hand und betrachtete den Mann, dem sie gehört hatte. Seine Kehle war durchtrennt worden.

»Kennst du ihn?«, fragte Korvellan.

Craymorus schüttelte den Kopf. »Nein, aber den.« Er sah zu

einem jungen Mann, noch nicht richtig erwachsen, der vor der Feuerstelle lag. Ein Schwerthieb hatte ihm die Brust aufgerissen. »Sein Name war Olaff.«

Sein Blick glitt über die anderen beiden, einen Kahlköpfigen, in dessen Rücken ein Schwert steckte, und einen mit einem Brandmal auf der Stirn, der noch im Tod seine Eingeweide festhielt. »Die beiden kenne ich nicht.«

Ein Schatten verdunkelte die Hütte. Der Mann mit der Decke stand im Türrahmen. Er schien es nicht zu wagen, den Raum zu betreten.

»Bist du der Wirt?«, fragte Korvellan.

»Ja. Ich heiße Aroon.«

»Was ist hier passiert, Aroon?«

Der Wirt zog die Decke enger um seinen Körper. Stockend erzählte er von den fünf Männern, die in sein Dorf gekommen waren. Sie hatten einen Bauern und seine beiden Söhne getötet, weil sie angeblich desertiert waren, doch Aroon wusste wie alle im Dorf, dass das nicht stimmte.

Korvellan ging die Leichen ab, während der Wirt redete, und betrachtete ihre Wunden. Craymorus fragte sich, was er sah.

»Und dann«, fuhr Aroon fort, »kam es zum Streit. Ich bin zur alten Deree in die Hütte gegangen, weil ich Angst hatte, sie würden mir etwas tun. Durch das Fenster sah ich, wie die drei, die mit ihnen getrunken hatten, sie mit Waffen bedrohten und ihre Pferde stahlen. Dann brachte der …«, er zeigte auf den Kahlköpfigen, »… den da draußen um. Dann ging er wieder rein und trank mit den anderen weiter. Kurz darauf kam der da …«, ein Blick auf Olaff, »… mit vier Soldaten zurück. Sie gingen ins Haus. Eine Weile geschah nichts, dann hörte ich laute Stimmen und Schreie.« Aroon schluckte. »Dann kamen die Soldaten heraus. Ihre Uniformen waren voller Blut. Einer von ihnen kam auf mich zu. Er sah durch das Fenster und fragte mich, ob ich den Weg nach Bochat wüsste. Ich erklärte ihm alles. Er war höflich und bedankte sich. Er benahm sich nicht wie ein Mann, der gerade gemordet hat.«

»Hatte er Zähne?«, fragte Korvellan.

Aroon sah ihn an. Er wirkte überrascht. »Nein. Es fiel mir auf, weil er so jung war. Woher weißt du das?«

»War nur so ein Gedanke.« Korvellan hockte sich neben Olaffs Leiche und nahm ihren Gürtel an sich und das Schwert, das daran hing.

Ewige Garde, dachte Craymorus. Ihm wurde kalt. *Suchen sie nach uns? Aber woher wissen sie, dass wir nach Bochat wollen?*

Korvellan schnallte sich den Gürtel um, dann ging er nach draußen und hob den Streitkolben auf. Sorgfältig säuberte er ihn an Tohms Umhang.

»Es bringt Unglück, Tote zu bestehlen«, sagte Aroon, als Korvellan die Taverne wieder betrat.

»Du bringst größeres Unglück über dich, wenn du diese Männer nicht begräbst, bevor sie anfangen zu stinken.« Korvellan reichte Craymorus den Streitkolben. Ein breiter Lederriemen hing daran. »Hier. Ich nehme an, du kannst nicht damit umgehen, aber du hast starke Arme. Schlag einfach damit um dich, wenn es nötig sein sollte.«

Craymorus nahm den Kolben in beide Hände. Er war schwer. Das Jagdmesser drückte gegen seinen Rücken. Er kam sich wie ein Narr vor, weil er es heimlich mitgenommen hatte.

»Ich fasse die Toten erst an, wenn der Priester sie geweiht hat.« Aroon spuckte aus. »Sonst fahren ihre Geister noch in mich.« Er drehte sich um und verließ die Hütte.

Craymorus hielt Korvellan zurück, als der ihm folgen wollte. »Der König ohne Land wollte Syrah heiraten«, flüsterte er. »Als das nicht gelang, war er wütend. Es kann sein, dass die Garde auf der Suche nach mir ist.«

»Und woher sollte er wissen, wohin wir gehen?« Korvellan

neigte zweifelnd den Kopf. »Wir wussten es bis gestern selbst nicht. Nein, die Garde sucht einen anderen.«

»Und wen?«

»Das erfahren wir vielleicht in Bochat.«

Korvellan trat aus der Taverne in die Sonne. »Aroon«, hörte Craymorus ihn sagen, »was hältst du von einem neuen Pferd?«

Kapitel 21

Der große Dichter Cero schreibt: »Ein Mensch, der am Ufer des Großen Flusses steht, wünscht, er wäre ein Fisch. Ein Mensch auf dem Gipfel eines Berges sehnt sich danach, ein Adler zu sein. Ein Krieger, der dem Feind entgegenstürmt, wünscht, er wäre ein Löwe. Und doch frage ich: Wünscht sich eine dieser Kreaturen, ein Mensch zu sein?«

Jonaddyn Flerr, *Die Fürstentümer und Provinzen der vier Königreiche, Band 2*

Ich war schwach und allein. Die Kälte des Todes griff nach mir, doch ich verzweifelte nicht. Hatte ich nicht getan, was sie erbeten hatte? War ich ihrem Wort nicht gefolgt, war ich nicht über meinen Körper hinausgewachsen, um ihren Willen zu erfüllen? Ihr kennt die Antwort. Ihr, die ihr durch die Flammen der Festung geschritten seid, ohne verbrannt zu werden. Sie gab euch Leben und Kraft. Sie nahm euch auf und schenkte euch das große Geheimnis, auf das euer Leben niemals enden muss.«

»Und so ging ich zu ihr, als mein Leben schwand. Ihr saht mich nicht, so wenig war von mir geblieben, dass ihr durch mich hindurchgingt, als wäre ich Luft. Doch sie bemerkte mich. Seit ich sie am Fenster sah, damals bei meiner Flucht aus der Dunkelheit, war ich ihr gefolgt, und nun stand ich vor ihr, ein Schatten, bereit, in ihrem Licht aufzugehen.«

»Ich nannte sie nicht bei dem Namen, den die Menschen ihr

gegeben hatten, sondern sprach sie mit dem Titel an, der ihr gebührte: ›Erwachte‹, sagte ich, den Blick gesenkt, den Rücken gekrümmt, wie es einem niederen Bittsteller angemessen ist. ›Seht mein Leid. Ich bin Eurem Willen gefolgt, egal, wie dunkel die Nacht, egal, wie steinig der Weg auch war. Doch nun scheint mein Ende gekommen zu sein, und so frage ich Euch: Was kann ich noch für Euch tun, bevor ich im Nichts verwehe, aus dem ich einst kam?‹ Und sie berührte meine Wange und antwortete …«

»Verzage nicht, mein Werkzeug.« Die Stimme der Ersten Erwachten unterbrach ihn.

Daneel kniete nieder und presste die Stirn auf das kühle Gras. Die Magier, die seinen Worten gelauscht hatten, knieten ebenfalls. Nur Adelus, jung, neugierig und mit der Gewissheit, der Liebling der Ersten Erwachten zu sein, blieb sitzen und sah sie an.

»War es nicht das, was ich sagte?«, fragte die Erwachte. Daneel sah ihre nackten Beine. Sie hatte das Kleid der Fürstin längst ausgezogen.

»Ja, Herrin.«

»Und dann?«

Daneel fuhr sich mit der Zunge über das Zahnfleisch. »Ihr sagtet: ›Verzage nicht, mein Werkzeug. Die, die mit mir den langen Weg begonnen haben, werden ihn mit mir vollenden. Folge mir, und sieh das Reich der Götter, auf dass dein Leben ewig währt und du an meiner Seite über die neue alte Welt herrschen wirst, Diener und Bedienter zugleich und immerfort.‹«

Er erinnerte sich an jedes einzelne Wort, an jede Berührung ihrer Hand, an die Kraft, die ihn durchfloss und erfüllte, wie es einst der schwarze Sand getan hatte.

»Seht auf.«

Daneel hob den Kopf. Hinter ihm raschelten die Roben der Magier. Die Erwachte schien keine Scham wegen ihrer Nacktheit zu verspüren. Makellos stand sie vor ihnen.

»Was ich Daneel sagte, gilt für euch alle. Der Weg, der gemeinsam begonnen wurde, wird gemeinsam beendet. Wir werden über die Welt herrschen, über all die Fürsten mit ihren Soldaten und Schwertern, die euch eingesperrt und Namen aufgezwungen haben, die euch behandelten, als wärt ihr Diener, nicht Herren. Doch ihr seid die Herren der Zauber, und wenn die Magie gefunden ist, wird nichts anderes mehr zählen. Die Fürsten werden im Dreck vor euch betteln, sie werden verfallen und sterben, während ihr ewig leben werdet. So wollen es die Vergangenen.«

»Ja, Herrin.«

»Wir sind bei Euch.«

»Unser Leben widmen wir Euch.«

Die Magier riefen durcheinander, doch die Erste Erwachte, die einst Mellie genannt worden war, beachtete sie nicht. Sie nickte Adelus zu. »Komm, geh ein Stück mit mir.«

Der Junge sprang auf. Sein vorgestrecktes Kinn und sein hoch erhobener Kopf verrieten seinen Stolz.

Du kleine Kröte, dachte Daneel. *Ich sollte sie begleiten, mir sollte sie ihre Geheimnisse anvertrauen, nicht ihm.*

Er presste die Lippen aufeinander. Hinter ihm ging die Sonne auf.

Kapitel 22

Wem die Zeit für eine große Reise fehlt, dem sei ein Besuch der Provinz Pujambur empfohlen. In ihr findet er Torflandschaften wie im Sumpfland, Wälder wie in Lak-Binnou, Ebenen wie in Hala'nar, Berge wie in Ashagar, Klippen wie in Braekor und Freundlichkeit wie in Busharan. Verschont bleiben wird er hingegen von der Hochnäsigkeit Westfalls, der Trostlosigkeit Somerstorms und der Barbarei des Südlands.

Jonaddyn Flerr, *Die Fürstentümer und Provinzen der vier Königreiche, Band 2*

Vier Tage lang sah Ana Menschen nur aus der Ferne. Sie, Jonan und Merie blieben im Wald, umgingen Dörfer und einsam gelegene Hütten. Am dritten Morgen wären sie beinahe von zwei Jägern überrascht worden, aber Merie roch sie, bevor sie zu nahe herankommen konnten. Sie hatte begonnen, mit ihren geschärften Sinnen zu experimentieren. Jonan gefiel das nicht, das sah Ana ihm an, aber er ließ Merie in Ruhe.

Die Dörfer wurden kleiner, die Abstände zwischen ihnen größer. Ana nahm an, dass sie Westfall verlassen hatten und an der Grenze zwischen Pujambur und Lak-Binnou entlanggingen, aber sie war sich nicht sicher, wie weit sie bereits gekommen waren. Auf den Trampelpfaden, die sie benutzten, kamen sie nur langsam vorwärts.

»Wir müssen zurück zur Straße«, sagte sie am Morgen des fünften Tages. »Wir sind zu langsam.«

»Das ist gefährlich.« Jonan zog etwas Fleisch von einer Hasenkeule. Am Vorabend hatte er ihn erlegt, und nun aßen sie die kalten Reste mit Beeren, die Ana gepflückt hatte.

Sie schliefen von Sonnenaufgang bis in den Morgen. Es war die einzige Zeit des Tages, an der Ana sich allein fühlte.

»Wir hätten mit dem Schiff fahren sollen«, sagte Merie. Sie gähnte. »Dann wäre es jetzt nicht mehr weit.«

Ana seufzte. »Du weißt, dass das nicht geht.«

Sie hatte Merie erklärt, dass der einzige Hafen Somerstorms im Winter nur selten eisfrei war. Schiffe, die dort nicht anlegen konnten, warteten auf einer der Inseln vor Braekor, um den hohen Anlegegebühren zu entgehen, die sie in Zvaran erwarteten. Der Schmuggel von Waren und Menschen von und nach Zvaran war ein lukratives Geschäft, ebenso wie Überfälle auf die häufig überladenen, unterbewaffneten Schiffe.

Ana erinnerte sich an Gespräche zwischen ihrem Vater, dem Fürsten von Braekor und den Stammesältesten von Pujambur. Sie hatten der Piraterie ein Ende setzen wollen, doch sie hatten sich noch nicht einmal auf einen Holzpreis für den Aufbau der gemeinsamen großen Flotte geeinigt. Eine Weile lang hatte Gerit alles über Piraten von seinem Lehrer General Norhan erfahren wollen, doch irgendwann war sein Interesse erlahmt.

Merie nickte. »Ich weiß, aber es wäre schön, wenn wir nicht mehr durch den Wald laufen müssten.«

Der Marsch kostete Kraft. Ana war es satt, ständig den Blick auf den Boden zu richten, um nicht über Wurzeln zu stolpern oder in einen Kaninchenbau zu treten. Dornen hatten ihre Kleidung und ihre Haut aufgerissen, und die Sonne sah sie nur durch ein dichtes Blätterdach.

»Lasst uns zur Straße gehen«, sagte sie.

Jonan warf einen abgenagten Knochen in die Glut des Lagerfeuers. »Wie du wünschst.« Er nannte sie nicht mehr *Mefrouw*, trotzdem verhielt er sich immer noch, als wäre er ein Diener.

»Es geht nicht um das, was ich wünsche«, entgegnete Ana, »sondern um das, was wir tun sollten. Sag mir, was du denkst.«

»Das ist unnötig.« Jonan wischte sich die Hände an einigen Blättern ab.

»Ich möchte es gern wissen«, sagte Merie.

Ana hatte geglaubt, sie würde ihn drängen müssen, aber er antwortete, ohne zu zögern. »Wir sollten nicht zusammen nach Somerstorm gehen. Es ist zu gefährlich.«

»Und wohin sollten wir gehen?«

Jonan betrachtete seine Hände. »Merie«, begann er, »du solltest zusammen mit Ana nach Gomeran gehen und ein Schiff auf die andere Seite nehmen. Es gibt viele Nachtschatten dort, bei ihnen wärst du sicher. Ana, du könntest ein Schiff nach Süden nehmen, so weit wie möglich nach Hala'nar hinein.«

Ana erinnerte sich an diesen Vorschlag. Er hatte ihn nur wenige Tage nach dem Überfall auf Somerstorm gemacht. *Niemand kennt dich dort*, hatte er gesagt.

»Und was ist mit dir?«, fragte sie.

»Ich würde nach Somerstorm gehen und Gerit befreien, wenn er dann noch lebt.«

»Nein«, sagte Ana. Sie hörte, wie Merie ihm fast gleichzeitig widersprach. »Wir werden zusammenbleiben.«

»Und ich will nicht zu den Nachtschatten.«

Jonan stand auf. Er hob die Schultern. »Wie ich bereits sagte: Meine Gedanken zu äußern, ist unnötig.« Sie erstickten die Glut und zogen die Jacken an, mit denen sie sich zugedeckt hatten.

Ana sah, wie Merie die Knochen, die sie abgenagt hatte, in einen Busch warf. Sie wollte sie zurechtweisen, ihr noch einmal erklären, dass sie damit Aasfresser anlockte, aber sie schluckte den Satz herunter. Es war eine Gedankenlosigkeit, nichts weiter. Merie hatte sich bei der ersten Verwandlung selbst verloren. In gewisser Weise war das schlimmer, als die Eltern zu verlieren. In einer solchen Situation machte man Fehler.

Und ich habe schlimmere begangen, als zu vergessen, ein paar Knochen zu verscharren, dachte Ana.

Sie band den Beutel mit Beeren an ihren Gürtel und ging los, als sie sah, dass auch Merie und Jonan fertig waren. Das Lager am Morgen aufzuräumen ging schnell. Sie hatten nichts außer dem, was sie am Körper trugen.

Sonnenlicht blitzte zwischen den Blättern auf, als Ana sich nach Nordwesten wandte. Sie fühlte die Wärme der Strahlen auf ihrer Wange, drehte den Kopf und stolperte, als ihr Fuß gegen eine Wurzel stieß.

Jonan stützte ihren Ellenbogen, bevor sie stürzen konnte.

»Danke«, sagte sie.

Er nickte. Nicht zum ersten Mal fiel ihr auf, dass er sich seit damals verändert hatte. Sie las es in seinem Blick und in den harten Linien um seinen Mund. Ana wusste, was in der Festung geschehen war, von Syrahs Tod und der Hetzjagd auf Nachtschatten, die vielleicht keine waren.

»Träumst du davon?«, fragte sie, als sie weitergingen. Merie folgte ihnen etwas langsamer. An diesem Vormittag hatte sie die Aufgabe, Beeren am Wegesrand zu suchen.

Jonan schien zu wissen, wovon sie sprach. »Nein«, sagte er. »Aber ich denke oft daran, dass ich wusste, was geschah, und nichts dagegen unternahm.«

»Du konntest nichts tun.«

Er neigte den Kopf. »Ich hätte es dem Fürsten sagen können.«

»Dann wärst du jetzt tot.« Ana sah nach vorn. Der Wald lichtete sich.

»Oder viele andere wären noch am Leben«, sagte Jonan.

»Warum den Sattel eines toten Pferdes mit sich schleppen?«

Er hob die Augenbrauen. »Was soll das heißen?«

»Das war eines der Sprichwörter, die mein Vater so gern zitierte.« Ana lächelte. »Ich denke, es heißt soviel wie: Warum über Dinge nachdenken, die man nicht mehr ändern kann?«

»Warum den Sattel eines toten Pferdes mit sich schleppen …?«, wiederholte Jonan langsam, so als würde er darüber nachdenken. Dann sah er Ana an. »Weil man vielleicht ein neues Pferd findet, auf das er passt.«

Sein Gesichtsausdruck war nicht zu deuten. Sie wusste nicht, ob er einen Witz machte oder es ernst meinte.

Hat er je etwas gesagt, das er nicht ernst meinte?

»Ja, das könnte sein«, sagte sie.

Jonan blieb stehen und ließ ihren Arm los. Ihr war nicht aufgefallen, dass er ihn immer noch festgehalten hatte.

»Etwas folgt uns.« Er sprach leise.

Ana spürte einen Stich im Magen. »Garde?«

Er schüttelte den Kopf. Merie war ebenfalls stehen geblieben. Sie sah sich um.

Hinter ihr knackten Äste. Ein großer, dunkler Umriss schob sich zwischen den Bäumen hindurch auf sie zu.

»Komm langsam hierher, Merie.« Ana versuchte, ruhig zu klingen. Aus den Augenwinkeln sah sie, wie Jonan lautlos seine Schwerter aus dem Gürtel zog. Er wusste, was zwischen Laub und Ästen lauerte, ebenso wie sie.

Mit langsamen, kleinen Schritten ging Merie zu ihr. Ihr Gesichtsausdruck wirkte angespannt, aber nicht ängstlich. Seit dem Gespräch mit Jonan war sie selbstsicherer geworden.

Jonan trat vor sie und Ana, als sie herangekommen war. Schnell und entschlossen ging er auf den Schatten zwischen den Bäumen zu. Er breitete die Arme aus. Die Klingen seiner Schwerter blitzten in der Sonne.

»Worauf wartest du?«, rief er.

Ein Knurren, so tief, dass Ana es in ihrem Magen spürte, antwortete ihm. Sie hörte, wie Krallen den Waldboden aufscharrten, dann riss ein Sonnenstrahl ölig glänzendes, dunkles Fell aus den Schatten.

Schlangenbär, dachte sie. So nannte man die Tiere in Somerstorm wegen ihres öligen, kurzen Pelzes und der schwarzbraunen Zeichnung auf ihrem Rücken. In anderen Provinzen hießen sie Flussbär oder Großzahn.

Jonans Auftreten schien das Tier zu verwirren. Es knurrte nur, griff aber nicht an.

»Ist das ein Ringelbär?«, flüsterte Merie. Ana hatte den Namen noch nie gehört, nahm aber an, dass er sich auf den gleichen Bären bezog.

»Ja«, sagte sie leise. »Weißt du, wie du dich verhalten musst?«

Merie nickte. »Nicht bewegen, nicht schreien.« Sie zögerte. »Aber vielleicht braucht Jonan meine Hilfe. Wenn ich mich verwandele und ...«

»Nein«, unterbrach Ana sie rasch. »Er braucht deine Hilfe nicht.« *Ein unberechenbarer Nachtschatten im Rücken ist das Letzte, was er braucht,* dachte sie.

Merie wirkte enttäuscht, so als warte sie trotz Jonans eindringlicher Worte auf die Gelegenheit, sich zu verwandeln. Ana hoffte, dass ihre Neugier schwächer war als die Angst, zur Bestie zu werden.

Jonan trat einen weiteren Schritt vor. »Komm schon!«

In seiner Deckung konnte er den Bär nicht angreifen. Seine Schwerter hätten sich nur zwischen den Ästen und Sträuchern verfangen.

Der Bär brüllte. Mit einem gewaltigen Satz brach er durch das Dickicht. Zweige wurden Jonan entgegengeschleudert, Herbstlaub stob auf. Dazwischen sah Ana eine Tatze, groß wie ein Kopf, die mit ausgestreckten Krallen nach Jonan schlug.

Aufgerichtet auf seinen Hinterläufen, überragte der Bär Jonan um eine Armeslänge. Ein Windstoß wehte den Gestank von ranzigem Fett herüber.

Der Kampf dauerte nur wenige Lidschläge.

Jonan schlug die Tatze des Bären mit seinem rechten Schwert beiseite und rammte ihm das linke in die Brust. Gleichzeitig wirbelte er die rechte Klinge herum und zog sie über die Kehle des Tiers.

Das Brüllen des Bären wurde zum Gurgeln. Seine Hinterläufe knickten ein. Blut spritzte aus seiner Kehle, seine fingerlangen Reißzähne schnappten wild nach Jonan, so als wollte er seinen Feind mit in den Tod reißen.

Dann ging er zu Boden. Sein Blick brach. Ana sah, wie das Leben in seinen Augen erlosch. Sie wusste nicht, weshalb ihr Tränen in die Augen traten. Hastig wischte sie sie mit dem Handrücken weg.

Hinter ihr schnaubte ein Pferd.

Ana fuhr herum.

»Den habe ich gejagt«, sagte der Mann auf dem Pferderücken.

Sein Name war Abinkehruz. Er war ein Bur. Ana musterte ihn, als er aus dem Sattel stieg und sich vorstellte. Er war nicht groß, nur ein klein wenig größer als sie selbst. Sein kurzes Haar war grau, die Haut lederartig und von winzigen Falten durchzogen, trotzdem hatte Ana den Eindruck, dass er nicht so alt war, wie er aussah. Seine Bewegungen waren geschmeidig, sein Blick wach. Seine Kleidung bestand aus Leder, er trug ein Kurzschwert im Gürtel und einen Köcher mit Pfeilen auf dem Rücken. Ein Bogen hing an seinem Sattel.

Jonan säuberte seine Schwerter mit einigen Blättern. »Ich bin Jonan«, sagte er währenddessen. »Und das sind Merie und Petya. Ich begleite sie nach Zvaran. Sie sollen dort verheiratet werden.«

Abinkehruz lächelte. Falten warfen Berge in seinem Gesicht auf. »Ein glücklicher Mann.« Er trat an den Bären heran und hockte sich neben ihn. »Tagelang hat er unsere Ziegen gerissen. Ich bin froh, dass es vorbei ist, auch wenn ich ihn lieber selbst erlegt hätte. Was macht ihr hier eigentlich so weit weg von der Straße?«

Die Frage klang beiläufig, aber Ana sah das Misstrauen in seinem Blick.

»Wir wurden von Deserteuren überfallen«, antwortete Ana, bevor Jonan etwas sagen konnte. »Sie haben unsere Pferde gestohlen und unseren Proviant. Wir hatten Angst, sie könnten zurückkommen, deshalb sind wir in die Wälder geflohen.«

Abinkehruz stand auf. »Dies sind gefährliche Zeiten«, sagte er. Ana war sich nicht sicher, ob er ihr glaubte. »Das Lager meines Stammes liegt an eurem Weg. Kommt. Wir werden euch aushelfen mit allem, was wir entbehren können.«

Ana neigte den Kopf. »Ich danke dir.«

Abinkehruz nahm die Zügel seines Pferdes und zeigte nach Norden. »Hier entlang. Um den Bären werden sich meine Krieger nachher kümmern.«

»Deine Krieger?«, fragte Merie. Es war das Erste, was sie zu dem Bur sagte.

»Ja. Ich bin der erste Krieger des Stammes, sein Anführer.« Seine Schultern strafften sich. »Mein Name ist eigentlich ein Titel. Er bedeutet Großer Speer.«

Ana stutzte. Der Name kam ihr bekannt vor.

»Trägt jeder Stammesführer diesen Titel?«, fragte sie.

»Seit der erste Krieger durch das Land zog.«

Mein Vater muss ihn einmal erwähnt haben, dachte Ana. Er hatte mit vielen Menschen Geschäfte gemacht, wahrscheinlich auch mit den Bur.

Der Weg wurde breiter, der Wald lichter. Abinkehruz sagte nicht viel und stellte auch keine Fragen. Schließlich bog er vom Weg ab und führte sie einen Hügel hinauf. Auf dem Kamm blieb er stehen. »Mein Stamm«, sagte er.

Ein Tal lag vor ihnen. Dünne Rauchsäulen stiegen in den Himmel, wurden vom Wind davongeweht. Um sie herum breiteten sich Zelte aus. Ana begann sie zu zählen, gab aber auf, als ihr klar wurde, dass es Hunderte waren. Jedes einzelne hatte man rot eingefärbt. Vom Hügel aus wirkte es, als sähe man auf eine Wiese voller Klatschmohn.

»Das ist ein sehr großer Stamm«, sagte Jonan nach einem Moment.

Abinkehruz nickte. »Der größte im ganzen Land.«

Ein Weg führte von dem Hügel hinab ins Tal. Pferde- und Ziegenherden weideten dort. Auf Speere gestützte Männer beobachteten sie. An einem schmalen Fluss hockten Frauen und wuschen Wäsche und Geschirr. Andere reinigten Tierhäute.

»Wie viele Krieger gibt es in deinem Stamm?«, fragte Ana, als sie sich den Zelten näherten.

Abinkehruz grinste. »Genügend.«

»Und warum sind die Zelte rot?«

»Damit jeder unseren Wohlstand sehen kann.«

Merie sah Ana fragend an.

»Es ist sehr teuer, so viel Stoff rot zu färben«, erklärte sie. »Das können sich nur wenige leisten.« Sie wandte sich an Abinkehruz. »Darf ich fragen, wie ihr zu so viel Wohlstand gelangt seid?«

Der Bur führte sein Pferd an den Zelten vorbei. Menschen, die ihn sahen, nickten ihm zu. Sie alle trugen Kleidung aus Leder. Ihre Gesichter waren braun gebrannt. Fast alle hatten Falten um die Augen, so als würden sie Tag für Tag von der Sonne geblendet. Es waren die Gesichter von Menschen, die ihr Leben draußen verbrachten.

»Wir treiben Handel«, sagte Abinkehruz.

Ana bemerkte, dass sie auf ein Zelt zugingen, das größer als der Bankettsaal in Somerstorm war. Die Seitenwände hatte man hochgerollt, Felle und Teppiche bedeckten den Boden. Einige Männer saßen im Zelt und aßen Fleisch von Spießen, die sie über einer offenen Feuerstelle grillten. Als sie Abinkehruz sahen, standen sie auf. Ana fiel auf, dass alle bewaffnet waren.

Der Bur band sein Pferd an einen Pflock. Ein Junge lief heran, um es abzusatteln.

»Was für Handel?«, fragte Jonan. Sein Blick glitt über die Männer, dann über die Zelte. Er wirkte angespannt.

»Hauptsächlich Vieh, Fleisch, Häute, im Sommer Kräuter und Gewürze.« Abinkehruz zog seine Stiefel am Zelteingang aus und ging barfuß hinein. »Bevor die Nachtschatten kamen, haben wir Sklavenkarawanen auf dem Weg nach Norden beschützt.«

Er hockte sich auf ein fellbesetztes Kissen. »Euer Vater war ein großzügiger Mann, Ana Somerstorm.«

Kapitel 23

Wer Busharan erkunden will, sollte dies auf den kleinen Wegen fernab der Handelsstraße nach Bochat tun. Die Menschen dort werden ihn mit Freude in ihre Hütten einladen und den Geschichten seiner Reisen lauschen, denn Vergnügungen findet man selten außerhalb Bochats. Selbst die Gaukler sind zumeist nur auf der Durchreise.

Jonaddyn Flerr, *Die Fürstentümer und Provinzen der vier Königreiche, Band 1*

Sie hatten Dörrfleisch, Weinschläuche, Eier, getrocknetes Obst und frische Kleidung für die Stute bekommen, zu wenig, wie Craymorus fand, doch er sagte nichts dazu. Er wusste nicht, was ein Pferd kostete oder ein Ei. Auf der Insel der Meister hatte er alles, was er brauchte, gestellt bekommen, in der Festung hatte man ihn bedient.

Sie übernachteten abseits der Straße in einer alten Scheune, dann ritten sie weiter nach Westen. Dank der Kleidung, die sie trugen – einfache Hemden und Hosen und derbe Wämser – sahen sie aus wie Bauern auf dem Weg zum Markt. Craymorus hatte den Streitkolben in einen Sack auf dem Rücken gesteckt, während Korvellan sein Schwert offen am Gürtel hängend trug. Angeblich durften Bauern in Busharan Waffen tragen, auch wenn Craymorus das nicht so ganz glauben konnte. In Westfall wurde das mit dem Tod bestraft.

Gerade wie eine gespannte Schnur führte die Straße gen Westen. Sie ließen die Pferde traben, um schneller vorwärtszukommen. Craymorus gewöhnte sich schnell an den Sattel. Am zweiten Tag spürte er ihn kaum noch. Die Bewegungen des Pferdes wurden ihm immer vertrauter, seine Arme und Beine schienen sich an die wenigen Male zu erinnern, bei denen er als Kind geritten war.

Craymorus betrachtete die Landschaft, die an ihnen vorbeizog. Weiden, Felder, Wiesen, gelegentlich ein Dorf oder ein Wald. Die Hügel, die er sah, waren sanft, die Wolken, die über ihre Köpfe zogen, weder besonders dunkel noch hell, nicht übermäßig groß oder ungewöhnlich klein.

Unauffällig, dachte Craymorus, als sie am Mittag des dritten Tages an einigen Männern vorbeiritten, die auf einem Feld arbeiteten. Sie nickten ihnen zu, Craymorus nickte zurück.

Zweimal war er bereits in Busharan gewesen. Beim ersten Mal war er ein Kind gewesen. Er erinnerte sich an die Krücken, die neben ihm auf dem Boden gelegen hatten, an den Schmerz, der bei jedem Schlagloch durch seine Beine gefahren war, an seine von Blasen bedeckten Hände.

Beim zweiten Mal hatte er neben Rickard in einer Kutsche gesessen. Die Schlaglöcher hatten immer noch geschmerzt, aber seine Hände waren hart geworden, die Schultern stark. Er hatte nach vorn geblickt, in die Zukunft, die ihn erwartete. Busharan war an ihm vorbeigezogen, ohne Eindruck zu hinterlassen.

»Wollt Ihr mich nicht fragen?« Korvellans Stimme riss ihn aus seinen Gedanken.

Craymorus wandte den Kopf. Seit dem Morgen ritten sie nebeneinander, aber es fiel ihm erst in diesem Moment auf.

»Was fragen?«

»Ob ich den Mann kenne, der Euch verkrüppelt hat.« Korvellan sah ihn an. »Und ob ich weiß, weshalb er es tat.«

Ja, dachte Craymorus, *das will ich, seit dem ersten Schritt die-*

ser Reise. »Nein«, sagte er. »Das will ich nicht fragen. Eine Bestie braucht keinen Grund, um wie eine Bestie zu handeln.«

»Wie Ihr meint.« Korvellan schnalzte mit der Zunge und ritt vor.

Craymorus starrte auf seinen Rücken. Er wollte ihm den Namen, der ihn seit so langer Zeit in seinen Träumen verfolgte, hinterherrufen, doch er schwieg. Korvellan spielte mit ihm. Nicht umsonst hatte er die Bestie als Mann bezeichnet. Er wollte, dass Craymorus die Nachtschatten als Menschen sah, mit guten und schlechten Seiten, mit Fehlern und Stärken, mit Beweggründen für ihr Handeln. Er hatte ihn bereits auf diesen Weg geführt, doch Craymorus würde keinen Schritt weiter mit ihm gehen. Sie hatten nur eine Gemeinsamkeit, ihr Ziel, und dabei würde es bleiben.

Korvellan zügelte sein Pferd und hob die Hand, dann drehte er sich im Sattel um. »Jemand kommt uns entgegen.«

Craymorus hielt neben ihm an. Vor ihnen lag ein schmaler Fluss. Eine Holzbrücke führte darüber. Sie war breit genug für zwei Pferde. Dahinter knickte die Straße nach Süden ab. Dichte Hecken trennten die Weiden auf beiden Seiten von der Straße. Craymorus richtete sich im Sattel auf, aber die Hecken waren zu hoch; er sah nicht, wer ihnen entgegenkam.

»Wir könnten uns in den Feldern verstecken«, sagte er.

»Nein.« Korvellan lauschte mit schräg gelegtem Kopf. »Sie sind zu schnell. Wir müssten sie ...«

... gleich sehen, hatte er wohl sagen wollen, doch dazu bestand kein Grund mehr.

Craymorus tastete nach dem Streitkolben im Sack auf seinem Rücken, als er die vier Männer sah, die ihm um die Kurve entgegenkamen. Sie rannten. Ihre Füße klatschten laut und rhythmisch auf den Boden, dann hohl auf Holz. Sie waren von einer dicken Staubschicht bedeckt. Schmutz und Schweiß hatten ihre Gesichter in starre Masken verwandelt.

Totenmasken, dachte Craymorus. Seine Finger berührten den Griff des Kolbens.

»Bewegt Euch nicht«, flüsterte Korvellan. Er hielt die Zügel locker in den Händen, obwohl sein Pferd nervös tänzelte. »Erregt keine Aufmerksamkeit.«

Die Männer waren fast heran. Craymorus hätte beinahe gewürgt, als er die blutigen Klumpen an ihren Beinen sah. Er verstand nicht, wie sie auf diesen Füßen gehen oder gar rennen konnten.

So wie du, sagte eine Stimme in seinem Inneren. Er verdrängte sie.

Er bemerkte die staubbedeckten zahnlosen Münder erst, als die Männer auf einer Höhe mit ihm waren. Dann waren sie vorbei. Keiner von ihnen hatte den Blick auf Craymorus gerichtet. Er glaubte nicht, dass sie ihn überhaupt wahrgenommen hatten.

Er sah ihnen nach. Ihre Füße wirbelten Staub auf. Sie rannten so schnell, dass sie hinter den Hecken verschwunden waren, bevor sich der Staub gelegt hatte.

»Was war das?«, stieß er dann hervor.

»Ewige Garde«, sagte Korvellan.

Craymorus sah ihn an. »Das weiß ich auch. Cascyr machte in der Festung keinen Schritt ohne sie.«

»Cascyr war in der Festung?«

»Ja.«

»Wieso?« Korvellan schienen die rennenden Gardisten nicht mehr zu interessieren.

»Er wollte Syrah heiraten.« Craymorus dachte an seinen toten, aufgeschlitzten Diener. »Er bedrohte mich, aber nach meiner …« Er zögerte. Korvellans Blick war dunkel geworden. »… Heirat reiste er ab.« Ihm fiel etwas anderes ein. »Mellie hielt sich von den Gardisten fern. Ich glaube, sie hatte Angst vor ihnen.« Er sah zurück. Die Staubwolke hatte sich gelegt. »Sie suchen nach jemandem, nicht wahr? Aber nach wem?«

»Weder nach Euch noch nach mir.« Korvellan klang nachdenklich, als er sein Pferd auf die Brücke lenkte.

Craymorus blieb neben ihm. Seine Gedanken kreisten um die Gardisten. Sie hatten ausgesehen, als wären sie bereits seit Tagen unterwegs. Ein Zauber musste sie antreiben, sonst wären sie längst zusammengebrochen. Doch Cascyr hatte nicht wie ein Zauberer gewirkt.

»Was weißt du über Cascyr?«, fragte Craymorus.

Korvellan griff hinter sich und trank einen Schluck verdünnten Wein aus einem der Schläuche, bevor er antwortete. »Er war der Bruder des Roten Königs, der dritte in der Erbfolge. Vor dem Krieg munkelte man, er habe seinen älteren Bruder ermordet, um Nummer zwei zu werden. Vielleicht tötete der Rote König seinen Vater, um ihm zuvorzukommen. Wer weiß.« Korvellan schob den Korken zurück in den Schlauch, dann reichte er ihn herüber.

Craymorus schüttelte den Kopf. Er würde nicht aus demselben Schlauch trinken wie ein Nachtschatten. Das wäre ein weiterer Schritt auf dem Weg gewesen.

»Als der Rote König anfing, Provinzen zu überfallen«, fuhr Korvellan fort, »hielt sich Cascyr zurück. Er wollte es beiden Seiten recht machen, um sich im richtigen Moment auf die des Siegers zu schlagen. Nach dem Hügel der Schande und dem Tod der anderen drei Könige dachte er, dieser Moment wäre gekommen. Er stellte seine Soldaten dem Roten König zur Verfügung. Ohne Fürst Somerstorms Sklavenarmeen – damals hieß er noch Vannag – wäre sein Plan wahrscheinlich aufgegangen. Vannag brachte uns zwanzigtausend Krieger aus dem Südland, aus Hala'nar und von den Inseln. Für den Sieg versprach er ihnen die Freiheit.« Korvellan schüttelte den Kopf, als könne er es immer noch nicht glauben. »Und wir siegten. Cascyr verschwand, doch als die Streitigkeiten unter den Fürsten ausbrachen und jeder versuchte, Macht zu gewinnen, tauchte er wieder auf. Er nannte sich König und behauptete, er könne die Provinzen unter sich vereinen, aber er wurde nur ausgelacht. Damals bekam er den Spitznamen ›König ohne Land‹.«

»Hatte er damals schon die Garde?«

»Nein.« Korvellan blinzelte. Die tief stehende Sonne blendete ihn. »Der Rote König setzte die Ewige Garde als Leibwache ein. Es gab nur wenige von ihnen. Nach dem Ende des Kriegs habe ich sie nicht mehr gesehen.« Er streckte sich. »Warum interessiert Ihr Euch so für ihn?«

»Weil Mellie ihn fürchtete.«

»Nennt sie nicht so«, sagte Korvellan. »Ihr wisst, was sie ist. Gebt ihr den Namen, den sie verdient.«

Craymorus zögerte. *Er hat recht,* dachte er, aber es fiel ihm schwer, die Wahrheit anzuerkennen, indem er sie aussprach. Etwas Zerstörerisches lag darin.

»Sie fürchtete Cascyr«, sagte er stattdessen. »Wir haben gesehen, zu was sie in der Lage ist, trotzdem hatte sie Angst vor ihm. War sie noch nicht so stark wie jetzt, als er in der Festung war? Wenn ja, durch was ist sie stärker geworden?«

Korvellan sah ihn an. »Sagt bitte, was sie ist. Sprecht es aus.«

»Warum? Wir wissen es doch beide.« Craymorus wollte seinem Pferd die Fersen in die Flanken rammen, doch Korvellan griff ihm in die Zügel. Beide Pferde blieben stehen. »Was soll das?«

Korvellan ignorierte seine Frage. »Seid ehrlich«, sagte er. »Liebt Ihr sie noch?«

»Nein.« Craymorus spuckte das Wort aus.

»Dann sprecht es aus.«

Wieso fällt mir das so schwer?, fragte er sich. Korvellans Blick schien ihn zu durchbohren. Die Abendsonne spiegelte sich in seinen Pupillen.

»Sagt es.«

Craymorus spürte, wie etwas in ihm aufstieg wie eine Flut. Er versuchte sie zurückzuhalten, aber sie war zu stark, hatte zu lange in ihm auf ihren Moment gewartet.

»Sie ist eine Vergangene«, sagte er. Seine Stimme klang ruhig. »Sie ist eine Göttin, die mich als ihr Werkzeug auserwählt hatte.

Ich habe mich von ihrem Licht abgewandt, weil ich ihre Nähe nicht mehr ertragen konnte. Warum? Weil ich zu schwach war? Weil es richtig war? Ich würde gern um diese Erkenntnis beten, aber ich weiß nicht mehr, zu wem.« Er sah zur Seite. »Und jetzt lass bitte die Zügel los.«

Korvellan schien etwas sagen zu wollen, doch dann nahm er die Hand weg und zügelte sein Pferd, um Craymorus vorreiten zu lassen.

Sie ritten bis tief in die Nacht und ruhten sich in einer verlassenen Hütte aus. Niemand sagte ein Wort.

Am nächsten Morgen erreichten sie Bochat.

Es war ein sonniger Morgen. Nur der Wind, der kühl vom Meer in die Bucht wehte, verriet, dass es Winter war.

Craymorus reihte sich in die Karawanen aus Händlern und Reisenden ein. Karren voller Kisten und Fässer rumpelten an ihm vorbei. Hirten trieben Ziegenherden durch die Straßen, ab und zu sah er Flüchtlinge, die inmitten ihrer Habseligkeiten in Gassen hockten und bettelten. Die Häuser waren zumeist zweistöckig und bestanden aus dunklem Holz. Craymorus sah keine Hütten zwischen ihnen, nur ein paar Verschläge, auf denen Hühner saßen. Überall roch es nach gegrilltem Fisch. Bochat war bekannt für seine Garküchen.

»Seid Ihr hungrig?«

Craymorus drehte den Kopf. Korvellan ritt neben ihm, lenkte sein Pferd mit den Knien. In den Händen hielt er zwei Palmblätter, auf denen frisch gegrillte große Fische lagen.

»Nein«, sagte Craymorus. Sein Magen knurrte.

Korvellan hob die Schultern. »Wie Ihr meint.«

Er sah sich um, dann ritt er zum Straßenrand und lehnte sich zu einigen Flüchtlingen hinunter. Sie verbeugten sich, als er ihnen die Fische reichte. Er wischte sich die Hände an der Hose ab und führte sein Pferd zurück in den Strom der Reisenden.

»Ich esse nicht gern allein«, sagte er auf Craymorus' unausgesprochene Frage.

Die Masten der Schiffe ragten über die Dächer der Häuser und Hütten hinweg. Bunte Fahnen wehten im Wind. Ihre Farben zeigten an, woher die Schiffe kamen und wohin sie fuhren. Die meisten waren gelb-grau. Gelb stand für Bochat, Grau für Zvaran. Er sah einige gelb-rote zwischen ihnen, die für Schiffe standen, die nach Hala'nar fuhren, und eine gelb-blaue.

Craymorus zeigte darauf. »Da ist die Fähre zu den Inseln.«

Korvellan nickte. »Und dahinter ein Seuchenschiff.«

Im hellen Sonnenlicht hatte Craymorus die weiße Fahne nicht bemerkt. Doch nun sah er sie im Wind flattern, abseits von allen anderen. Ihm lief ein Schauer über den Rücken, als er an die Menschen an Bord dachte. Ihnen blieb nur das Warten auf den Tod. Kein Hafen ließ ein Schiff anlegen, auf dem eine Krankheit ausgebrochen war.

Die Straße gabelte sich. Rechts ging es zum Hafen, links weiter hinein in die Stadt. Craymorus zügelte sein Pferd, als eine Gruppe Sklaven an ihm vorbeigeführt wurde. Er zählte über dreißig Männer und Frauen und zahlreiche Kinder. Sie alle waren nackt, man hatte ihnen die Köpfe geschoren und sie in Ketten und Halsringe gelegt. Ihre Blicke waren nach unten gerichtet, ihre Gesichter gerötet. Craymorus sah ihnen ihre Scham an.

Der Sklavenhändler ging an ihrer Spitze, umgeben von Aufsehern, die mit Stöcken und Dolchen bewaffnet waren. Er war jung und dick. Seine dunkle Samtjacke spannte sich über dem Bauch, sein breitkrempiger, fellbesetzter Hut wirkte zu klein für das runde Gesicht. Er hielt eine Stange in der Hand, die eine Armeslänge über seinem Kopf in zwei Metallringen endete, die wie Kettenglieder aussahen. Craymorus wusste, was die Stange bedeutete: Der Händler war bereit, Sklaven zu kaufen.

»Deine Geschäfte müssen gut gehen.« Korvellan sprach aus, was Craymorus dachte.

Der Händler sah auf. »Willst du, dass ich dich kaufe?«, fragte er. Sonnenlicht fiel auf sein Gesicht. Seine grünen Augen waren kalt. Sie musterten Korvellan wie eine Ware. »Ich würde dir einen guten Preis machen, einen, von dem deine Familie sich viele Blindnächte lang sattessen könnte.«

»Ich habe kein Interesse. Mir fiel nur dein Wohlstand auf, das ist alles.«

Craymorus hörte den schneidenden Unterton in Korvellans Stimme. Er unterbrach das Gespräch. »Menschen verkaufen sich selbst als Sklaven?«, fragte er rasch.

Der Händler nickte. Licht und Schatten tanzten über sein Gesicht. »Das hat es immer schon gegeben. Heutzutage sind es vor allem Flüchtlinge, die nicht wissen, wovon sie ihre Familien ernähren sollen. Manche verkaufen ihre Kinder, andere sich selbst. Ich helfe ihnen, wenn ich kann.«

Es lag keine Ironie in seinem Tonfall. Das Klirren und Schleifen der Ketten begleiteten seine Worte wie ein Chor.

»Das sehe ich«, sagte Korvellan mit einem Blick auf die Sklaven. Die Aufseher trieben sie voran, dem Hafen entgegen.

»Sie sind wie Pferde.« Der Händler streichelte den Hals von Korvellans Hengst. »Man muss sie brechen, bevor man sich auf sie verlassen kann.«

Einer der Aufseher nickte. Craymorus sah die Sklavenmale auf seinen Händen und die Tätowierung auf seiner Wange, die ihn als freien Mann auswies. Er war ein ehemaliger Sklave, der die Seiten gewechselt hatte. Craymorus' Blick glitt über die anderen Aufseher. Sie alle waren befreite Sklaven.

»Und wohin verkauft man so viele Sklaven?«, fragte Korvellan. Er wirkte interessiert, sogar freundlich. Nur die geballte Faust auf seinem Oberschenkel verriet seine Wut. Der Händler konnte sie nicht sehen, Craymorus schon.

»Momentan hauptsächlich auf die Inseln. Viele Reiche aus Westfall sind dorthin geflohen, um das Ende des Kriegs abzuwarten. Die meisten haben ihre Sklaven zurückgelassen, aus Angst, es könnten Nachtschatten darunter sein. Jetzt brauchen sie neue.«

Sie näherten sich dem Hafen. Die Luft roch salzig. Craymorus hörte Möwen schreien und Händler rufen. Sie waren kaum voneinander zu unterscheiden.

»Woher wissen sie, dass du ihnen keine Nachtschatten verkaufst?«

Der Händler grinste. Ihm fehlte ein Schneidezahn. »Ich überprüfe all meine Sklaven vor dem Kauf. Die Miliz hat mir gezeigt, wie das geht. Man legt ihnen eine Goldmünze auf die Stirn, und wenn sich das Gold schwarz färbt, ist es ein Nachtschatten. Einfach, wenn man es weiß.«

»Das ist völliger …«, begann Craymorus, unterbrach sich aber. Eine Goldmünze auf der Stirn war besser, als auf der Suche nach dem inneren Fell gehäutet zu werden.

»… eine kluge Idee«, sagte er schnell. Der Händler wirkte geschmeichelt.

Vor ihnen breitete sich der Hafen aus. Ein Dutzend Schiffe lag an den Kaimauern, fünf oder sechs weitere warteten auf einen freien Platz. Träger eilten zwischen Schiffen und Karren hin und her, Kisten hoch über den Kopf gestapelt. Kapitäne standen an den Laufplanken, die zu ihren Schiffen führten, verhandelten mit Händlern und Reisenden über die Preise für eine Überfahrt.

»Wohin seid ihr unterwegs?«, fragte der Händler.

»Zu den Inseln«, sagte Craymorus. Die Fähre lag am Ende der Kaimauer. Er sah, wie Menschen einstiegen und Fässer über die Planken gerollt wurden. Es schien, als würde sie bald ablegen. »Ich glaube, wir sollten uns beeilen.«

Der Händler winkte ab. »Sie wird nicht ohne mich ablegen. Ihr habt Zeit.«

»Wir werden uns trotzdem beeilen«, sagte Korvellan. Er drängte sich auf seinem Pferd an Trägern und Händlern vorbei.

Craymorus folgte ihm, bevor sich die Lücke, die er geschaffen hatte, wieder schloss. Der Händler und seine Sklaven blieben hinter ihnen zurück.

Als sie außer Hörweite waren, drehte sich Korvellan um. »Wenn wir Bestien sind«, sagte er, »wie nennt Ihr dann Menschen wie ihn?«

Er drehte sich zurück, ohne eine Antwort abzuwarten, so als wisse er, dass Craymorus keine hatte.

Neben den Planken, die auf die Fähre führten, sprangen sie von den Pferden. Der Mann, der vor ihnen stand, war alt und bärtig. Er trug einen Strohhut und einen Lendenschurz, sonst nichts. Auf einem kleinen Tisch lagen Beutel voller Münzen. Zwei jüngere Männer, die immer Hosen trugen, bewachten sie mit vor der Brust verschränkten Armen. Zwei Knüppel lehnten am Tisch.

»Zwei Menschen, zwei Pferde«, sagte der alte Mann. »Zwei Goldstücke.« Craymorus sah Korvellan an. Der griff in seine Hosentasche und zog einige Kupfermünzen heraus, die er wahrscheinlich den toten Milizsoldaten im Dorf gestohlen hatte. Craymorus sah, dass es nicht genügend waren.

Korvellan zog ihn zur Seite. »Habt Ihr Geld, mein Fürst?«

Craymorus hätte beinahe gelacht. »Woher denn? In der Festung habe ich nichts gebraucht. Hast du nur die paar Münzen?«

»Ich war Euer Gast. Ihr habt für mein Wohl gesorgt.«

Die Antwort war Craymorus unangenehm. Er ging nicht darauf ein. »Also haben wir nichts?«

»Siebzehn Kupfermünzen, genug für einen gegrillten Fisch.« Korvellans Mundwinkel zuckten. »Aber nicht für zwei.«

»Dann verkaufen wir eben die Pferde.«

Craymorus ging auf den alten Mann zu. Die beiden jüngeren Männer betrachteten ihn aus schmalen Augen.

»Nimm uns mit, und du bekommst unsere Pferde«, sagte Craymorus.

Der alte Mann winkte ab. Seine Hand war groß und knorrig wie ein Baum. »Was soll ich mit Pferden? Ich lebe auf einem Schiff.«

»Dann verkauf sie.«

»Verkauf du sie, und bring mir das Geld. Dann haben wir beide, was wir wollen.«

Die Männer, die hinter dem Tisch standen, lachten. Craymorus fragte sich, wie schnell sie wohl auf den Knien gelegen hätten, wenn ihnen klar gewesen wäre, wer vor ihnen stand.

Sie würden mir nicht glauben, dachte er.

»Will er die Pferde nicht?«, fragte Korvellan.

»Nein.« Craymorus sah den alten Mann an. »Können wir die Überfahrt abarbeiten?«

»Seid ihr Matrosen?«

»Nein.«

Der Mann kicherte. »Dann nicht.«

Korvellan schüttelte den Kopf. »Er lacht uns nur aus. Kommt, wir werden einen anderen Weg finden.«

Er drehte sich um. Craymorus folgte ihm.

Aus den Augenwinkeln sah er, wie der Händler mit seinem Tross aus Sklaven und Aufsehern an der Kaimauer entlangging. Er sagte etwas zu einem der Aufseher, dann wandte er sich an Craymorus.

»Gibt es ein Problem?«, fragte er.

»Uns fehlt das Geld für die Überfahrt. Wir müssen zuerst unsere Pferde verkaufen.«

»Gehören die beiden zu Euch, Herr?« Der alte Mann nahm seinen Strohhut ab. Dünne weiße Haarsträhnen klebten auf seiner Glatze.

»Das tun sie.« Der Händler streckte den Bauch vor. Er gefiel sich sichtlich in seiner Rolle. »Ich zahle für ihre Überfahrt. Behandelt sie, so wie ihr mich behandelt.«

»Natürlich, Herr.«

Die beiden jüngeren Männer nickten. »Wie Ihr wünscht, Herr«, sagte einer von ihnen.

»Danke«, sagte Craymorus, während Korvellan schwieg. »Das ist sehr großzügig.«

Der Händler winkte ab, aber sein Gesichtsausdruck verriet, dass es ihm gefiel, gelobt zu werden. »Ich kann auf Überfahrten immer Leute gebrauchen, die auf die Sklaven aufpassen. Gelangweilte Sklaven sind gefährliche Sklaven. Diesen Rat gebe ich euch umsonst. Merkt ihn euch.« Er streckte die Hand aus. »Mein Name ist Slergg Ogivers. Man nennt mich den Prinzen der Sklavenhändler, obwohl ich seit dem Tod von Fürst Somerstorm eigentlich ihr König bin. Aber ihr wisst ja, wie das mit Spitznamen ist. Sie bleiben hängen, und man kann nicht jedem die Zunge rausschneiden, der sie benutzt.« Er lachte.

Craymorus versuchte zu lächeln. Korvellans Gesicht blieb ausdruckslos.

Kapitel 24

Vielleicht liegt es an der Vielfältigkeit der Provinz Pujambur, dass ihre Bewohner nie ganz zur Ruhe gekommen sind, sondern sich auf stetiger Wanderschaft befinden. So leben die Bur im Sommer in den Bergen und ziehen im Herbst dem Wild hinterher bis an die Grenzen Westfalls. In ihren Zelten sind Fremde stets willkommen, Streitigkeiten werden durch Duelle bereinigt.

Jonaddyn Flerr, *Die Fürstentümer und Provinzen der vier Königreiche, Band 2*

Es gibt keinen Grund zur Sorge«, sagte Abinkehruz. »Bitte kommt in mein Zelt. Erweist mir die Ehre, Euch willkommen zu heißen.« Er verneigte sich.

Ana warf Jonan einen kurzen Blick zu, sah, wie er die Hände von den Griffen seiner Schwerter nahm und kaum merklich den Kopf schüttelte. Zu viele Krieger standen zwischen den Zelten. Er hielt eine Flucht für ausgeschlossen.

Ana zog ihre Stiefel aus und betrat das Zelt. Die Männer, die rund um die offene Feuerstelle saßen, rückten zusammen. Abinkehruz zeigte auf die frei gewordenen Kissen und bat mit einer Geste auch Jonan und Merie herein. Er wartete, bis sich alle gesetzt hatten, dann klatschte er in die Hände.

Zwei Jungen trugen einen reich verzierten Holzstuhl heran, Frauen, die beinahe unsichtbar im hinteren Teil des Zelts gehockt hatten, standen auf und verließen das Zelt.

»Euer Vater war ein ehrenwerter Mann.« Abinkehruz setzte sich auf den Stuhl und schlug die Beine übereinander. Die beiden Jungen hockten sich rechts und links von ihm auf den Boden. »Die Bur haben nach seinem Tod getrauert.«

»Ich danke Euch für Eure Anteilnahme«, sagte Ana. Sie schlüpfte in die Rolle der Fürstentochter wie in ein altes, oft getragenes Kleid. »Darf ich fragen, woher Ihr meinen Vater kanntet?«

»Ich habe ihn vor einigen Wintern auf Burg Somerstorm aufgesucht. Da habe ich Euch kurz getroffen.«

Ana nickte, obwohl sie sich nicht an ihn erinnern konnte.

»Zu dieser Zeit«, fuhr Abinkehruz fort, »wurden die kleinen Stämme häufig von Sklavenjägern heimgesucht. Ich bat Euren Vater, seinen Einfluss zu nutzen, um das zu unterbinden. Im Gegenzug bot ich ihm an, die Sklavenkarawanen, die durch Pujambur zogen, zu beschützen. Er stimmte zu, und so wahr ich hier sitze, von diesem Tag an wurde kein Bur mehr als Sklave verkauft.«

»Das klingt sehr nach meinem Vater«, sagte Ana. Das war keine Lüge. Als kluger Geschäftsmann hatte er wahrscheinlich das Gold, das ihm die Bur-Sklaven eingebracht hätten, mit dem aufgerechnet, das ihn die Söldner kosteten, von denen er die Karawanen beschützen ließ. Abinkehruz dachte vielleicht, die Abmachung wäre ehrenvoll, doch dem Fürsten war es nur um Gold gegangen.

Wie so oft, dachte Ana.

Die Männer an der Feuerstelle hörten dem Gespräch schweigend, aber aufmerksam zu. Andere Bur standen um das offene Zelt herum wie um die Bühne eines Gauklers. Jonan beobachtete jede ihrer Bewegungen, während Merie auf die Fleischspieße starrte, die vor ihr ins Feuer gehalten wurden. Ana empfand es als unhöflich, dass man ihnen weder etwas zu essen noch zu trinken anbot.

Die Bur sahen sie an. Man schien zu erwarten, dass sie etwas sagte. »Habt Ihr Neuigkeiten vom Krieg?«, fragte sie.

»Wir wissen nur, was uns die Flüchtlinge erzählen.« Abinkehruz schnippte mit den Fingern und gab einen kurzen, unverständlichen Befehl.

Der Junge links neben ihm sprang auf und lief aus dem Zelt.

»Mein Sohn«, sagte Abinkehruz lächelnd. »Aber Ihr wolltet etwas über den Krieg wissen. Westfall liegt in Trümmern, haben die Flüchtlinge erzählt. Der Fürst ist geflohen.«

»Westfall ist gefallen?« Ana konnte die Nachrichten kaum glauben. Jonan hatte ihr von der Belagerung erzählt, ebenso von Syrahs Tod, trotzdem erschien es ihr unwirklich, dass der Ort, zu dem sie wie jeder andere aufgeblickt hatte, nicht mehr existierte. Es fühlte sich an, als sei ein Loch in die Welt gerissen worden.

»Was ist mit den Magiern und den Nachtschatten?«, fragte Jonan.

Abinkehruz schüttelte den Kopf. »Davon weiß ich nichts. Wir bekommen nur wenig von dem mit, was außerhalb von Pujambur geschieht. Ich bin als Einziger in meinem Stamm je nach Somerstorm gereist. Nerasnahru dort hinten …«, er zeigte auf einen leicht übergewichtigen jungen Krieger, der sein dunkles Haar zu Zöpfen geflochten hatte, »… war dafür schon einige Male in Braekor auf den Märkten, um unsere Felle zu verkaufen.«

Nerasnahru nickte. Seine Finger glänzten fettig. »Man schätzt Bergziegenfelle dort sehr.«

Ana sah auf, als der Junge, der gerade noch das Zelt verlassen hatte, atemlos angelaufen kam, neben seinem Vater stehen blieb und ihm etwas ins Ohr flüsterte.

»Natürlich«, sagte Abinkehruz. »Sie sollen hereinkommen.« Er klatschte in die Hände. »Kommt!«

Jonan spannte sich an, Merie duckte sich, als befürchte sie, geschlagen zu werden. Ana versuchte irgendetwas zwischen den Bur, die vor dem Zelt standen, zu erkennen.

Sie sah, wie die Männer – es waren fast keine Frauen unter den Zuschauern – zur Seite rückten, dann blitzte es silbern hinter ihnen.

Ana atmete auf. Es waren Tabletts, vollbeladen mit Essen, die von Frauen getragen wurden. Kinder stellten Schüsseln ab und wuschen zuerst Abinkehruz, dann allen anderen im Zelt Hände und Füße.

Ana genoss es, bedient zu werden. So lange war es her, dass man sie wie eine Fürstentochter behandelt hatte. Sie hielt die Finger in die Schüssel und ließ sie abreiben. Das Wasser war warm und roch nach Früchten.

Sie hätte beinahe gelacht, als sie sah, wie Jonan die Schüssel von sich wegschob und immer wieder den Kopf schüttelte, wenn das Mädchen auf seine Füße zeigte. Es fiel ihm schwer, sich bedienen zu lassen, so wie den meisten Menschen, die nicht damit aufgewachsen waren.

Ana hatte es als Kind gelernt. Sie neigte sich zu Jonan hinüber. »Lass sie ihre Arbeit machen. Sonst glaubt sie, sie habe etwas falsch gemacht.«

»Ich möchte meine Füße selbst waschen«, sagte Jonan steif.

»Das wäre sehr unhöflich. Du würdest sie beschämen.« Ana warf einen Blick auf das Mädchen.

Es hockte neben der Schüssel und sah Jonan an. Als es Anas Aufmerksamkeit bemerkte, zeigte es auf sich, die Schüssel und Jonan.

Sie versteht unsere Sprache nicht, dachte Ana. Das erschien ihr seltsam bei einem Volk, das so viel Handel trieb.

»Lass sie deine Füße waschen«, sagte sie. »Erweise ihr diese Ehre.«

Jonan verzog das Gesicht, als habe sie ihn gebeten, zum Aderlass zu gehen, doch dann streckte er zögernd die Beine aus. Das Mädchen lächelte und tauchte ein Stück Stoff in ihre Schüssel.

Ana sah zu Merie, der das Ritual nicht unangenehm zu sein

schien. Sie befolgte die stummen Anweisungen ihrer Dienerin mit großer Ernsthaftigkeit und bedankte sich, als man ihr Hände und Füße abtrocknete.

»Hält deine Familie Haussklaven?«, fragte Ana.

»Nur welche für die Feldarbeit.« Merie rollte die Hosenbeine herunter. »Meine Lehrer haben mir beigebracht, wie man mit Dienern umgeht. Das hat mir mehr Spaß gemacht als Rechnen.«

»Was haben sie dir sonst noch beigebracht?«

»Lesen und Schreiben, Geschichte und wie man ein Gut verwaltet.« Merie hob die Schultern. »Für alle Fälle, sagt meine Mutter immer.«

Sie sah Ana an, wirkte auf einmal viel jünger als noch einen Augenblick zuvor. »Ich werde sie doch wiedersehen, oder?«

In ihren Worten lag etwas Flehendes. Sie wollte nicht die Wahrheit hören, sondern eine Bestätigung.

Ana erfüllte ihr den Wunsch. »Ja, natürlich«, sagte sie, während ihre Gedanken um die Frage kreisten, woher einfache Leute die Mittel für Hauslehrer hatten und weshalb sie ihrer Tochter Wissen beibringen ließen, das weit jenseits von dem lag, was sie je im Leben brauchen würde.

Die Schüsseln wurden aus dem Zelt gebracht, dann stand Abinkehruz auf. »Ehrenwerte Gäste, esst und trinkt. Beschämt die Bur nicht durch Bescheidenheit.«

Ana neigte den Kopf. Ihr Magen knurrte. Die Tabletts vor ihr waren beladen mit Fleisch, Gemüse, Brot und Obst. Krüge mit Gewürzwein und Bier standen zwischen ihnen. Sie suchte vergeblich nach einem Kelch oder Becher und nahm schließlich einen ganzen Krug.

»Mein Vater, der Fürst«, sagte sie laut, »hatte einen Trinkspruch für besondere Gelegenheiten, wenn er wusste, dass er unter Freunden war.« Der Krug war so schwer, dass ihr Arm zitterte. »Er lautet: Auf die Helden, auf die Weisen, auf die Treuen und die Großen. Auf euch.«

Es war nicht der Trinkspruch ihres Vaters, sondern der seines Generals, aber es gab niemanden, der sie hätte verraten können.

Die Bur johlten und hoben ihre Krüge. Dann begannen sie zu essen.

Es gab keine Messer oder Löffel. Man aß mit den Fingern und teilte sich die Krüge. Ab und zu tauchten Frauen auf und brachten Nachschub, blieben aber nicht. Außer Ana und Merie saßen nur Männer im Zelt.

»Warum feiern eure Frauen nicht mit euch?«, fragte Jonan nach einer Weile.

Nerasnahru rülpste. »Sie haben ihr Leben, wir das unsere. Wir halten das ziemlich getrennt, außer natürlich zum ...« Er machte eine vulgäre Handbewegung, die Ana erröten ließ.

»Nerasnahru.« Abinkehruz zog die Augenbrauen zusammen. »Wir haben Gäste.«

»Verzeih, daran hatte ich nicht gedacht.« Der Krieger verneigte sich vor Ana, dann vor Jonan und Merie. »Ich gebe dem Wein die Schuld für meine Torheit.«

Ana lächelte. »Dann bestraft ihn, indem Ihr noch etwas davon trinkt.«

Die Krieger lachten höflich.

Abinkehruz stellte seinen Weinkrug zur Seite und sah Jonan an. »Was er sagen wollte, ist, dass wir uns nicht in das Leben unserer Frauen einmischen und sie sich nicht in das unsere. Bei den Bur hat jeder seine Aufgaben, so ist es seit dem ersten Stamm. Wir Männer kümmern uns um alles außerhalb des Lagers, die Frauen um alles innerhalb. Wir sprechen nicht einmal dieselbe Sprache. Es ist besser so.«

Merie lehnte sich zu Ana herüber. »Ich bin froh, dass ich keine Bur bin«, flüsterte sie.

Jonan nickte langsam. »Ich verstehe«, sagte er, obwohl Ana ihm ansah, dass er es ebenso wenig verstand wie sie.

Abinkehruz trank einen Schluck Wein. »Sagt mir, Ana Somerstorm, was führt Euch nach Pujambur? Seid Ihr auf dem Weg nach Norden?«

Sie nickte. »Ich habe erfahren, dass mein Bruder noch in der Festung lebt. Wir wollen ihm helfen, bevor die Ewige Garde Somerstorm erreicht.«

»Die Garde?« Nerasnahru beugte sich vor. »Ich habe sie gesehen.«

Ana spürte einen Stich im Magen. »Wann?«

»Heute Morgen. Sie waren zu viert und rannten, als wären Bergdämonen hinter ihnen her.«

»In welche Richtung?«, fragte Jonan.

»Norden.«

»Dann sind sie vor uns«, sagte Ana. Sie fragte sich, wie weit sie laufen würden, bevor sie umdrehten und zurückkamen.

Abinkehruz räusperte sich. »Lange können sie nicht so schnell rennen. Wenn Ihr möchtet, schicke ich ihnen Krieger hinterher, damit Ihr nicht mehr belästigt werdet.«

»Nein«, sagte Ana schnell. »Sie sind zu gefährlich. Ich will das Leben Eurer Krieger nicht riskieren.«

Er schien widersprechen zu wollen, aber Jonan kam ihm zuvor. »Ein Gardist«, sagte er, »ist so gut wie fünf Eurer Krieger.«

Nerasnahru winkte ab, als könne er das nicht glauben, Abinkehruz runzelte die Stirn, sagte aber nichts mehr dazu. Er wechselte das Thema und begann von den Ziegenherden der Bur zu erzählen.

Das Festmahl dauerte bis tief in die Nacht. Als Abinkehruz schließlich aufstand und es für beendet erklärte, erhoben sich nur wenige Krieger, um aus dem Zelt zu schlurfen. Die meisten waren längst eingeschlafen.

Jonan und Abinkehruz waren die einzigen Männer, die nüchtern wirkten. Ana war nicht entgangen, dass beide ihren Wein mit Wasser verdünnt hatten.

»Ich bringe Euch zu Eurem Zelt«, sagte Abinkehruz, während er eine Fackel an der Feuerstelle entzündete.

Es war still im Lager. Nur ab und zu hörte Ana jemanden schnarchen oder ein Pferd schnauben. Das Zelt, zu dem Abinkehruz sie führte, lag neben den Weiden. »Es ist groß genug für drei, aber wenn es Euren Ansprüchen nicht genügen sollte, lasse ich ein größeres aufbauen.«

»Es ist völlig ausreichend«, sagte Ana, ohne einen Blick darauf zu werfen.

Abinkehruz nickte und rammte die Fackel in den Boden neben dem Eingang. »Stimmte das, was Ihr während des Mahls sagtet? Kann ein Gardist fünf Krieger töten?«

»Ja«, sagte Jonan. Er schlug den Eingang des Zelts zurück und band ihn an einer der Holzstangen fest.

»Und sie können tagelang rennen, ohne zu rasten oder zu essen«, fügte Merie hinzu. Es klang fast, als wäre sie stolz darauf. »Sie folgen uns bereits seit Westfall.«

»Klingt so, als könntet Ihr Freunde gebrauchen.«

Ana lachte leise. »Ein paar tausend Freunde.«

»So viele habe ich selbst nicht«, gestand Abinkehruz. Sie sah sein Lächeln in der Dunkelheit.

Er wünschte ihnen eine gute Nacht und verschwand zwischen den Zelten.

»Er würde uns helfen, wenn er könnte«, sagte Merie.

Ana nickte. *Wenn er könnte.* Die Worte hallten in ihr wider. Die Ausweglosigkeit ihrer Lage traf sie so unvorbereitet, dass sie beinahe geschluchzt hätte. Es gab niemanden, der ihnen helfen konnte. Die Armeen waren geschlagen, Westfall war gefallen, die Ewige Garde jagte sie. Die Einzigen, die noch zu ihr hielten, waren Nachtschatten. Wie konnte sie es wagen, deren Leben zu riskieren, um Gerit zu befreien, etwas, das ihr mit jedem Moment irrsinniger erschien?

»Wir werden es schaffen«, sagte Jonan, so als wisse er, was in ihr vorging. Sie spürte seine Hand auf ihrem Arm.

Nein, dachte Ana. *Das werden wir nicht.*

Sie schlief schlecht in dieser Nacht. In ihren Träumen wurde sie von Gardisten verfolgt und von ihrem toten Vater. Nur die Erschöpfung hielt sie davon ab aufzustehen. Im Morgengrauen legten sich Jonan und Merie hin. Als sie ihre ruhigen Atemzüge hörte, schlief auch sie wieder ein.

Ana erwachte, als jemand an die Zeltstange neben ihrem Eingang klopfte. Jonan setzte sich an ihre Seite. Seine Hand lag auf einem seiner Schwerter, bevor er die Augen öffnete.

»Seid Ihr wach?«

Jonan zog die Hand weg, als er Abinkehruz' Stimme hörte.

Merie zog sich die Decke über den Kopf. »Nein«, murmelte sie.

»Ja«, sagte Ana. Sie stand auf. Seit die Gardisten sie verfolgten, schlief sie vollständig bekleidet. Nur die Stiefel hatte sie ausgezogen.

Ein Schatten glitt über die Zeltwand, dann schlug Abinkehruz das Fell über dem Eingang zurück.

»Kommt heraus«, sagte er. »Ich habe etwas für Euch.«

Die Morgensonne blendete Ana. Sie blinzelte in die Helligkeit. Jonan verließ das Zelt vor ihr, deckte sie mit seinem Körper. Sie glaubte nicht, dass ihm auffiel, was er tat.

Hinter ihr setzte sich Merie auf und gähnte. »Was ist denn?«

»Das ist alles, was ich entbehren kann«, sagte Abinkehruz, bevor Ana Gelegenheit hatte, einen Blick auf die Pferde und Männer zu werfen, die vor dem Zelt standen. Sie zählte zwanzig Krieger, unter ihnen auch Nerasnahru. Er wirkte verkatert, grinste jedoch.

Abinkehruz' Sohn hielt vier Pferde am Zügel. Drei von ihnen waren gesattelt, das vierte mit Proviant beladen. »Das sind starke, schnelle Pferde«, sagte der Junge. »Vater hat sie mich aussuchen lassen.«

Ana strich einer schwarzen Stute über die Nüstern. Die Krieger standen stramm wie Soldaten. Nur ein paar grinsten so wie Nerasnahru.

Sie wissen nicht, worauf sie sich einlassen, dachte Ana. Sie sah Abinkehruz an. »Ich danke Euch, aber ich kann das nicht annehmen. Es ist zu viel.«

»Ihr werdet es annehmen. Seht es als Dank an Euren Vater. Er half uns, nun helfen wir Euch.« Sie wollte widersprechen, aber er hob die Hand. »Bitte. Enttäuscht meine Krieger nicht. Sie langweilen sich im Winterlager.« Er lächelte. »Und solltet Ihr je Euer Erbe antreten, erwarte ich, dass Ihr die Vereinbarungen, die Euer Vater mit uns getroffen hat, weiterführt.«

Ana warf Jonan einen kurzen Blick zu. Er nickte rasch, drängte sie, das Angebot anzunehmen.

»Das werde ich«, sagte sie nach einem Moment, »auch wenn es sehr unwahrscheinlich ist, dass es jemals so weit kommen wird.«

»Wir werden sehen.« Abinkehruz drehte sich um. »Die Frauen haben Kleidung für Euch bereitgelegt. Zieht Euch um. Wir frühstücken in meinem Zelt. Danach könnt Ihr aufbrechen.«

Sie aßen süße Früchte, Brot und Ziegenschmalz, dann beteten sie zu Göttern, die Ana nicht kannte, um eine sichere Reise. Abinkehruz verabschiedete sich von ihnen, doch bevor er sich abwenden konnte, berührte Jonan seinen Arm.

»Traut Ihr diesen Männern?«, hörte Ana ihn fragen.

»Mit meinem Leben«, antwortete Abinkehruz.

»Dann werde ich das auch tun.«

Sie gingen zu ihren Pferden und den Kriegern, die bereits im Sattel saßen und auf sie warteten. Sie trugen Rüstungen aus Leder, aber keine Helme. Ihre Bogen hingen an den Sätteln, jeder trug Schwert und Dolch.

Ana wählte für sich die schwarze Stute, die sie zuvor gestreichelt hatte, und saß auf. Die Lederkleidung, die man ihr, Merie und Jonan gegeben hatte, war nicht getragen, fest und unbeschädigt. Sie fühlte sich gut darin. Der Schatten, der seit dem Abend über ihrem Geist gelegen hatte, löste sich im Sonnenlicht auf.

Nerasnahru führte sein Pferd an das ihre heran. »Wohin?«, fragte er.

»Nach Norden.« Ana nahm die Zügel fest in die Hand. »Nach Somerstorm.«

Sie verließen das Lager im Trab und bogen auf die Handelsstraße ein.

Am späten Nachmittag sahen sie die Gardisten.

Merie entdeckte sie als Erste.

»Da!«, schrie sie. Ihre Stimme klang panisch. »Garde!«

Ana biss sich auf die Lippe. Jonans Pferd scheute.

Die Straße verlief gerade, mitten durch Weiden, auf denen Vieh graste. Es gab keine Deckung, nichts, wo sie sich in so kurzer Zeit hätten verstecken können.

»Ich dachte, du hättest sie gestern Morgen Richtung Norden laufen sehen«, sagte einer der Krieger.

»Habe ich auch«, antwortete Nerasnahru.

Ana drehte sich im Sattel um. »Sie müssen gemerkt haben, dass wir nicht vor ihnen sein können, und sind umgekehrt.«

Sie sah zurück zur Straße. Eine Staubwolke hing weit entfernt in der Luft.

»Bist du sicher, dass es die Garde ist?«

Merie nickte. Jonan ebenfalls.

»Ich sehe nichts«, sagte Nerasnahru.

»Das wirst du.« Jonan sprang vom Pferd und zog seine Schwerter. »Versucht sie mit Pfeilen aufzuhalten. Schießt auf die Beine und den Kopf. Beeilt euch. Sie sind schnell.«

Die Krieger griffen nach ihren Bogen. Ana hatte den Eindruck, dass es Nerasnahru erleichterte, nicht das Kommando führen zu müssen.

»Ana, Merie«, fuhr Jonan fort, ohne sich umzudrehen. »Hinter die Pferde. Bleibt dort!«

»Ich könnte doch …«, begann Merie, aber er unterbrach sie mit schneidender Stimme. »Nein. Hörst du mich? Nein.«

»Da sind sie!«, rief ein Krieger. Die letzten Männer stiegen noch von ihren Pferden. Nur wenige hatten ihre Bögen bereits gespannt.

Zu langsam, dachte Ana. Sie zog Merie hinter die reiterlosen Pferde und griff nach einigen Zügeln. »Halt sie fest«, sagte sie.

»Schießt doch!«, schrie Jonan.

Ana hörte das Surren der Pfeile. Die Pferde tänzelten nervös. Sie versuchte, an ihren Leibern vorbei zu erkennen, was vorging, und erschrak, als sie die Gardisten sah.

Staub, Schweiß und Blut bedeckten ihre Gesichter und Rüstungen. Lehm platzte von ihren Armen, als sie die Schwerter hoben und auf die Bogenschützen zuliefen.

Zwei Pfeile in den Kopf brachten den ersten Gardisten zu Fall. Ein Krieger lachte. Der zweite Gardist ließ sein Schwert fallen, als ein Pfeil seine Hand durchbohrte. Der dritte lief weiter, obwohl drei Pfeile in seiner Brust steckten. Der vierte …

Ana stutzte. Wo war der vierte?

»Kopf und Beine«, brüllte Jonan. »Sie tragen Brustpanzer.«

»Weiß ich auch«, hörte Ana Nerasnahru murmeln. »Erst mal treffen.«

Jonan trat dem Gardisten ohne Schwert die Beine unter dem Bauch weg. Ana sah sein Schwert bereits in dessen Kehle stecken, aber der Gardist war schnell, wich aus und griff nach Jonans Arm.

Ein Pferdehals nahm Ana die Sicht. Die Tiere wurden unruhig. Sie duckte sich unter den Hals eines anderen Pferdes und sah eine pfeildurchbohrte, abgeschlagene Hand am Boden liegen. Schwerter klirrten. Die Krieger hatten ihre Bogen fallen lassen. Die Gardisten waren zu nahe herangekommen.

Endlich entdeckte sie Jonan. Der Gardist schlug mit seinem Armstumpf nach ihm. Ein Pfeil steckte in seinem Hals. Er bewegte sich unsicher und langsam. Jonan rammte ihm beide Schwerter in die Brust. Der Gardist ging zu Boden.

Ana streckte sich, suchte nach dem vierten Gardisten. Zwei

waren bereits tot, doch der dritte hatte einem Krieger den Kopf abgeschlagen und einem zweiten den Arm an der Schulter abgetrennt. Als Ana ihn entdeckte, sprang er gerade in die Krieger hinein. Er schlug wild um sich, scheinbar sinnlos, aber jeder Schlag saß, traf entweder Fleisch oder Metall.

»Weg von ihm!«, schrie Jonan. »Lasst ihn nicht zwischen euch!« Er zog die Schwerter aus der Leiche.

»Ich kann die Pferde nicht mehr halten«, stieß Merie plötzlich hervor. Die Tiere tänzelten vor und zurück. Der Lärm, die Schreie der Sterbenden und der Geruch nach Blut verschreckten sie.

Ein Pferd riss sich los und stieg auf, und das machte den anderen nur noch größere Angst.

Ana fasste die Zügel, die sie hielt, fester. *Ich helfe dir*, wollte sie sagen, aber im gleichen Moment sah sie den Gardisten.

Neben sich.

Der Mund in seinem staubigen Gesicht öffnete sich. »Komm mit«, sagte er so heiser, dass Ana ihn kaum verstand.

Sie wich zurück. »Nein.«

Pferde wieherten, begannen auszukeilen.

Der Gardist streckte den Arm aus. »Komm mit!«

Merie schrie, als sie ihn sah. Die Pferde, die sie hielt, rissen sich los.

Ana ahnte plötzlich, was passieren würde. Sie ließ die Zügel ihrer Tiere los. Der Gardist machte einen Schritt auf sie zu, doch die Schulter eines Pferdes warf ihn zu Boden.

Ana duckte sich unter Hufen und Mähnen. Irgendetwas traf sie in die Seite. Sie stolperte. *Nicht fallen*, dachte sie. *Bloß nicht fallen.*

Sie ergriff Meries Hand, zog sie zur Seite. Pferdeleiber preschten an ihr vorbei, angstgeweitete Augen starrten sie an.

Dann brachen die Pferde aus. Ana drückte Merie an sich. Neben ihr verschwand der Gardist unter donnernden Hufen.

Und dann war es vorbei, so schnell wie ein Traum, aus dem

man hochschreckt. Die Pferde galoppierten davon, der Staub legte sich.

Ana hustete. Sie ließ Merie los. »Ist dir was passiert?«

Merie schüttelte den Kopf. Sie war blass.

Ana sah sich um. Der Gardist, der neben ihr gestanden hatte, war von den Pferden zertrampelt worden. Sein Kopf war kaum noch zu erkennen.

Jonan stand schwer atmend über dem dritten Gardisten. Der Mann war tot. Fast ein Dutzend Schwerthiebe hatten seine Brust und seinen Bauch aufgerissen.

Nerasnahru saß am Boden, sein blutiges Schwert auf die Knie gelegt. Er weinte.

Ana fuhr sich mit der Hand durch die Haare, als sie die Leichen sah, die auf der Straße lagen. Die Hälfte der Krieger lebte nicht mehr. Von den anderen standen noch sechs. Sie halfen den Verwundeten. Ana hörte die Männer stöhnen.

Jonan ging neben Nerasnahru in die Hocke und redete leise mit ihm. Ana verstand ihn nicht, sah nur, dass der Krieger einige Male den Kopf schüttelte.

»Steht auf«, sagte eine Stimme.

Ana fuhr fast so schnell herum wie Merie. Jonan sprang auf.

»Ich sagte: Steht auf!«

»Cascyr«, flüsterte Merie. »Das ist Cascyr.«

Der Gardist, dem Jonan die Schwerter in die Brust gerammt hatte, setzte sich auf. »Steht auf und kämpft«, sagte Cascyrs Stimme aus seinem Mund.

Die Gardisten vor und neben ihm regten sich.

Krieger wichen zurück, Nerasnahru starrte mit offenem Mund auf den Gardisten mit den zwei Pfeilen im Kopf.

Ana fuhr herum. Der Gardist, dessen Kopf die Pferde zertrampelt hatten, regte sich nicht.

»Der Kopf!«, schrie sie. »Schlagt ihnen den Kopf ab!«

Jonan fragte nicht. Ein Schlag, dann flog der Kopf des ersten

Gardisten durch die Luft. Ein anderer Krieger stand bereits über dem nächsten.

»Jetzt weiß ich, wo du bist«, sagte Cascyrs Stimme aus dem Mund des letzten Gardisten. »Warum warst du nur so dumm?«

Jonan schlug auch ihm den Kopf ab.

Eine Weile standen sie schweigend da. Sogar die Verletzten waren ruhig. Ein leichter Wind kam auf und wehte Staub in die Blutlachen auf der Straße. Er kühlte Anas Gesicht.

Dann stand Nerasnahru auf. Er nickte seinen Kriegern zu. »Wir suchen die Pferde.«

Sie brauchten bis zum Abend, um sie einzufangen. Das Proviantpferd hatte einen Teil der Vorräte abgeworfen, doch das meiste war noch da.

Nerasnahru führte die schwarze Stute zu Ana. »Hier. Ich weiß, dass Ihr sie mögt.«

Sie nahm die Zügel. »Danke.«

Er zeigte auf die Weide. »Dahinter gibt es einen Bach. Dort können wir lagern. Die ...«

»Nein«, unterbrach ihn Ana. Aus den Augenwinkeln sah sie Jonans Blick. »Ihr müsst nicht weiter mitkommen. Reitet zurück.«

»Wir haben versprochen, Euch zu begleiten.«

»Ihr habt uns begleitet und gerettet. Euer Versprechen ist erfüllt. Geht. Es sollen nicht noch mehr meinetwegen sterben.«

Nerasnahru zögerte. Er war erleichtert, das sah Ana, aber er wollte es nicht zeigen. »Alles Gute«, sagte er schließlich. »Wir werden für Euch beten.«

»Ich danke Euch für alles.«

Sie halfen den Kriegern, ihre Verletzten zu versorgen und die Leichen auf den Pferden festzubinden, dann sahen sie ihnen nach, als sie mit gesenkten Köpfen davonritten.

»In der Höhle«, sagte Ana, »sah ich, wie Cascyr einen Gardisten tötete und wiederauferstehen ließ.«

Jonan nickte. »Ich weiß.«

»Wenn er das mit jedem kann, selbst wenn er nicht dabei ist, und wenn er durch ihre Augen sieht …« Sie sprach den Satz nicht zu Ende.

»Jemand wird ihn aufhalten«, sagte Merie. »Er darf nicht siegen. Ich werde nicht in einer Welt leben, in der er gewinnt.«

Sie klang so überzeugt, dass Ana einen Moment beinahe daran glaubte. Doch dann sah sie die abgeschlagenen Köpfe der Gardisten und schüttelte den Kopf über sich selbst.

Jonan saß bereits auf seinem Pferd. »Somerstorm?«, fragte er.

»Somerstorm.« Ana stieg auf.

Kapitel 25

Die Insel der Meister gilt als Ort der Ruhe, der geistigen Reinheit und der Lehre. Und so wird es den Reisenden wohl überraschen, dass es nirgendwo in den vier Königreichen mehr Tavernen und Hurenhäuser gibt.

Jonaddyn Flerr, *Die Fürstentümer und Provinzen der vier Königreiche, Band 2*

Slergg Ogivers war ein redseliger Mann. Einen Großteil der Überfahrt verbrachte er auf Deck, in der Nähe seiner Wachen, umgeben von Zuhörern, die er mit Bier und Wein bei Laune hielt. Er redete über seine Geschäfte, seinen Wohlstand, über die Frauen, mit denen er geschlafen, und über die Männer, die er getötet hatte. Doch am meisten redete er über den wichtigen Mann, mit dem er Geschäfte machte.

»Ihr alle kennt seinen Namen«, sagte er, als die Inseln zu Craymorus' Erleichterung am Horizont auftauchten. »Ich darf ihn natürlich nicht nennen, in meinem Geschäft ist Diskretion fast so wichtig wie eine gute Peitsche …« Er lachte. Seine Zuhörer stimmten ein. »Aber eines kann ich verraten: Dank mir werdet ihr bald viel von ihm hören.«

»Was werden wir von ihm hören?«, fragte Korvellan. Er lehnte etwas abseits an der Reling, die Arme vor der Brust verschränkt. Es waren die ersten Worte, die er mit Ogivers wechselte.

Der Sklavenhändler grinste. Alkohol rötete seine Wangen. »Lass es mich so sagen: Ich möchte kein Nachtschatten sein und ihm begegnen.« Mit einer übertriebenen Geste legte er eine Hand auf seinen Mund. »Aber ich rede zu viel«, sagte er lachend.

Das ist richtig, dachte Craymorus. Er stand auf und trat zu Korvellan an die Reling. Der drehte sich um, sah mit ihm zu den rasch näher kommenden Inseln. Die untergehende Sonne färbte sie rot. Ein kühler Wind kam auf.

»Was hat Ogivers damit gemeint?«, fragte Korvellan.

Craymorus hob die Schultern. »Vielleicht spielt er sich nur auf.«

»Er ist ein Aufschneider, aber nicht jemand, der etwas frei erfindet.«

Ogivers bestellte lautstark eine neue Runde. Seine Zuhörer applaudierten.

»Er weiß etwas, das ich wissen sollte«, fuhr Korvellan leise fort.

Die Richtung, die seine Gedanken nahmen, gefiel Craymorus nicht. »Lass ihn in Ruhe«, sagte er. »Wir sind nicht seinetwegen hier, sondern wegen der Meister.«

Er drehte den Kopf und sah Ogivers an. Matrosen rollten ein Fass Bier auf seinen Tisch zu. Er zog einen Beutel voller Münzen aus der Jacke und zählte einige ab. Seine Männer wirkten angespannt. Craymorus hatte den Eindruck, dass sie ihn stärker bewachten als die Sklaven, die man am Bug zwischen Ziegen und Stoffballen angekettet hatte.

»Ich weiß, weshalb wir hier sind«, sagte Korvellan. Doch sein Blick hing an Ogivers, nicht an den Inseln.

Sie sprachen nur wenig miteinander, bis die Fähre lange nach Sonnenuntergang im Hafen anlegte. Die Bucht war hell erleuchtet. Überall brannten Fackeln. Träger liefen durch die Lichtkegel, die sie schufen, Kapitäne und Händler riefen ihnen Aufträge zu. Es war laut und hektisch.

»Hier hat sich viel verändert«, sagte Craymorus, als er und Korvellan die Pferde an Land führten.

Eine Hure zwinkerte ihm zu. »Hey, ihr.«

Er blieb stehen und sah sich um. Ogivers ging über den Steg, umgeben von seinen Wachen. Angekettete Sklaven folgten ihm dicht gedrängt. Die Aufseher sorgten dafür, dass sie zusammenblieben.

»Hier trennen sich unsere Wege«, sagte Ogivers. Er war angetrunken.

»Unseren Dank noch mal für Eure Großzügigkeit.« Craymorus hatte sich schon an Bord mehrmals bedankt, aber der Sklavenhändler schien das nicht oft genug hören zu können.

Korvellan nickte. »Sobald wir unsere Freunde getroffen haben, können wir Euch das Geld zurückzahlen. Wo finden wir Euch?«

»Herr.« Einer der Leibwächter, ein kräftiger, bärtiger Mann, schüttelte den Kopf.

Ogivers lachte. »Immer vorsichtig, was, Miko?« Er klopfte dem Leibwächter auf die Schulter. »Miko«, sagte er dann. Sein Blick glitt unstet von Korvellan zu Craymorus und wieder zurück. »Miko sieht immer das Schlimmste in den Menschen. Er hat Angst, ihr würdet versuchen, mich auszurauben, weil ihr arm seid und ich nicht. Damit er ruhig schlafen kann, werde ich schweigen.«

»Danke, Herr.« Der Leibwächter verbeugte sich leicht. Korvellan trat zur Seite, um ihn und Ogivers vorbeizulassen.

Die Sklaven stolperten an Land. Einige bedeckten ihre Genitalien mit den Händen, die meisten ließen jedoch die Arme hängen und starrten ins Nichts. Nur eine Frau sah Craymorus an.

»Fürst?«, fragte sie. Ihre Augen wurden groß. Das ungewaschene Haar hing ihr wirr ins Gesicht. »Fürst Craymorus?«

»Nein.« Er zwang sich zu einem Lachen. »Du irrst dich.«

Sie blieb auf dem Steg stehen. Die Sklaven, die hinter ihr gingen, prallten gegen sie. »Nein, Ihr seid es. Ich sah Euch auf Eurer Hochzeit. Ihr habt mir zugewunken.« Sie ergriff seine Hand. »Ihr müsst mir helfen. Man will mich …« Der Stock traf sie zwischen die Schulterblätter. Sie schrie auf.

»Weiter!«, brüllte ein Aufseher. »Du hältst ja alles auf.« Er holte aus.

Craymorus packte sein Handgelenk, drehte es zur Seite. Die Krücken hatten seine Arme stark gemacht. Der Aufseher stöhnte und ließ den Stock fallen.

»Was ist denn hier los?« Ogivers bahnte sich seinen Weg durch die Sklaven. Craymorus sah, wie der Leibwächter neben ihm nach seinem Schwert griff. Er trat den Stock ins Wasser.

»Euer Aufseher hat eine Frau geschlagen«, sagte er.

»Dafür bezahle ich ihn ja.« Ogivers klatschte in die Hände. »Los, weiter!«

Die Frau zeigte auf Craymorus. »Aber er ist der Fürst. Ihr müsst tun, was er sagt.«

»Was soll er sein?« Der Sklavenhändler sah sie an, dann Craymorus und begann zu lachen. »Der Fürst ist ein Krüppel, dummes Weib. Und er könnte auch seine eigene Überfahrt bezahlen.« Ansatzlos schlug er ihr ins Gesicht.

Craymorus ballte die Hände zu Fäusten, aber Arme, stärker als seine, zogen ihn weg von dem Steg.

»Seid Ihr wahnsinnig?«, zischte Korvellan ihm ins Ohr. »Was soll das?«

»Sie hat mich erkannt.« Craymorus stemmte sich vergeblich gegen den Griff. »Und um meine Hilfe gebeten.«

Der Tross der Sklaven setzte sich wieder in Bewegung. Die Frau war irgendwo zwischen ihnen. Craymorus sah sie nicht mehr.

Ogivers machte eine obszöne Geste in seine Richtung. »Und so was nennt man Dankbarkeit!«, rief er. Miko wirkte zufrieden, so als habe er mit nichts anderem gerechnet.

Korvellan zog Craymorus zwischen aufgestapelte leere Kisten. »Ihr könnt ihr nicht helfen. Nicht so.«

Einige Menschen hatten die Auseinandersetzung mitbekommen und waren stehen geblieben. Als nichts mehr geschah, gingen sie weiter.

Craymorus hörte auf, sich zu wehren. Der Griff um seine Arme lockerte sich. »Er hat sie geschlagen. Ich musste etwas tun.«

Korvellan ließ ihn los. »Also habt Ihr doch Blut im Körper, Fürst«, sagte er. »Ich war mir nicht ganz sicher. Wartet hier.«

Er holte die Pferde, deren Zügel er über die Deichsel eines leeren Karren geworfen hatte. Sie stiegen auf und ritten durch die kleine Stadt hinauf zur Schule.

Craymorus bemerkte die vielen neuen Hütten und Gebäude, die gepflasterten Straßen und die Bettler, die am Wegesrand hockten. Unwillkürlich fragte er sich, wie viele seiner Untertanen es wohl auf die Inseln verschlagen hatte und was sie tun würden, wenn sie ihn erkannten.

Hassen sie mich?, dachte er. *Begreifen sie überhaupt, was geschehen ist?*

Die Schule hatte sich nicht verändert. Craymorus sah die Umrisse ihrer Gebäude vor dem mondhellen Himmel, als er durch das Tor ritt. Es roch nach frisch geschnittenem Gras und Fischeintopf. Er spürte den Geschmack auf der Zunge und fühlte so etwas wie Geborgenheit.

»Diese Schule ist mein Zuhause«, sagte er.

Korvellan stieg vor dem Haupthaus ab. »Ihr habt viel Zeit hier verbracht, Fürst.«

»Du nicht?«

»Nur zwei Jahre. Dann haben sie mich in den Krieg geschickt.« Er klopfte an die schwere alte Holztür.

Craymorus kannte den Eunuchen, der die Tür öffnete. Vor ihm hatte er auch mit Rickard gestanden, damals, an dem Tag, an dem sich alles änderte.

»Meister Horasz hat Euch früher erwartet«, sagte der Eunuch. Seine Stimme war hell und klar wie die eines Singvogels. »Er ist bereits zu Bett gegangen, aber er bittet Euch, seine Gastfreundschaft in Anspruch zu nehmen und im Gästehaus zu übernachten. Ich werde Euch alles zeigen.«

Der Eunuch schloss die Tür hinter sich und ging mit den Schritten eines Mannes, der das Gehen sehr ernst nahm, über den kleinen, von Steinen gesäumten Platz.

Craymorus stieg ab. Seine Knie knackten. Er hatte den Zauber zuletzt in Bochat erneuert. Lange durfte er nicht mehr warten.

Korvellan schloss zu ihm auf. »Meister Horasz hat also gewusst, dass wir kommen würden«, sagte er.

Craymorus nickte. »Ein gutes Zeichen.«

Der Eunuch schloss das Gästehaus auf und führte sie zu ihrem Zimmer. Die beiden Betten, die darin standen, und eine Öllampe an der Wand, waren die einzige Einrichtung. Das Fenster stand offen. Es roch nach Meer.

»Benötigt Ihr noch etwas?«, fragte der Eunuch. Er war im Türrahmen stehen geblieben, füllte ihn fast aus.

»Nein«, sagte Craymorus. »Alles ist zu unserer Zufriedenheit.«

»Der Meister wird Euch nach Sonnenaufgang rufen lassen.« Der Eunuch verneigte sich knapp und ging.

Korvellan setzte sich auf das Bett und verzog das Gesicht. »Hart wie ein Pferderücken.«

Craymorus setzte sich ebenfalls und zog seine Stiefel aus. Ein Krampf krümmte die Zehen seines rechten Fußes. Er zog die Luft ein, als Schmerz in seine Wade biss.

»Lässt der Zauber nach?«, fragte Korvellan.

»Ja.« Craymorus stand auf. Der Krampf verschwand. »Ich muss noch einmal nach draußen.«

Es war niemand zu sehen, als er das Gästehaus verließ. Er spürte warme Erde unter seinen Fußsohlen. Er scharrte ein wenig davon beiseite und klopfte mit der Ferse auf den Boden. In seinen Gedanken sprach er die Worte, verband sie mit den Bewegungen, wob ein unsichtbares Muster aus Magie und Rhythmus.

Nichts geschah.

Craymorus' Mund wurde trocken. *Nein,* dachte er. *Es muss Magie geben. Es muss. Es muss.*

Seine Bewegungen wurden heftiger. Das rechte Knie pochte, doch er drängte den Schmerz zurück. Kleine Steine bohrten sich in seine Fußsohlen, Staub wallte auf. Schweiß sammelte sich in seinen Augenbrauen und lief wie Tränen über sein Gesicht. Sein Atem ging schwer. Seine Lippen bewegten sich, wiederholten den Zauber wieder und immer wieder.

Im Haupthaus erloschen die Lichter eines nach dem anderen. Craymorus glaubte ein Gesicht hinter einem der Fenster zu sehen, aber es schoben sich Wolken vor die Monde, und als sie weiterzogen, war das Gesicht verschwunden.

Dann, nach einer Ewigkeit aus Angst und Schmerz, spürte er ein Kribbeln. Es stieg seine Beine hinauf, festigte die knirschenden Knochen, beruhigte die zitternden Muskeln. Er tanzte, bis er die Süße, die es mit sich brachte, zu schmecken glaubte, bis es nichts mehr gab außer dem Zauber.

Er brach zusammen. Schwer fiel er auf die aufgewühlte Erde. Sie kühlte sein Gesicht. Er drehte sich auf den Rücken. Sein Hemd war durchgeschwitzt. Sein Herz raste. Er keuchte.

Irgendwann beruhigte sich sein Atem, und das Blut rauschte nicht mehr in seinen Ohren. Eine dünne Schicht aus Schweiß und Dreck bedeckte seine Haut.

Er setzte sich auf und streckte die Beine aus. Sie gehorchten. Er spürte keinen Schmerz, als er sie abtastete, die Hände über vernarbte Haut und zertrümmerte Knochen gleiten ließ.

Craymorus atmete tief durch und stand auf. Furcht wurde zu Erleichterung. Die wenige Magie, die er dem Boden hatte entreißen können, wirkte. Seine Beine stützten seinen Körper, ohne zu zittern oder zu schmerzen.

Er wischte sich den Schweiß aus dem Gesicht und hinterließ dunkle Dreckspuren auf seinem Hemdsärmel. *Ich muss den Eunuchen um ein neues Hemd bitten, bevor er uns zu Horasz führt*, dachte er. *Das wird ihm nicht gefallen.*

Er grinste bei dem Gedanken und machte einen Schritt auf das

Gästehaus zu. Er stolperte, wäre beinahe gestürzt. Etwas hielt sein rechtes Bein zurück.

Vielleicht eine Baumwurzel, dachte er, obwohl er wusste, dass es nicht so war.

Craymorus machte einen weiteren Schritt. Sein linkes Bein ging vor, das rechte kam zögernd nach.

Er hinkte.

Kapitel 26

Liegt es am Großen Fluss, dass niemand je den Wunsch hatte, das Meer zu erkunden? Bei all meinen Reisen stieß ich nie auf ein Volk, das die Küste mehr als ein paar Tage hinter sich gelassen hat. Mir selbst erscheint das Meer ungastlich, gefährlich und fremd. Und so frage ich mich, was sich so viele Priester und Dichter gefragt haben: Wieso haben die Götter Wasser erschaffen, das man nicht trinken kann?

Jonaddyn Flerr, *Die Fürstentümer und Provinzen der vier Königreiche, Band 1*

Insel der Meister«, krächzte der Nachtschattenjunge. Schwarzklaue nannte ihn Halbmond, da er seinen richtigen Namen nicht nennen wollte. Vielleicht hatte er ihn auch vergessen.

»Bist du sicher?«

Halbmond nickte. Er sprach selten. Seit sie aus Westfall aufgebrochen waren, hatte er nur eine Handvoll Sätze gesagt. Schwarzklaue störte das nicht. Die Stille gab ihm Gelegenheit nachzudenken.

Er sah der Fähre nach. Durch Westfall und Busharan war er Korvellan und dem Mensch bis nach Bochat gefolgt. Es war ihm leichtgefallen. Die beiden schienen nicht zu ahnen, dass sie verfolgt wurden.

Schwarzklaue drehte sich um. Er und Halbmond hatten einen kleinen Hügel jenseits der Stadtmauern erklommen, von dem aus man den Hafen überblicken konnte. Die Stadt betreten konnten sie nicht. Halbmond war offenbar nicht mehr in der Lage, seinen Körper in eine andere Form zu zwingen, und Schwarzklaue hatte sich seit dem Tag, an dem er zum Krieger wurde, nicht mehr verwandelt. Er wäre eher gestorben, als die Gestalt derer anzunehmen, die er verabscheute.

Der Wind wehte den Gestank der Stadt herüber. Er roch den Kot der Menschen und ihren Schweiß.

»Wie können sie so leben?«, fragte er sich laut. »Sieh dir das an. Das ganze Land liegt vor ihnen, aber sie mauern sich ein und hängen aufeinander wie Ratten in einem Nest. Warum? Wovor haben sie Angst?«

Halbmond nahm den Blick nicht von der kleiner werdenden Fähre.

Schwarzklaue nickte. »Ja, du hast recht. Wir müssen ihnen folgen.«

Leichtfüßig lief er den Hügel hinunter. Halbmond folgte ihm. Seine Bewegungen waren ungelenk, sein linker, menschlicher Arm kam kaum mit den Schritten der Nachtschattengliedmaßen mit. Und doch war er schnell. Wenn der Fürst ihn nicht in eine groteske Gestalt verwandelt hätte, wäre ein großer Krieger aus Halbmond geworden, davon war Schwarzklaue überzeugt.

Er wandte sich von der Stadt ab und lief auf die Küste zu. Schon bald spürte er Sand unter seinen Klauen. Die Luft roch salzig, das Wasser rauschte lauter als alles, was er zuvor gehört hatte. Schwarzklaue hatte noch nie das Meer gesehen, und als er daran entlanglief, spürte er immer wieder den Drang, den Kopf zu drehen und es zu betrachten.

Es war anders als der Große Fluss, mächtiger und fremder. Man konnte nicht aus ihm trinken, und es brachte kein Leben. Die Küste, auf die seine Wellen trafen, verwandelte es in Sand und Stein. Es gab keine Felder am Meer und keine Weiden.

Ich mag es lieber als den Großen Fluss, dachte Schwarzklaue.

Hinter ihm scherte Halbmond aus. Er lief in die Brandung, sprang durch das Wasser und schnappte danach wie ein Hund. Es war ein lächerliches Benehmen, nicht würdig eines Kriegers, aber Schwarzklaue ließ ihn gewähren. Der Kerker hatte ihm den Verstand genommen. Schwarzklaue würde ihm nicht auch noch die Freude nehmen.

Sie machten einen Bogen um das erste Dorf, das sie an der Küste sahen. Es bestand aus mehr als zwanzig Hütten.

»Zu groß«, sagte Schwarzklaue, als Halbmond ihn fragend ansah.

Gegen Mittag erreichten sie ein zweites Dorf. Es lag in einer Bucht, schmiegte sich an den Fels hinter dem Strand, so als fürchte es, von der Brandung hinweggerissen zu werden. Auf dem Meer sah Schwarzklaue die Segel zweier Fischerboote, ein drittes lag am Strand. Zwei Männer besserten ein Leck im Rumpf aus, im Schatten eines Felsens saßen drei Frauen und nähten an einem Segel.

Schwarzklaue zeigte auf die Segel am Horizont. »Reicht so ein Boot für die Fahrt zur Insel?«

Halbmond nickte.

»Dann warten wir.«

Sie zogen sich zwischen die Felsen zurück. Schwarzklaue lehnte sich an einen der Felsen und betrachtete die Boote draußen auf dem Meer. »Schlaf«, sagte er. »Ich werde dich wecken, wenn es so weit ist.«

Halbmond rollte sich in einer sandigen Kuhle zusammen und schloss die Augen. Er tat immer, was Schwarzklaue von ihm verlangte.

So wie ich immer tat, was Daneel verlangte, dachte er. Scham drückte ihn nieder, dunkel und schwer. Er hatte für ihn getötet, war bereit gewesen, sein Volk auf Daneels Bitte hin zu opfern. Seit er verschwunden war, lüftete sich der Schleier, den er über Schwarzklaues Geist gelegt hatte. Jeden Tag kam eine neue Erinnerung hinzu, ein neuer Moment der Schande.

Niemandem war aufgefallen, dass Schwarzklaue sich mit einem Phantom umgab, dass er mit Luft redete und immer seltsamere Entscheidungen traf.

Korvellan hätte es bemerkt, dachte er. Doch der hatte sein eigenes Phantom gejagt, hatte die Krieger verlassen, um einen Jungen zu suchen, der bedeutungslos war. Schwarzklaue erinnerte sich an die Antwort, die Daneel gegeben hatte, als er ihn fragte, weshalb Korvellan gegangen war.

Er ging, damit ich kommen konnte.

»Du hast uns verraten«, sagte Schwarzklaue leise. Seine Worte gingen im Rauschen des Meeres unter. »Du hast mich verraten.«

Er starrte auf die Wellen. Hinter ihm stöhnte Halbmond leise im Schlaf. Er roch nach Wahnsinn, wenn er träumte.

Die Schatten wurden länger. Die Frauen am Strand beendeten ihre Arbeit und falteten das Segel zusammen, die Männer legten ihr Werkzeug beiseite. Sie beschirmten mit einer Hand ihre Augen und sahen auf das Meer hinaus.

Die Segel wurden größer, die Boote kamen näher. Männer sprangen von Bord ins Wasser, als Holz über Ufersand knirschte. Sie warfen denen an Land Seile zu. Gemeinsam zogen sie die Boote aus dem Wasser.

Der Wind wehte einzelne Worte zu Schwarzklaue herüber, zu wenig, um die Unterhaltungen der Fischer zu verstehen. Menschen redeten ständig, hatte er bemerkt. Er wusste nicht, warum.

Frauen trugen Körbe voller Fische von Bord. Einige Kinder klopften Muscheln vom Holz. Schwarzklaue zählte acht Männer, zehn Frauen, zwölf Kinder. Die Hütten waren dunkel. Das ganze Dorf schien sich am Strand versammelt zu haben.

Schwarzklaue legte Halbmond eine Hand auf den Arm. Ruckartig öffnete der Junge die Augen. Er wirkte hellwach, so als habe er auf die Berührung gewartet.

»Wir gehen jagen«, sagte Schwarzklaue.

Er sprang von den Felsen in den Sand. Halbmond lief an ihm

vorbei. Seine Haut leuchtete weiß im Mondlicht. Schwarzklaue hatte ihm das Jagen beigebracht. Der Junge war ein guter Treiber.

Im ersten Moment begriffen die Menschen am Strand nicht, was geschah. Erst als Schwarzklaue sich aufrichtete und brüllte, schrien sie auf. Halbmond trieb sie zusammen. Er packte eine Frau, die zu den Hütten laufen wollte, und trat so lange nach ihr, bis sie keinen anderen Ausweg mehr sah, als zurück an den Strand zu flüchten.

Schwarzklaue sah, wie ein Mann nach einem Hammer griff. Er war mit einem Sprung bei ihm und brach ihm das Genick.

Halbmond drängte die Menschen weiter zurück. Die ersten standen bereits bis zu den Hüften im Wasser, dicht nebeneinander, und hielten ihre Kinder fest. Ein Mann hielt einen Speer in beiden Händen und stach damit nach Halbmond, der ihm jedoch mit Leichtigkeit auswich. Es schien ihm Freude zu bereiten.

»Ruhe!«, rief Schwarzklaue.

Die Schreie verstummten. Die Blicke der Menschen richteten sich auf ihn. Er ging ins Wasser, näherte sich ihnen.

»Wirf den Speer weg«, sagte er zu dem Fischer, der nach Halbmond gestochen hatte.

Der Mann zögerte.

Schwarzklaue machte einen Schritt zur Seite. Seine Klaue stieß vor, schlitzte eine Frau vom Bauch bis zur Kehle auf.

Der Mann warf den Speer ins Wasser. Ein anderer übergab sich. Kinder begannen zu weinen.

»Wer von euch kennt den Weg zur Insel der Meister?«, fragte Schwarzklaue.

Niemand sagte etwas. Einige senkten die Blicke, die meisten starrten zu ihren Hütten, als würde alles gut, könnten sie die nur erreichen.

»Ich werde nicht noch einmal fragen«, sagte Schwarzklaue. Er sah eines der Kinder an.

Ein Fischer trat vor. Er gehörte zu denen, die das Boot repariert hatten. Schwarzklaue fiel es schwer, das Alter von Menschen zu schätzen, doch dieser wirkte alt. Sein Haar war grau, seine Haut faltig.

Gut, dachte er. »Du wirst uns zu der Insel bringen, an den Ort, an dem die Fähre anlegt. Weißt du, wo das ist?«

»Ja.«

»Wie heißt du?«

»Knoven, Herr.«

»Ich bin nicht dein Herr!«, brüllte Schwarzklaue.

Der Blick des alten Mannes flackerte. »Wie soll ich Euch sonst nennen?« Knoven hatte Angst, Schwarzklaue roch sie, aber seine Stimme war fest.

»Ihn nennst du Halbmond, mich Schwarzklaue.«

Eine Frau schrie auf und hielt sich rasch die Hand vor den Mund. Ein Mann wich weiter ins Wasser zurück. Sie wussten, wer vor ihnen stand.

»Ich werde euch einen Gefallen erweisen«, fuhr Schwarzklaue fort. »Ich werde euch nicht töten.« Einige sprachen hektisch Gebete, zwei Männer fielen sogar auf die Knie. Sie widerten ihn an. »Aber wenn ihr jemandem sagt, was hier geschehen ist und wohin Knoven mich bringt, werde ich zurückkommen.«

Er sah ihnen an, dass er nicht mehr sagen musste. Zwar würde er Menschen nie so gut einschätzen können wie Korvellan, aber er hatte viel gelernt seit Beginn des Feldzugs.

Schwarzklaue nickte Knoven zu. »Bring uns zur Insel.«

Der alte Fischer blickte in den Himmel. »Jetzt? Es wird dunkel.«

»Es ist hell genug.«

Knoven schüttelte den Kopf. Sein faltiger Hals schwang mit. »Für junge Augen vielleicht, aber nicht für meine. Wir werden im Morgengrauen aufbrechen. Das ist sicherer.«

Schwarzklaue schwieg und sah ihn an. Nach einem Moment, der länger währte, als er erwartet hatte, senkte Knoven den Blick. »Ich mache das Boot fertig.«

Das Meer erschien ihm endlos. Seit die Küste hinter Wellen und Gischt verschwunden war, breitete es sich von Horizont zu Horizont aus. Sonnenlicht glitzerte auf dem Wasser, so wie auf dem Eis in der Heimat, die er mit jedem Tag mehr vermisste.

Es war früher Nachmittag. Halbmond lag auf einigen Netzen und schlief, Knoven saß am Ruder. Ab und zu fielen ihm die Augen zu, aber er schreckte immer wieder hoch, wenn sein Kopf seine Brust berührte. Schwarzklaue hockte am Bug und sah hinaus auf das Wasser. Über ihm blähte sich das Segel im Wind. Er drehte sich um.

»Was ist auf der anderen Seite?«, fragte er. Beim Klang seiner Stimme hob Halbmond den Kopf.

»Von was? Dem Meer?«, fragte Knoven zurück.

Schwarzklaue nickte.

»Nichts. Es geht immer so weiter bis in die Ewigkeit.«

»Alles endet.«

»Nicht das Meer.« Der alte Fischer gähnte. »Als mein Großvater ein junger Mann war, fuhr er mit seinem Bruder hinaus, um das andere Ufer zu suchen. Zwei Blindnächte lang blieben sie draußen, ernährten sich von den Fischen, die sie fingen, und tranken Regenwasser. Dann gaben sie auf und kamen zurück. Meine Großmutter hätte beinahe einen anderen Mann genommen, weil sie dachte, sie wären tot.« Er sah zum Himmel und zog das Ruder näher an seinen Körper. »Jenseits der Inseln gibt es nichts außer Wasser.«

»Ich hätte nicht aufgegeben«, sagte Schwarzklaue. Der Horizont schien ihn zu locken.

»Dann wärt Ihr gestorben.«

»Vielleicht.«

Knoven räusperte sich. »Dürfte ich nun Euch etwas fragen?«

Schwarzklaue nickte.

»Am Ende der Reise … Werdet Ihr mich töten?«

»Ja.« Es war zu gefährlich, ihn am Leben zu lassen. Wenn

die Dorfbewohner ihn verrieten, würde es mindestens einen Tag dauern, bis man auf der Insel erfuhr, wer an Land gegangen war. Doch machte Knoven den Mund auf, würde man auf der Insel sofort Bescheid wissen.

Der alte Fischer blinzelte, räusperte sich erneut und sah hinaus auf das Wasser. »Das dachte ich mir.« Er schwieg eine Weile, so als erwarte er eine Erklärung. Dann sagte er: »Und die anderen?«

»Ich habe ihnen mein Wort gegeben: Ihnen wird nichts geschehen.« Schwarzklaue griff nach einem der Wasserschläuche, die sie an Bord gebracht hatten, und trank einen großen Schluck. Das Wasser war lauwarm. Er schüttelte sich. »Ihr Menschen seid so besessen vom Tod. Das tut euch nicht gut.«

»Wir leben gern.« Knovens Lächeln wirkte verkrampft.

»Aber du bist alt. Vor dir liegen nur noch Schwäche und Schande. Ich gebe dir die Gelegenheit, ehrenhaft zu sterben.«

»So denken wir nicht.«

»Wäre vielleicht besser, wenn ihr es tätet.« Schwarzklaue wandte sich ab. Die Unterhaltung begann ihn zu langweilen.

Neben ihm streckte sich Halbmond. Die Sonne färbte seine Haut rot.

Schwarzklaue warf ihm eine Decke zu. »Leg die um, damit du dich nicht verbrennst.«

Der Junge nickte.

»Ich könnte uns auf das offene Meer hinausfahren«, sagte Knoven ruhig. »Dann würden wir alle sterben.«

Schwarzklaue lachte. Es steckte Ehre in dem alten Mann, mehr als er bei vielen jüngeren Menschen gesehen hatte. »Ich beobachte dich die ganze Zeit. Ich würde den Weg zurück zur Küste finden und zu deinem Dorf.«

»Ich glaube nicht, dass du das könntest.«

Schwarzklaue sah den Zweifel in seinem Gesicht. »Möchtest du es darauf ankommen lassen?«

»Nein.« Knoven fuhr sich mit einer Hand durch das dichte

graue Haar. Seine Schultern sackten herab. Er fand sich mit seinem Schicksal ab. »Wird es schnell gehen?«

»Du wirst schnell und ehrenvoll sterben. Das verspreche ich dir.«

Halbmond legte sich die Decke über die Schultern. Er betrachtete Knoven mit einem Ausdruck, der auf Schwarzklaue wie Mitleid wirkte.

Er muss noch so viel lernen, dachte er. Dann wandte er sich wieder dem Horizont zu.

Vielleicht würde er eines Tages hinaussegeln, immer weiter, bis er die Ewigkeit erreicht hatte oder die andere Seite.

»Wir sind da.«

Schwarzklaue zuckte zusammen und öffnete die Augen. Er hatte geschlafen. Es war dunkel geworden. Er sah graue Umrisse vor sich und gelbe Lichter. Er blinzelte, und die Umrisse wurden zu Gebäuden, die Lichter zu Fackeln, die einen kleinen Hafen erhellten. Die Fähre lag an einem hölzernen Pier. Arbeiter luden Kisten und Fässer ab.

Schwarzklaue drehte sich um. Knoven holte das Segel ein und band es sorgfältig am Mast fest. Halbmond stand an der Reling, den Blick starr auf die kleine Stadt jenseits des Hafens gerichtet. Er wirkte angespannt.

»Das ist die Insel der Meister«, sagte Knoven. Er wischte sich nervös die Hände an der Hose ab. »Und da ist die Fähre. Wir sind am Ende der Reise.«

»So ist es.« Schwarzklaue machte einen Schritt auf ihn zu. »Danke.«

Knoven wich nicht zurück. »Können wir …« Er brach ab, atmete tief durch und begann noch einmal. »Können wir bis zum Morgen warten? Ich würde gern die Sonne sehen.«

»Das geht nicht.« Schwarzklaue griff zu.

Er hielt sein Versprechen.

Kapitel 27

Es heißt, es gäbe viele Gründe, Gold auszuschlagen, doch Dummheit sei der einzige dafür, Wissen auszuschlagen. Und doch leben die Meister und die einfachen Menschen auf den Inseln seit langer Zeit nebeneinander, ohne dass die einen je von den anderen gelernt hätten.

Jonaddyn Flerr, *Die Fürstentümer und Provinzen der vier Königreiche, Band 2*

Das Zimmer war leer, als Craymorus zurückkehrte. Im ersten Moment glaubte er, die falsche Tür geöffnet zu haben, doch dann sah er Korvellans Kleidung. Sie lag zusammengefaltet auf einem der Betten, seine Stiefel standen davor. Sein Schwert lehnte an der Wand.

Craymorus ahnte, wohin er gegangen war.

Er hinkte zu dem freien Bett und setzte sich. Sein rechtes Bein schmerzte nicht, aber das würde sich ändern. Die Magie, die er im Boden gefunden hatte, war zu schwach. Sie ließ ihn bereits im Stich. Mit jedem Tag würde es schlimmer werden.

Deshalb wird er mich zurücklassen, dachte Craymorus. Er biss sich auf die Lippe, bis er Blut schmeckte. Er hatte Angst vor den Schmerzen, vor der Hilflosigkeit, vor dem Mitleid der anderen, doch mehr als alles fürchtete er seine Nutzlosigkeit.

Craymorus griff nach der Wasserkaraffe und stellte sie neben sich auf den Boden. Dann legte er seinen rechten Fuß auf sein linkes Knie, tauchte ein Stück der Bettdecke in die Karaffe und entfernte sorgfältig den Schmutz von seiner Fußsohle.

Er darf es nicht bemerken, dachte Craymorus, während er nach dem Jagdmesser in seinem Gürtel tastete. *Nicht, bevor es zu spät ist.*

Die Klinge sah sauber aus, trotzdem wischte er sie an der Decke ab. Mit der Spitze berührte er seinen Fußballen. Doch er zögerte.

Draußen knackte ein Ast. Craymorus stieß zu.

Der Schmerz war dumpf, verhalten, als würde ein dichter Vorhang ihn und Craymorus voneinander trennen. Er zog die Klinge heraus. Nur einen Fingerbreit hatte er sie in seinen Fußballen gestoßen, doch die Wunde blutete stark. Er spürte die warme Feuchtigkeit auf seiner Hose.

Rasch zog er sein Hemd aus dem Gürtel, riss ein großes Stück Stoff ab und presste es auf die Wunde. Das Messer schob er unter die Decke.

»Was ist passiert?«

Craymorus zuckte zusammen. Korvellan stand in der Tür. Er war nackt bis auf einen Lendenschurz und nass. Eine lange rote Narbe zog sich über seine Rippen. Wasser tropfte aus seinen Haaren auf den Boden.

»Ich bin beim Tanz in irgendetwas getreten. Ich habe es erst gemerkt, als ich fertig war.« Craymorus hätte beinahe das Gesicht verzogen, so hölzern klang seine Stimme.

»Lasst mich die Wunde sehen.« Korvellan hockte sich vor ihn und betrachtete den Schnitt. »Sieht schlimmer aus, als es ist, glaube ich. Aber Ihr solltet einen Heiler aufsuchen.«

Er stand auf und legte sich auf sein Bett. Es war kühl, aber er schien nicht zu frieren.

»Wo warst du?«, fragte Craymorus.

»Schwimmen.«

»Und davor?«

Korvellan verschränkte die Arme hinter dem Kopf. »Ich war bei Ogivers«, sagte er. »Er war leicht zu finden. Ich habe nach der teuersten Taverne der Stadt gefragt. Nicht nach der besten, der teuersten. Und da war er dann auch.«

»Hast du mit ihm gesprochen?« Craymorus presste den Stoff wieder auf den Schnitt. Die Wunde blutete schon nicht mehr so stark.

»Ja. Er hatte viel zu erzählen. Der wichtige Mann, mit dem er Geschäfte gemacht hat, ist Cascyr.«

»Was?« Craymorus sah auf.

»Bereits vor Jahren, wahrscheinlich kurz nach dem Krieg, hat Ogivers für Cascyr ein Anwesen in Charbont gekauft. Er schwört, dass er nicht weiß, was in der Höhle darunter geschah, dass die Wachen ihn nicht hineingelassen hätten. Er weiß nur, dass Tausende von Sklaven, Jungen und Männer, in die Höhle gebracht wurden und als Ewige Garde wieder herauskamen. Und mit dieser Armee zieht Cascyr gerade durch das Land.«

»Weshalb?« Craymorus hatte seine Wunde vergessen.

»Wahrscheinlich, um die Scherben aufzulesen, die der Krieg hinterlassen hat, und sich selbst endlich zum König aufzuschwingen.« Korvellan schloss die Augen. Er wirkte müde. »Darauf schien zumindest Ogivers zu hoffen.«

»Und das alles hat er dir einfach so erzählt?«

Korvellan drehte sich zur Wand. »Nein. Nicht einfach so.«

Die Sonne war noch nicht ganz aufgegangen, da klopfte der Eunuch an die Tür. »Meister Horasz ist jetzt bereit für Euch.«

Craymorus setzte sich auf. Er hatte kaum geschlafen, seine Gedanken hatten ihn wach gehalten. Nun spürte er die Müdigkeit schwer auf seinen Augenlidern. Er schüttete etwas Wasser aus der Karaffe über seine Hand und wischte sich damit durch das Gesicht. Danach fühlte er sich nicht besser.

Korvellan zog sich Hemd und Hose an. »Ich würde es begrüßen«, sagte er, »wenn mein Besuch bei Ogivers unter uns bleibt.«

Craymorus nickte. »Wenn es keine Notwendigkeit dafür gibt,

werde ich nichts davon erwähnen.« Er zog seine Stiefel an. Der Stoff, mit dem er seinen Fuß verbunden hatte, drückte gegen das Leder. Er stand auf und steckte die Reste seines Hemds in den Gürtel.

»Ihr könntet wirklich ein neues Hemd gebrauchen, Fürst«, sagte Korvellan. »Darum kümmern wir uns später.«

»Mit welchem Geld?«, fragte Craymorus, aber er erhielt keine Antwort.

Es war kühl auf dem kleinen Platz vor dem Gästehaus. Craymorus hinkte an der aufgewühlten Erde vorbei, die von seinem Zauber zeugte. Er bewegte sich fast so schnell wie Korvellan. Sein Bein war nicht schwächer geworden.

Vielleicht bleibt es so, hoffte er, doch er verdrängte den Gedanken, wagte es nicht, diese Möglichkeit in Betracht zu ziehen.

Der Eunuch erwartete sie am Haupteingang. Er öffnete die Tür und ließ Craymorus und Korvellan eintreten. Craymorus wandte sich nach rechts, doch die klare Vogelstimme hielt ihn auf.

»Links, bitte.«

Den linken Flügel hatte er noch nie betreten. Er wusste nicht, was sich dort befand. Korvellan sah ihn fragend an. Craymorus hob die Schultern.

Der Eunuch führte sie einen Gang entlang zu einer großen Holztür. Er blieb davor stehen und klopfte. Craymorus hörte keine Antwort, aber der Eunuch öffnete die Tür trotzdem.

»Eure Gäste sind eingetroffen«, sang er und verbeugte sich tief.

Korvellan trat als Erster ein. Craymorus sah ihn kurz zögern, bevor er weiterging, dann trat auch er ein und schluckte.

Sie waren alle da.

Die Meister saßen auf einer Empore hinter einem uralt wirkenden behauenen Steintisch. Zwei steinerne Treppen führten zu ihnen hinauf. Zeichen waren in die Steine eingeritzt. Craymorus kniff die Augen zusammen. Sie sahen aus wie die Schrift der Vergangenen.

Es waren achtzehn Meister. Horasz saß am linken Rand, sein Gesicht wie immer hinter dem ungestutzten Bart verborgen. Sechs Frauen saßen auf der Empore, alte und junge. Die Männer waren fast alle alt. Nur drei von ihnen waren weder weißhaarig noch kahl. Craymorus hatte nicht geahnt, dass es so viele Meister gab.

Am Boden, in der Mitte des großen Raums, standen zwei Holzstühle. An dem rechten lehnte ein Stock.

»Willkommen«, sagte Horasz. Er nickte zuerst Craymorus, dann Korvellan zu. »Fürst, General – setzt Euch bitte.«

Die Stühle standen so dicht nebeneinander, dass sie sich berührten. Korvellan griff nach der Lehne des linken Stuhls und zog ihn zur Seite.

»Wir haben Euch nicht gebeten, das zu tun«, sagte eine ältere Frau. Sie hatte eine befehlsgewohnte Stimme.

Korvellan zögerte, dann schob er den Stuhl zurück und setzte sich.

Craymorus setzte sich neben ihn. Er drehte den Stock zwischen den Fingern. Er war aus einem Tierknochen geschnitzt und sah wertvoll aus.

»Wir haben erfahren, dass Ihr Euch verletzt habt«, sagte die Frau.

Von wem?, dachte Craymorus, aber er sprach die Frage nicht aus.

»Weshalb seid Ihr hier?«, fragte Horasz.

Korvellan antwortete. »Wir sind hier wegen der Vergangenen.«

»Wieso glaubt Ihr, wir wüssten etwas über sie?« Die Frau stellte die Frage. Ihr Gesicht war streng. Sie hatte die dunklen, von grauen Strähnen durchzogenen Haare zu einem Zopf geflochten, der über ihre Schulter hing.

»Weil wir sie bei Euch studieren mussten.« Craymorus war zu müde für ihre Spiele. »Und weil Ihr an einem Tisch sitzt, der mit ihren Schriftzeichen verziert ist.«

Sie ging nicht darauf ein. »Weshalb kamt Ihr damals zu uns, General?«

»Um mehr über mein Volk zu erfahren.«

»Und Ihr, Fürst?«

»Um etwas über die Nachtschatten zu lernen.«

Sie lehnte sich in ihrem hohen hölzernen Stuhl zurück. Ihre dunkle Robe raschelte. »Und was bringt Euch auf den Gedanken, wir hätten uns über Eure Wünsche hinweggesetzt?«

Craymorus sah Korvellan an. Sie saßen so dicht nebeneinander, dass er sein Spiegelbild in dessen Pupillen sehen konnte.

Die ältere Frau nickte Horasz zu. Der räusperte sich. »Amara möchte, dass ich Euch eine Geschichte erzähle.«

Kapitel 28

Die Jagd ist eines der wenigen Vergnügen, denen der Reisende in Somerstorm frönen kann. Auf den weiten Ebenen findet man Grunzschweine und Herden von Schneebüffeln. Und wenn der Reisende selbst einmal wissen möchte, wie sich die Beute fühlt, so sei ihm die Begegnung mit einem Eiswolf empfohlen.

Jonaddyn Flerr, *Die Fürstentümer und Provinzen der vier Königreiche, Band 1*

Du willst etwas über die Welt wissen?« Nebelläufer hockte unter einem Felsvorsprung und sah hinaus auf die schneebedeckte Ebene. Auf seinen Knien lag ein Speer. »Dann hör mir zu.«

Sie jagten Grunzschweine, er und Gerit. Am frühen Morgen waren sie aufgebrochen, nachdem eine Patrouille Spuren eines großen Keilers gefunden hatte, und nun warteten sie bei dessen Unterschlupf.

Nebelläufer hatte Gerit gefragt, ob er ihn begleiten wolle, eine unerwartete Ehre. Die anderen Nachtschatten respektierten Nebelläufer. Er hatte einst als schnellster Jäger des Nordens gegolten, bis eine Verletzung sein Bein lähmte. Doch es gab immer noch keinen, der besser Spuren las als er. Gerit war stolz, dass er ihn begleiten durfte.

»All das«, sagte Nebelläufer und zeigte mit dem Speer auf die Ebene, »gab es nicht, als die Welt den Vergangenen gehörte. Keine Bäume, keine Tiere, keinen Schnee.«

»Keine Menschen?«

»Erst recht keine Menschen.« Sein Tonfall nahm den Worten die Spitze. »Die Welt bestand aus Magie. Es gab kein Leben und keine Zeit, aber es gab Magie, die über sich selbst nachdachte, Gestalt annahm und zu denen wurde, die wir die Vergangenen nennen. Sie hatten keine Körper, denn es gab keine Körper. Sie hatten keine Hütten oder Pferde oder Essen. Aber was sie hatten, war Gier.« Er stützte sich auf seinen Speer und streckte sein vernarbtes Bein aus.

Gerit zog den Umhang aus Schneebüffelpelz enger um seine Schultern. Der Felsvorsprung schützte vor dem Wind, aber nicht vor der Kälte, die aus dem gefrorenen Boden durch seinen Körper kroch.

»Gier nach was?«, fragte er.

»Mehr Magie«, sagte Nebelläufer, »mehr Macht. Außer ihnen gab es nichts auf der Welt, also mussten sie einander bekämpfen. Und das taten sie. Die Sieger nahmen die Magie der Verlierer in sich auf. Sie wurden immer mächtiger, aber sie waren so mit sich selbst beschäftigt, dass sie nicht bemerkten, wie die Welt ihnen entglitt. Leben entstand.«

Er sah Gerit an. »Warst du je an einem Ort, an dem es kein Leben gab? Nein? Du wirst auch keinen finden. Es gibt Leben im Eis, im Wasser, auf den Bergen und in den Wüsten. Die Welt will leben, so ist das nun mal – und als sich die Gelegenheit bot, erschuf sie uns.« Nebelläufer legte eine Hand auf seine Brust. »Sie erschuf die Krieger, die sie brauchte, um sich von der Magie zu befreien.«

»Was war mit den Menschen?«, fragte Gerit.

»Ich weiß nicht. Euch gab es vielleicht auch schon, aber wir beachteten euch nicht. Ihr wart schwach, und wir waren stark, so stark, dass wir es eines Tages wagten, die Vergangenen anzugreifen. Es gibt Dutzende von Liedern über diesen Kampf.«

Gerit runzelte die Stirn. »Wie konntet ihr gegen sie kämpfen, wenn sie keine Körper hatten?«

»Wir bekämpften sie mit ihrer eigenen Magie. Sie vergiftete uns. Viele starben. Doch am Ende waren wir siegreich. Das, was von ihnen übrig blieb, den schwarzen Sand, vergruben wir an einem geheimen Ort, tief in der Erde. Es dauerte viele Jahrhunderte, und wir fanden nicht alles, aber genug, um die Welt zu befreien. Frieden kehrte ein. Irgendwann vergaßen wir, dass wir Krieger waren. Wir schufen Städte und Kunstwerke, während unsere Schwerter verrosteten. Wir wurden fett und langsam, und als ihr kamt, hungrig und wild, hatten wir euch nichts entgegenzusetzen. Einige von uns flohen in den Norden, die anderen versteckten sich unter euch. Im Süden geriet vieles in Vergessenheit, nur im Norden war die Erinnerung an das, was wir geschaffen hatten, stark.«

Nebelläufer hielt die Nase in den Wind. »Er kommt«, flüsterte er.

Gerit sah, wie er sich den Speer auf die Schulter legte, ihn ausbalancierte und den Kopf nach rechts drehte. Gerit folgte seinem Blick, ohne sich zu bewegen. Grunzschweine hatten gute Ohren.

Dann tauchte der Keiler zwischen den Felsen auf. Er war groß. Hätte Gerit gestanden, hätte ihm der Kopf bis zur Brust gereicht.

Nebelläufer zog den Arm zurück. Der Keiler blieb stehen und grunzte. Gerit roch seinen scharfen Gestank.

Der Speer traf das Tier ins Auge. Es schrie, laut und gellend wie ein Mensch, dann knickten seine Vorderläufe ein.

Nebelläufer stand auf. »Und so begann die Welt.«

Kapitel 29

Niemand weiß, woher die Meister kommen, oder gar, wie man selbst zu einem der ihren wird. Es ist ein Geheimnis, das auch in diesen Schriften nicht gelüftet werden kann, und doch gesteht der Verfasser, dass er als junger Mann glaubte, zum Meister berufen zu sein und dass ihr Lachen selbst heute noch in seinen Ohren widerklingt.

Jonaddyn Flerr, *Die Fürstentümer und Provinzen der vier Königreiche, Band 2*

Und so begann die Welt«, sagte Horasz.

Craymorus sah Korvellan an. »Hast du davon gewusst?«

»Nein.« Seine Stimme war rau. Er fuhr sich mit der Hand über die Augen. »Ja … Ich meine, ich kannte die Geschichte, die man sich im Norden erzählt, aber ich dachte, sie wäre nur die Legende eines geschlagenen Volks. Ein Traum.«

»Und die Vergangenen?« Craymorus rieb den Stock zwischen seinen Handflächen. »Ihre Ruinen, ihr Wissen, alles, was sie erschaffen …«

Es knallte.

Ein alter Mann mit schütterem weißem Haar und ungewöhnlich breiten Schultern schlug mit der Faust auf den Tisch. »Die Vergangenen haben nichts erschaffen!«, brüllte er. »Nichts! Ihre Welt war Magie. Nichts wurde in ihr erschaffen, nichts geboren. Nichts wuchs, nichts starb, nichts lebte. Die Welt war ein kaltes

Ding, nicht tot, nicht lebendig, nur da. Erst als Ihr und ich und jeder verdammte Grashalm sich aus dem Schlamm ans Licht kämpften, wurde sie geboren. Sie begann mit uns – mit uns, verdammt noch mal!« Er lehnte sich zurück und verschränkte die Arme vor der Brust.

»Vergebt Vayaru.« Amara warf ihm einen kurzen, nicht unfreundlichen Blick zu. »Er billigt unser Vorgehen nicht.«

»Nennt Ihr herumsitzen und reden ein Vorgehen?« Vayaru stieß die Luft aus. »Wir hätten längst handeln müssen. Stattdessen warten wir, bis es zu spät ist.«

»Zu spät für was?«, fragte Korvellan. »Wovon redet Ihr?«

»Die Vergangene, die Ihr Mellie nennt …«, begann Amara – der Name versetzte Craymorus einen Stich, und er sah rasch zu Boden –, »… ist auf dem Weg zu dem Ort, der die Magie in die Welt bringt. Die Magier, die sie begleiten, ertanzen den schwarzen Sand für sie, und sie saugt ihn aus ihnen heraus. Ihr wisst, zu was sie schon jetzt in der Lage ist.« Amara machte eine Pause. Sie legte die Arme auf den Tisch und verschränkte die Hände ineinander. »Wir haben keine Ahnung, was sie tun wird, wenn sie diesen Ort erreicht, aber …«

»… sie sollte ihn verdammt noch mal nicht erreichen«, unterbrach Vayaru sie.

»Also gibt es Dinge, die auch Ihr nicht wisst«, sagte Korvellan. Das schien ihm zu gefallen.

Amara nickte. »Es gibt vieles, was wir nicht wissen. Wir erkennen Muster, weil man uns gelehrt hat, worauf wir achten müssen. Und manchmal …«, sie sah Craymorus an, »… sehen wir, was jemandem zustoßen wird.«

Er erwiderte ihren Blick. Sie hielt ihn einen Moment, dann senkte sie den Kopf.

Horasz übernahm das Wort. »Mellie ist auf dem Weg nach Somerstorm. Dort hat alles begonnen, dort wird alles enden.«

»Was ist mit Cascyr?«, fragte Korvellan.

Horasz schüttelte den Kopf. »Er ist nicht wichtig.«

»Er marschiert mit einer ganzen Armee Gardisten durch das Land. Wie kann er nicht wichtig sein?«

Amara hob den Kopf. »Er ist wichtig für andere, nicht für Euch. Geht nun, General. Ihr habt viel vorzubereiten.«

Korvellan schien etwas sagen zu wollen, nickte dann jedoch und stand auf.

Es gefällt ihm nicht, wenn andere mehr wissen als er, erkannte Craymorus, als er sich auf den Stock stützte und ebenfalls aufstand.

»Nein«, sagte Horasz. »Ihr bleibt noch bei uns, Fürst.«

Craymorus setzte sich.

Amara wartete, bis Korvellan die Tür hinter sich geschlossen hatte, dann zog sie eine Schriftrolle unter dem Tisch hervor.

»Wir haben eine Bitte an Euch«, begann sie.

Korvellan stellte keine Fragen, als Craymorus das Haupthaus verließ und auf sein Pferd stieg. Einen angsterfüllten Moment lang glaubte Craymorus, sein rechtes Bein würde die Bewegung verweigern, doch dann glitt es über den Pferderücken, und sein Fuß fand den Steigbügel.

Craymorus atmete auf.

»Mellie wird über Land nach Somerstorm reisen, damit die Magier weiter ihre Kräfte steigern können«, sagte er. Ein schlechtes Gewissen überkam ihn, als er an seinen Bruder und seinen Vater dachte. »Wenn wir ein Schiff nach Norden nehmen, müssten wir schneller sein.«

»Falls Somerstorms Hafen eisfrei ist.« Korvellan stieg ebenfalls auf. »Aber Ihr habt recht. Den Versuch ist es wert.« Er wendete sein Pferd. »Werdet Ihr auf dem Wasser zurechtkommen?«

»Ich kann den Zauber in Bochat und Zvaran erneuern, mach dir keine Sorgen.«

»Gut. Ich möchte Euch nicht tragen.«

Craymorus lachte. Es war laut und klang unecht. »Eher würde ich kriechen.«

Korvellans Blick war dunkel. »Wenn Ihr meint.«

Sie ritten durch das Tor und den Weg entlang. Vor ihnen erwachte die Stadt zum Leben. Betrunkene, die in den Tavernen geschlafen hatten, stolperten auf die Straße, kratzten sich und gähnten. Einige Bauern schoben Karren voller Obst vor sich her.

»Wenn wir die Pferde verkaufen«, sagte Craymorus, »wird das für die Schiffspassage reichen?«

»Wir müssen uns keine Sorgen über Geld machen.« Korvellan griff hinter sich in eine der Vorratstaschen und zog einen Geldbeutel hervor. Er war prall gefüllt, Münzen klimperten darin.

Craymorus erkannte den Beutel sofort. »Der gehört Ogivers.«

»Nicht mehr.« Korvellan nahm eine Handvoll Goldmünzen heraus, verschloss den Beutel und warf ihn Craymorus zu. »Hier, Fürst. Sucht einen Heiler auf, und kauft Euch feste Kleidung. Es wird kalt sein in Somerstorm.« Er drehte sich wieder um.

Aus einer Seitenstraße lief eine Gruppe Stadtwachen. Sie trugen Brustrüstung und Helm. Es sah aus, als wären sie auf dem Weg in die Schlacht.

Rasch steckte Craymorus den Beutel in eine seiner Satteltaschen. Er war schwer. Die Soldaten liefen vor ihnen her, dem Hafen entgegen. Weitere schlossen sich an, und einige Bürger gingen ebenfalls in die Richtung.

»Was ist da los?«, fragte Craymorus. Als Korvellan nicht antwortete, lenkte er sein Pferd nach links und folgte den Soldaten.

Der Weg führte ihn um den Hafen herum zu einem großen Gebäude aus Holz und Stein. Auf dem Schild über der Eingangstür sah Craymorus einen Kochtopf und einen Hahn, das Zeichen für ein Gasthaus. Menschen standen davor, gestikulierten und redeten. Soldaten trugen Leichen an ihnen vorbei und luden sie auf einen Karren.

Craymorus ritt näher heran. Ein seltsames Gefühl breitete sich in seinem Magen aus. Aus den Augenwinkeln sah er, wie Korvellan zu ihm aufschloss.

Die Leichen auf den Karren waren blutüberströmt. Craymorus zügelte sein Pferd vor dem Eingang und sah einen Schaulustigen an. »Was ist hier passiert?«

Der Mann hob den Kopf. Er brannte sichtlich darauf, die Sensation mit einem anderen zu teilen. »Kennst du Slergg Ogivers, den reichen Sklavenhändler?« Er wartete nicht auf eine Antwort; anscheinend kannte jeder Slergg Ogivers. »Der ist hin. Seine Sklaven haben sich befreit und ihn mitsamt seinen Wachen und Leibwächtern abgeschlachtet. Sie hatten die ganze Taverne gemietet, deshalb ist das erst aufgefallen, als der Koch kam, um das Frühstück vorzubereiten.«

Craymorus sah Korvellan an. Der schüttelte den Kopf. »In was für einer Welt leben wir nur.«

Der Mann nickte. »Nur Gewalt und Tod.« Er drehte sich um und eilte den nächsten Neuankömmlingen entgegen, um ihnen zu erzählen, was geschehen war, bevor es ein anderer tat.

»Du hast sie alle umgebracht«, sagte Craymorus leise, als sie zurück zur Hauptstraße ritten.

»Nicht die Sklaven.«

»Aber jeden anderen. War das wirklich nötig?«

Korvellan hob die Schultern. »Es war richtig.«

»Bei den Verg…«, begann Craymorus, unterbrach sich aber dann und schwieg. Der Gedanke an die Vergangenen brachte ihn zurück zu dem, was die Meister gesagt hatten, und zu der Schriftrolle, die in seiner Satteltasche steckte.

Warum ich?, hatte er gefragt.

Weil Ihr Euch zutiefst misstraut, hatte Amara geantwortet.

»Es liegt eine gewisse Ironie darin.« Korvellans Worte rissen ihn aus seinen Gedanken. Er brauchte einen Moment, bis ihm klar wurde, dass sich das auf die Vergangenen bezog.

»Ja.« Er wollte nicht mehr dazu sagen, wollte den Triumph,

den er in Korvellans Stimme hörte, nicht noch steigern. Trotzdem fuhr er fort. Die Erkenntnis hatte ihn so sehr aufgewühlt, dass er mit jemandem darüber reden musste. »Ich weiß wahrscheinlich mehr als du über die Geschichte deiner Vorfahren. Ich habe ihre Schriften studiert und ihre Bauwerke.«

»Ihr habt zu ihnen gebetet.«

»Manchmal.«

Die Häme, die Craymorus erwartet hatte, blieb aus.

»Wenn jeder die Wahrheit gekannt hätte«, sagte Korvellan nach einem Moment, »wäre die Welt eine andere geworden.«

Es gab nichts darauf zu sagen, also schwieg Craymorus. Stumm lenkte er sein Pferd an den Marktständen vorbei, die sich so früh am Morgen noch unter Obst, Gemüse und Fisch bogen. Nur wenige Menschen schlenderten an den Ständen vorbei. Die meisten arbeiteten am Hafen oder auf den Feldern.

»Was machen wir, wenn wir Mellie gefunden haben?«, fragte Korvellan, als er vor dem Stall eines Viehhändlers von seinem Pferd stieg. »Haben die Meister in dieser Hinsicht etwas gesagt?«

Craymorus schwang sein rechtes Bein über den Sattel und stieg ab, ohne es zu belasten. »Ich mache mich auf die Suche nach einem Heiler.«

Korvellan hob die Augenbrauen. »Heißt das, sie haben etwas dazu gesagt, oder dass Ihr nichts wisst?«

»Ihre Worte waren für mich bestimmt, nicht für dich.« Craymorus zog den Stock aus der zusammengerollten Decke hinter dem Sattel hervor, warf sich die Satteltasche über die Schulter und ließ Korvellan stehen.

Der runde Griff des Stocks lag gut in seiner Hand. Er ging durch die schmalen Gassen, vorbei an den Ständen der Heiler und Kräutersammler, dann bog er nach links ein. Handwerksstände säumten die Straße. Kinder saßen vor den Eingängen, riefen in ewig gleichen, monotonen Rhythmen die Dienste aus, die im Inneren der kleinen Hütten angeboten wurden.

»Holzwaren aller Art.«

»Wagenräder, Deichseln, Fässer.«

»Segeltuch und Netze.«

Craymorus folgte dem Geräusch lauter Hammerschläge, bis er vor einer Schmiede stand.

»Ich möchte, dass du etwas für mich machst«, sagte er, als der Schmied seinen Hammer beiseitelegte. »Ich werde es dir erklären.«

Kapitel 30

Man sieht die Meister oft mit einer Schriftrolle auf den Knien am Strand der Insel sitzen. Sie grüßen ebenso freundlich wie alle anderen Bewohner der Insel, und doch scheint schon ihr Morgengruß große Weisheit zu bergen. Nicht umsonst nannte der große Dichter Cero sie die »Gaukler des Wissens«.

Jonaddyn Flerr, *Die Fürstentümer und Provinzen der vier Königreiche, Band 2*

Sie fahren zurück«, sagte Schwarzklaue. Er bahnte sich einen Weg durch die Büsche, hinter denen sie das Fischerboot versteckt hatten.

Korvellan und Craymorus warteten am Hafen auf die Fähre. Er hatte sie vom Wasser aus beobachtet. So nahe war er ihnen gewesen, dass er Korvellan gerochen hatte.

Halbmond saß mit angezogenen Beinen am Strand, den Kopf auf die Knie gestützt. Ein abgenagter Fisch lag neben ihm im Sand.

»Hast du mir auch einen gefangen?«, fragte Schwarzklaue.

Der Junge nickte und zog ein Blatt aus dem Schatten des Boots. Einige Fische lagen darauf.

»Gut gemacht.« Schwarzklaue setzte sich neben ihn, nahm einen Fisch und schlitzte ihn mit den Klauen auf. »Ich bin Korvellan die ganze Nacht gefolgt«, sagte er, während er die Eingeweide herausholte und ins Meer warf. Sie trieben auf den Wellen davon. »Er hat ein paar Menschen umgebracht. Ich weiß nicht, wieso.«

Halbmond hob die Schultern. Schwarzklaue biss in den rohen Fisch.

»Nein«, sagte er kauend. »Er macht so etwas nicht, weil es ihm Spaß macht. Alles, was er tut, hat einen Grund.« Er spuckte Gräten in den Sand. Der Fisch schmeckte nach Salz und Wasser. »Es gab einen Grund für seinen Verrat an mir, an uns. Ich muss ihn wissen, damit er weiß, dass ich ihn verstehe, bevor ich ihn töte. Du würdest doch auch wissen wollen, weshalb dich jemand verraten hat.«

Halbmond nickte. Meerwasser umspülte seine Füße.

»Na also.« Schwarzklaue ließ den abgenagten Fisch fallen. »Wir warten hier, bis die Fähre ablegt, dann folgen wir ihr mit dem Boot zurück nach Bochat.«

Er wollte aufstehen, aber Halbmond ergriff seinen Arm und schüttelte den Kopf. Schwarzklaue knurrte, aber der Griff lockerte sich nicht.

»Was ist? Willst du nicht warten?«

Halbmond schüttelte erneut den Kopf und stand auf. »Komm«, krächzte er. »Bitte.«

»Wohin?«

Der Junge antwortete nicht, sondern zog ihn am Arm zur anderen Seite des Strands. Schwarzklaue hätte ihm mit einem Schlag die Hand abtrennen können, ließ ihn jedoch gewähren. Halbmond war ihm bedingungslos von Westfall bis auf die Inseln gefolgt. Er hatte es verdient, angehört zu werden.

Schwarzklaue warf einen Blick über die Bäume. Es war Nachmittag. Die Fähre würde erst am Abend auslaufen, das hatte er den Gesprächsfetzen der Männer an Bord entnommen. Sie hatten Zeit.

Halbmond führte ihn am Strand entlang und dann hinein in die mannshohen Büsche. Schwarzklaue sah den Trampelpfad erst, als sie ihn betraten.

»Du warst hier schon mal«, stellte er fest.

Halbmond nickte.

»Hast du hier gelebt?«

Wieder ein Nicken.

Der Pfad war so schmal, dass sie hintereinander gehen mussten. Nach einer Weile wurden aus Büschen Bäume. Der Boden war mit ihren Nadeln bedeckt und so weich, dass er unter Schwarzklaues Füßen zu federn schien. Er sah einige Baumstümpfe und abgeschlagene Äste. Es roch nach Harz. Jemand hatte vor kurzem Bäume gefällt.

»Wohin gehen wir?«, fragte er.

Halbmond zog ihn wortlos weiter. Schwarzklaue wollte stehen bleiben und ihn zu einer Antwort zwingen, doch da wurde der Wald lichter. Er sah eine Hütte und ein kleines Feld, auf dem Pflanzen standen, die rote Früchte trugen.

Der Junge zeigte auf die Hütte. Die Tür stand offen.

»Willst du dorthin?«

Ein Nicken.

Schwarzklaue hörte Stimmen im Inneren, dann verließen zwei Frauen die Hütte. Eine war grauhaarig und gekrümmt, die andere blond und deutlich jünger. Sie sahen sich ähnlich wie Mutter und Tochter. Schwarzklaue sah ihnen nach, als sie das Feld betraten, um die roten Früchte in einem Korb zu sammeln. Der Wind trug den Geruch der Menschen zu ihm.

Er sah Halbmond überrascht an. »Du bist mit ihnen verwandt.«

Der Junge zeigte auf die blonde Frau. »Mutter«, krächzte er. Dann wandte er das Gesicht zum Meer.

Ein Boot mit einem hohen Mast dümpelte auf den Wellen. Auf dem Ausleger stand ein Mann, der ein Netz aus dem Wasser zog.

»Vater«, krächzte Halbmond.

Ein zweiter Mann half ihm, es einzuholen.

»Onkel.«

»Du willst, dass ich dich zu deiner Familie bringe?« Schwarzklaue versuchte seine Enttäuschung zu verbergen.

Halbmond schüttelte den Kopf. Er öffnete den Mund und schloss ihn wieder, so als wären ihm die Worte entfallen, die er brauchte. Er legte seine Handgelenke übereinander und hielt sie Schwarzklaue entgegen.

»Sklave«, krächzte er.

»Sie haben dich verkauft?«

»Menschen, nicht wir. Ich allein.«

Krieger aus dem Süden hatten Schwarzklaue erzählt, dass Menschen und Nachtschatten, die sich vereinten, manchmal nur Menschen als Kinder hatten und dass erst diese wieder Nachtschatten zur Welt brachten, und selbst das nicht immer.

»Sie haben dich verkauft, weil du einer von uns bist?« Ein Nicken.

Schwarzklaue knurrte tief und hieß die Wut, die in ihm aufstieg, willkommen. »Was willst du?«, fragte er.

Halbmond sah ihn aus seinem braunen und seinem blauen Auge an. »Töten.«

Es war die Antwort, auf die Schwarzklaue gehofft hatte.

Die Fischer auf dem Wasser holten den Anker ein. Die alte Frau auf dem Feld sah auf und winkte ihnen zu. Sie winkten zurück. Schwarzklaue sah, wie sie das Segel setzten und Kurs auf die Hütte nahmen.

»Hast du Geschwister?«, fragte er.

Halbmond nickte.

»Sollen sie sterben?«

Ein Kopfschütteln.

Die Frauen trugen die Körbe in die Hütte. Wenig später stieg Rauch aus einer Dachluke im hinteren Teil der Hütte. Schwarzklaue nahm an, dass die Fische dort geräuchert wurden.

Er sah sich um. Es gab keine andere Hütte in der kleinen Bucht. Die Familie schien allein dort zu leben. Als er zurück zum Meer blickte, legten die Fischer bereits an. Ihr Boot war schnell.

Schneller als unseres, dachte er.

Die beiden Männer trugen ihren Fang in die Hütte und schlossen die Tür hinter sich, und Schwarzklaue grub seine Krallen in den Boden. »Komm.«

Sie liefen über das Feld, duckten sich unter dem glaslosen Fenster hindurch und blieben vor der Tür stehen. Schwarzklaue hörte Stimmen aus dem Inneren, dann das Lachen einer Frau. Neben ihm zuckte Halbmond zusammen.

Das war seine Mutter, dachte er.

Er trat die Tür ein. Holz splitterte, sie fiel ins Innere, knallte auf den Boden. Einer der beiden Männer – Halbmonds Onkel – wurde mit dem Kopf gegen einen Tisch geschleudert. Schwarzklaue hörte sein Genick knacken, dann sackte der Mann zusammen.

Die beiden Frauen und der Mann wichen zurück. Die jüngere Frau schrie, als sie Schwarzklaue sah, und schlug sich die Hände vor den Mund, als ihr Blick nach unten glitt.

»Jorky?«, stieß sie hervor.

Schwarzklaue sah den Jungen an. »Ist das dein Name?«

Er reckte das Kinn vor. »Nein«, krächzte er. »Halbmond.«

Eine gute Antwort, dachte Schwarzklaue.

»Euer Sohn ist zurückgekehrt«, sagte er dann.

Halbmonds Vater hob abwehrend die Hände. Er schien nicht zu bemerken, dass er Fische in ihnen hielt. Hinter ihm befand sich eine Luke, die in einen kleinen Nebenraum führte. Schwarzklaue sah Eisenstangen und verrußte Wände. Es war eine Räucherkammer.

Halbmonds Mutter nahm die Hände vom Mund. »Wir wussten nicht, was wir tun sollten.« Sie sah Schwarzklaue an, nicht ihren Sohn. »Als der Fluch ausbrach …«

»Das ist kein Fluch!«, brüllte er. »Dein Sohn ist ein Krieger.« Er sah den Ekel in ihrem Blick, als sie den Kopf schüttelte.

Schwarzklaue legte Halbmond eine Hand auf die Schulter. »Töte sie. Ich achte darauf, dass niemand entkommt.«

Der Vater prallte mit dem Rücken gegen die Wand. Er ließ die

Fische fallen. Die alte Frau begann zu beten, die Mutter schüttelte immer weiter den Kopf.

»Unsere Kinder sind auf dem Markt«, sagte sie. »Wollt ihr wirklich vier Kinder zu Waisen machen?«

»Fünf«, krächzte Halbmond.

Schwarzklaue stieß ihn sanft hinein ins Zimmer. »Sie haben entschieden, dich zu verkaufen. Deshalb stehen sie dort und du hier. Jetzt entscheidest du. Tue es.«

Halbmond stolperte über die Füße seines toten Onkels. Er hielt sich an einem Stuhl fest. Sein menschlicher Arm war kürzer als der andere. Unsicher sah sich der Junge um.

Er hat es nicht in sich, dachte Schwarzklaue, doch im gleichen Moment ließ der Vater die Fische fallen, griff hinter sich durch die Luke und zog eine Eisenstange hervor. Er schrie, holte aus und schlug nach seinem Sohn.

Halbmond duckte sich. Die Stange krachte neben seiner Hand auf die Stuhllehne und zertrümmerte sie. Er wich zurück, als sein Vater ein zweites Mal ausholte.

»Willst du wie ein Feigling sterben?«, brüllte Schwarzklaue. Die Stange streifte Halbmonds Schulter. Er schrie auf, aber es schwang mehr als Schmerz in diesem Schrei mit. Schwarzklaue hörte Wut.

Und dann warf Halbmond sich seinem Vater entgegen. Seine Arme ruderten durch die Luft, seine Beine traten wild um sich. Er rammte dem größeren Mann den Kopf in den Bauch, riss an ihm mit seinen Klauen. Die Eisenstange polterte zu Boden, der Mann schrie überrascht und vor Schmerz.

Schwarzklaue beobachtete den Kampf. Halbmond war ungeschickt und schwerfällig. Einem anderen Krieger wäre er hoffnungslos unterlegen gewesen, doch für einen Menschen reichte seine Kraft. Die beiden Frauen standen eng zusammen neben der Feuerstelle. Sie hatten aufgehört, zu beten und zu schreien. Schwarzklaue sah ihnen an, dass sie nicht weglaufen würden.

Sie waren wie Wild, das nach langer Hatz stehen blieb und sich dem Jäger stellte.

Er öffnete die Tür und ging hinaus, setzte sich in den Sand und blickte hinaus auf das endlose Meer. Nach einer Weile verstummten die Geräusche in der Hütte. Dann hörte er Schritte im Sand und roch Blut.

Halbmond setzte sich neben ihn. Er atmete schwer.

»Ist es getan?«, fragte Schwarzklaue.

Ein Nicken.

»Wie geht es dir?«

Halbmond hob die Schultern.

Schwarzklaue stand auf und reichte ihm die Hand. »Komm. Wir nehmen das Boot deines Vaters. Es ist besser als das andere.«

Erst als sie auf dem Wasser waren und die Hütte hinter den Bäumen verschwand, begann Halbmond leise zu weinen. Schwarzklaue tat so, als bemerke er es nicht.

Sie setzten die Segel erst, als die Fähre an ihnen vorbeifuhr. Niemand an Bord beachtete das Fischerboot. Schwarzklaue saß am Ruder und folgte der Fähre. Sie lag tief im Wasser und fuhr langsam. Mühelos hielt das Fischerboot mit.

Halbmond rollte sich auf den Seilen zusammen und wandte das Gesicht zur Reling. Schwarzklaue verstand, dass er mit sich allein sein wollte. Also blieb er am Ruder sitzen, die Beine ausgestreckt, den Rücken an das Heck gelehnt. Die Nacht war kühl und feucht. Er roch den Regen in der Luft und wünschte, es wäre Schnee. Er vermisste den Schnee.

Die Überfahrt dauerte die ganze Nacht. Erst gegen Morgen, als das Land als brauner Streifen über einem grauen Meer auftauchte, begann es zu regnen. Schwarzklaue legte den Kopf in den Nacken und leckte das Wasser von seinem Gesicht. Es war kalt und vertrieb die Müdigkeit.

Halbmond richtete sich auf, seine erste Bewegung seit Beginn der Nacht. Er grinste, als er sah, was Schwarzklaue tat, und ahmte ihn nach.

Das Land kam näher. Schwarzklaue erkannte zuerst den Hafen, dann einzelne Gebäude. Der Regen verwischte die Konturen und färbte alles grau.

Halbmond zog sich eine Decke über den Kopf und ging zum Bug, Schwarzklaue duckte sich, bis nur noch sein Kopf über die Reling ragte. Die Fähre legte keinen Speerwurf entfernt an. Schwarzklaue drehte das Fischerboot bei, Halbmond raffte das Segel.

Ein Steg wurde von Bord der Fähre gelassen, dann stiegen die ersten Menschen aus. Träger liefen über einen zweiten Steg. Es herrschte plötzlich Hektik an dem ansonsten fast menschenleeren Hafen. Schwarzklaue hatte Angst, er könnte Korvellan aus den Augen verlieren, doch dann sah er ihn plötzlich an der Hafenmauer entlanggehen, sein Pferd hinter sich herziehend. Craymorus folgte ihm. Er hinkte, wie schon am Vortag.

Schwarzklaue hob vorsichtig den Kopf. Korvellan blieb an einem Stand stehen. Gelb-graue Fahnen wehten über ihm. Korvellan sprach mit dem Mann am Stand, zeigte auf sich und Craymorus, dann zählte er Münzen ab.

»Du hättest mir nicht so viel von dieser Welt beibringen sollen, Korvellan«, sagte Schwarzklaue leise. Er wusste, was die Fahnen bedeuteten. Das Schiff fuhr nach Zvaran, doch er bezweifelte, dass Korvellans Ziel dort lag. Es gab nur eines, was ihn im Norden interessierte und seit Beginn des Feldzugs interessiert hatte.

»Somerstorm.« Schwarzklaue sah Halbmond an. »Er will nach Somerstorm. Setz das Segel.«

Kapitel 31

Schiffe regen die Vorstellungskraft des Reisenden an wie kein anderes Gefährt. Keine Kutsche und kein Pferd kommen an ein Schiff, das mit geblähten Segeln hinaus auf das Wasser fährt, heran. Vielleicht liegt es an der scheinbaren Mühelosigkeit, mit dem es die Kräfte der Natur zu seinem Vorteil nutzt.

Jonaddyn Flerr, *Die Fürstentümer und Provinzen der vier Königreiche, Band 1*

Craymorus tanzte die Magie aus dem Boden, bis er vor Erschöpfung zitterte. Reisende, die ebenso wie er und Korvellan darauf warteten, an Bord ihres Schiffs gelassen zu werden, blieben stehen und sahen ihm zu. Seit dem Hügel der Schande und den Massakern, die auf diesen Tag folgten, waren Magier ein seltener Anblick. Eine Frau warf ihm sogar eine Kupfermünze zu, hielt ihn wohl für einen Gaukler. Er hob sie nicht auf. Als er fertig war und schwer atmend zu der kleinen Garküche ging, vor der Korvellan wartete, begannen sich einige Kinder darum zu balgen.

Vorsichtig belastete Craymorus sein rechtes Bein. Es trug sein Gewicht. Das Hinken war fast verschwunden.

Er atmete auf.

»Ich bin so weit«, sagte er. Das Bier, das der Wirt ihm reichte, war abgestanden und schmeckte verwässert. Er trank den Krug trotzdem in einem Zug aus.

»Das Schiff wird je nach Wetter zwei bis drei Tage nach Zvaran brauchen.« Korvellan schob seinen eigenen Krug von sich. Er hatte kaum davon getrunken. »Wird der Zauber halten?«

»Ja.« Es war weder die Wahrheit noch eine Lüge.

Sie reihten sich in die Gruppe der Passagiere ein, die über eine breite Planke an Bord des Schiffs gingen. Es waren hauptsächlich Händler, die ihre Waren nach Zvaran bringen wollten, aber Craymorus sah auch einige Soldaten zwischen ihnen, schwer bewaffnete Männer, deren Brustharnische die Farben Westfalls zeigten. Er zog sich die Kapuze seines Umhangs über den Kopf.

»Wir sollten die Fahrt in der Kabine verbringen«, sagte Korvellan leise, während er den Kragen seiner Jacke hochschlug. Er hatte die Soldaten ebenfalls bemerkt.

»Was machen sie hier?«, fragte Craymorus.

»Sie sind auf der Suche nach einem neuen Herrn, entweder dem Fürsten von Braekor oder den Piraten im Norden. Ein Mann, der zu töten versteht, findet in solchen Zeiten leicht Arbeit.«

»Zeiten, die du über uns gebracht hast.«

Korvellan setzte zu einer Antwort an, dann neigte er den Kopf. »Das ist nicht ganz falsch.«

Die Matrosen, die sie an Bord willkommen hießen, trennten die Passagiere. Die Händler schickten sie eine enge, steile Treppe hinunter zu ihren Kabinen, die Soldaten wurden zu einfachen Unterständen auf dem Vorderdeck geführt.

Craymorus sah sich auf dem Deck um. Das Schiff, das von der Hafenmauer aus so groß gewirkt hatte, erschien ihm plötzlich klein und eng. Überall standen Kisten und Fässer herum, die von Matrosen vertäut wurden. Barfuß und halb nackt liefen sie über die dunklen Schiffsplanken, kletterten an den beiden Masten empor, setzten Segel und befolgten die gebrüllten Befehle des Steuermanns. Die Matrosen waren am ganzen Körper tätowiert. Craymorus wusste, dass sie damit die bösen Geister des Meers abwenden wollten.

Schwerfällig setzte sich das Schiff in Bewegung, obwohl der Wind die Segel blähte. Er fragte sich, ob es überladen war.

Er duckte sich unter dem Türrahmen hindurch und kletterte die Treppe hinunter. Ohne Ogivers' Gold hätten sie sich noch nicht einmal eine einfache Passage leisten können, geschweige denn eine eigene Kabine. Er hatte erwartet, sich am Gold eines Toten zu bereichern, würde sein Gewissen belasten, aber er dachte kaum daran.

Ein Matrose zeigte ihm und Korvellan den Weg. Die Passagierkabinen lagen auf dem Mitteldeck, darunter befanden sich die Mannschaftsquartiere und Frachträume.

»Hier entlang«, sagte der Matrose.

Craymorus folgte ihm in einen Gang mit je vier Türen auf beiden Seiten. Zwei standen offen. Er hörte Stimmen aus den Räumen dahinter. Der Matrose blieb stehen und öffnete die erste Tür auf der linken Seite. »Ist unsere beste Kabine.«

Sie war winzig, das war das Erste, was Craymorus auffiel. Eine Koje war rechts von ihm, eine andere befand sich links. Unter dem Bullauge, durch das er das Meer sehen konnte, stand eine Truhe; vor ihr lag das Gepäck, das die Matrosen bereits an Bord gebracht hatten. Auf der Truhe stand eine Schüssel, neben ihr ein kleines Wasserfass. Ein getrockneter Drachenkiefernzweig hing von der Decke, ein Glücksbringer, der vor Ungeheuern schützen sollte. Korvellan stand darunter. Craymorus hätte beinahe gelacht.

»Der Kapitän wäre entzückt, wenn Ihr heute Abend mit ihm speisen würdet«, sagte der Matrose steif. Jemand hatte ihm den Satz beigebracht.

»Danke, aber das wird leider nicht gehen«, antwortete Korvellan. Er griff in seine Hosentasche und warf dem Matrosen eine Kupfermünze zu. Der Mann fing sie mit einer Hand aus der Luft. »Wir werden die Reise in der Kabine verbringen«, fuhr Korvellan fort. Bei jedem Wort flog eine Münze durch die Luft. Der Matrose ließ keine einzige fallen. »Du wirst uns unsere Mahlzeiten bringen, in Ordnung?«

»Natürlich, Herr.« Der Mann grinste, die Münzen in der tätowierten Hand. »Ich sage dem Käpt'n, dass Ihr zu müde wärt.« Er schloss die Tür hinter sich.

Craymorus zog Umhang und Stiefel aus und legte sich auf die rechte Koje. »Wir können nicht die ganze Zeit hier unten bleiben«, sagte er. *Wir würden uns gegenseitig umbringen.*

»Nicht die ganze Zeit, aber so viel davon wie möglich.« Korvellan öffnete das Bullauge, und es wurde kühl in der Kabine. Der Geruch nach altem Holz und Eintopf verflog. »Euch werden die Soldaten in jedem Fall erkennen, und ein paar von den älteren könnten unter mir gedient haben. Es würde uns schwerfallen, eine Erklärung für unsere gemeinsame Reise zu finden.«

»In der Tat.« Craymorus verschränkte die Arme hinter dem Kopf und betrachtete den Zweig, der bei jeder Schiffsbewegung hin und her schwang. Holz knarrte. Durch das offene Fenster drangen das Rauschen des Meers und die Rufe der Matrosen in die Kabine.

Er tastete nach der Schriftrolle, die in seinem Hemd steckte. *Zeigt sie nicht dem General,* hatte Amara gesagt. *Er traut Euch nicht und würde versuchen, Euch aufzuhalten.*

Craymorus spürte, dass sie recht hatte. Korvellan würde ihm die Erfüllung der Aufgabe, die ihm die Meister gegeben hatten, nicht zutrauen.

Wie auch?, dachte er. *Ich traue sie mir ja selbst nicht zu.*

Auf der anderen Seite der Kabine hängte Korvellan seinen Schwertgürtel an den Pfosten der Koje. Dann zog er die Stiefel aus und legte sich hin. Nach einem Moment schloss er die Augen.

Craymorus drehte sich zur Wand und zog vorsichtig die Schriftrolle aus seinem Hemd. Er brauchte Zeit, um sie zu studieren. Die Anweisungen darin waren schwierig und verworren.

Vorsichtig zog er sie auseinander. Bei jedem Knistern biss er sich auf die Lippen. Schließlich konnte er die ersten Zeilen lesen, begann sie lautlos nachzusprechen. Er prägte sie sich ein, bis das Licht nachließ, dann schob er die Schriftrolle zusammen und steckte sie sich zurück ins Hemd.

»Was habt Ihr gelesen, Fürst?«, fragte Korvellan aus der anderen Koje.

»Nichts.« Craymorus verzog das Gesicht. Die Antwort war zu schnell gekommen, aber Korvellan fragte nicht weiter nach.

Kurz bevor sich das Meer schwarz färbte, brachte der Matrose das Abendessen. Es bestand aus gegrilltem Fisch, Brot und Wein. »Der Käpt'n ist enttäuscht«, sagte er, »hofft aber, dass Ihr morgen mit ihm essen werdet.«

»Wir denken darüber nach.« Korvellan warf ihm eine Kupfermünze zu.

Der Matrose verneigte sich, dann verließ er die Kabine.

Sie aßen im Halbdunkel. Kerzen, Fackeln und Öllampen waren an Bord verboten, nur der Kapitän, der Steuermann und der Koch hatten das Recht, Feuer zu machen. Die Regel galt auf den meisten Schiffen. Wer sie brach, wurde ausgepeitscht und am nächsten Hafen an Land gebracht.

Das Essen war besser, als Craymorus erwartet hatte. Er wischte sich die fettigen Finger am letzten Stück Brot ab und warf es aus dem Bullauge ins Meer. Dann stand er auf und zog sich seinen Umhang über.

Korvellan sah ihn an. »Es ist noch früh.«

Craymorus nickte. »Also sind die Soldaten noch nicht betrunken. Es wird nicht viel los sein.«

»Das stimmt.«

Er zog seine Stiefel an, setzte die Kapuze auf und verließ die Kabine. Die Treppe brachte ihn nach oben. Er sah zum Vorderdeck, auf dem die Soldaten um ein Bierfass saßen und redeten. Die Matrosen hielten sich von ihnen fern, bildeten ihre eigenen Gruppen. Einer spielte auf einer Flöte, ein anderer sang dazu. Craymorus kannte die Melodie nicht.

Er ging an der Kapitänskajüte vorbei, dem einzigen Raum, in dem Licht brannte. Es fiel durch die Bullaugen auf das Deck und erhellte die hölzerne Reling.

Craymorus zog sich die Kapuze tiefer ins Gesicht, bevor er durch den Lichtkegel ging. Der Wind zerrte an seinem Umhang.

Er stieg über einige Seile, dann hatte er das Heck des Schiffs erreicht. Mannshohe Eisenstangen steckten im Holz der Reling. Einige Stufen führten zum Deck hinauf und sorgten dafür, dass man sich setzen und dabei an den Stangen festhalten konnte.

Craymorus blieb auf der obersten Stufe stehen und knöpfte seine Hose auf. Mit einer Hand hielt er sich an einer der Stangen fest. Die See war ruhig, aber er hatte sich noch nicht an das Schwanken des Schiffs gewöhnt.

Das Geräusch von Stiefeln auf dem Deck verriet ihm, dass er nicht mehr allein war. Jemand stieg neben ihm die Stufen hinauf. Craymorus musterte ihn aus den Augenwinkeln. Er sah dunkle Stiefel und einen Brustpanzer. Metall klirrte.

Ein Soldat, dachte er und senkte den Kopf. Der Wind verfing sich in seiner Kapuze, schob sie langsam von seinem Gesicht zurück.

»Ganz schöne Scheiße«, sagte der Soldat.

Craymorus schluckte. »Das kannst du wohl sagen.« Es war die einzige Antwort, die ihm einfiel.

»Kommst du aus Westfall?« Der Soldat sah hinaus aufs Wasser. Er war klein und breit wie ein Fass. Im Mondlicht wirkte sein bärtiges Gesicht grau.

»Ja.« Craymorus knöpfte sich die Hose zu, zog die Kapuze wieder tief ins Gesicht und hielt sie fest.

»Bist wohl ein Händler.«

»Ja.« Es erschien ihm unhöflich, nicht noch etwas hinzuzufügen, also sagte er: »Warst du in der Festung, als sie fiel?«

Der Soldat zog seine Hose hoch. »Dann wäre ich jetzt nicht hier. Ist keiner rausgekommen, heißt es. Die verdammten Nachtschatten haben alle umgebracht.«

»Die Nachtschatten?«

»Ja, wer denn sonst?« Der Soldat sah ihn an, sein Blick schien den Schatten der Kapuze zu durchdringen. »Was ist das für eine dämliche Frage?«

»Entschuldige, ich habe nicht nachgedacht.« Craymorus wandte sich ab und ging die Stufen hinunter auf das Deck. Er hörte die Schritte des Soldaten hinter sich.

Eine Hand legte sich auf seine Schulter.

Craymorus fuhr herum, hob abwehrend die Hände. Der Wind riss ihm die Kapuze in den Nacken. Mondlicht fiel auf sein Gesicht.

»Nein, ich muss mich entschuldigen«, sagte der Soldat. »War nicht so gemeint. Ich bin nur müde.«

»Schon gut. Wir sind alle angespannt.« Craymorus lächelte und ging weiter. Er spürte seinen Herzschlag in den Schläfen.

»Eines noch.« Der Soldat schloss zu ihm auf. »Wenn du Wachen für deine Waren brauchen solltest, dann sag mir Bescheid. Wir sind zu sechst. Bessere Wachen als uns wirst du nirgendwo finden.«

»Daran werde ich denken.« Craymorus ließ ihn vorbeigehen, dann zog er die Kapuze wieder hoch.

Er sah dem Soldaten nach, als er über das Deck zu den anderen ging, sich vor sie hockte und zu reden begann.

Er hat mich nicht erkannt, dachte er. *Das hätte ich in seinen Augen gesehen.*

»Und Ihr seid wirklich sicher, dass er Euch nicht erkannt hat?«, fragte Korvellan, als er ihm in der Kabine von der Begegnung erzählte.

»Ja.« Craymorus legte den Umhang ab. »Er weiß nicht, wer ich bin.« Er setzte sich auf seine Koje. »Anscheinend glaubt man in Westfall, dein Volk habe alle in der Festung getötet.«

Korvellan hob die Schultern. »Also wird irgendwann eine weitere Lüge in den Geschichtsschriften stehen. Daran können wir nichts ändern.« Seine Stimme klang müde. In der Dunkelheit war sein Gesichtsausdruck nicht zu erkennen.

Craymorus streckte sich aus. Die Stimmen, die von draußen hereindrangen, wurden lauter, das Flötenspiel fröhlicher. Fast alle schienen sich dort oben aufzuhalten, unter Deck war es still. Niemand verbrachte mehr Zeit als nötig in den engen Kabinen.

Craymorus schloss die Augen. Die Koje war weich, das Schaukeln des Schiffs beruhigte seine Gedanken. Sie ließen sich nieder wie Vögel am Abend. Er fühlte sich schwer.

»Ich muss es wissen.« Korvellans Stimme riss ihn aus dem Halbschlaf. »Ich muss wissen, was die Meister zu Euch gesagt haben, wenn es etwas mit Mellie zu tun hat.«

Craymorus stützte sich auf die Ellenbogen. Seine Gedanken flatterten empor. »Das geht nicht.«

Korvellan stand auf, ein schwarzer Umriss in der dunklen Kabine. »Betrachtet mich als Euren General, Fürst. Ich kann die Schlacht nicht planen, ohne zu wissen, welche Waffen uns zur Verfügung stehen.«

»Dann plane sie nicht.«

Craymorus hörte, wie Korvellan die Luft ausstieß. »Ihr habt ihre Macht selbst erlebt, und bis wir Somerstorm erreichen, wird sie noch stärker geworden sein. Wir ...«

Ein Krachen. Korvellan wurde gegen die Truhe geschleudert und fluchte. Craymorus sprang von der Koje und riss die Tür auf.

»Eis!«, brüllte eine Stimme an Deck.

Das Schiff erbebte wie unter Faustschlägen.

Craymorus kämpfte sich die Treppe hinauf, wurde von jedem Krachen gegen die Wand geworfen. Matrosen, die unter Deck geschlafen haben mussten, liefen hinter ihm durch den Gang.

Die Passagiere standen an der Reling. Einige zeigten auf das Meer. Der Steuermann brüllte einen unverständlichen Befehl über Deck. Matrosen nickten und kletterten am Hauptmast nach oben. Craymorus bahnte sich einen Weg durch die Menschen, bis er endlich an der Reling stand. Über ihm riss die Wolkendecke auf.

Eisschollen bedeckten das dunkle Meer, unheimliche gezackte Gebilde, manche mannshoch und höher, andere so lang wie das Schiff, auf dem er stand. Sie schwappten ihnen entgegen,

Kanten spitz wie Speere auf den Rumpf gerichtet. Craymorus hörte sie knacken und knirschen. Eine brach vor seinen Augen auseinander. Eine Hälfte trieb von dannen, die andere schlug gegen das Schiff.

Es sah so langsam aus, trotzdem riss der Aufprall Craymorus fast von den Beinen. Er hörte einen Schrei und drehte sich um.

Im selben Moment knallte vor ihm ein Matrose auf das Deck. Es klang, als werfe man einen nassen Sack auf einen Stein. Der Kopf des Matrosen zuckte, dann lag er still. Ein anderer kletterte an seiner Stelle am Mast empor.

Der Steuermann ließ einen Teil der Segel raffen, um die Geschwindigkeit zu verringern. Er schrie etwas zum Ausguck empor, doch der Matrose, der dort stand, hob nur hilflos die Arme.

Korvellan zog Craymorus von der Reling weg und zum Bug. »Haltet mich fest«, sagte er, als er auf die Reling kletterte. »Ich sehe besser als jeder andere hier.«

Craymorus packte seine Beine und drückte sie an sich.

»Stark backbord!«, rief Korvellan.

Ein Soldat, der anscheinend begriff, was geschah, brüllte den Befehl über das Deck, dann schrie der Ausguck: »Er hat recht! Backbord.«

Der Steuermann stemmte sich gegen das Ruder. Der Kapitän kam hinzu und half ihm.

»Leicht steuerbord!«

Es knirschte, als eine Eisscholle das Schiff streifte. Passagiere und Matrosen liefen zum Bug.

»Kurs halten!«, rief Korvellan. »Nicht abweichen!«

Ein Soldat schüttelte den Kopf. »Wie macht er das? Ich sehe nichts.«

»Er hat gute Augen«, sagte Craymorus. *Und wenn sie nicht gut genug sind?*, dachte er. *Was, wenn uns eine Scholle trifft?* Er begann darüber nachzudenken, während er Korvellan festhielt.

»Scharf backbord!«

Der Steuermann und der Kapitän zogen mit aller Kraft am Ruder, aber das Schiff reagierte schwerfällig. »Der Kahn ist doch völlig überladen«, hörte Craymorus jemanden sagen. Er wusste nicht, ob es ein Passagier oder ein Matrose war.

»Zurück!«, schrie Korvellan. »Steuerbord!«

Einige Lidschläge später sah auch Craymorus die riesige Eisscholle. Ein ganzer Hof hätte darauf gepasst. Still glitt sie an dem Schiff vorbei, kam ihm so nahe, dass Eiskristalle im Licht der Kapitänskajüte glitzerten.

»Steuermann.« Korvellans Stimme klang ruhig. Craymorus hatte gelernt, das als schlechtes Zeichen zu werten. »An der nächsten Scholle kommen wir nicht vorbei. Bleib auf Kurs, damit sie uns nicht die Seite aufreißt. Danach ist das Schlimmste vorbei.«

Es waren mehrere Schollen, die dem Schiff entgegentrieben. Der Bug war auf die mittlere und kleinste gerichtet. Zwischen ihr und den anderen gab es Lücken, die Craymorus etwas breiter als das Schiff erschienen.

Er drehte den Kopf und sah den Steuermann und den Kapitän miteinander streiten. Der Steuermann hielt das Ruder fest und schüttelte den Kopf, doch dann schlug der Kapitän ihm ins Gesicht, und er ließ los.

Der Bug richtete sich langsam auf die Lücke zwischen den Schollen.

»Was soll das?«, rief Korvellan. »Bleib auf Kurs.«

Einen Moment lang sah es so aus, als würden sie es schaffen. Der Bug stieß in die Lücke und trieb die Schollen auseinander. Craymorus hörte, wie sie gegen andere gedrückt wurden, wie Eis knirschte und arbeitete.

Dann schlugen die Wellen zurück. Der Knall, mit dem die Scholle gegen das Schiff geworfen wurde, verwandelte sich in ein Bersten und Krachen. Das Schiff schien zu taumeln.

Craymorus sah Matrosen die Treppen hinunterlaufen. Er nickte den Soldaten zu, die neben ihm standen. Einen Augenblick dachte er daran, dass er sein Gesicht nicht verstecken konnte, doch dann schüttelte er den Gedanken ab. »Haltet ihn fest«, sagte er.

»Ja«, sagte der eine.

Der andere starrte ihn an. »Ja, mein Fürst«, sagte er dann. Craymorus verzog das Gesicht.

Sie traten an seine Stelle. Korvellan drehte sich kurz zu ihm um, sah dann aber wieder auf das Meer hinaus.

Craymorus lief zur Treppe. Der Steuermann stand wieder am Ruder, der Kapitän half ihm mit gesenktem Kopf.

Es herrschte völlige Dunkelheit in den Mannschaftsquartieren. Sie lagen unter der Wasserlinie. Es gab keine Bullaugen und keine Kerzen.

»Alle mal warten!«, rief eine Stimme, als Craymorus sich mit ausgestreckten Armen vortastete. »Der Koch ist unterwegs!«

»Er soll sich verdammt noch mal beeilen!«, antwortete eine andere Stimme. »Hört ihr das nicht? Wir haben ein Leck!«

Er hatte recht. Irgendwo plätscherte Wasser. Es klang wie ein Bach, der über Felsen floss. Ein Lichtkegel tauchte am Ende der Treppe auf, dann ein zweiter und dritter. Der Koch und die Matrosen, die ihm folgten, hielten in jeder Hand mehrere Öllampen, verteilten sie an die Männer, die bereits unten waren.

Craymorus nahm eine der Lampen. Niemand schien etwas dagegen zu haben. Durch eine Tür ging es aus den Mannschaftsquartieren mit ihren dicht gepackten Hängematten in den Frachtraum. Craymorus stieg über einen Balken hinweg und trat in Wasser.

Vor ihm fluchte ein Matrose. »Hier ist ein Leck, und dahinten ist noch eins.«

Andere Matrosen liefen heran, betrachteten die geborstenen Planken im Licht der Öllampen.

»Ist nicht so schlimm«, sagte einer. »Das kriegt der Schreiner wieder hin.«

»Das hier nicht.« Der Matrose, der die ersten Lecks entdeckt hatte, kroch hinter vertäuten Stoffballen hervor und winkte die anderen zu sich.

Craymorus folgte ihnen, beugte sich über die Stoffballen, um etwas erkennen zu können.

»Scheiße«, sagte ein Matrose, während er mit der Hand über gesplittertes Holz strich. Wasser lief in dünnen Bahnen aus einem Riss nach unten.

Craymorus runzelte die Stirn. Das andere Leck hatte größer ausgesehen. Er war erleichtert, als einer der Matrosen danach fragte.

Der Mann, der den Riss mit den Händen abgetastet hatte, zeigte auf das gesplitterte Holz. »Siehst du das? Das geht vom Boden bis zur Decke. Hier ist die Scholle aufgeprallt. Sie hat das Holz eingedrückt und geschwächt. Und jetzt drückt auch noch das Wasser dagegen. Das ist wie ein Knochenbruch. Wenn du immer weiter dagegen drückst, hast du irgendwann den ganzen Knochen in der Hand.«

Offenbar war es so. Craymorus hörte es knirschen.

Der Matrose stand auf. »Wir müssen das Schiff verlassen, sofort. Sagt dem Kapitän Bescheid.«

Er drängte sich an Craymorus vorbei, der sich ihm anschloss. Die anderen Matrosen folgten ihm.

Als sie das Deck erreichten, hatte sich die Nachricht schon herumgesprochen. Es herrschte Panik. Menschen liefen an der Reling entlang, suchten nach Rettungsbooten, die es nicht gab.

»Werft die Kisten ins Wasser!«, rief Korvellan. »Alles, was schwimmt.« Er sah Craymorus und kämpfte sich zu ihm durch. »Wo wart Ihr?«, fragte er.

»Unten. Ich habe mir das Leck angesehen.«

Korvellan runzelte die Stirn. »Warum?«

Ich weiß es nicht, dachte Craymorus, hob aber nur die Schultern. »Ich kann nicht schwimmen«, sagte er dann.

»Wir werden das überleben. Macht Euch keine Sorgen. Wir sind zu stark, um hier zu sterben.«

Craymorus blieb stehen. Die Worte des Matrosen hallten plötzlich in ihm wider. *Das ist wie ein Knochenbruch.*

Er zog Korvellan mit sich. »Komm.«

»Wohin?«

»Unter Deck.«

Matrosen warfen Seile und Kisten über Bord, aber noch kletterte niemand über die Reling. Einige beugten sich zwar darüber, doch die Angst vor dem dunklen, kalten Meer war noch größer als die vor dem Schiffsuntergang.

Das Wasser war gestiegen, als Craymorus mit der Lampe in der Hand durch das Mannschaftsquartier in den Frachtraum lief.

»Hier ist es«, sagte er. Das Rinnsal hatte sich verbreitert. Wasser sprühte zwischen Holzsplittern hervor. Er stellte die Öllampe auf eine Kiste und hockte sich vor den Riss.

»Was habt Ihr vor?«

»Einen Moment.« Craymorus legte seine Hände auf die geborstenen Stellen, drückte sanft dagegen. Sie fühlten sich an wie Knochensplitter. *Ich weiß nicht, wie man Knochen heilt*, dachte er, *aber ich weiß, wie man sie stark macht.*

Ein Licht schien ihm ins Gesicht.

»Was macht Ihr denn noch hier unten?«, fragte der Kapitän. Seine Stimme war brüchig wie die eines alten Mannes. »Wir müssen das Schiff verlassen.«

»Wartet nur einen Moment. Bitte.« Craymorus suchte nach der Magie in sich, nach dem Zauber, der ihn gehen ließ. Nur ein wenig musste er davon umlenken, so wie man einen Bach von einem Fluss teilte, um ein Feld zu bewässern.

Seine Fingerspitzen kribbelten, eine trockene Süße lag in seinem Mund, als er die Worte des einzigen Zaubers, den er je gelernt hatte, zu flüstern begann.

»Was …«, begann der Kapitän, aber Korvellan schob ihn zur Seite.

»Lass ihn in Ruhe.«

Craymorus spürte, wie die Magie aus ihm herausströmte. Im ersten Moment schien nichts zu geschehen, der Riss schloss sich nicht, die geborstenen Stellen fügten sich nicht zusammen. Doch dann versiegte das Rinnsal, das Wasser sprühte nicht mehr. Das Tropfen und Plätschern erstarben.

Korvellan ließ den Kapitän los. »Geh nach oben. Sag deinen Leuten, sie können an Bord bleiben.«

»Ja, natürlich.« Der Mann wirkte verwirrt, drehte sich jedoch um und ging.

Korvellan streckte die Hand aus. »Anscheinend habt Ihr gerade das Schiff gerettet, Fürst. Meinen Glückwunsch.«

Craymorus ergriff die Hand nicht. Er war gefangen in einer Welt aus brennendem rotem Schmerz. *War es immer so schlimm? Wie habe ich das nur ausgehalten?*

Er sah Korvellan an. Schmerz trieb Tränen in seine Augen. »Du wirst mich tragen müssen. Ich kann nicht gehen.«

Irgendwann auf dem Weg nach oben hatte er das Bewusstsein verloren. Als Craymorus erwachte, lag er in seiner Koje. Er biss sich auf die Lippen, als ein Krampf sein linkes Bein zusammenkrümmte. Noch bevor er die Augen öffnete, war der Schmerz da. So war es jeden Morgen gewesen. Der Schmerz war das Erste, was er am Morgen fühlte, und das Letzte in der Nacht.

Wie schnell man vergisst, dachte er.

Die Tür öffnete sich. Korvellan trat ein. Er hielt zwei Krücken aus hellem Holz in den Händen.

»Der Schreiner hat sie für Euch angefertigt«, sagte er. Etwas hilflos blieb er im Türrahmen stehen.

»Sag ihm meinen Dank.« Craymorus zeigte auf einen der großen Rucksäcke, die an der Truhe lehnten. »Würdest du den bitte öffnen?«

Korvellan lehnte die Krücken an die Wand, nahm den Rucksack und zog die Schlaufen auf. Craymorus sah ihn überrascht blinzeln, dann nahm er eine der beiden Metallschienen, die darin lagen, heraus. Sie bestanden aus Stangen, Gelenken und breiten Lederriemen. Der Schmied auf der Insel hatte sich genau an Craymorus' Anweisungen gehalten.

»Ihr wusstet, was passieren würde?«, fragte Korvellan, als er ihm die Schienen reichte.

»Ich wusste, dass der Zauber mich irgendwann verlassen würde. Das haben die Meister mir gesagt.« Er schlug die Bettdecke zurück und zwängte seine Beine in die Schienen. Knochen knirschten, als er die Lederriemen festzog. Er schloss die Augen und kämpfte den Schmerz nieder.

Als er sie wieder öffnete, war Korvellan ans Bullauge getreten und sah hinaus. »Deshalb wollten die Meister also mit Euch sprechen.«

»Ja.«

»Nur deshalb?«

»Ja.« Das war eine Lüge. Craymorus sah, wie sich Korvellans Schultern strafften. Er wusste, dass es eine Lüge war.

»Was ist mit dem Leck?«, fragte Craymorus, während er die nächste Schiene anlegte.

»Die Matrosen nutzen die Zeit, die ihnen Euer Zauber verschafft hat, um es auszubessern. Sie haben alles unter Kontrolle.« Korvellan drehte sich wieder zu ihm um. »Wir werden Zvaran dank des günstigen Windes heute Abend erreichen. Die Eisschollen weisen darauf hin, dass der Hafen vom Somerstorm eisfrei ist, das glaubt zumindest der Steuermann. Ich werde also weiter nach Somerstorm fahren.«

Craymorus sah auf. Sein Mund wurde trocken. »Du?«

Korvellan nickte. »Ich gehe allein weiter.«

Kapitel 32

Vieles kann der Reisende von den Seefahrern des Nordens lernen. Sie wissen, dass Eis mächtiger ist als Holz und die Wellen stärker als die Arme eines Schwimmers. Doch weshalb sie Tag für Tag hinausfahren und sich ihrem unbesiegbaren Gegner stellen, vermögen auch sie nicht zu sagen.

Jonaddyn Flerr, *Die Fürstentümer und Provinzen der vier Königreiche, Band 2*

Als die Eisschollen vor dem Bug des kleinen Fischerboots auftauchten, wusste Schwarzklaue, dass die Fahrt zu Ende war.

»Wir müssen an Land«, sagte er, während er das Ruder zur Seite drückte.

Halbmond hob den Kopf und blickte über die Reling auf die felsige Küste. Er hatte unter einer Decke geschlafen.

Er schläft viel, dachte Schwarzklaue, *fast so viel wie ein Mensch.*

Das Schiff, auf dem sich Korvellan und Craymorus befanden, war längst verschwunden. Schwarzklaue hatte es nicht gewagt, ihm auf das offene Meer zu folgen, war stattdessen in Sichtweite der Küste geblieben. Seit zwei Tagen waren sie bereits unterwegs, aber er wusste nicht, wie weit sie gekommen waren.

Er wich einer Eisscholle aus, die höher als ein Baum und breiter als ein Haus war. Das Boot war wendig und schnell. An Felsen, Eisschollen und Klippen vorbei lenkte er es zur Küste. Wellen trugen es bis auf den Strand.

Schwarzklaue sprang ins Wasser und watete an Land. Vor ihm türmten sich dunkle Klippen auf. Seevögel kreisten hoch über seinem Kopf. Es war ein grauer Tag. Die tief hängenden Wolken schienen mit dem Meer zu verschmelzen. Schwarzklaue roch den Schnee, der in der Luft lag. Es war kalt geworden.

Halbmond schloss zu ihm auf. Er hatte sich die Decke um die Schultern gelegt, als wäre er eine alte Frau. Schwarzklaue hätte ihn beinahe zurechtgewiesen, doch er schluckte die Worte hinunter.

»Komm«, sagte er.

Halbmond nickte.

Sie blieben am Ufer. Es schien keinen Weg über die Klippen zu geben, aber nach einer Weile wurden sie niedriger, und schließlich fand Schwarzklaue eine Lücke zwischen ihnen. Der Weg war offensichtlich von Menschen in den Fels geschlagen worden. Stufen führten nach oben, die Seitenwände waren mit Schriftzeichen bedeckt. Er verstand nicht, warum Menschen Steine und Bäume – alles, was älter war als sie selbst – mit ihren Spuren versahen.

Für wen tun sie das?, fragte er sich, als er das Ende des Weges erreichte und die Ebene an der Spitze der Klippen betrat.

Er sah zurück zum Meer, das tief unter ihm gegen das Ufer anstürmte. Die Wellen waren höher geworden. Weiße Gischt bedeckte sie. Die Wolken hatten sich schwarz gefärbt. Über dem Meer regnete es.

Schwarzklaue wandte sich nach Nordosten, weg von den Klippen, tiefer in das Land hinein. Halbmond folgte ihm. Seine Lippen zitterten bei jedem Windstoß. Ihm war kalt.

Die Ebene schien unbewohnt zu sein. Kurzes gelbes Gras bedeckte sie, der Boden war karg und trocken. Schwarzklaue sah Vögel und Mäuse, aber keine größeren Tiere. Aus Langeweile jagte er eine Maus, aber sie verschwand in einem Loch, bevor er sie erwischen konnte. Halbmond lachte darüber. Es war der erste Laut, den er seit dem Tod seiner Eltern von sich gab.

Es wurde allmählich dunkel, als Schwarzklaue auf einen Weg stieß. Er führte nach Norden. Eine Weile ging es bergab. Das Land wurde hügeliger und grüner, der Wind ließ nach. In einem kleinen Tal entdeckte Halbmond eine Hütte. Schwarzklaue tötete den alten Mann, der darin saß, und gab dem Jungen dessen Kleidung. Sie war zu groß, aber warm.

Er zog die Leiche aus der Hütte und schlachtete eines der Schafe, die im Tal grasten. Er kochte das Fleisch, dann aßen er und Halbmond es mit etwas Brot vom Tisch des alten Mannes. Sie tranken warmes Bier. Draußen begann es zu regnen.

Sie schliefen bis zum Morgen. Schwarzklaue zündete die Hütte an und sah zu, wie der dunkle Rauch in den wolkenverhangenen Himmel stieg. Dann zogen sie weiter.

Gegen Mittag stießen sie auf einen Hof. Schwarzklaue tötete die Männer auf den Feldern und die Frauen im Haus. Er zündete auch den Hof an.

»Korvellan soll wissen, dass ich komme«, sagte er auf Halbmonds fragenden Blick.

Der Weg führte sie vom Hof zu einer Straße. Sie wandten sich nach Norden und liefen los, nicht verstohlen und im Schutz der Nacht wie Feiglinge, sondern offen im Tageslicht.

Wie Krieger.

Kapitel 33

Braekor ist keine Provinz, die den Reisenden Ehrfurcht lehren kann, doch wenn ihm nach Langeweile und Mittelmäßigkeit der Sinn steht, so ist er am richtigen Ort.

Jonaddyn Flerr, *Die Fürstentümer und Provinzen der vier Königreiche, Band 2*

Zvaran war voller Soldaten. Jonan sah sie auf den Mauern und Wehrgängen, als er, Ana und Merie ihre Pferde auf der Straße zügelten. Eine lange Reihe aus Karren und Menschen wartete vor dem geöffneten Stadttor. Soldaten sprachen mit ihnen, ließen dann Einzelne durch.

»Was ist hier los?«, fragte Jonan eine Bäuerin, die einen Korb mit Gemüse auf dem Rücken trug.

Die Frau sah zu ihm auf. Eine Brise wehte ihr eine Haarsträhne ins Gesicht. »Es sind Nachtschatten in der Gegend. Sie haben ein paar Höfe angezündet und eine Patrouille ermordet. Die Soldaten überprüfen jeden, der in die Stadt will.«

»Wie?«

Die Frau rückte den Korb auf ihrem Rücken zurecht. »Mit einer Goldmünze auf der Stirn. Wenn die nicht schon wieder jemand geklaut hat. Wäre dann die dritte seit gestern Morgen.«

»Haben sie Nachtschatten gefunden?«, fragte Ana.

»Ich glaube schon«, sagte die Bäuerin. Sie lächelte. »Aber ihr werdet das bald selbst feststellen können. Die Soldaten hängen sie immer neben dem Tor auf.«

Jonan dachte an die Festung und die Scheiterhaufen, auf denen Leichen brannten. Er presste die Lippen aufeinander.

Ana schien zu bemerken, was er dachte, denn sie dankte der Bäuerin rasch und nickte Jonan unter der Kapuze ihres Umhangs zu, als wolle sie sagen: *Komm mit.*

Sie führten ihre Pferde von der Straße auf eine Weide mit hüfthohem Gras. Merie folgte ihnen.

»Ich weiß nicht, ob wir an den Soldaten vorbeikommen«, sagte Ana, als sie außer Hörweite waren. »Ich war schon einige Male in Braekor und auch in Zvaran. Jemand könnte mich erkennen.«

»Aber wir müssen in die Stadt.« Merie nahm den Blick nicht von den Mauern. Seit Ana ihr erklärt hatte, dass die Eisschollen, die sie in weiter Ferne auf dem Meer sahen, für einen eisfreien Hafen in Somerstorm sprachen, ging ihr die Reise nicht schnell genug. Sie hoffte wohl, nach Hause geschickt zu werden, wenn alles vorbei war. Jonan wusste, dass er das nicht zulassen durfte. Sie war gefährlicher, als sie selbst ahnte.

»Du könntest dich verkleiden«, sagte sie zu Ana. »Oder du versteckst dich in einem Karren voll Stroh. Oder wir lenken die Wachen ab.«

Jonan ignorierte die Vorschläge. »Was ist mit den Schiffen, die nicht in Zvaran anlegen?«, fragte er. »Wie finden wir die?«

Anas Gesicht hellte sich auf. Er mochte es, wenn sie lächelte. »Sie warten zwischen den Inseln vor der Küste auf Schmugglerware und Passagiere. Mein Vater glaubte, dass die Fischer in den Dörfern das Schmuggelgut und die Menschen mit ihren Booten zu ihnen bringen, aber nachgegangen ist er dem nie.«

»Dann werden wir das tun.« Jonan drehte sich um. »Merie …«, begann er, brach jedoch ab. Reiterlos stand Meries Pferd hinter ihm.

Ana stellte sich im Sattel auf. »Wo ist sie?«

Es roch nach Essig. Jonan sah, wie sich das Gras am Rande der Weide bewegte.

Nein, dachte er.

Im gleichen Moment gellte ein Schrei durch die Reihe der Wartenden.

»Nachtschatten!«

Menschen ließen ihre Waren fallen. Ein Pferd stieg auf und wieherte schrill, warf seinen Reiter ab. Dunkles Fell schoss unter den Hufen vorbei.

»Nachtschatten!«

Die Soldaten am Tor nahmen den Schrei auf. Sie zogen ihre Schwerter und liefen auf die Straße hinaus. Bogenschützen zogen Pfeile aus ihren Köchern, richteten sie auf Menschen, Karren, Ochsen und Pferde, ohne ein Ziel zu finden.

Er sah Merie. Hakenschlagend und auf allen vieren lief sie zwischen den panisch schreienden Menschen hindurch, ein dahinschießender Schatten aus dunklem Fell und Krallen. Sie war schnell, viel schneller, als er für möglich gehalten hatte.

»Das ist Merie?«, fragte Ana. Ihr Pferd tänzelte nervös, drohte durchzugehen.

»Ja.« Jonan warf einen Blick auf das Tor. Menschen stießen die wenigen Soldaten, die nicht auf die Straße gelaufen waren, zur Seite, flüchteten sich in die vermeintliche Sicherheit der Stadt.

»Durch das Tor«, sagte er. »Ich kümmere mich um sie.«

Er griff nach den Zügeln von Meries Pferd und rammte seinem eigenen die Fersen in die Flanken. Aus den Augenwinkeln sah er Ana kurz zögern, dann ritt auch sie los und tauchte in die Menge ein.

Er wandte sich ab. Die meisten Soldaten folgten Merie zu Fuß, nur zwei saßen auf Pferden. Sie stachen mit Speeren in das hohe Gras, in das sie sich zurückgezogen hatte. Die anderen blieben auf der Straße, trauten sich wohl nicht auf die Weide.

Merie schoss plötzlich an ihnen vorbei. Zwei Pfeile bohrten sich neben ihr in die Straße. Sie schlug einen Haken und entging so einem dritten. Dann verschwand sie wieder im Gras.

Sie spielt mit ihnen, dachte Jonan. Er hielt sich zurück, beobachtete, wie sich die Bogenschützen auf der Mauer nahe der Weide sammelten. Ein gebrüllter Befehl, dann ging eine Pfeilsalve im Gras nieder. Doch Merie war längst nicht mehr dort. Das Gras bewegte sich am Rande der Weide, in der Nähe einiger Bäume. Der Wind wehte Essiggeruch herüber.

Jonan sah zum Tor. Ana war verschwunden. Ruhig ritt er auf die Bäume zu, zog Meries Pferd hinter sich her. Die Soldaten beachteten ihn nicht. Sie beschossen immer noch die Weide.

Er fand Merie auf einem Baumstumpf sitzend, nackt, verschwitzt und schwer atmend.

»Sie ist drin, oder?«, sagte sie. Ihre Nacktheit schien sie nicht zu stören. »Ich hab's geschafft.«

Jonan antwortete nicht. Er griff in die Satteltasche ihres Pferdes, zog ohne hinzusehen etwas Kleidung heraus und warf sie Merie zu.

»Hast du die Soldaten gesehen, Jonan?« Sie fing Hose und Hemd. Ihre Stimme überschlug sich fast, so aufgeregt war sie. »Ich war viel schneller als sie. Ich war schneller als ihre Pfeile. Und die Gesichter der Menschen.« Sie grinste. »Hast du ihre Gesichter gesehen?«

Jonan stieg ab und ging auf sie zu. Ein bitterer Geschmack breitete sich in seinem Mund aus, Vorbote dessen, was er nun tun musste.

Er holte kurz aus. Seine Ohrfeige hinterließ eine rote Spur auf ihrer Wange.

Merie wich zurück. Ihre Augen weiteten sich.

»Du hast mich angelogen«, sagte Jonan ruhig. Mit beiden Händen stieß er sie zurück.

Merie taumelte. »Ich habe Ana in die Stadt gebracht!«

»Es gab andere Möglichkeiten.« Er stieß sie erneut zurück. Sie musste sich an einem Ast festhalten, sonst wäre sie gestürzt. Das Grinsen war aus ihrem Gesicht verschwunden.

»Du hättest jemanden töten können.« Er drängte sie weiter nach hinten, einem Baum entgegen.

»Nein, ich weiß, was ich tue. Ich habe geübt, während du geschlafen hast.« Sie streckte abwehrend die Hände aus.

Er schlug sie beiseite. »Du weißt nichts!«

Merie zuckte zusammen. Mit dem Rücken prallte sie gegen den breiten Baum, auf den Jonan sie zugetrieben hatte.

Er ging näher heran, so nahe, dass er ihren Atem auf seinem Hals spürte. »Ich habe meine Mutter getötet, als die Bestie zum ersten Mal in mir brüllte. Hatten deine Eltern Angst vor dir? Meine Mutter hatte keine, aber ich glaube, deine Eltern waren klüger. Haben sie gewusst, was du bist? Haben sie dich weggeschickt, weil sie wussten, dass sie dir nicht trauen können? Dass du schwach bist?« Jedes Wort traf sie wie ein Schlag. Er fühlte sich schmutzig, aber er durfte nicht aufhören, noch nicht. »Waren sie erleichtert, als sie dich endlich los waren?«

Essiggestank stach ihm in die Nase. Ein Lidschlag, dann war aus dem Mädchen vor ihm ein Nachtschatten geworden, der mit seiner Klaue ausholte.

Merie war schnell, aber er war schneller. Seine Hand schloss sich um ihr Handgelenk. Seine Muskeln spannten sich, drückten gegen ihren Arm.

»Willst du das sein?«, fragte er. »Ein Schwächling, ein Feigling? Willst du dich den Rest deines Lebens hinter einer Bestie verstecken, wenn du vor etwas Angst bekommst?«

Ihre Klaue war keine Handbreit von seinem Gesicht entfernt. Jonan zeigte seine Erleichterung nicht, als sie zur Hand wurde. Er hätte sie nicht viel länger festhalten können.

Merie liefen Tränen über die Wangen. Er ließ nicht zu, dass ihn das berührte. Stattdessen drehte er sich um und ging zu den Pferden. »Zieh dich an«, sagte er. »Wir reiten in die Stadt.«

Sie nahmen einen Umweg durch den Wald, der sie zur Straße zurückbrachte. Jonan wollte nicht, dass die Soldaten ihn noch einmal auf der Weide sahen, denn dann hätten sie vielleicht doch Verdacht geschöpft.

Die Panik hatte sich gelegt, und dank des Sturms auf das Tor war die Reihe der Wartenden deutlich kürzer geworden. Noch immer waren die Pfeile der Bogenschützen auf die Weide gerichtet, aber die anderen Soldaten waren auf ihre Posten zurückgekehrt. Nur die aufgeregt miteinander redenden Bauern verrieten, dass etwas geschehen war.

Merie schloss zu Jonan auf. Ihre Tränen waren getrocknet. Sie hatte sich einen Umhang um die Schultern gelegt und führte ihr Pferd an den Zügeln, so wie er.

»Der Test mit der Goldmünze«, sagte sie leise, während sie sich Schritt für Schritt dem Stadttor näherten. »Wird er uns wirklich nicht verraten?«

»Nein.« Jonan hatte erwartet, sie würde mit ihm über das sprechen wollen, was im Wald geschehen war, aber vielleicht war es dazu noch zu früh.

»Bist du sicher?« Merie sah nervös zu den Wachen.

»Ich habe jemandem gedient, der sie alle ausprobiert hat, diese Tests. Glaub mir, ich bin mir sicher.«

Trotzdem fühlte er sich ein wenig erleichtert, als der Soldat am Tor die Münze auf seine Stirn legte und »Weiter« sagte.

Merie folgte ihm nur einen Moment später. Jonan sah, dass ihre Hände zitterten.

»Es ist alles in Ordnung«, sagte er. »Dir wird nichts geschehen.«

Sie kam näher an ihn heran, flüsterte ihm fast ins Ohr: »Und wenn ich mich aus Angst verwandele, so wie eben?«

»Das wirst du nicht. Ich achte auf dich.« Jonan wechselte das Thema, versuchte nicht daran zu denken, dass er für diese Angst verantwortlich war. Sie hatte die Worte hören müssen, und außer ihm hatte sie niemand sagen können. »Wir müssen Ana finden. Sie ist bestimmt nicht am Tor geblieben.«

Merie stellte sich auf die Zehenspitzen, versuchte über die Bauern, Händler und Bettler in den Gassen hinwegzublicken. »Wo ist denn der Hafen?«

Jonan sah einen zerlumpten einarmigen Bettler an, der auf einer Kiste saß. »Zum Hafen?«

Der Mann streckte seine verbliebene Hand aus. »Du hilfst mir, ich helf dir.«

Jonan zog eine Kupfermünze aus der Tasche und reichte sie ihm.

»Danke.« Der Mann zeigte in die Gasse, die neben ihm abzweigte. »Hier entlang und dann rechts. Ist 'ne Abkürzung.«

Die Gasse war schmal und stank nach Urin. Es gab nur wenige Türen in den Holzhäusern, die sie säumten, und keine Fenster. Jonan ging tiefer in sie hinein.

Merie zog den Umhang vor Mund und Nase. »Hier soll es zum Hafen gehen?«

Er zeigte nach vorn. »Da ist die Abzweigung.«

Drei Schritte, dann bog er nach rechts ab und blieb abrupt stehen. Die Gasse endete in einer Häuserwand. Hinter ihm wurde eine Tür geöffnet.

»Lasst die Pferde los, legt euren Besitz auf den Boden, dann passiert keinem was«, sagte eine dunkle Stimme.

Jonan fuhr herum. Drei Männer kamen aus einem kleinen Raum hinter der Tür und verteilten sich vor ihm. Zwei hielten Knüppel in der Hand, der dritte ein Messer. Alle drei hatten aufgedunsene Trinkergesichter.

Merie drückte sich hinter Jonan gegen die Wand. Sie atmete schwer.

»Das Mädchen kannst du auch hierlassen«, sagte der Mann mit dem Messer. Er grinste und zeigte eine Handvoll schwarzer Zahnstummel.

Jonan warf Merie einen kurzen Blick zu. »Bleib ruhig. Es ist alles in Ordnung.«

»Das würde ich nicht sagen.« Der größte der drei Männer schlug mit seinem Knüppel leicht gegen die Wand, ein hohles, drohendes Geräusch.

Jonan war mit einem Schritt bei ihm. Der Knüppel fiel zu Boden, als er dem Mann die Schulter auskugelte. Sein Ellenbogen traf das Genick, bevor er einen Schrei ausstoßen konnte. Die beiden anderen Männer lagen nur Lidschläge später am Boden, ohne dass Jonan seine Schwerter gezogen hatte. Er wusste nicht, ob der Blutgeruch die Bestie in Merie wecken würde.

»Siehst du?«, sagte er, während er die Taschen der Männer durchsuchte. »Alles in Ordnung.«

Er hörte, wie sich ihr Atem beruhigte. »Was machst du da?«, fragte sie.

»Wir brauchen Geld für die Überfahrt.« Er fand ein paar Münzen, sonst nichts. In dem Raum, aus dem sie gekommen waren, gab es nur Stroh und leere Krüge.

Jonan stieg über die Männer hinweg. Merie folgte ihm.

Als sie den Anfang der Gasse erreichten, war der Bettler verschwunden. *Ich hätte die Falle erkennen müssen,* dachte er. Stattdessen war er wie ein Narr hineingetappt, hatte sich zu sehr von seinen Gedanken ablenken lassen.

Jonan fragte eine Frau nach dem Weg. Sie schickte ihn und Merie die breite Gasse hinunter und an einem großen Marktplatz vorbei.

Jonan roch das Meer, noch bevor er die Masten der Schiffe hinter den Häusern auftauchen sah.

»Jonan! Merie!« Ana stand auf einem Mauervorsprung und winkte ihnen zu. Sie sprang hinunter, als sie näher kamen. Ihr Blick blieb an Merie hängen.

»Es ist alles geklärt«, sagte Jonan, bevor sie fragen konnte.

»Gut.« Ana nahm die Zügel ihres Pferdes und schloss sich ihnen an. Jonan war ihr dankbar dafür, dass sie keine Fragen stellte.

Der Hafen war kleiner, als er erwartet hatte. Gerade mal drei

Schiffe lagen an den Anlegestellen. Das größte von ihnen, das den Fahnen nach aus Bochat kam, wurde gerade entladen. Kisten, Fässer und Stoffballen wurden herausgetragen. Ein Matrose führte zwei Pferde an Land.

Jonan stutzte, als er den gesattelten schwarzen Hengst sah, doch bevor er seine Gedanken ordnen konnte, sagte Ana: »Ich habe mit einem der Kapitäne gesprochen. Er glaubt auch, dass der Hafen in Somerstorm eisfrei ist. Sein Schiff legt morgen früh ab.«

Jonan nickte. »Wir müssen die Pferde verkaufen. Das Geld, was wir haben, wird nicht reichen, um ihn zu bezahlen.«

»Und was machen wir ohne Pferde in Somerstorm?«, fragte Merie.

»Uns fällt schon etwas ein.«

Jonan drehte sich zu dem Schiff aus Bochat um. Die ersten Passagiere gingen über eine breite Planke von Bord. Es waren Soldaten. Er sah, dass sie die Farben Westfalls trugen.

Also keine Deserteure, dachte er.

»Hast du mir zugehört?«, fragte Ana.

»Nein«, sagte Jonan, ohne sich zu ihr umzudrehen. »Wartet einen Moment.«

Er ging langsam auf das Schiff zu, blieb aber stehen, als er einen Mann am Bug auftauchen sah. Kleine Fahnen, die an Seilen flatterten, verdeckten sein Gesicht, aber Jonan sah an seinen Gesten, dass er sich mit jemandem stritt, der nicht zu sehen war.

Nach einem Moment hob der Mann sichtlich frustriert die Arme und ging an der Reling entlang auf die Planke zu. Jonan beobachtete ihn. Ein Windstoß ließ die Fahnen emporflattern. Der Mann blieb auf der Planke stehen, sah in seine Richtung.

Jonan zuckte zusammen. *Korvellan.*

Aus den Augenwinkeln bemerkte er, dass Ana und Merie neben ihn getreten waren.

»Stimmt etwas nicht?« Merie klang besorgt.

»Korvellan«, sagte Jonan.

»Was?« Ana ergriff seine Hand. »Wo ist er?«

»Er steht neben dem schwarzen Hengst.«

»Wer ist das?«, fragte Merie. »Ana, wieso hast du Angst vor ihm?«

Korvellan fuhr plötzlich herum. Sein Blick traf Jonans, erkannte ihn. Doch dann glitt der Blick zu Ana und …

»Merie!«, rief Korvellan. Er lief los. »Merie!«

Essiggeruch hüllte Jonan ein.

Merie knurrte.

Kapitel 34

Zvaran ist eine Stadt der Wartenden. Kapitäne warten auf eisfreie Häfen, Händler auf Waren, Frauen auf ihre Männer. Der Reisende sollte sich vor denen in Acht nehmen, die auf nichts und niemanden zu warten scheinen, denn häufig warten sie auf ihn.

Jonaddyn Flerr, *Die Fürstentümer und Provinzen der vier Königreiche, Band 2*

Du kannst mich nicht zurücklassen.« Craymorus setzte sich schwer auf eine Seilrolle und lehnte sich an den Mast. Der Wind kühlte sein schweißnasses Gesicht. Die Krämpfe in seinen Beinen ließen nach. Er war die Treppe allein hinaufgegangen, der erste Sieg in seinem neuen alten Leben.

Korvellan verschränkte die Arme vor der Brust. »Ich muss Euch zurücklassen. Ihr könnt nicht reiten, nicht laufen, und ich werde Euch nicht tragen.«

»Wir kaufen ein Gespann.« Craymorus legte die Krücken neben sich auf das Deck. »Oder einen Karren.«

Ein Matrose kletterte vom Vordermast. Er blieb kurz stehen, verneigte sich und ging weiter.

Die Nachricht, dass der Fürst von Westfall an Bord war, hatte sich herumgesprochen. Niemand hatte versucht, ihn umzubringen, er war noch nicht einmal angespuckt worden. Die meisten Passagiere begegneten ihm fast schon ehrfürchtig, aber es wäre einfacher gewesen, wenn sie ihn beschimpft hätten.

Korvellan seufzte. »Es tut mir leid, dass es so gekommen ist, aber ich kann Euch nicht mitnehmen.« Er lehnte sich an die Reling. Fahnen, jede einzelne Sinnbild einer erfolgreichen Reise ohne Verluste, wehten um seinen Kopf. Der Steuermann hatte sie aufhängen lassen, der Kapitän verließ seine Kajüte nicht mehr. »Ihr wärt nur im Weg bei dem Kampf, der mir bevorsteht. Wenn die Meister Euch etwas Wichtiges anvertraut haben, was ich wissen sollte, dann sagt es mir bitte jetzt.«

Craymorus hob die Schultern. »Es gibt nichts zu sagen.«

Er spürte Korvellans Frustration. »Wenn Ihr das sagt, Fürst.«

»Aber es gibt etwas, dass du wissen solltest. Wir werden zusammen gehen, denn die Soldaten Westfalls werden dich umbringen, wenn ich auch nur ein Wort sage. Sie glauben, die Nachtschatten hätten ihnen alles genommen. Sie würden dich mit Freuden in Stücke reißen, auch ohne Sold.«

Hinter ihm wurden Fässer über die Planken gerollt. Ein Matrose begann ein Lied zu singen. Ein anderer stimmte ein. Es war schnell und fröhlich, ein Lied für die Taverne, nicht für die Arbeit.

Korvellan schüttelte den Kopf. »Seid doch vernünftig. Wenn Ihr mich zwingt, Euch bis Somerstorm mitzunehmen, werde ich Euch eben dort am Hafen zurücklassen.«

»Das würdest du nicht tun.«

»Und warum nicht?«

Craymorus sah ihn an. »Weil du weißt, dass ich lüge.«

Er versuchte, Korvellans Gesichtsausdruck zu lesen, aber es fiel ihm schwer. Einen Moment glaubte er Ärger darin zu sehen, weil er geschlagen worden war, im nächsten Zufriedenheit, weil er erfahren hatte, was er wissen wollte.

Korvellan hob die Arme und wandte sich ab. Ein Windstoß ließ die Fahnen emporflattern.

»Wo willst du hin?«, fragte Craymorus.

»Ein Gespann kaufen.«

Der Nachtschatten ging an der Reling entlang zur Planke. Die beiden singenden Matrosen machten ihm höflich Platz. Er gehörte zum Fürsten, damit gebührte auch ihm ein Teil der Ehrfurcht, die sie anscheinend für all die empfanden, die von weit oben über ihr Leben bestimmten.

Sie hoffen auf unsere Güte wie auf die der Götter, dachte Craymorus. *Wenn sie nur wüssten, wie unangebracht beides ist.*

Er lehnte sich mit dem Kopf gegen den Mast und schloss die Augen. Es war keine Magie mehr in ihm, er spürte ihr Kribbeln nicht mehr, nur noch Leere. Die Meister hatten ihm gesagt, dass der Zauber nicht ewig währen würde, dass er ihn aufgeben musste, aber sie hatten ihm Zeit versprochen, viel mehr Zeit. Sie hatten sich geirrt.

Hätte ich das Schiff gerettet, wenn ich das geahnt hätte?, fragte er sich. *Wahrscheinlich nicht.*

»Merie!«

Craymorus schreckte hoch, als er Korvellans Stimme hörte.

»Merie!«

Er griff nach seinen Krücken, stemmte sich hoch und klemmte sie unter die Schultern. Die Bewegungen waren ihm so vertraut, dass er nicht darüber nachdenken musste. Während der kurzen Zeit der Freiheit hatte sein Körper nichts vergessen.

Er zog sich zur Reling. Seine Füße schleiften über das Deck.

Korvellan lief an der Anlegestelle entlang auf etwas zu, das hinter hoch gestapelten Kisten verborgen war. Craymorus sah, wie sich Sorge und Freude auf seinem Gesicht abwechselten, wie die Maske, die er seit ihrer ersten Begegnung trug, von ihm abfiel.

Wer ist Merie?, dachte Craymorus, als er sich von der Reling abwandte und seine nutzlosen Beine zur Planke zog.

»Lasst mich Euch helfen, Fürst«, rief einer der Soldaten, die unten standen, als er ihn die Krücken auf das Holz setzen sah.

»Es geht schon.« Die Planke war breit genug für seine Krücken. Er zog sich bis auf den Anlegesteg und hob den Kopf. Korvellan war nicht mehr zu sehen, war irgendwo zwischen Kisten und Fässern verschwunden.

Die Soldaten wollten ihm folgen, aber Craymorus hielt sie mit einem Kopfschütteln zurück. Er zog sich weiter am Hafenbecken entlang und ließ das Schiff hinter sich.

»Fürst?« Der bärtige Soldat, der ihn auf dem Schiff angesprochen hatte, tauchte neben ihm auf. Craymorus war es vorgekommen, als wäre er gelaufen, doch nun fiel ihm auf, dass nur ein paar Schritte zwischen ihm und den Soldaten lagen.

Langsam, so verdammt langsam. In seinem neuen alten Leben gab es keinen Unterschied mehr zwischen gehen, rennen, laufen, schleichen – nur das gleichbleibende Klopfen der Krücken und das schleifende Geräusch seiner Beine.

»Fürst«, wiederholte der Soldat, als er nicht antwortete. »Wir würden gern wissen, ob Ihr noch Verwendung für uns habt.«

Craymorus wusste, was er in Wirklichkeit fragte: *Könnt Ihr uns bezahlen?*

»Nein«, sagte er. »Ich wünschte, es gäbe etwas für euch zu tun, doch ich muss euch aus meinen Diensten entlassen.«

Der Mann wirkte enttäuscht. »Ja, mein Fürst.«

»Ich wünsche euch alles Gute.« Craymorus streckte sich, so gut es die Krücken erlaubten. »Hoffnung.«

Das Wort war wie ein Zauber. Der Soldat hob den Kopf, es blitzte in seinen Augen. »Hoffnung!«

Craymorus wandte sich ab und schleppte sich an der Hafenmauer entlang. Er rief nicht nach Korvellan – den Namen des Nachtschattengenerals an einem Hafen voller Soldaten zu rufen, erschien ihm als kein guter Gedanke –, sondern suchte ihn mit seinen Blicken. Die Stadtwachen, die zwischen den Waren auf und ab gingen, um sie vor Dieben zu schützen, beachteten ihn kaum. Sie sahen nur den Krüppel, nicht den Mann.

Je weiter Craymorus sich vom Schiff entfernte, desto größer wurde seine Sorge. Wenn Korvellan jemanden getroffen und beschlossen hatte, ihn nun doch zurückzulassen, war alles vorbei. Er hatte keine Kupfermünze, und selbst, wenn er seinen Stolz herunterschluckte und bettelte, würde es einige Blindnächte dauern, bis er das Geld für eine Passage zusammenhatte. Ob die Meister auch das nicht vorausgesehen hatten?

Craymorus sah sich um. Sein Blick glitt über mannshoch gestapelte Kisten und Fässer. Eine seiner Krücken stieß gegen ein Hindernis und rutschte weg. Er griff nach, versuchte Halt zu finden, doch sein Körper fiel bereits zur Seite. Die Krücken polterten auf die Steine, als er sie losließ und die Arme nach einem Stoffballen ausstreckte. Seine Finger schlossen sich um die Seile, mit denen er verknotet war, und hielten sich daran fest.

Mit den Armen zog er sich an einem der Seile hoch. Seine von den Metallschienen gerade gehaltenen Beine schleiften nutzlos über den Stein, schoben das Brett, über das er gefallen war, vor sich her.

Immer nach unten sehen, dachte Craymorus, als er seine Brust über den Stoffballen zog. Die Muskeln in seinen Oberarmen spannten sich, dann stand er, auf die Ellenbogen gestützt, den Oberkörper vorgeneigt, um das Gewicht von seinen zitternden Beinen zu nehmen.

Jemand atmete schwer. Craymorus drehte den Kopf, aber es war nur ein Soldat zu sehen, der weiter als einen Speerwurf entfernt an der Hafenmauer entlangging. Das Atmen klang näher, viel näher.

Craymorus zog sich um den Stoffballen herum. Seine Krücken lagen am Boden, aber sie hätten ebenso gut auf dem Grund des Meers liegen können. Er hatte keine Möglichkeit, sie aufzuheben.

Vor ihm stapelten sich Kisten. Gänge zogen sich zwischen ihnen hindurch wie die Gassen einer Stadt. Das Atmen wurde lauter. Jemand flüsterte etwas. Es stank nach Essig.

Craymorus erstarrte. Sein Magen verkrampfte sich.

Nachtschatten.

Er drehte sich vorsichtig, wurde sich auf einmal jedes Geräuschs bewusst, das er verursachte. Das Rascheln seiner Hose, das Quietschen der Metallschienen, sein eigener Atem, sein immer schneller schlagendes Herz.

Ein Gesicht tauchte so plötzlich aus den Schatten auf, dass er vor Schreck beinahe aufgeschrien hätte. Ein Arm legte sich um seinen Hals, drückte ihm die Kehle zu. Er wurde nach hinten gezerrt, in einen der Gänge zwischen den Kisten. Craymorus wandte sich in dem Griff, schlug mit geballten Fäusten hinter sich, traf aber nur Luft. Er hustete. Bunte Flecke tanzten vor seinen Augen.

Der Griff lockerte sich. »Fürst?«, fragte eine Stimme, die er kannte.

Jonan?

Jonan ließ ihn zu Boden gleiten. Craymorus atmete die frische, salzige Luft tief ein, hustete und räusperte sich.

Als sich sein Blick klärte, sah er ein Mädchen zwischen den Kisten hocken. Er schätzte, dass sie noch keine achtzehn Jahre war. Sie starrte Korvellan an, der mit dem Knie einen Nachtschatten zu Boden drückte und ihm mit einer Hand den Mund zuhielt.

»Wer ist das?«, fragte Craymorus heiser.

Korvellan sah auf. Sein Gesicht war von der Anstrengung verzerrt. Er konnte den Nachtschatten kaum unter Kontrolle halten.

»Meine Tochter«, sagte er.

»Wir dachten, Ihr wärt ein Soldat«, sagte Jonan, als er Craymorus die Krücken reichte. Er hockte sich neben ihn. »Was macht Ihr hier?« Sein Blick wanderte zu Korvellan. »Mit ihm?«

Craymorus lehnte die Krücken an eine Kiste. Merie hatte sich zurückverwandelt und saß mit ihrem Vater etwas abseits. Die beiden unterhielten sich leise.

»Wir versuchen, die Welt zu retten.«

Es klang albern, aber Jonan lachte nicht. »Vor wem?«, fragte er.

»Mellie.«

»Eurer Dienerin?«

»Ja.« Craymorus seufzte. »Es ist kompliziert, aber …«

»Wartet«, unterbrach ihn Jonan, während er der jungen Frau zuwinkte. Sie hockte auf dem Boden und schien in ihre eigenen

Gedanken versunken. Als sie Jonans Geste sah, stand sie auf. »Ana sollte das auch hören.«

»Ana?«, fragte Craymorus. Er sah auf, als die Frau vor ihm stehen blieb. »Ana Somerstorm?«

Sie nickte.

»Es tut mir leid«, sagte er. »Bevor Rickard aufbrach, bat er mich, nach Euch zu suchen, aber ich ließ mich ...«, er suchte einen Moment nach dem richtigen Wort, »... ablenken. Das tut mir wirklich leid. Ich entschuldige mich bei Euch.«

Sie schien nicht recht zu wissen, was sie damit anfangen sollte. »Und Ihr seid ...?«

»Craymorus.«

»Der Fürst von Westfall«, fügte Jonan hinzu.

Abneigung glitt über ihr Gesicht und verschwand.

Er hat ihr von mir erzählt, dachte Craymorus.

Ana ging vor ihm in die Hocke, sodass sie auf Augenhöhe waren. »Wisst Ihr, was aus Rickard geworden ist?«

»Ich habe gehört, er sei in Somerstorm gestorben.«

»Das habe ich auch gehört.« Sie senkte den Kopf.

Jonan legte ihr die Hand auf den Arm. Craymorus spürte die Verbindung zwischen ihnen, nicht Liebe, dachte er, eher Vertrauen, vielleicht so etwas wie Zuneigung.

Korvellan stand auf und kam zu ihnen herüber. Merie blieb sitzen. Ihre Schultern bewegten sich, als würde sie weinen.

»Was ist mit ihr?«, fragte Craymorus.

Korvellan hob die Schultern. »Sie braucht etwas Zeit.« Er sah Ana an. »Wir brauchen alle etwas Zeit.«

Die Abneigung, die zuvor nur eine Ahnung auf ihrem Gesicht gewesen war, wurde zur Gewissheit.

Sie hasst ihn, dachte Craymorus, *aus gutem Grund.*

»Merie«, fuhr Korvellan fort, »hat mir erzählt, dass wir dasselbe Ziel haben: Somerstorm. Ich würde vorschlagen, dass wir alles Weitere an Bord des Schiffs besprechen.«

Ana verschränkte die Arme vor der Brust. »Ich gehe mit Euch nir …«, begann sie, aber Korvellan fiel ihr ins Wort.

»Glaubt Ihr denn wirklich, dass Ihr Euren Bruder ohne meine Hilfe retten könnt?« Craymorus bemerkte, wie seltsam er das Wort *retten* betonte. »Wenn ich nicht dabei bin, werdet Ihr nur eines erreichen: ein frisches Grab neben dem Eurer Eltern.« Er wandte sich ab. Für ihn war alles gesagt. »Das Schiff wird bald ablegen. Wir sollten uns beeilen, Fürst. Braucht Ihr Hilfe?«

Craymorus nickte und ließ sich von ihm hochhelfen. Er klemmte sich die Krücken unter die Schultern und zog sich durch den Gang zurück zur Hafenmauer.

»Er hat recht«, hörte er Jonan hinter sich sagen.

Das Schiff, das den Fahnen nach Somerstorm anlaufen würde, war kleiner als das, was ihn und Korvellan nach Zvaran gebracht hatte. Matrosen trugen Waren an Bord. Kein einziger Passagier war zu sehen.

»Würdet Ihr mir einen Gefallen erweisen, Fürst?«, fragte Korvellan. Er hatte die Hände auf den Rücken gelegt und ging so langsam, dass Craymorus Schritt halten konnte, auf das Schiff zu.

»Welchen?«

»Würdet Ihr vortäuschen, Eure Schienen zu richten, und dabei einen Blick hinter uns werfen?«

Es war keine große Bitte. Craymorus kam ihr nach.

»Folgen uns Ana und Jonan?«, fragte Korvellan.

»Ja.« Ana schien nicht gerade glücklich darüber zu sein. Sie hatte den Kopf zur Seite gedreht und sah Jonan nicht an.

»Und Merie?«

Nein, wollte Craymorus im ersten Moment sagen, doch dann tauchte das Mädchen zwischen den Kisten auf. Er drehte sich auf seinen Krücken zurück.

»Ja«, sagte er.

Korvellans Mundwinkel zuckten kurz. »Ich danke Euch.«

Kapitel 35

Was kann es Schöneres auf der Welt geben als das Ende eines Winters in Somerstorm – abgesehen natürlich von dem Anblick eines Pferdehalses, wenn man weiß, dass man Somerstorm verlässt.

Jonaddyn Flerr, *Die Fürstentümer und Provinzen der vier Königreiche, Band 2*

Wo willst du denn jetzt schon wieder hin?« Mamees Stimme hallte über den Hof. Sie stand vor der Küchentür, die Hände auf die Hüften gestützt. Ein paar Nachtschatten grinsten.

Gerit kletterte auf den Kutschbock des Karrens und nahm die Zügel der beiden Pferde, die er davor eingespannt hatte, in die Hand. »Ist eine Überraschung«, sagte er. Auf sein Winken hin öffneten die Wachen das Tor.

Mamee kam näher heran. »Eine, die du überlebst?«

Er lächelte. »Ich bin in drei bis vier Tagen wieder da. Du wirst dich freuen, das verspreche ich dir.« Am frühen Morgen hatte er gegen die Regentonne getreten und das Plätschern des Wassers gehört. Das Eis war bis zum Eisenring geschmolzen, der Hafen war frei.

Mamee zog die Augenbrauen zusammen, so wie sie es immer tat, wenn sie nachdachte. Dann stieg sie auf den Kutschbock. »Rutsch zur Seite. Ich komme mit.«

»Nein«, widersprach Gerit, während er ihr bereits Platz machte. Goldmünzen klimperten in seinen Taschen. »Du machst dir die Überraschung kaputt.«

»Ich kann Überraschungen nicht leiden.« Sie setzte sich neben ihn und schlug die Beine übereinander.

Er las ihren Gesichtsausdruck und seufzte. Nichts, was er sagte, würde ihre Meinung ändern.

Gerit schnalzte mit der Zunge. Der Karren setzte sich rumpelnd in Bewegung.

»Pass auf, dass deiner Freundin kein Schwanz wächst«, rief einer der Nachtschatten am Tor, als der Karren die Festung verließ. Die anderen lachten. Gerit machte eine obszöne Geste in ihre Richtung. Aus den Augenwinkeln sah er Mamee lächeln.

»Du wirst es bereuen«, sagte er. »Eine langweilige Fahrt hin, eine ruinierte Überraschung, eine langweilige Fahrt zurück.«

»Wir sind zum ersten Mal allein unterwegs.« Sie legte eine Hand auf sein Knie. »Ich glaube nicht, dass die Fahrt langweilig wird.«

Ihre Hand kroch in seinen Schritt. Gerit räusperte sich. Er hatte sich fast schon daran gewöhnt, wie offen Nachtschatten mit *diesen Dingen* – so hatte seine Mutter immer von Sex gesprochen – umgingen, doch manchmal überforderten sie ihn damit. Sie schienen kein Schamgefühl zu kennen, und es war ihnen nicht peinlich, bei *diesen Dingen* überrascht zu werden. Mamee nahm Rücksicht auf ihn, aber Gerit wusste, dass sie seine Gründe nicht verstand.

Er lenkte den Karren nach Westen auf die alte Handelsstraße.

»Westen«, sagte Mamee. »Dann fahren wir also nicht zur Mine.«

»Warum sollten wir zur Mine fahren?« Gerit richtete den Blick auf die Pferde. Ihr Atem stand ihnen als weiße Wolke vor den Nüstern.

»Weil es dort etwas gibt, das du vor uns verheimlichst.« Mamees Hand verschwand aus seinem Schritt.

»Uns?«, fragte Gerit.

»Du weißt schon, vor allen in der Festung.«

Die Nachtschatten hatten kein Wort für sich selbst. Sie nannten sich Volk, Krieger, Jäger, aber nur selten benutzten sie die Bezeichnung, den die Menschen ihnen gegeben hatten. Sie mochten ihn nicht.

»Ihr interessiert euch nicht für das, was in der Mine geschieht, solange sie Gold abwirft. Ich will euch nicht mit Geschichten über Stollen und Wasseradern langweilen.« Gerit wollte Mamee nicht anlügen. Er hoffte, sie würde ihm eine Wahl lassen.

»Du hast recht«, sagte Mamee, aber es klang nicht so, als würde sie das auch meinen. Sie drehte den Kopf und betrachtete die Landschaft, die an ihnen vorbeizog, die schneebedeckten Hügel und eisverkrusteten Felsen. Der Karren rumpelte durch Schlaglöcher, die das Holz krachen ließen.

Ich muss die Straße im Frühjahr ausbessern lassen, dachte Gerit. Der Gedanke an das Ende des Winters machte ihm Angst. *Ich wünschte, er würde ewig dauern.*

»Es ist schön hier«, sagte Mamee nach einer Weile.

»Das sehen die meisten Menschen anders.« Gerit grinste. »Hier ist es kalt, nass, grau und gefährlich.«

»Gefällt dir das?«

»Ja.« Es überraschte ihn, wie ernst er das meinte. »Somerstorm ist meine Heimat. Meine Eltern und meine Schwester waren hier nie zuhause.«

»Vermisst du sie?«

»Manchmal.«

Gerit lenkte den Karren zur Seite, um einigen Männern Platz zu machen, die mit leeren Körben auf dem Rücken am Straßenrand gingen. Sie erkannten ihn und neigten die Köpfe.

Mamee drehte sich um und sah ihnen nach. »Wo wollen sie hin?«

»Wo wir hinwollen.« Fast jedes Dorf im Land hatte seine eigene Methode, um herauszufinden, ob der Hafen eisfrei war.

Mamee schlug ihn leicht auf den Oberschenkel. »Und wo ist das?«

»Ich lasse mir nicht die ganze Überraschung kaputt machen.« Er hielt ihre Hand fest. »Du wirst es morgen schon sehen.«

Im Laufe des Tages trafen sie immer mehr Menschen. Fast alle trugen Körbe oder Rucksäcke, ein paar lenkten Karren so wie Gerit. Ein Bauer, der wohl mehr Hoffnung als Verstand hatte, schob eine Karre voller Maka-Wurzeln vor sich her. Außerhalb Somerstorms gab es nur wenige, die Verwendung dafür hatten.

Als es dunkel wurde, lenkte Gerit den Karren in ein kleines Tal. Die Somer, die dort um ein Feuer saßen, tauschten ihren Proviant gern gegen ein paar Münzen, luden Gerit und Mamee aber nicht zu sich ein.

»Sie sind unhöflich«, sagte Mamee, während sie Äste zu einem Feuer aufschichtete.

Gerit schüttelte den Kopf. »Nein. Sie wissen, wer ich bin, und wollen mich nicht mit ihren einfachen Gesprächen langweilen. Bevor ihr kamt, hat man in Somerstorm für so etwas schnell den Kopf verloren.«

Mamee sah auf. »Sie haben mehr Angst vor dir als vor mir?«

Gerit hob die Schultern. »Mein Vater war ein Tyrann.« Es hatte witzig klingen sollen, tat es aber nicht.

Er wickelte das Fleisch aus den Maka-Blättern, in denen die Bauern es transportiert hatten, und steckte die Stücke auf einen Zweig. Er hatte ihn mit seinem Messer angespitzt.

Mamee sah ihn kurz an, sagte jedoch nichts.

Sie schliefen miteinander unter Decken, die Gerit auf der Ladefläche des Karrens ausbreitete. Es war eine bewölkte, dunkle Nacht, gegen die sich selbst die Monde nicht durchsetzen konnten.

Am nächsten Morgen aßen sie die Reste des Fleisches und fuhren weiter.

»Ein Markt«, riet Mamee, als der Strom der Reisenden breiter wurde. »Fahren wir zu einem Markt?« Sie klang aufgeregt.

Gerit schüttelte lächelnd den Kopf. »Nein.«

»Aber man kann dort etwas kaufen?«

»Ja.«

»Und wir haben Geld dabei?«

Sein Lächeln wurde zum Grinsen. »Ich bin der Herr der Minen. Natürlich haben wir Geld dabei.«

Ihre Augen weiteten sich. »Wir fahren zum Hafen.«

Gerit nickte. Es betrübte ihn ein bisschen, dass er sie nicht würde überraschen können, doch als sie am Nachmittag an kargen Felsen vorbeifuhren und sich unter einem Wind duckten, der Eisnadeln in ihre Gesichter zu stechen schien, war er froh darüber, denn die Anlegestellen in der kleinen Bucht waren leer, und es war kein Schiff zu sehen.

»Es wird schon eines kommen«, sagte Gerit, als er Mamees Enttäuschung bemerkte. Seit sie das Ziel geraten hatte, dachte sie darüber nach, welche Gewürze und Früchte sie kaufen würde. Er zeigte auf die anderen Menschen, die sich geschützte Stellen zwischen den Felsen suchten. »Wir machen es wie sie und warten.«

Er stieg vom Kutschbock und spannte die Pferde aus. Mamee blieb sitzen, den Kopf auf die Hände gestützt.

»Nein, so machen wir es nicht«, sagte sie nach einem Moment.

Gerits Laune sank. »Mamee ...«

Sie ließ ihn nicht ausreden. »Spann die Pferde wieder ein.« Ihre Stimme wurde leiser. Das Lächeln, das sie hinter ihren Händen verborgen hatte, zog sich über ihr ganzes Gesicht. »Wir wollen doch die Ersten sein, wenn das Schiff anlegt, das gerade am Horizont auftaucht.«

Er drehte sich um, sah nichts außer dem aufgewühlten Meer, das gegen die Felsen schlug. *Sie ist ein Nachtschatten,* dachte er. *Sie sieht mehr als ich.*

Als er wieder auf den Kutschbock stieg, sah er die Segel ebenfalls. Ein Schiff näherte sich dem Hafen.

Es wurde rasch größer, trotzdem dauerte es noch bis zum Nachmittag, bevor Matrosen Seile von Deck warfen und Gerit half, sie festzubinden. Sein Karren war der erste in der langen Schlange.

»Was habt ihr dabei?«, rief er den Männern auf dem Schiff zu.

»Was willst du denn?«, rief einer von ihnen zurück, während andere eine lange Planke von Deck schoben und begannen, Stände auf dem Platz vor der Anlegestelle aufzubauen. Im Winter wagte sich kein Händler nach Somerstorm. Die Schiffsbesatzungen kauften die Waren selbst in Zvaran und Bochat und verkauften sie am Hafen. Sie waren teurer als im Sommer, doch das störte niemanden.

»Hoffentlich haben sie Silberkraut dabei«, sagte Mamee, als die ersten Fässer von Bord gerollt wurden. Gerit bemerkte, dass die Matrosen ihr verstohlene Blicke zuwarfen. In Somerstorm hatte man sich an Nachtschatten gewöhnt, doch das war nicht überall so.

»Wartet mal«, hörte er einen Matrosen an der Reling sagen. »Lasst erst mal die Passagiere durch.«

Ein Mann tauchte zwischen den Waren auf. Er war groß und hager, schleppte sich auf Krücken die Planke herunter. Als er unten angekommen war, drehte er sich um.

Gerit folgte seinem Blick. Ein Mädchen führte ein Pferd an Land, dem man die Augen verbunden hatte. Vier Matrosen trugen einen Karren hinterher. Es war ungewöhnlich, dass Fremde im Winter nach Somerstorm kamen. Sie wirkten nicht wie Somer. Gerit fragte sich, wer sie waren.

Und dann sah er sie.

Sie trug einen Rucksack auf dem Rücken und hielt einen zweiten in der Hand. Sie war dünner, als er sie in Erinnerung hatte, und ernster. Gerit erkannte auch den Mann, der neben ihr ging. Es war der Leibwächter, der ihn beim Angriff auf die Burg zurückgelassen hatte.

Gerit machte einen Schritt auf die Planke zu. »Ana?«

Sie sah ihn an. Der Rucksack entfiel ihr. Sie lief die Planke hinunter, vorbei an dem Mann mit den Krücken, der überrascht zur Seite hinkte, und blieb vor Gerit stehen.

Sie öffnete den Mund, breitete die Arme aus, schien etwas sagen und ihn umarmen zu wollen, ohne zu wissen, was sie als Erstes tun sollte. Tränen standen in ihren Augen.

Er nahm ihr die Entscheidung ab und umarmte sie. Damals, in seinem anderen Leben, war sie größer als er gewesen, doch nun drückte sie den Kopf gegen seine Schulter. Sie roch nach Salz und Ruß.

»Gerit.« Sie hielt ihn so fest, dass er husten musste. Ihre Stimme brachte Erinnerungen zurück, die er längst vergessen geglaubt hatte: Verstecken spielen im Gästetrakt, Hühner jagen auf dem Hof, die Flucht vor Zrenje, wenn sie bei etwas erwischt wurden, was sie nicht durften. Er genoss die Erinnerungen, obwohl sie schmerzten.

Ana nahm den Kopf von seiner Schulter. Ihr Blick strich über sein Gesicht, ihre Hand über die Narben auf seiner Wange. »Was haben sie mit dir gemacht?«

Nichts, wollte er sagen. *Das war meine Entscheidung.* Aber er schluckte die Worte herunter. Nachtschatten dachten so, nicht Menschen.

»Ich habe dich vermisst«, sagte er.

Ana lachte durch ihre Tränen. »Ich dich auch. Es ist so viel geschehen.«

Sie wich plötzlich zurück. Der Leibwächter trat an ihre Seite. Seine Hände berührten die Griffe zweier Schwerter.

Was ist denn los?, dachte Gerit, doch dann berührte eine Klaue seine Schulter.

»Ist das deine Schwester?«, fragte Mamee.

»Ja.«

»Ihr seht euch ähnlich.« Sie nickte Ana zu und ergriff Gerits Hand.

Es war der Moment, in dem Ana zu einer Fremden wurde. Er

sah die Erkenntnis auf ihrem Gesicht, dann Abscheu. Er glaubte sich selbst in ihrem Blick wiederzufinden, den Jungen, der er einst gewesen war, und den vernarbten Verräter, der die Klaue einer Bestie hielt. Durch ihre Augen betrachtet war sein Leben grotesk und widerlich, und er fragte sich, wie es sein konnte, dass er glücklich war.

»Das ist Mamee«, sagte er. »Wir leben zusammen.«

»In meiner Festung?«

Die Stimme stach wie ein heißes Eisen in seinen Kopf. Gerit biss sich auf die Zunge und schmeckte Blut. Er senkte den Blick, als Korvellan mit den langen Schritten eines Generals, der nach einer siegreichen Schlacht seinem Gegner entgegentrat, die Planke herunterging.

Mamee lächelte. »Korvellan. Wir hatten Euch erst im Frühjahr erwartet.«

Einige Matrosen stießen sich an, als sie den Namen hörten. Sie hatten wohl nicht geahnt, wer auf ihrem Schiff reiste.

Korvellan erwiderte Mamees Lächeln, aber sein Blick ruhte auf Gerit. Eine frische Narbe zog sich von seiner Stirn bis zur Schläfe. »Es hat sich einiges geändert«, sagte er, »und ich wollte wissen, wie es um die Festung steht. Hat Gerit sie ordentlich geführt?«

Mamee nickte. »Das hat er. Sogar Nebelläufer ist zufrieden.« Sie wirkte stolz.

»Gut«, sagte Korvellan. Sein Blick war nicht zu deuten.

Ich bin tot, dachte Gerit.

Er war nicht tot. Korvellan beachtete ihn den Rest des Tages kaum, kümmerte sich hauptsächlich um Merie, die, wie Gerit von Ana erfuhr, seine Tochter war. Mamee hatte den Platz neben ihm für Ana geräumt und saß mit Jonan auf der Ladefläche des Karrens, zwischen einigen Waren, die sie hastig und ohne große Freude gekauft hatten. Auf dem zweiten Karren saßen Korvellan, Merie und Craymorus.

»Ist er wirklich der Fürst von Westfall?«, fragte Gerit gegen Abend. Ana hatte ihm von ihren Reisen erzählt, von Daneel und Cascyr und der Ewigen Garde, hatte jedoch selbst nur wenige Fragen gestellt, sodass das Gespräch irgendwann eingeschlafen war.

Gerit war froh darüber. Ab und zu spürte er aus den Augenwinkeln, dass Ana ihn musterte, als wäre sie sich nicht ganz sicher, wer er war. Er nahm ihr das nicht übel. Er wusste es selbst nicht.

»Ja«, sagte Ana. »Wieso fragst du?«

»Er sieht nicht aus wie ein Fürst.«

»Sehe ich aus wie eine Fürstin?«

»Nein.« Gerit lächelte, doch sein Lächeln erstarb, als er an Korvellan dachte. Er lenkte den Karren hinter ihm, und jedes Mal, wenn Gerit sich umdrehte, traf ihn der Blick des Generals.

Als sie am Abend das Lager aufschlugen, hielt er es nicht mehr aus. Er wartete, bis sich Korvellan von den anderen trennte, um Feuerholz zu holen, und folgte ihm.

»Was werdet Ihr mit mir machen?«, fragte er.

Korvellan hob ein paar Zweige auf. »Das hängt davon ab. Hast du meine Festung so gut geführt, wie Mamee behauptet?«

»Ja.« Es gab keinen Grund zur Bescheidenheit. Gerit wusste, dass er gute Arbeit geleistet hatte.

»Dann werde ich nichts mit dir machen.« Korvellan blieb stehen und sah ihn an. Der Wind blähte seinen Umhang auf. »Du hast mich überlistet. Sei stolz darauf, aber versuche es nicht noch einmal.«

Gerit hörte die Drohung, die in den Worten lag, ebenso wie das Kompliment. Er war erleichtert. »Darf ich also weiter Euer Verwalter sein?«

»Wenn es die Festung dann noch gibt, werde ich darüber nachdenken.« Korvellan klang ernst. »Vergiss nicht, was vor uns liegt.«

»Es ist der schwarze Sand«, sagte Ana gerade, als Gerit zum

Lagerfeuer zurückkehrte. »Cascyr hat mir die Männer gezeigt, die ihn aßen. Der Große Fluss spült ihn an.«

»Und die Magier tanzen ihn aus dem Boden.« Craymorus drehte eine Krücke zwischen seinen Händen. »Die Magie war immer am stärksten nahe des Großen Flusses. Viele Gelehrte vermuteten, der Fluss selbst wäre die Ursache, doch das stimmt nicht. Das haben mir die Meister gesagt.«

»Und was haben die Meister Euch sonst noch gesagt?«, fragte Korvellan. Er warf das frische Feuerholz auf die Erde.

Craymorus schüttelte den Kopf, ohne ihn anzusehen. Gerit hatte den Eindruck, dass dieser Streit schon lange zwischen den beiden schwelte.

»Woher kommt der Sand?« Jonan legte Holz auf das Feuer. Die Flammen leckten danach und wurden größer.

»Das ist die Frage«, sagte Craymorus.

Gerit setzte sich auf eine Decke ans Feuer. Er streckte die Hände aus. Die Hitze vertrieb die Steifheit seiner Finger. »Ich weiß, wo der Sand herkommt.«

Alle Köpfe drehten sich in seine Richtung. Die Aufmerksamkeit war ihm unangenehm.

»Woher?«, fragte Ana.

»Ich kann das nicht erklären.« Gerit sah sie an. »Du musst ihn selbst sehen.«

Kapitel 36

Nur selten begegnet man Somern, den Einwohnern Somerstorms, außerhalb ihrer Provinz. Die meisten, so scheint es, ahnen nicht einmal, dass jenseits von Eis, Schnee und Ödnis eine Welt liegt, in der nicht jeder Tag mit dem Versprechen beginnt, noch schlechter als der vorangegangene zu werden.

Jonaddyn Flerr, *Die Fürstentümer und Provinzen der vier Königreiche, Band 2*

Sie stand da und weinte.

Es war stickig in dem kleinen Raum innerhalb der Festung. Rickard saß auf dem Stuhl, zu dem Gerit ihn geführt hatte. Jonan hatte ihm die Hände auf die Schultern gelegt, um ihn daran zu hindern, aufzustehen und damit fortzufahren, wobei sie ihn überrascht hatten.

»Warum läuft er gegen die Wand?«, fragte Craymorus. Jonan hatte ihn die steilen Treppen hinuntergetragen.

»Er will …«

»Nicht hier«, unterbrach ihn Korvellan. »Nicht solange dieses …« Er schien nicht zu wissen, wie er Rickard nennen sollte.

»Rickard«, sagte Ana. Sie wischte sich mit dem Handrücken über die Augen. »Sein Name war Rickard.«

War, dachte sie. Der zerstörte Körper, der vor ihr saß, erinnerte sie nicht mehr an den Mann, den sie … Nein, nicht geliebt hatte. Sie hatte ihn gemocht, auf ihn gehofft.

»Was ist mit ihm geschehen?«, fragte sie Gerit.

»Nicht hier«, wiederholte Korvellan schärfer.

Sie fuhr herum. »Mit dir habe ich nicht geredet. Du bist doch an allem schuld!«

Jonan tauchte neben ihr auf, schnell und lautlos, die Hände auf seine Schwerter gelegt.

Rickard stand auf und ging taumelnd und zögernd zu der Wand, vor der sie ihn gefunden hatten. Gerit griff nach seinem Arm und zog ihn zurück.

Korvellan sah Jonan an, abschätzend, so als denke er darüber nach, sich auf die Provokation einzulassen.

Craymorus räusperte sich. »Es wäre wohl wirklich besser, wenn wir nach oben gingen. Sein Anblick tut uns allen nicht gut.«

Ana fuhr sich mit der Hand durch die Haare. »Ihr habt recht. Müssen wir ihn hier unten lassen, so ganz allein?«

Ihre Stimme brach beinahe, aber sie riss sich zusammen. Sie wollte nicht noch einmal vor Korvellan weinen.

»Ja«, sagte Gerit. »Du weißt, warum.«

Sie nickte. Cascyr konnte durch die Augen seiner Gardisten blicken und anscheinend auch durch Rickards. Nur so hatte er wissen können, dass Gerit in der Festung von Somerstorm lebte. Sie hatten auf dem Weg dorthin darüber gesprochen, wie über viele Dinge.

Gerit half ihr von der letzten Stufe in die Küche. »Triff mich nachher in meinem Zimmer«, flüsterte Ana, als sie an ihm vorbeiging. »Wenn es dunkel ist.«

Er nickte.

Sie klopfte sich den Staub von den Ärmeln. Gerit half Jonan, der Craymorus auf dem Rücken trug, hoch, dann schloss Korvellan die Luke, die zu den Geheimgängen führte.

»Also«, sagte er, »was weißt du?«

Es war niemand außer ihnen in der Küche. Die anderen Nachtschatten hatten sie verlassen, als Korvellan sie darum bat. Sie standen im Hof und unterhielten sich mit den Wachen. Ana sah ihnen die Verwirrung an. Korvellan war zurückgekehrt, doch er hatte ihnen keine Nachrichten über den Feldzug gebracht. Seine Ernsthaftigkeit war Anas Sorge. Sie setzte sich an den großen Tisch, so weit weg von Korvellan wie möglich. Überall roch es nach Essig. Die Festung stank.

Gerit stand auf und ging zu einem Hocker, unter dem Decken, Kleidung und ein paar andere Habseligkeiten lagen. Er zog eine Karte aus einer der Decken und breitete sie auf dem Tisch aus.

»Sie lassen dich in der Küche schlafen wie einen Diener?«, fragte Ana.

Gerit sah kurz auf. »Es ist nicht so, wie du denkst.«

Dann erzählte er alles, von dem Tag, an dem Maccus und Burek zu ihm gekommen waren, bis zu den Wassereinbrüchen und seiner Erkundung der Höhle.

»Glaubst du wirklich, dass Rickard dich gerettet hat?«, fragte Ana.

»Nein.« Gerit stand auf und fachte die Glut in der Feuerstelle mit einem Eisenhaken wieder an. Ein großer Topf hing darüber, Dampf stieg aus einer Brühe aus Maka-Wurzeln auf. »Das kann ich mir nicht vorstellen. Er wollte mich zu sich holen, vielleicht, weil er allein war. Am Anfang war noch etwas von ihm da, glaube ich, aber das änderte sich schnell.«

»Es war ein Zauber. Er hatte so viel Sand in sich, dass er dich zu sich holen konnte. Danach war alles weg, auch das, was ihn zusammengehalten hatte.« Craymorus massierte sein linkes Bein. »Du würdest die Höhle wiederfinden?«

Gerit nickte. »Sie ist kein Ort für Lebende«, sagte er. »Alles in ihr ist tot.«

Ana wurde kalt, als sie seine Worte hörte. Jonan, der neben ihr an der Wand lehnte, atmete hörbar durch.

Craymorus beugte sich vor. Er hatte tiefe Ringe unter den Augen, so als hätte er lange Zeit nicht geschlafen. »Bring mich dorthin.«

»Sagt uns, was Ihr plant«, antwortete Korvellan an Gerits Stelle.

»Nein.« Craymorus schüttelte den Kopf.

»Warum nicht?«

»Weil du mich nicht lassen würdest.«

Korvellan sprang auf. Er bewegte sich so schnell, dass Ana beinahe erschrocken aufschrie, als er an ihr vorbeilief. Sie hörte, wie Jonan seine Schwerter zog. Er traute dem Nachtschatten ebenso wenig wie sie.

Korvellan griff nach den Krücken, die an einem Stuhl lehnten, ging zur Feuerstelle und warf sie hinein. Funken stoben auf, in der heißen Glut begann das Holz sofort zu glimmen.

»Dann wirst du nirgendwo hingehen«, sagte Korvellan. Er war wütend.

Craymorus versuchte, sich aus seinem Stuhl hochzustemmen. Er hielt sich an der Lehne und der Tischkante fest, das Gesicht voller Schmerz und Entsetzen. »Du weißt nicht, was du anrichtest!«, stieß er hervor.

»Dann sag es mir!«, brüllte Korvellan.

»Nein!« Craymorus setzte sich schwerfällig.

Die Küche wirkte auf einmal eng und stickig. Ana stand auf. »Ich muss hier raus.«

Jonan erreichte die Tür vor ihr und zog sie auf. Einige Nachtschatten sahen in ihre Richtung, wandten sich aber wieder ab, als sie sahen, wer die Küche verließ. Sie warteten auf Korvellan.

Ana atmete tief durch. Die kalte Luft beruhigte sie. Jonan stand neben ihr und beobachtete die Nachtschatten. Seit sie das Schiff verlassen hatten, benahm er sich wie ein Leibwächter, nicht wie der Freund, der er auf der Reise gewesen war.

»Geht es Euch besser?«, fragte er nach einem Moment.

»Euch?« Ana trat vor ihn. »Wieso nennst du mich so?«

»Wir sind in der Festung. Die Reise ist zu Ende. Hier seid Ihr die Fürstin, und ich bin Euer Leibwächter.« Jonan sah sie nicht an, sondern hatte den Blick auf einen Punkt in weiter Ferne gerichtet.

»Ich bin die, die ich gestern war«, sagte Ana verwirrt. »Ich habe mich nicht verändert.«

»Doch, das habt Ihr.« Seine Geste schien die ganze Festung einzubeziehen. »Sie verändert Euch.«

Sie wollte ihm erklären, dass er unrecht hatte, doch im gleichen Moment drehte sich ein Nachtschatten auf der Festungsmauer um.

»General!«, schrie er.

Korvellan riss nur Lidschläge später die Küchentür auf. »Was ist?«

»Eine Armee, General«, antwortete der Soldat.

Ana hatte nicht gewusst, wie viele Nachtschatten in der Festung lebten, doch als Gerit eine Glocke neben dem Haupteingang läutete, die früher nicht dort gehangen hatte, liefen sie alle zusammen. Es waren weniger als Hundert, aber mehr als genug, um die Festung zu verteidigen, das hatte ihr General Norhan beigebracht.

Einer, ein älter aussehender, hinkender Nachtschatten, ging auf Korvellan zu. »Ist das Schwarzklaue?«, hörte Ana ihn fragen.

»Nein, es ist der Feind.«

Ana lief zur Mauer neben dem Tor. Die Nachtschatten sagten nichts, als sie die Leiter hinaufkletterte und in das rote Abendlicht blickte. Am Horizont, auf der Ebene zwischen den Bergen, die sich fast bis Braekor erstreckte, sah sie eine Wand aus schwarzen Umrissen.

»Was ist das?«, fragte der junge Nachtschatten neben ihr.

Ana antwortete, ohne nachzudenken. »Ewige Garde.«

Er flüsterte es der Frau auf seiner anderen Seite zu, sie gab den Namen weiter. Dunkel und drohend wie ein Wespenschwarm breiteten sich die Worte »Ewige Garde« in der Festung aus.

»Genug!«, rief Korvellan plötzlich. Er stand auf einer Regentonne und drehte sich langsam, sodass er alle, die sich ihm im Hof und auf den Mauern zugewandt hatten, ansehen konnte.

»Die Ewige Garde rückt auf die Festung vor«, fuhr er fort. »Diejenigen, die wissen, was das bedeutet, erklären es bitte denen, die es nicht wissen.«

Er wartete. Als das Murmeln erstarb, rief er: »Sie werden vor Morgengrauen hier sein, also nutzt die Zeit. Nebelläufer wird die Waffenträger einteilen und ihnen sagen, worauf sie achten müssen, Gerit kümmert sich um all die, die keine Waffe tragen. Meldet euch bei ihm.«

Was tut er denn da?, dachte Ana, als sie ihren Bruder zwischen den Nachtschatten sah. Er sprach mit ihnen wie mit seinesgleichen, wie mit Freunden. Sie kletterte von der Mauer und ging auf ihn zu. Er sah sie erst, als sie vor ihm stand.

»Ana«, sagte er. »Ich könnte jemanden brauchen, der das Pechkochen überwacht. Wenn du …«

Sie zog ihn beiseite. »Können wir kurz reden?«

Gerit nickte den Nachtschatten zu. »Ich bin gleich wieder da. Holt schon mal die Kessel und Kohlepfannen aus den Kellern.«

Er folgte Ana in eine Nische neben den Stallungen. Aus den Augenwinkeln sah sie, dass Korvellan sie beobachtete, aber er war nicht nahe genug, um zuhören zu können.

»Lass uns fliehen«, sagte sie leise.

»Was?« Gerit wirkte beinahe amüsiert. »Bist du verrückt?«

»Ich meine es ernst. Cascyr wird erst morgen früh hier sein. Bis dahin könnten wir schon fast am Hafen sein.«

Er fuhr sich mit einer schmutzigen Hand durch das Gesicht. »Ana, wir können doch die anderen nicht im Stich lassen.«

»Warum nicht? Sie haben Somerstorm erobert, Cascyr will es haben. Das ist nicht mehr unsere Angelegenheit.«

Ana sah sich um. Die Fenster des Haupthauses waren dunkel. Nur in den Sklaventrakten und in den Unterständen, die die Nachtschatten auf dem Hof errichtet hatten, brannten Kerzen.

»Das ist nicht mehr unser Somerstorm«, fuhr sie fort, als sie keine Antwort erhielt. »Es gehört den Nachtschatten. Sollen sie doch dafür sterben.«

»Du hast unrecht.« Gerit sah sie an. »Es ist *unser* Somerstorm. Es ist unsere Heimat. Und ich werde dafür kämpfen.«

Im ersten Moment verstand Ana nicht, was er damit sagen wollte, doch dann schluckte sie plötzlich. Gerit sprach nicht von sich und ihr, sondern von sich und den Nachtschatten. Sie fühlte sich, als habe er eine Tür zugeschlagen.

Er wandte sich ab. Sie griff nach seiner Schulter. »Tue das nicht«, sagte sie, aber er schüttelte ihre Hand ab.

»Du tust das. Es ist deine Entscheidung.«

Er ließ Ana stehen. Korvellan winkte ihn zu sich. Sein Blick streifte sie. Er hatte einen Sieg errungen und wusste es.

Sie ging durch den Hof der fremden Festung. Nachtschatten liefen an ihr vorbei, trugen Kohle, Holz, Fackeln und Waffen. Ihr Essiggeruch hüllte sie ein, ließ sie würgen.

Sie fand Jonan an einer Mauer. Er trug einen Köcher auf dem Rücken und hielt einen Bogen in der Hand. Mamee hockte neben ihm und tauchte Pfeilspitzen in einen Kessel voller Pech. Sie sah Jonans Blick und die Frage, die darin lag.

»Ich will weg von hier«, sagte Ana.

Mamee hob den Kopf, senkte ihn aber sofort wieder und tat so, als würde sie nicht zuhören.

Jonan führte Ana weg von ihr. »Was ist passiert?«

»Gerit ...« Sie machte eine hilflose Geste. »Ich weiß nicht, was sie mit ihm gemacht haben, aber er ist nun einer von ihnen. Ich erkenne ihn nicht mehr wieder.«

»Vielleicht erkennt er Euch auch nicht mehr.«

Sie ging nicht darauf ein. »Bitte bring mich weg von hier.«

»Wohin?«

Es war eine einfache Frage, aber Ana hatte keine Antwort darauf. Sie hob die Schultern. »Pujambur, Asharan ... Irgendwohin.«

»Es wird kein Irgendwo geben, wenn Cascyr Somerstorm erobert.« Jonan legte sich den Bogen über die Schulter. »Ich verstehe nicht, was Korvellan und der Fürst über die Vergangenen sagen, aber ich weiß, dass Cascyr mit seiner Armee die Provinzen beherrschen wird, wenn wir scheitern.«

»Dann lass ihn«, sagte Ana müde. »Es ist mir egal. Ich will nur weg.«

»Hört auf wegzulaufen«, sagte Jonan so laut, dass sich einige Nachtschatten zu ihm umdrehten. »Ich bin es satt, Euch dabei zuzusehen, wie Ihr von einem Blödsinn in den nächsten rennt, nur weil Ihr Euch selbst nicht ins Auge blicken könnt.«

»Jonan …!«

Er ließ sie nicht ausreden. »Ihr habt mich von meinem Schwur entbunden, wisst Ihr das noch? Ich bin nicht mehr Euer Leibwächter. Also geht, wenn Ihr wollt. Ich bleibe.«

Ana wollte ihn festhalten, aber er war zu schnell, ihre Finger glitten nur über das Leder seiner Jacke, ihre Worte hingen unausgesprochen in ihrer Kehle.

Die Nachtschatten starrten sie an. Ana kämpfte gegen ihre Tränen und gewann. Sie zwang sich zur Ruhe, trotzdem zuckte sie zusammen, als sie sich umdrehte und Korvellan vor ihr stand.

»Ihr lenkt alle hier ab«, sagte er. Es klang nicht unfreundlich. »Wenn Ihr fliehen wollt, gebe ich Euch gern ein Pferd. Wenn Ihr bleiben wollt, geht bitte auf Euer Zimmer.«

Ana nickte. Sie hatte nichts mehr zu sagen. Langsam ging sie über den Hof, vorbei an der offen stehenden Küchentür. Craymorus saß allein an dem großen Tisch. Seine Krücken brannten im Feuer.

»Helft mir«, sagte er mit rauer Stimme. »Bitte.«

Sie schüttelte den Kopf, schlug die Tür zu und ging die Treppe hinauf zu ihrem Zimmer.

Kapitel 37

Welche Grausamkeit hat die Götter dazu veranlasst, die Maka-Wurzel nach Somerstorm zu bringen? Ohne sie wäre die Provinz den Wölfen und Bären vorbehalten, und kein Mensch würde sein Leben dort fristen müssen oder können.

Jonaddyn Flerr, *Die Fürstentümer und Provinzen der vier Königreiche, Band 1*

Es war ruhig in der Küche. Das Feuer prasselte, die Brühe im Kessel darüber warf Blasen. Draußen vor der geschlossenen Tür hörte Craymorus laute Rufe, Flüche und Befehle. Einige Male rief er nach Korvellan, bezweifelte jedoch, dass man ihn durch das Holz hören konnte. Er war allein.

Auch das haben die Meister nicht vorhergesehen, dachte er. *Vielleicht haben sie sich in allem geirrt, in mir, Korvellan, den Vergangenen, diesem ganzen gefährlichen Plan.*

Er schüttelte sich innerlich, wehrte sich gegen die Entscheidung, die er längst getroffen hatte. Doch er konnte nicht mehr warten. Wenn die Ewige Garde Somerstorm erst einmal belagerte, war es zu spät.

Vorsichtig ließ er sich von seinem Stuhl gleiten und drehte sich auf den Bauch. Er hatte es von Anfang an gehasst zu kriechen, sogar noch mehr als getragen zu werden. Doch er hatte keine Wahl mehr. Ein Nachtschatten hatte ihm vor langer Zeit die Freiheit genommen, ein anderer nun die Würde.

Auf Händen und Ellenbogen kroch er zu der kleinen Luke, die in das Gangsystem hinter der Wand führte. Gerit hatte den kürzesten Weg genommen, wohl ihm zuliebe, trotzdem erwarteten Craymorus drei steile Treppen, fast schon Leitern.

Er stieß die Luke auf, kroch hindurch und schloss sie hinter sich. Vor der ersten Treppe blieb er einen Moment liegen, um Atem zu schöpfen, dann schob er sich über die oberste Stufe. Er stützte sich mit den Händen ab, bremste die rutschende Bewegung, die ihn ansonsten über den Absatz hinaus auf die nächste Treppe katapultiert hätte.

Der fliegende Krüppel, dachte er. Beinahe hätte er gelacht, aber die Schmerzen in seinen Armen und den Knien, die gegen jede Stufe prallten, nahmen ihm dieses Bedürfnis.

Als er die letzte Stufe der letzten Treppe überwand, zitterten seine Arme, und über seine Wangen liefen Tränen. Seine Knie bluteten.

Der Gang zu Rickards ... er wollte es *Gefängnis* nennen, auch wenn es das nicht war ... erschien ihm endlos, doch schließlich stieß er die Tür mit einer Hand auf und kroch über die Schwelle.

Rickard stand an der Wand, dort, wo sie ihn zurückgelassen hatten. Craymorus zog sich auf einen Stuhl und trank den Wasserkrug, der auf dem Tisch stand, fast aus.

»Rickard«, sagte er dann. »Komm zu mir.«

Nichts geschah. Aus dem hinteren Raum hörte er Rickards gleichmäßiges Schlurfen.

»Ich weiß, wohin du gehen musst, Rickard.« Craymorus trank den Rest des Wassers. »Ich werde dir helfen, dorthin zu kommen.«

Das Schlurfen brach ab. Nach einem Moment hörte Craymorus Schritte, dann tauchte Rickard im Türrahmen auf und blieb vor seinem Stuhl stehen. In seinem zerstörten Gesicht gab es keine Gefühle, seine blinden Augen blickten ins Nichts, und doch schien er zu verstehen.

»Du musst mich tragen.«

Rickard drehte sich um und ging in die Hocke. Craymorus legte ihm die Arme um die Schultern. Seine Haut fühlte sich seltsam weich und kalt an, wie die eines Toten. Rickard schob seine Hände unter Craymorus' Beine, und er verbiss sich den Schmerz.

»Komm, alter Freund«, sagte er leise. »Lass uns auf eine letzte Reise gehen.«

Rickard trug ihn aus dem Raum, durch den Gang und die Treppen hinauf. Sie stiegen durch die Luke, dann blieben sie vor der Küchentür stehen.

Craymorus dirigierte Rickard mit einem gelegentlichen Wort, mehr war nicht nötig.

Die meisten Nachtschatten standen um das Tor herum, halfen dabei, es zu verstärken und die Mechanismen darüber anzubringen, die heißes Pech über die Angreifer schütten würden. Der Hof rund um die Küche war leer.

»Wie kommen wir über die Mauer?«, fragte Craymorus. Er sprach laut, erwartete aber keine Antwort von Rickard. »Wir brauchen Seile, damit wir uns … Was machst du denn?«

Rickard öffnete die Tür. Er ging an der Häuserwand entlang, blieb tief im Schatten des Gebäudes. Am äußersten Rand der Mauer blieb er stehen.

Craymorus duckte sich auf seinem Rücken, wagte es kaum, den Kopf zu heben. Ein Nachtschatten musste nur in ihre Richtung blicken, nur ein Windstoß seinen Geruch in ihre Richtung wehen.

Rickard drehte sich ruckartig nach rechts, ging zu einer Leiter und kletterte sie hinauf auf die Mauer. Er überquerte den Wehrgang und griff nach den Mauerzinnen.

»Nein«, stieß Craymorus hervor. »Rickard, nein.«

Rickard stieg zwischen den Zinnen hindurch – und sprang!

Der Aufprall schleuderte Craymorus von seinem Rücken. Der Schmerz raubte ihm das Bewusstsein.

Der Schmerz brachte ihn ins Bewusstsein zurück. Im ersten Augenblick glaubte er, wieder auf einem Schiff zu sein, doch dann öffnete er die Augen und sah Rickards Hinterkopf und die schaukelnde Welt um sich herum.

Er drehte den Kopf. Sein Nacken knackte. Hinter ihm verschwanden die hell erleuchteten Mauern Somerstorms zwischen den Hügeln.

Schnee knirschte unter Rickards Füßen. Er ging schnell, zielstrebig, wie jemand, der genau wusste, wo sein Ziel lag. Es war kalt. Craymorus zitterte trotz der warmen Kleidung. Die Schriftrolle unter seinem Hemd drückte gegen seine Brust und erinnerte ihn bei jedem Schritt daran, was vor ihm lag.

»Das war nicht der Plan, den die Meister für dich hatten, Rickard«, sagte er. Sein Atem stand weiß vor seinem Gesicht. »Sie hatten gar keinen Plan für dich, und doch bist du hier. Geh weiter, bleib nicht stehen. Hilf mir.«

Er war so müde, dass er den Kopf auf Rickards Schulter legte. Seine Beine baumelten über dem Schnee, zitterten unter den Krämpfen, die über sie hinwegrollten wie Wellen über einen Strand. Die Metallschienen waren verbogen, die Hose blutbefleckt.

Er schloss die Augen und rief sich die Worte des Zaubers ins Gedächtnis, versuchte sie zu einem Teil seiner selbst zu machen. Jeden freien Moment hatte er mit seinem Studium verbracht. Es erschreckte und erleichterte ihn zugleich, wie gut er ihn beherrschte.

Als er die Augen wieder öffnete, war es Tag. Die Sonne war ein verwaschener gelber Fleck, halb verborgen hinter einem grauen Himmel. Die Mine lag vor ihm, still, scheinbar verlassen. Karren standen halb beladen im Schnee. Zwei Ochsen zogen einen über den Weg und blieben stehen, als die Räder im Schnee stecken blieben. Der Kutschbock war leer.

Craymorus spürte den Tod, noch bevor er die Leichen sah. Es

waren Männer, Frauen und Kinder, Arbeiter und Wachen, sogar Ratten und Vögel. Sie lagen im Schnee. Die Gesichter von Menschen und Nachtschatten waren verzerrt, die Augen aufgerissen und gefroren. Er zählte ein Dutzend, dann sah er nicht mehr hin. Ihm war übel geworden.

»Sie ist hier, Rickard«, flüsterte er. »Sei vorsichtig.«

In der Mine war es dunkel. Die Fackeln und Lampen, die in den Stollen hingen, waren längst erloschen. Rickard stieg über Leichen hinweg, die er trotz der Dunkelheit zu sehen schien. Er stolperte kein einziges Mal, als sie die lange Wendeltreppe hinuntergingen.

Craymorus lauschte in die Stollen hinein. Er hörte das Plätschern von Wasser. Steine knackten, die hölzernen Balken knirschten unter dem Gewicht des Bergs, den sie stützten.

Jemand lachte. Es war eine helle, klare Stimme. Sie hallte von den Wänden wider, floss durch die Gänge wie Wasser, weich und doch laut und kräftig.

Craymorus biss sich auf die Lippe. Sein Herz hämmerte.

Adelus.

Er konnte nicht erkennen, woher die Stimme kam. Es zweigten so viele Gänge ab, es gab so viele kleine Höhlen und Nischen, dass jedes Geräusch verzerrt wurde. Trotzdem drehte er den Kopf, suchte nach Schemen in der allumfassenden Dunkelheit.

Rickard achtete nicht darauf. Er ging weiter, tiefer in die Mine hinein. Irgendwann bog er ab, ging ein paar Schritte weiter und drehte sich nach rechts.

Craymorus biss die Zähne zusammen, als seine Beine zwischen zwei Felsen gequetscht wurden. Er blinzelte in bläulich kaltes Licht und hob den Kopf.

Die Höhle war hoch. Ihre Form verwirrte ihn. Mal glaubte er, alles von ihr zu sehen, dann folgte er einer Linie und verlor sich darin. Er kniff die Augen zusammen und konzentrierte sich, aber es half nicht. Ihm wurde schwindelig.

Rickard ging zu einem Bach, der durch die Mitte der Höhle floss. Er war schmal. Craymorus konnte den Grund nicht erkennen, so tief war er. Das Wasser wirkte schwarz. Rickard drehte sich und ging an dem Bach entlang.

Mit jedem Schritt schien die Höhle größer zu werden. Craymorus sah zurück, doch der Eingang war verschwunden. Es knackte in seinen Ohren, so als gingen sie steil bergab. Oder war es bergauf?

Plötzlich ging Rickard in die Knie. Craymorus ließ ihn los. Es war besser, auf die Seite zu fallen als auf die Beine.

Er schlug auf den Fels. Er war weder warm noch kalt, nur glatt. Craymorus ließ die Hand darübergleiten. Es fühlte sich an, als würde er eine Schlange berühren.

Er kroch zu einem Felsen und lehnte sich mit dem Rücken daran. Seine Beine hinterließen eine dünne Blutspur, aber sie perlte von den Felsen ab, so als weise der Stein selbst dieses bisschen Leben zurück.

Rickard hockte vor ihm. Sand quoll aus einem Riss zwischen den Steinen empor. Mit den Händen schaufelte er ihn sich in den Mund.

»Iss, mein Freund«, sagte Craymorus leise. »Iss, so viel du kannst.« Er zog die Schriftrolle aus dem Hemd und begann sie zu lesen, aber seine Blicke glitten immer wieder zu Rickard. Er wartete, spürte jedoch keine Ungeduld, keine Angst davor, überrascht zu werden, bevor es so weit war. Die Zeit, Teil des Lebens, spielte in der Welt, die er erreicht hatte, keine Rolle.

Als Rickard sich aufrichtete, rollte Craymorus die Schriftrolle zusammen und legte sie neben sich. Seine Hände zitterten nicht, seine Stimme war klar, als er den Zauber zu sprechen begann. Er sah Amaras Gesicht vor sich: *Sprecht ihn einmal, Fürst. Danach werdet Ihr ihn nie wieder benötigen.*

Rickard drehte sich um, und Craymorus sah in seine weißen Augen. »Gut gemacht, Rickard«, sagte er leise. »Leb wohl.«

Er streckte die Hand aus. Ein plötzlicher Druck presste ihn gegen den Fels. Rickard öffnete den Mund. Sand floss aus ihm heraus, aus Mund, Nase, Augen, Ohren. Er lief aus seinen Hemdsärmeln, sammelte sich an seinen Füßen und wirbelte davon. Craymorus riss Jacke und Hemd auf. Der Sand schwirrte um ihn, prasselte auf seine Haut, drang in seine Poren, füllte die Leere in ihm. Er war die erste Wärme nach dem Winter, das erste Tageslicht nach einer Nacht voller Alpträume.

Craymorus riss den Sand aus Rickard heraus, bis der zerstörte Körper in sich zusammensackte und sich die weißen Augen schlossen. Er merkte erst, dass er weinte, als er Tränen auf seinen Lippen schmeckte.

Es war schnell vorbei.

Craymorus kroch zu Rickard und schob die Leiche in den Bach. Er sah ihr nach, als sie durch die Höhle trieb, stellte sich vor, wie der Bach sie nach draußen trug, hinaus aus der Dunkelheit, auf den Großen Fluss und bis nach Westfall.

Dann lehnte er sich wieder an den Felsen und wartete.

Kapitel 38

In den ersten Tagen der vier Königreiche schrieb Karaes der Unverzagte, Fürst von Charbont: Wer wären wir, wenn uns die Götter nicht den Verstand und die Hände gegeben hätten, um Waffen zu verwenden? Wären wir wie die Kühe auf der Weide, zufrieden und dumm, und würde der Welt etwas fehlen, wenn dem so wäre?

Jonaddyn Flerr, *Die Fürstentümer und Provinzen der vier Königreiche, Band 2*

Sie waren vorbereitet.

Nebelläufer hatte mit seinen Kriegern seit Gerits Ankunft Belagerungen immer wieder durchgespielt. Sie wussten, was sie zu tun hatten. Gerit sah, wie sie auf den Mauern Stellung bezogen, Pfeile und Speere neben sich legten und der Garde entgegenblickten.

Die Nachtschatten, die zu jung oder alt zum Kämpfen waren, halfen bei der Verteidigung, indem sie Pech erhitzten und Pfeilspitzen hineintauchten. Gerit musste ihnen keine Anweisungen mehr geben. Sie erkannten, wo sie gebraucht wurden.

Er stieg auf eine der Mauern neben dem Tor. Fackeln erhellten sie, sorgten dafür, dass sich kein Gegner heimlich anschleichen konnte. Somerstorm war nur ein einziges Mal gefallen, und das durch Verrat. Gerit würde alles dafür tun, dass das auch so blieb.

Er betrachtete die schwarze Wand, die sich ihnen entgegenschob.

»Dauert nicht mehr lange«, sagte der Nachtschatten neben ihm. Er hieß Langzahn.

Gerit nickte. Er konnte bereits die Fahnenträger ausmachen, die vor der Hauptstreitmacht marschierten, hörte die Schritte der Soldaten. Sie klangen wie weit entfernter rollender Donner.

»Gerit!«

Er drehte sich um. Korvellan stand auf dem Hof und sah zu ihm herauf. »Hast du Craymorus gesehen?«

»Ist er nicht in der Küche?«

»Nein.« Korvellan klang besorgt. »Hat irgendjemand Craymorus gesehen?«, rief er. »Den Krüppel«, fügte er hinzu, als einige Nachtschatten ihn verständnislos ansahen.

Schulterzucken und Kopfschütteln antworteten ihm.

Gerit stieg von der Mauer und ging auf ihn zu. »Soll ich den Fürsten suchen?«

»Das habe ich bereits getan, ohne Erfolg. Für einen Mann, der nicht laufen kann, ist er erstaunlich beweglich.«

»Er muss hier irgendwo sein.« Gerits Gedanken kreisten bereits wieder um die Verteidigung der Festung. »Es wird ihn ja wohl kaum jemand nach draußen getragen haben.«

»Nein, das ist …« Korvellan unterbrach sich. »Rickard.«

Mehr musste er nicht sagen. Gerit begriff sofort, was er meinte. »Ich sehe nach.«

Er ließ sich von einem Nachtschatten eine Fackel geben und lief durch die Küche in die Gänge hinter den Wänden. Als er die Blutflecken auf der Treppe sah, spürte er einen Stich im Magen, trotzdem kehrte er erst um, als er die offene Tür am Ende des Gangs erreichte.

»Er ist weg«, sagte er atemlos, als er wieder vor Korvellan stand.

»Verdammt!« Einige Nachtschatten drehten sich zu ihrem General um. Er fuhr sich mit der Hand übers Gesicht, schwieg einen Moment und nickte dann, so als habe er eine Entscheidung getroffen. »Lass das Tor öffnen!«

Gerit sah ihn verständnislos an. »Ihr wollt ihm nach? General, Eure Krieger brauchen Euch hier.«

»Nein, sie brauchen mich nicht. Sie wissen allein, wie sie zu kämpfen haben.« Korvellan zog den Umhang vor seiner Brust zusammen. »Nebelläufer und du, ihr habt ihnen alles beigebracht, was sie wissen müssen. Meine Anwesenheit ist unerheblich.«

Gerit wusste, dass das nicht stimmte, und er hatte den Eindruck, dass Korvellan ebenfalls nicht daran glaubte.

»Es ist Eure Entscheidung«, sagte er und winkte den Wachen zu. »Öffnet das Tor.« Dann wandte er sich wieder Korvellan zu. »Nur eines noch«, wollte er wissen. »Wieso ist er so wichtig?«

Korvellan drehte sich um. Hinter ihm zogen die Wachen das Tor auf. »Weil er der Einzige ist, der die Vergangene aufhalten kann, und weil ich glaube, dass er scheitern wird.«

Gerit sah ihm nach, als er die Festung verließ.

Mamee blieb neben ihm stehen. Sie trug einige leere Köcher über dem Arm. »Wohin geht er?«

»Mach dir keine Sorgen. Er wird bald zurück sein«, log Gerit.

Sie nickte, aber er sah, dass sie sich trotzdem Sorgen machte.

Und sie ist bestimmt nicht die Einzige, dachte er.

Die Belagerung würde nicht lange dauern, das erkannte Gerit, als die Sonne hoch am Himmel stand und die Ewige Garde zum unzähligsten Mal gegen die Festung anstürmte. Gruppen von zwanzig, dreißig Gardisten, die Schilde hochhielten, um sich vor den Brandpfeilen zu schützen, und einen Rammbock zwischen sich trugen, griffen das Tor an. Kochendes Wasser ergoss sich aus großen Kesseln über sie und brachte sie zu Fall. Brandpfeile bohrten sich in die Köpfe derer, die nicht liegen blieben, sondern sich nach kurzen Momenten mit rot verbrühten, aufgeplatzten Gesichtern wieder erhoben.

Blut und Wasser weichten den gefrorenen Boden vor dem Tor auf, knöcheltief standen die Gardisten im Matsch. Sie stolperten über Leichen, taumelten als lebende Fackeln umher, lagen brennend und um sich schlagend am Boden.

Andere Gardisten bildeten hinter ihnen lange Reihen und schickten der Festung Salven aus Hunderten von Pfeilen entgegen. Es schien sie nicht zu interessieren, dass ihre eigenen Soldaten in den Salven fielen, dass zu kurz geschossene Pfeile sie gleich dutzendweise niederstreckten. Die Schützen auf den Mauern kümmerten sich um die, die wieder aufstanden.

Gerit schätzte, dass mehr als die Hälfte der Garde bereits gefallen war, während gerade mal zwanzig Nachtschatten tot oder verwundet in den Stallungen lagen, die man für sie geräumt hatte.

Trotzdem verlieren wir, dachte er. Bis zu diesem Tag war ihm nicht klar gewesen, was der alte General seines Vaters mit »Moral« gemeint hatte, doch als er nun in die harten, erschöpften Gesichter der Nachtschatten blickte und sah, wie sie mechanisch einen Pfeil nach dem anderen abschossen, begriff er es: Moral bedeutete, die Schreie der Gegner zu hören, wenn sie fielen, ihre Angst zu riechen, zu sehen, wie sie ihre Waffen wegwarfen und rannten, wenn ihre Kameraden neben ihnen zusammenbrachen.

Doch die Ewige Garde schrie nicht, sie zeigte keine Angst und keinen Schmerz. Ihre Soldaten machten einfach weiter, egal, wie viele von ihnen fielen und wie hoch die Leichenberge waren, über die sie klettern mussten. Und sie wurden nicht müde.

Gegen sie zu kämpfen, erkannte Gerit, war wie Bäume fällen. Ein Krieger in einer Schlacht konnte tagelang kämpfen, wenn er den Sieg vor Augen sah, ein Holzfäller war nach nur wenigen Stunden erschöpft. Die Garde hatte Holzfäller aus seinen Kriegern gemacht. Sie waren müde, erschöpft und frustriert. Sie begannen Fehler zu machen. Von den zwanzig in den Ställen waren zehn seit dem späten Vormittag gefallen.

Gerit kletterte auf die Westmauer. Die hohen, nach innen gebogenen Zinnen schützten vor den Salven, trotzdem duckte er sich, als er zwischen ihnen hindurch nach draußen sah.

Eine Gruppe Gardisten machte sich in einiger Entfernung für den nächsten Angriff bereit. Der Rammbock, den sie trugen, hatte ursprünglich auf einem Wagen gelegen, doch der steckte längst im Matsch vor dem Tor fest.

»Sie kommen!«, rief Langzahn. Von den Nachtschatten auf der Mauer hatte er die besten Augen.

Brandpfeile wurden an Fackeln entzündet. Die Gardisten nahmen den Rammbock zwischen sich und liefen los. Hinter ihnen richteten sich die Bogen der Fernkämpferreihen in den Himmel.

»Salve!«, schrie ein anderer Nachtschatten, um die zu warnen, die im Hof arbeiteten.

Gerit nahm seinen Schild hoch und zog den Kopf ein.

Nur sechs Gardisten erreichten lebend das Tor. Sie warfen sich mit dem Rammbock nach vorn. Gerit hörte den Knall. Die Mauer erbebte unter seinen Füßen.

Die Gardisten wurden zurückgeworfen. Ihre Arme knickten ein, als sie versuchten, sich abzustützen. Der Aufprall hatte sie ihnen gebrochen.

Die Bogenschützen brauchten keine Befehle. Sie zielten mit ihren Brandpfeilen auf die Überlebenden. Keiner entkam. Der Rammbock blieb im Matsch liegen.

»Wechsel!«, brüllte Nebelläufer. Er stand an der Ostmauer.

»Wechsel!«, nahm Gerit den Ruf auf. Der regelmäßige Austausch der Verteidiger war die einzige Methode, die sie gegen die nicht enden wollenden Angriffe gefunden hatten. Dadurch reduzierten sie die Krieger auf den Mauern zwar um die Hälfte, aber wenigstens gingen die eigenen Verluste seitdem zurück.

Gerit sah zu der langen Kette, die einen Wassereimer nach dem anderen von den Brunnen zu den Mauern beförderte. Die älteren Nachtschatten konnten sich kaum noch auf den Beinen halten.

»Salve!«, schrie jemand auf der Mauer. Alle im Hof rissen die Schilde, die sie an Lederriemen um einen Arm gebunden hatten, hoch. Gerit hörte, wie die Pfeile auf Holz und Stein prasselten und einen Schrei.

Er senkte den Schild. Seidenfell lag am Boden und hielt sich das Bein. Ein Pfeil steckte in ihrer Wade. Mamee und Perres halfen ihr auf und führten sie zu einem der Ställe.

»Was für eine Scheiße!«, murmelte Nebelläufer. Gerit hatte nicht bemerkt, dass er zu ihm gekommen war.

Er nickte. »Hast du das Gerücht auf den Mauern gehört?«, fragte er. »Die Ersten behaupten, Korvellan wäre geflohen, er hätte zuerst Schwarzklaue im Stich gelassen und jetzt uns.«

»Das ist Blödsinn. Irgendein Feigling aus dem Süden hat sich das ausgedacht.«

»Aber wer soll es ihnen ausreden?« Gerit sprach leiser. »Korvellan ist weg, dir und mir werden sie nicht glauben, und jeder, der Augen im Kopf hat, sieht, wie das hier ausgehen wird.«

»Ja.« Nebelläufer kratzte sich. »Aber was sollen wir machen? Wir können nicht abhauen, wir können nicht aufgeben, wir …«

»Gerit! Nebelläufer!« Die Stimme von Sternenauge, einem Schreiner, der auf das Tor achtete, unterbrach ihn. Gerit verzog das Gesicht, als er zu ihm ging. Er konnte sich denken, worum es ging.

Sternenauge wartete, bis auch Nebelläufer herangehinkt war, dann zeigte er auf das Tor. Lange, in den Boden gerammte Balken stützten es, doch Gerit sah die Risse darin und das gesplitterte, vom Alter schwarz gefärbte Holz rund um die Riegel.

»Noch zwei, drei solcher Angriffe«, sagte Sternenauge, »und sie sind drin.«

»Kannst du etwas dagegen tun?«, fragte Gerit.

»Abgesehen vom Bau eines neuen Tors?« Der Schreiner hob die Schultern. »Nicht viel.«

»Tue es trotzdem.« Nebelläufer fluchte leise, als er Gerit zur Seite zog. »Wir müssen raus hier.«

»Dann sterben wir.«

Der Nachtschatten neigte den Kopf. »Wir sterben sowieso, ob jetzt hier drinnen oder draußen. Ich würde lieber draußen sterben. Was ist mit dir?«

Gerit antwortete nicht. Sein Blick hing an Ana, die in diesem Moment auf dem Hof auftauchte und auf ihn zuging. Sie trug ein langes weißes Kleid. Ihre Mutter hatte es an dem Tag getragen, an dem der Fürst von Westfall seinen Sohn vorgestellt hatte.

Ana blieb vor Gerit stehen.

»Ich möchte helfen«, sagte sie.

Kapitel 39

Eine Weggabelung kann den Reisenden erfreuen oder entsetzen, erfreuen, wenn er auf ein Abenteuer hofft, entsetzen, wenn er dachte, sein Weg wäre klar vorgezeichnet und alle Entscheidungen wären bereits getroffen.

Jonaddyn Flerr, *Die Fürstentümer und Provinzen der vier Königreiche, Band 2*

Eine weiße Fahne wehte über den Mauern Somerstorms. Ana hatte mit einem der Gardisten gesprochen, seitdem gab es keine Angriffe mehr. Sie wartete. Ab und zu sah sie zu dem Nachtschatten, der auf der Mauer neben dem Tor stand, aber er schüttelte jedes Mal den Kopf.

Ihr war kalt. Der Wind wehte durch den dünnen Stoff ihres Kleids. Es war nicht von einem Meisterschneider entworfen worden, nicht wie das, das sie damals am Tag ihres Geburtstags, als die Welt für immer eine andere wurde, getragen hatte, trotzdem war es von einer Eleganz und Reinheit, die den Geschmack ihrer Mutter widerspiegelte. Sie hoffte, sie konnte dem Kleid gerecht werden.

»Er kommt«, sagte der Nachtschatten auf der Mauer plötzlich.

Ana zuckte zusammen. Ihr Mund war trocken, ihre Handflächen feucht und kalt. Sie wischte sie am Rücken ihres Kleids ab.

Zwei alte Nachtschatten mit fleckigem Fell zogen die Riegel des Tors zurück. Sie brauchten ihre ganze Kraft dafür, doch schließlich öffnete sich das Tor knarrend.

Ana wich unwillkürlich zurück, als ihr Dutzende verkohlter Leichen entgegenfielen.

»Sie sind tot«, sagte Nebelläufer. Er stand im Hof, zusammen mit einigen alten oder verwundeten Nachtschatten. »Sie tun dir nichts.«

Gardisten tauchten hinter den Leichen auf und räumten sie zur Seite. In Zweierreihen marschierten andere an ihnen vorbei und nahmen in der Festung Aufstellung. Sie ignorierten Ana. Ein paar von ihnen umstellten die Nachtschatten und richteten Schwerter auf sie.

Nebelläufer streckte das Kinn vor, die anderen rührten sich nicht. Ana bewunderte ihren Mut.

Sie sah zurück zum Tor. Eine weiße Sänfte wurde von acht Gardisten herangetragen. Ana wischte sich erneut die Hände ab. Die Gardisten schienen sie anzustarren.

Die Sänfte wurde abgesetzt. Weiche, weiße Finger zogen einen Vorhang zur Seite, dann berührten Cascyrs noch weißere Stiefel den Boden. Seine Robe schien in der Sonne zu leuchten.

»Ein ungewöhnlich schöner Tag, meine Liebe«, sagte Cascyr, als er die Sänfte verließ. »Findet Ihr nicht auch?«

Ana knickste vor ihm. Ihr Herz schlug so schnell, dass ihr schwindelig wurde. »Nicht nur das Wetter macht ihn schön, mein König.« Sie zwang sich, ihn anzusehen und zu lächeln.

Er erwiderte ihr Lächeln. Seine Zähne waren so weiß wie die Robe, die er trug. »Wir sollten böse mit Euch sein, Fürstin Ana. Ihr habt getötet und Uns hintergangen.«

Das Lächeln blieb auf seinen Lippen, aber verschwand aus seinen Augen.

»Ich tat, was meinen Zwecken dienlich war«, sagte Ana steif. »Aber verzeiht, mir ist kalt. Darf ich Euch hereinbitten?«

»Mit großer Freude.« Cascyr warf einen Blick auf die Nachtschatten. »Aber erklärt Uns zuerst, wer diese Kreaturen sind!«

»Die Verteidiger der Burg, mein König. Ich konnte sie überzeugen, sich zu ergeben.«

»Das sollen alle sein?«

Ana hatte die Frage befürchtet. Sie schluckte. »Die Festung lässt sich sehr leicht verteidigen. Wie Ihr wisst, wurde sie nur einmal genommen.«

Cascyr runzelte die Stirn. »Verzeiht Unseren Unglauben.« Er nickte einem Gardisten zu, der neben ihm stand. »Zehn Mann bleiben bei Uns, der Rest durchsucht die Festung.«

»Ja, Herr.« Der Gardist drehte sich um und gab den Befehl weiter.

Cascyr streckte den Ellenbogen aus, als wäre nichts geschehen. »Wenn Wir bitten dürften?«

Ana legte die Hand auf seinen Arm. »Bitte folgt mir zum Thronsaal, mein König.«

Gemeinsam gingen sie die Treppen hinauf. Die Gardisten liefen vor ihnen her, achteten auf Fallen und Hinterhalte. Cascyr wartete, bis sie den Thronsaal durchsucht und ihn mit einem kurzen Kopfschütteln verlassen hatten, dann trat er ein.

Die Nachtschatten hatten die meisten Möbel, die darin gestanden hatten, als Feuerholz verwertet, jedoch den Thron am Kopfende des langen Banketttisches und einige Stühle stehen gelassen. Nur noch ein Teppich hing an der Wand. Eine Weinkaraffe und zwei Kelche standen auf dem Tisch. Die Karaffe war leer.

»Wir hatten Uns Eure Festung anders vorgestellt«, sagte Cascyr, während er sich ungefragt auf den Thron setzte. Seine Männer nahmen an der Tür und den Wänden Aufstellung. »Düsterer und mit mehr Holz.« Er klopfte auf den Stuhl an seiner rechten Seite. »Kommt zu Uns.«

Ana zog den Stuhl zurück und setzte sich. »Was bringt Euch auf den Gedanken, es wäre hier düster?«

»Das, was Wir gesehen haben.« Er seufzte. »Ana, versucht nicht, mit Uns zu spielen. Ihr wisst genau, dass Wir durch die Augen derer blicken können, die der schwarze Sand zu Gardisten gemacht hat, ob sie sich nun so nennen oder nicht. Manchmal können Wir Unseren Willen über sie bringen, aber nicht immer.«

»Wie?« Ana hörte die lauten Schritte der Soldaten über ihrem Kopf. Sie durchsuchten bereits den ersten Stock.

Er lehnte sich in seinem Thron zurück. »Der schwarze Sand verbindet uns alle. Ohne ihn gäbe es keine Magier, keine Meister, keine Macht. Man muss ihn in sich aufnehmen, ihm den eigenen Geist darbieten.« Er hob den Zeigefinger. »Nimmt man zu viel, wird man wie sie …«, er zeigte auf die Gardisten, »… zu wenig, dann bleibt man eine armselige Kreatur. Das richtige Maß ist entscheidend. Natürlich zahlt man einen Preis für diese Macht.«

Er griff sich mit Daumen und Zeigefinger in den Mund. Ana unterdrückte ihre Übelkeit, als er seine Zähne aus dem Oberkiefer nahm und auf den Tisch legte.

»Walknochen«, sagte er. »Eine wirklich sehr schöne Arbeit. Man stellt sie auf der Insel der Meister her.«

Sie schluckte Galle hinunter und bemühte sich, die Zähne nicht anzusehen.

»Also«, fuhr Cascyr fort. Sein Mund sah grotesk aus. »Weshalb erklärt Ihr Uns nicht, was dieses Theater soll?«

Er hatte sie verstört und wusste es. Ana spürte, wie die Maske der Fürstin, die sie so sorgfältig angelegt hatte, zu rutschen begann.

»Ich bin die Fürstin von Somerstorm«, begann sie. Die Worte gaben ihr Halt. Sie überwand ihren Ekel und nahm die Zähne, die auf dem Tisch lagen, in die Hand. Sie waren warm und feucht. »Dies«, sagte sie mit einem Blick darauf, »ist der Preis, den Ihr für Eure Macht zahlt. Ihr seid der Preis, den ich zahlen muss.«

Seine Blicke musterten sie, schienen jede Nuance in ihrem Gesicht zu lesen. Er war interessiert, das spürte sie.

»Meine Familie hat sich schon immer auf die Seite des Siegers gestellt. Mein feiger Bruder ist mit den meisten Nachtschatten geflohen, als er hörte, dass Ihr auf dem Weg hierher wart, aber ich bin geblieben.«

Sie hörte, wie Türen geschlagen und Schränke verrückt wurden. Die Gardisten suchten nach den Nachtschatten.

Wie viele sind wohl in der Festung?, fragte sie sich.

»Fahrt fort«, sagte Cascyr.

Ana schob seine Zähne über den Tisch. Sie widerstand der Versuchung, sich die Hand abzuwischen. »Ihr habt mir den schwarzen Sand gezeigt. Dachtet Ihr, das wäre viel? Somerstorm ist voll davon. Man muss nur wissen, wo man danach sucht. Ich kenne die Orte, und ich bin bereit, Euch und Eure Armeen mit dem Sand zu versorgen, so wie Somerstorm die Provinzen mit Gold versorgt. Gebt mir mein Fürstentum, mehr verlange ich nicht dafür.«

Cascyr stapelte die Finger unter dem Kinn und betrachtete seine Zähne. Seine Oberlippe hing schlaff nach unten, wie ein nasses Tuch. »Ein interessantes Angebot«, sagte er. »Ihr kontrolliert Uns, Wir kontrollieren Euch.«

»So ist es.« Anas Mund war so trocken, dass sie kaum sprechen konnte. »Ihr habt Eure Armeen, ich mein Wissen.«

Er lächelte. »Aber wenn Wir Euer Wissen hätten, weil Wir … sagen Wir einmal, durch die Augen eines Mannes geblickt haben, der von der Festung zu einer Mine ging und dort schwarzen Sand fand, dann wäre das Angebot nicht mehr so interessant, oder?«

Rickard, dachte Ana.

Cascyr schob sich die Zähne zurück in den Mund. »Wir brauchen Euch nicht, Ana, nur Eure Provinz, und Wir sind wirklich sehr verstimmt über Erys' Tod.« Er nickte einem Gardisten zu. »Tötet sie!«

Ana sprang auf. Ihr Stuhl schlug krachend auf den Boden. Hinter ihr barst eine Wand. Eine Tür flog auf.

»Nein!«, schrie Jonan.

Cascyr rührte sich nicht. Nur sein Blick verriet, wie überrascht er war.

Zwei Gardisten stellten sich schützend neben ihn und zogen ihre Schwerter. Ein dritter, der, dem er den Befehl gegeben hatte, ging auf Ana zu. Sie erkannte ihn wieder. Es war der junge Mann, der ihr am Fluss das Handtuch gereicht hatte.

Nachtschatten stürmten hinter Jonan in den Saal. Mamee und Merie waren darunter, die Männer kannte Ana nicht. Sie war erleichtert, dass Gerit nicht dabei war.

»Greift sie an!«, brüllte Cascyr. »Ihr beide blockiert den Geheimgang, und du da hinten holst Verstärkung!«

Die Gardisten setzten sich in Bewegung. Ana warf dem, der auf sie zuging, einen Stuhl entgegen. Er zerschlug ihn mit seinem Schwert. Sie spürte Jonans Hand auf ihrer Schulter. Er zog sie zurück.

»Bleib hinter mir!«

Im nächsten Moment duckte er sich unter dem ersten Schwertstreich des Gardisten. Den zweiten fing er mit gekreuzten Klingen ab.

Der Saal erschien Ana plötzlich klein. Nachtschatten sprangen über den Tisch, kämpften vor, neben und hinter ihr. Gleich drei von ihnen stürzten sich auf den Gardisten, der Verstärkung hatte holen sollen.

»Bringt mich hier raus!«, hörte sie Cascyr den Männern neben sich befehlen. Sie sah, wie er aufstand. Seine Robe spannte sich über dem Bauch.

Voll mit schwarzem Sand, dachte sie angewidert.

Sie wich zurück, als Jonan beinahe gegen sie stieß. Schwertschläge prasselten auf ihn ein. Der Gardist war fast so schnell wie er, trieb ihn rückwärts der Wand entgegen.

»Verwandle dich«, sagte Ana. »Jonan, bitte.«

Sie wusste nicht, ob er sie hörte. Mit zusammengebissenen Zähnen setzte er sich zur Wehr.

Ana sah sich um, entdeckte den Teppich, der im Kampf von der Wand gerissen worden war. Sie lief hin und raffte ihn zusammen. Er war schwer.

Ein Schatten sprang an ihr vorbei. Es war Merie. Sie hatte sich verwandelt, ebenso wie all die anderen Nachtschatten im Raum – außer Jonan. Er kämpfte immer noch in Menschengestalt.

Merie sprang auf den Tisch. »Lasst Cascyr nicht entkommen!«, schrie sie. »Er kann die Toten erwecken!«

Sie nahm die Karaffe und warf sie nach ihm. Sie zerplatzte über ihm an der Wand. Cascyr duckte sich unter den Splittern.

Einer seiner Leibwächter drehte sich um und lief Merie entgegen. Sie sprang rasch vom Tisch.

Jonan war fast bis an die Wand zurückgedrängt worden. Ana sah seinen warnenden Blick, als sie vor ihm auftauchte. Sie breitete den Teppich aus, wollte ihn dem Gardisten überwerfen. Doch der schien zu spüren, dass sie dort war, denn er wirbelte das Schwert in seiner Hand herum und stach nach hinten.

Die Spitze bohrte sich in den Teppich vor Anas Brust. Sie spürte den Druck, dann ein Ziehen, als der Gardist versuchte, die Klinge herauszureißen. Nur einen Lidschlag lang blieb sie hängen.

Die Zeit reichte Jonan. Er stieß dem Gardisten eines seiner Schwerter durch das Kinn in den Kopf. Lautlos brach der Soldat zusammen.

Jonan sah Ana an und wischte sich den Schweiß aus dem Gesicht. »Das war sehr dumm.«

Sie ignorierte ihn. »Wie weit ist Gerit? Wann fängt er an?«

Sein Blick glitt zur Decke. »Er hat schon angefangen!«

Ana sah empor. Grauer Rauch drang durch die Ritzen. Der Geruch nach brennendem Holz mischte sich in Essiggestank.

Es war Anas Idee gewesen, Cascyr in die Festung zu locken, die Geheimgänge mit Pech zu überschütten und anzuzünden. Sie war stolz darauf.

Ihr Blick glitt zur Tür. Die Nachtschatten drängten die Gardisten in den Gang.

»Steh auf!«, schrie Cascyr, als ein Soldat fiel.

Ana hörte ein Poltern auf der Treppe. Es gab Hunderte Gardisten in der Festung, aber keiner von ihnen reagierte auf den Kampf. Cascyr hatte ihnen befohlen, die Gebäude zu durchsuchen, und das taten sie. Noch schien er seinen Fehler nicht zu bemerken.

Der Rauch wurde stärker.

Ana drehte sich um. Nachtschatten kletterten aus den Gängen, ruß- und pechverschmiert. Sie sah Gerit zwischen ihnen.

»Wo ist Cascyr?«, rief er hustend.

»Er war eben noch an der Tür«, sagte Jonan. »Kommt.«

Sie verließen den Raum. Zwei tote Nachtschatten lagen zwischen den Gardisten. Ana sah, wie Gerit kurz stockte, dann die Lippen zusammenpresste und weiterlief.

Rauch quoll die Treppe empor. Das Gemälde, das einen alten Mann mit hoher Stirn zeigte, brannte. Ana hatte einmal gefragt, wer darauf abgebildet war, aber niemand hatte es gewusst. Nun war mit seinem Namen auch die Erinnerung an sein Gesicht verschwunden.

Gardisten liefen ihnen entgegen. Einige brannten. Flammen schlugen an ihnen empor, setzten Wandteppiche und Gemälde in Brand. Trotzdem zogen die Gardisten ihre Schwerter.

Die Nachtschatten warfen sich ihnen entgegen. Einige fluchten bei jedem Schritt. Ana spürte die Hitze des Feuers unter ihren Stiefelsohlen.

Sie hustete. Der Rauch war so dicht, dass ihre Augen tränten.

»Alle raus!«, hörte sie Gerit rufen. »Überlasst die Garde dem Feuer!«

Ana stolperte und rutschte ein paar Stufen hinunter. Die Steine waren heiß. Die Teppiche glimmten.

Sie kam auf die Beine, kämpfte sich durch den Rauch nach unten. Der Rauch raubte ihr die Sicht. Schritte polterten an ihr vorbei, und sie wusste nicht, ob es Gardisten oder Nachtschatten waren.

Eine Unendlichkeit schien zu vergehen, bis der Eingang vor ihr auftauchte. Sie stolperte darauf zu, zuckte aber im nächsten Moment zurück.

Gardisten.

Mehr als fünfzig standen wartend im Hof.

Ana drehte sich um, suchte nach den Nachtschatten, nach Jonan oder Gerit, aber es war niemand zu sehen. Sie schien allein zu sein.

Etwas Weißes leuchtete im Grau des Rauchs auf. Sie ging darauf zu. Ihr Fuß stieß gegen ein Schwert. Sein Griff war heiß, also riss sie ein Stück Stoff aus ihrem Kleid, wickelte es um ihre Hand und hob es dann auf.

Cascyr war allein. Mit ausgestreckten Armen tastete er sich durch den Rauch. Hinter ihm lag ein toter Gardist. Sein Kopf war unter einem brennenden Balken begraben.

Ana hielt die Luft an, um nicht husten zu müssen. Sie kam in seinen Rücken und presste ihm das Schwert in den Nacken. Sie waren beide keine Kämpfer, aber sie hatte eine Waffe und er nicht.

»Ruf sie«, flüsterte Ana.

Cascyr hustete. »Wen?«

»Die Garde. Ruf sie.« Sie drückte zu.

Er schrie auf. Blut lief aus einer kleinen Wunde über seinen Rücken und hinterließ rote Flecken auf seiner Robe.

»Garde!«, schrie er heiser. »Zu mir! Alle zu mir!« Mit dem Rücken zu ihr blieb er stehen. »Und jetzt?«

Ana zögerte. Sie dachte an die Höhle, an den schwarzen Sand, an das Stöhnen der Sklaven.

Im Gang vor sich hörte sie die polternden Schritte der Gardisten.

Sie stieß zu, und Cascyrs Blut spritzte ihr ins Gesicht.

Würgend ließ sie das Schwert fallen und lief in einen Nebengang. Sie fand einen Stuhl und schleuderte ihn durch ein Fenster.

Scherben schnitten in ihre Hände, dann sprang sie in den Hof.

Als sie zusammenbrach, fing Jonan sie auf.

Kapitel 40

Wenn die Nacht kommt und der Reisende hinaufblickt zu den Sternen, sollte er nicht an den Tag denken, der vor ihm liegt, sonst vergisst er das, was ist, und wird stets nur dem folgen, was sein könnte.

Jonaddyn Flerr, *Die Fürstentümer und Provinzen der vier Königreiche, Band 2*

»Mein armer kleiner Fürst.«

Craymorus öffnete die Augen. Er hatte geschlafen. Instinktiv griff er nach seinen Krücken, doch seine Hand fand nur Fels. Er setzte sich auf.

Mellie stand vor ihm, nackt, umgeben von ihren Magiern und einem Mann, den er noch nie gesehen hatte.

»Was machst du denn nur hier?«, fragte sie. »Meine Welt ist nichts für dich.«

Er wandte den Blick von ihr ab. Adelus stand neben ihr, lächelnd, arrogant, das Ebenbild seines Vaters.

»Geh«, sagte Craymorus. »Noch ist es nicht zu spät.«

»Geh du doch, Bruder.« Adelus lachte. Seine Stimme hallte von den Wänden wider. »Kriech davon. Die Erwachte hat recht. Ihre Welt ist nichts für dich. Du bist zu schwach, um an ihrer Seite zu herrschen, das hast du uns allen gezeigt.«

Milus legte ihm die Hände auf die Schultern. »Lass ihn in Ruhe. Er kann nichts für seine Schwäche.«

Craymorus war überrascht über das Mitgefühl, das er in den

Worten seines Vaters hörte. Er wünschte, er hätte aufstehen können, um ihm gegenüberzutreten. Doch er konnte nur die Arme ausbreiten.

»Das ist ihre Welt«, sagte er. »Seht euch um. Betrachtet sie. Worüber wollt ihr hier herrschen? Über den Fels?«

Mellie ging in die Hocke. »Die Welt wird sein, was immer wir wünschen. Der Magie ist es bestimmt, über das Leben zu herrschen, so wie der Mensch über einen Acker herrscht. Er kann bestimmen, was darauf wächst.«

»Nur, dass wir auch die Dürre und den Regen bringen«, sagte Adelus.

Craymorus schüttelte den Kopf. »Du bist nicht wie sie. Du bist lebendig. Du und die anderen, ihr seid Proviant, nicht mehr.«

Mellie stützte die Hände auf seine Knie. Schmerz schoss durch seine Beine. Er wollte den Schrei unterdrücken, aber das gelang ihm nicht.

»Halt den Mund, kleiner Fürst.« Sie nahm die Hände weg und drehte sich zu den Magiern um. »Tanzt, meine Freunde. Wir haben einen König zu töten. Cascyr glaubt, dass seine lächerliche Armee über die Welt herrschen wird. Wir werden ihm zeigen, dass er sich irrt.«

Sie sah Craymorus an. Der Blick aus ihren leeren Augen schickte ihn an den Rand des Abgrunds.

»Du hattest früher Angst vor Cascyr«, sagte er, während die Wellen des Schmerzes langsam abebbten.

»Seine Garde hätte mich erkennen können, bevor ich bereit war.« Hinter ihr begannen die Magier zu tanzen. »Ich erwache seit Jahrhunderten. Wahrscheinlich hatte ich Glück, dass die Menschen so viel Magie aus der Welt zogen, bis sie ganz verschwand, sonst wären noch andere erwacht, die mir meinen Platz hätten streitig machen können.« Sie atmete tief ein. »Die Welt riecht so rein an diesem Ort. Ich glaube, wir sind hier einst gestorben, aber ich weiß es nicht mehr. Es ist so lange her.«

Mellie schien sich in Gedanken zu verlieren. Craymorus bemerkte, dass der Fremde als Einziger außer ihr nicht tanzte.

»Aber wir sprachen über Cascyr«, sagte Mellie nach einem Moment. »Nein, ich habe keine Angst mehr vor ihm. Er ist ein Nichts. Aber du …«, ihre Blicke rissen seinen Geist auf wie Klauen, »… hast immer noch Angst vor mir.«

Er lächelte. »Ja.«

»Also was machst du hier?«

»Dich aufhalten«. Es hatte keinen Sinn zu lügen. Sie kannte ihn zu gut.

Er hatte geglaubt, Mellie würde lachen, dieses leere Geräusch, das ihm mehr Angst einjagte als alles andere, aber sie schüttelte nur den Kopf und stand auf.

»Töte ihn, Daneel«, sagte sie zu dem Fremden.

Daneel nickte. Er sah Craymorus an. »Leg bitte die Hände um deinen Hals und erwürg dich.«

Magie knisterte. Craymorus spürte ihr Kribbeln.

Daneel wiederholte den Befehl lauter, dann sprach er ihn ein drittes Mal. Er hatte keine Zähne. Craymorus erinnerte sich an den Gaukler, von dem Ana gesprochen hatte.

Daneel drehte sich um. »Erwachte, irgendetwas stimmt nicht.«

Es ist so weit, dachte Craymorus. Er streckte die Hand aus, riss die Magie aus Daneel heraus.

Die Magier unterbrachen ihren Tanz, als sie Schreie hörten, Mellie fuhr herum.

Daneel wurde vom Boden hochgerissen, zitternd, zuckend. Sand rieselte aus seinem Mund, prasselte auf Craymorus und verschwand in seinen Poren. Daneel wurde durchsichtig. Seine Schreie hallten nach, als sein Körper schon längst verschwunden war.

Mellie neigte den Kopf. »Interessant.« Mit einem Fingerschnippen befahl sie einen der Magier zu sich. »Bring ihn um.«

Der Mann ballte die Hand zur Faust und schloss die Augen. Funken stoben von seinen Fingern auf, wurden zu Flammen, formten sich zu etwas, das wie ein brennender Pfeil aussah. Er holte damit aus und warf ihn Craymorus entgegen.

Der Pfeil verschwand. Mit einem Aufschrei brach der Magier zusammen.

Craymorus spürte seine Magie in sich, fühlte die Stärke, die Macht.

»Du kannst all das«, sagte Mellie zweifelnd, »nur aufstehen kannst du nicht.«

Er schüttelte den Kopf. »Ich muss nicht aufstehen können, um dich aufzuhalten.«

Sie drehte sich um. »Jemand hilft dir. Du bist nur der Köder.« Die Magier sahen sich ebenfalls um.

Craymorus nickte Adelus zu, als dessen Blick ihn traf. »Flieh, Bruder«, sagte er, »oder du wirst sterben.«

»Ich werde niemals sterben. Das hat die Erwachte ver…«

»Wo ist er?« Mellie schien nicht zu hören, was Adelus sagte. »Wo ist der Magier, der dir hilft?«

»Da ist niemand.«

»Ich habe dich was gefragt!« Ihr Tritt traf sein Bein. Tränen schossen ihm in die Augen. Er schrie.

»Fürst?«, rief eine Stimme in die Höhle hinein.

Korvellan.

»Bleib zurück!«, schrie Craymorus. Verschwommen sah er, wie Mellie sich umdrehte. Sie bewegte die Hand, als wolle sie nach einem Krug greifen, und Korvellan hing vor ihr in der Luft.

Er hielt ein Schwert in der Hand und bohrte es so schnell in ihren Körper, dass Craymorus die Bewegung kaum wahrnahm.

Mellie schrie und schleuderte Korvellan durch die Höhle. Dann streckte sie die Hand aus, legte sie auf Adelus' Kopf.

»Nein!«, schrie Craymorus.

Er stürzte sich auf ihre Magie, entriss sie ihr in immer größer werdenden Strömen. Doch er war zu langsam, und sie war zu stark.

Adelus fiel als Erster, leer und ausgesaugt, dann brachen die anderen Magier zusammen, zuletzt sein Vater.

Mellie drehte sich zu Craymorus um. Ihre Augen waren schwarz, ihr Gesicht starr und bleich wie eine Totenmaske.

»Du?«, fragte sie mit einer Stimme, die alles Menschliche verloren hatte. »Du?«

Er antwortete nicht. Seine Magie griff in sie hinein. Höhlte sie aus.

Sie begann um sich zu schlagen. Felsen platzten auf, als ihre Fäuste sie trafen, die kalte symmetrische Welt zerbarst unter ihrer Wut.

Craymorus trank ihre Magie, kratzte sie aus ihr heraus, schabte sie von ihrem Geist, während sie schrie und kreischte und der Fels um sie herum zerplatzte.

Und dann war es vorbei.

Mit einem letzten Rascheln verwehte sie im Nichts.

Craymorus lehnte den Kopf gegen die Felsen. Die Magie in ihm tobte, verlangte nach mehr, so wie die Meister vorhergesehen hatten. Er öffnete sich, breitete die Arme aus und ließ es geschehen.

Sand drehte sich im wilden Wirbel, wurde von den Felsen hochgerissen, schoss aus dem Wasser des Bachs. In riesigen Wolken wie wütende Insektenschwärme prasselte er auf ihn nieder, erstickte seine Welt, bis es nur noch den Sand gab, nur noch die Magie.

Stille.

Sie dröhnte in seinen Ohren.

Craymorus öffnete die Augen. Alles war neu. Die Welt um ihn herum bestand aus Formen, wie er sie nie zuvor gesehen hatte, doch er verstand ihre Bedeutung, das Spiel ihrer Farben, die Klarheit ihrer Linien, den Humor ihrer Winkel und Säulen.

»Fürst?«

Korvellan stand neben dem Eingang, ein Fremder, hässlich, stinkend und gedrungen in dieser perfekten Welt. Der Laut seines Herzschlags störte die Stille.

»Ich bin mächtiger, als sie es je war«, sagte Craymorus. »Ich verstehe ihre Welt. Ich sehe alles.« Er ließ die Hand durch das klare Wasser des Bachs gleiten. »Er ist unendlich tief. Die Magie steigt aus ihm empor. Mellie ...« Er lachte. »Sie wusste das nicht. Sie dachte, die Magie entspringe aus den Vergangenen. Wie arrogant. Die Magie kommt aus der Unendlichkeit, und ich verstehe sogar, was das bedeutet. Unendlichkeit. Nichts. Ich verstehe alles. Ich sehe die Welten, wie sie sind.«

Korvellan sah ihn an. Craymorus wusste, was er sagen würde, bevor er es tat. »Wenn Ihr all das könnt, wieso steht Ihr dann nicht auf?«

»Ich kann es nicht.« Craymorus legte die Hände auf seine Beine. »Wenn ich es täte, wenn ich mir selbst nur etwas von dem gönnen würde, was in mir ist ...« Er zögerte. »Wo sollte ich dann die Grenze ziehen? Beim Gehen, beim Ende der Schmerzen, dem aller Schmerzen, beim Altern, dem Tod? Und was dann? Ich könnte andere retten, entscheiden, wer lebt und wer stirbt, Könige erschaffen oder stürzen, die Welten beherrschen.«

»Ihr wärt ein Ungeheuer«, sagte Korvellan.

»Ich wäre das Schlimmste, was je existiert hat.« Craymorus machte eine Pause. »Und deshalb muss ich tun, um was die Meister mich gebeten haben, bevor ich nicht mehr loslassen kann.«

»Was?«

Craymorus spürte, wie die Magie durch seinen Körper raste. *Ich will sie behalten,* dachte er. *O bei den Göttern, die es nie gab, was würde ich nur geben, um sie zu behalten.*

Seine Gedanken kreisten zwischen den Sternen, sein Geist erfasste die Unendlichkeit und das, was jenseits von ihr lag.

Nur noch einen Moment, dachte er, *nur einen winzig kleinen Augenblick.*

»Um was haben Euch die Meister gebeten?« Korvellans Stimme riss ihn aus der Unendlichkeit zurück.

Jetzt.

»Die Welt zusammenzufügen.«

Mit einem Ruck verschwand der Bach. Die beiden Seiten schlossen sich. Es knirschte und donnerte in den Wänden, ein tiefes Grollen drang aus dem Boden.

Craymorus riss den Mund auf, sog gierig die Luft ein, glaubte ersticken zu müssen, als er die Leere in sich spürte. Er schluchzte, ballte die Hände zu Fäusten, öffnete sie, presste sie gegen den Kopf.

Ich verliere den Verstand.

»Was soll das heißen, die Welt zusammenfügen? Was habt Ihr getan?« Korvellans Stimme holte ihn erneut zurück.

Craymorus öffnete die Augen. »Das Einzige«, sagte er zwischen tiefen Atemzügen, »was die Welt für immer von etwas wie mir befreien wird.«

Etwas traf ihn. Craymorus blinzelte und blickte auf den Speerschaft, der aus seiner Brust ragte.

Sein Kopf sackte nach unten. Er wollte ihn heben, aber ihm fehlte plötzlich die Kraft dazu.

Er hörte einen Schrei, dann spürte er Hände, die sich ihm auf den Rücken legten. Da war Schmerz in seinen Beinen, aber er störte ihn nicht mehr.

Er sah den Jungen aus dem Folterkeller, halb Mensch, halb Nachtschatten, tot am Boden liegen.

Ich konnte die Welt zusammenfügen, aber nicht dich, dachte er. *Es tut mir leid.*

»Ich habe ihn nicht rechtzeitig gesehen«, sagte Korvellan. Das Schwert, das in seinem Gürtel steckte, war blutig.

»Wie war sein Name?«, fragte Craymorus.

»Ich weiß es nicht.« Korvellan setzte sich neben ihn auf den Boden, der unter ihm bockte wie ein Pferd. Steine fielen aus der Decke. Craymorus hörte sie weit hinter sich aufschlagen.

»Du solltest gehen«, sagte er.

»Ich bleibe noch ein wenig.«

Craymorus lachte. Er schmeckte Blut. Der Druck auf seiner Brust ließ nach. »Du hättest mich umgebracht, wenn du davon gewusst hättest.«

»Wahrscheinlich.« Korvellan neigte den Kopf. »Ihr hattet recht, ich unrecht.«

»Ja.« Craymorus lauschte auf das Grollen und Donnern über ihm. Es wurde lauter. Wasser floss über den Boden.

Purvey, dachte er. Der Name des Nachschatten, der ihn gehetzt hatte. Beinahe hätte er Korvellan nach ihm gefragt, doch er spürte, wie das Leben aus ihm wich, und er wollte seine letzten Gedanken nicht an das Ungeheuer aus seinen Alpträumen verschwenden.

»Geh jetzt«, sagte er. Seine Stimme war so leise, dass er erschrak.

»Das werde ich.« Craymorus spürte seine Hand auf der Schulter, roch scharfen Essig. »Du warst mir ein besserer Freund als ich dir, Craymorus.«

Er antwortete nicht. Der Essiggeruch verwehte, als sich seine Augen schlossen.

Kapitel 41

Der Reisende, der nach langer Wanderung ans Ziel gelangt, wird feststellen, dass Anfang und Ende nur Stationen auf einem Weg sind, auf dem er sich schon vor seinem Anfang befand und auf dem er noch lange nach seinem Ende sein wird.

Jonaddyn Flerr, *Die Fürstentümer und Provinzen der vier Königreiche, Band 2*

Korvellan wusste später nicht mehr, wie er aus der Mine herausgekommen war. Es war eine Welt aus Wasser, Felsen, Dunkelheit und Schmerz.

Schließlich taumelte er in die Helligkeit, stolperte weg von dem Berg und seinem Getöse, nur weg, bis seine Beine unter ihm nachgaben und er hustend liegen blieb. Der Schnee war kalt. Er zitterte und erbrach Wasser.

Ein Schatten fiel über ihn. Korvellan drehte sich auf den Rücken.

»Sei gegrüßt, Schwarzklaue«, sagte er.

Krallen bohrten sich in seine Rippen, rissen ihn vom Boden hoch. Er schrie, als eine von ihnen abbrach.

»Ich bin hier, um dich zu töten«, sagte Schwarzklaue.

»Ich weiß.« Korvellan biss die Zähne zusammen, kämpfte gegen den Schmerz an. »Du folgst mir schon seit Westfall.«

Schwarzklaue warf ihn in den Schnee. »Warum tust du das immer?«, brüllte er über das Donnern des Bergs hinweg. »Ich sage etwas, du antwortest, und auf einmal ergibt das, was ich gesagt habe, keinen Sinn mehr.«

Korvellan presste sich die Hand auf die Rippen. Blut quoll zwischen seinen Fingern hervor. »Vielleicht solltest du etwas Klügeres sagen.«

Schwarzklaue knurrte. Er ging im Schnee auf und ab. »Was war da drinnen los? Ist der Junge tot?«

»Ja.«

»Und der Fürst?«

»Auch.« Korvellan setzte sich auf. Sein Blut tropfte in den Schnee. »Er hat die Welt verändert, sagte er.«

»Scheiß auf die Welt!« Schwarzklaue trat gegen einen Stein. »Ich habe Städte in Brand gesteckt und Menschen gejagt, bis sie Blut kotzten. Ist das nichts?«

Korvellan tat so, als dächte er darüber nach. »Doch, das ist was. Aber nicht das, was wir tun wollten.«

»Was du tun wolltest. Ich wollte nie etwas anderes, als die Welt in Flammen zu setzen.« Er setzte sich schwerfällig in den Schnee. »Du hättest uns nicht verlassen dürfen. Alles brach danach zusammen.«

»Ja, ich weiß.« Korvellan fuhr sich mit der Hand über die Augen. Er war müde. »Es ist getan. Ich kann nichts mehr daran ändern.«

Seine Pläne erschienen ihm auf einmal naiv. Er hatte geglaubt, Menschen und Nachtschatten gegen die Vergangenen einen zu können, doch am Ende hatte er nur hilflos in einer Höhle gestanden, während andere seinen Kampf austrugen.

»Wirst du mich umbringen?«, fragte er.

Schwarzklaue knurrte.

»Ich frage nur, weil mir kalt ist und ich es hinter mich bringen will.«

»Würde jemand ein Lied darüber schreiben, wenn ich es täte?«

Korvellan hob die Schultern. »Wahrscheinlich nicht.«

»Dann scheiß drauf.«

Korvellan atmete innerlich auf.

Schwarzklaue betrachtete seine abgebrochene Kralle. »Ich will nicht zurück ins Eis. Ich habe so viel gesehen ...«

Der Satz endete im Nichts. Schweigend saßen sie nebeneinander. Der Boden bebte. Vor ihnen fiel der Berg in sich zusammen. Staubwolken stiegen in die Luft, färbten den Himmel grau. Es wurde dunkel, so als käme die Nacht.

»Hast du gewusst, dass niemand weiß, was auf der anderen Seite des Meers liegt?«, fragte Schwarzklaue plötzlich.

Korvellan schüttelte den Kopf. »Nein, das habe ich nicht gewusst.«

»Ich auch nicht. Hat mir ein Fischer erzählt. Ich habe ihn umgebracht.«

»Deswegen?«

»Natürlich nicht.« Schwarzklaue lachte auf und schlug Korvellan auf die Schulter. »Willst du mit aufs Meer kommen? Wir könnten eine neue Welt entdecken.« Er grinste. »Und sie verbrennen.«

Korvellan hörte die Hoffnung in seiner Stimme. *Ich habe sein Leben zerstört,* dachte er. *Ich habe ihm versprochen, er würde die Welt beherrschen. Er wird mit nichts anderem jemals zufrieden sein. Sogar mein Tod reicht ihm nicht mehr.*

»Nein«, sagte er. »Geh allein. Ich würde dir nur wieder alles verderben.«

»Das stimmt.« Schwarzklaue lachte erneut, aber diesmal klang es falsch. Er stand auf, zögerte einen Moment, dann drehte er sich um und stapfte durch den Schnee davon.

Korvellan stützte den Kopf in die Hände. *Was habe ich getan?*

Er saß noch so da, als Gerit ihn fand.

»Hat Syrah mich geliebt?«, fragte Merie. Es war ein warmer Tag. Korvellan saß auf dem Hof in der Sonne und lauschte den Arbeitern. Die alte Festung wurde abgetragen, eine neue würde auf ihren Fundamenten errichtet werden.

Er sah auf. »Natürlich hat sie das, genau wie ich. Aber wir konnten dich nicht besuchen. Ich habe dich nur ab und zu aus der Ferne gesehen und dir die Lehrer schicken lassen, die du brauchtest.«

Merie setzte sich neben ihn. »Was soll ich denn mit all dem Wissen anfangen?«, fragte sie lachend. Sie wurde mit jedem Tag hübscher. »Hier muss ich nur wissen, wie man Maka auf acht verschiedene Arten zubereitet.«

Korvellan neigte den Kopf. »Du bist die Tochter einer Fürstin. Unterschätze nicht die Macht des Bluts ...«

Er bemerkte, dass sie ihm nicht mehr zuhörte, und folgte ihrem Blick über den Hof. Gerit verließ gerade einen der Schuppen, in denen die Baumaterialien untergebracht wurden, und ging auf das Tor zu, die Hände in den Taschen vergraben, das Gesicht der Sonne zugewandt. Auch er genoss die Wärme.

»Du magst ihn, oder?«, fragte Korvellan leise.

»Ja.« Merie nahm den Blick nicht von Gerit. »Er ist nett, aber ...« Sie schüttelte den Kopf. »Er ist glücklich mit Mamee. Mich sieht er noch nicht einmal an.«

Korvellan richtete sich auf und zuckte zusammen, als ein scharfer Schmerz durch seine Brust schoss. Schwarzklaue hatte ihn umgebracht, auch wenn er das nicht wusste. Die abgebrochene Kralle bewegte sich in seinem Körper, kam mit jedem Tag näher an sein Herz heran.

Doch noch lebte er, ebenso der Traum, den er seit der ersten Begegnung mit Gerit gehabt hatte: Eine Dynastie aus Nachtschatten und Menschen, ein neues Königreich, um die Provinzen zu einen.

»Mach dir keine Sorgen«, sagte er, als der Schmerz nachließ. »Er wird dich ansehen.« Er lächelte. Es war, als wäre er ein Reiter, der nach einem Sturz wieder in den Sattel steigt. »Ich weiß, wie er denkt.«